Toby Martins | Gesine Reichstein (Hg.)

Tödliche Hanse

26 düstere Geschichten zwischen Holland und Litauen

Edition Temmen

In Erinnerung an Edelhard Callies

Titelabbildung:
Fotolia 101896968, © cobia

Die Deutsche Bibliothek verzeichnet diese Publikation in der Deutschen Nationalbibliografie; detaillierte bibliografische Daten sind im Internet unter http://dnb.ddb.de abrufbar.

Hohenlohestraße 21 – 28209 Bremen
Tel. 0421-34843-0 – Fax 0421-348094
info@edition-temmen.de
www.edition-temmen.de

Printed in the EU

ISBN 978-3-8378-7055-8

Inhalt

Vorwort

Hansewasser, Hansa Rostock, Hanse-Merkur, Hanse-Sail, und die Nummernschilder mit dem ‚H' davor: HB, HH, HL, HRO – das ist so ziemlich alles, was man heute noch gemeinhin mit dem Begriff ‚Hanse' in Verbindung bringt. Aber der Begriff ‚Hanse' stand für einen der ersten und mächtigsten europäischen Wirtschaftszusammenschlüsse. Eine Wirtschaftsgemeinschaft, die von den Niederlanden die Nordseeküste entlang über Dänemark, Schweden und Polen bis nach Russland reichte. Sie hielt vom Hochmittelalter bis zum 17. Jahrhundert – und da sie nie offiziell aufgelöst wurde, lebt sie als Städtebund ‚Neue Hanse' fort. Die ‚Hanse' war wirtschaftlich, kulturell und militärisch von großer Bedeutung für die Entwicklung Europas, vor allem des gesamten Ostseeraumes. Handelswaren waren alles, was Nordeuropa zu bieten hatte: Stockfisch, Pelze, Wachs, Getreide, Bier, Bernstein, Holz und Wolle und vieles mehr. Erst der Dreißigjährige Krieg von 1618 bis 1648 bereitete dieser einst mächtigen Handelsorganisation ein Ende.

1980 wurde in Zwolle die ‚Neue Hanse' als „Lebens- und Kulturgemeinschaft der Städte über die Grenzen hinweg" ins Leben gerufen und dient heute besonders der Förderung des Tourismus. Die alte Hanse lebt nicht nur in den oben erwähnten Begriffen, sondern auch in zahlreichen Geschichten und Legenden weiter – so auch in dieser Anthologie.

Toby Martins, im Jahre des Herrn 2018

1. Groningen

Freiheit für die Kunst!

von Manfred C. Schmidt

Ich wälzte mich hin und her. Ein vorsichtiges Blinzeln – wolkenverhangener Himmel, Regentropfen an den Scheiben.

Ich blickte mit offenen Augen in dieses trostlose Wetter, in dieses Totensonntagwetter – so nannten die Kraker in Amsterdam den verregneten Novemberblues.

Ich hob vorsichtig den Kopf. Ging es wieder los oder würde es einen qualfreien Tag geben? Das leichte Ohrensausen machte aber die kurze Hoffnungsspanne zunichte.

Klick klack

Der Wind ließ die Schieferschindeln der Dachgaube aneinander klappern.

Auf der Seite liegend schlug ich beide Hände vors Gesicht und bewegte die Finger und Handflächen von der Stirn bis zum Kinn. Eine Tablette, ich würde eine Tablette benötigen, eine oder besser gleich zwei. Noch einmal strich ich mir über den Kopf und drehte mich auf den Rücken. Die Zimmerdecke über mir war unregelmäßig weiß gestrichen, der Putz phasenweise ausgebessert und die Stuckränder aus Gips dunkel abgesetzt. In der rechten Ecke sah ich einen sogenannten Feierabend, eine Stelle also, an der kaum Farbe hingelangt war. Nun setzte eine Wellenbewegung ein und dann begann sich alles zu drehen, alles schien verschwommen. Blitzschnell schloss ich die Augen – Ruhe, ich brauchte Ruhe.

Guck nicht, sagte ich mir, guck nicht. Doch natürlich riskierte ich ein Auge. Mir wurde schlecht, alles rotierte. Ich schmiss mich auf die andere Seite. Nichts würde wieder so wie früher werden. Ich hatte wieder von Helena geträumt, hatte geträumt, sie läge immer noch neben mir. Traumsequenzen flogen vorbei, ich hatte sie angeblickt und ihren Namen gerufen: „Helena!“ Aber sie lag still und rührte sich nicht. „Wach auf, Hel!“

Keine Reaktion – ihre Haut hatte diese typische helle Farbe – leichenblass – das Haar stumpf – die Augen geschlossen. Mein Kopf dröhnte. – Helena war tot!

„Neiiiiin!“ Ich schrie im Traum und bäumte mich abrupt auf. Ich schrie und schrie. Meine ganze Verzweiflung legte ich in diesen Schrei, der erst erstarb, als die Luft aus meinen Lungen herausgedrückt war, die Luft und die ganze Energie, die ich noch aufbringen konnte, bevor ich kraftlos und hustend zurück auf die Matratze sackte und heftig zu weinen begann – ein Alptraum.

Wie lange ich heute Morgen so lag, weiß ich nicht – eine viertel, eine halbe Stunde? Es war jedenfalls eine lange Zeit, Traum und Erinnerung lösten sich ab: Das Krachen der Tür, vier Polizisten, die ins Zimmer stürzten, mein Schreien! Ich schlug um mich und benahm mich wie ein Berserker. Schließlich überwältigten sie mich.

Sie trugen mich auf einer Trage hinaus – meine Beine konnte ich nicht mehr bewegen. Ein Arzt legte mir noch im Rettungswagen der Ambulance einen Tropf und meinte, das würde mich ein wenig beruhigen.

Klick klack

Die Flasche schlug an das Gestänge.

Meine Kopfschmerzen ließen langsam nach, ich schlief ein; welch schreckliche Erinnerung.

Und nun erwachte ich zum wiederholten Mal in diesem kahlen Raum, im Knast. Ganz langsam setzte ich mich zunächst auf das Bett, unfähig die Arme zu bewegen – ich war gefesselt, angegurtet. Ich richtete mich auf und nahm eine Gestalt wahr. Mir gegenüber saß ein Mann regungslos auf einem einfachen Holzstuhl. Auf dem Tisch vor ihm lag eine geschlossene Kladde, ein Ordner, darauf ein metallener Stift.

Klick klack

„Wo bin ich?“, fragte ich.

Der Mann blickte mich an und auf seinem Gesicht bildete sich ein leichtes Lächeln; nicht ein überfreundliches Lächeln, das man einem Freund schenkt, sondern eher ein Lächeln, das sanft andeutete, dass man ein entspanntes Gespräch führen wollte, das aber auch eine Spur von Arroganz verriet.

„Wie fühlen Sie sich?“, fragte der Mann, ohne auf meine Frage einzugehen und ohne sich vorzustellen.

„Müde“, sagte ich. „Ganz müde! Was geht hier ab? Wer sind Sie? Wo bin ich?“, wiederholte ich.

„Sie sind in Sicherheit. Mein Name ist Rob De Graaf. Ich bin hier, um mich mit Ihnen zu unterhalten. Wir hatten ein Zeitungsinterview über Ihre ...ähm ...“, er räusperte sich, „Kunst oder wie einige sagen, über Ihre Serienmorde vereinbart. Ist das okay für Sie?“

Ich nickte kurz, worauf er den Stift in die Hand nahm und die Kladde aufschlug. Mit dem Begriff Serienmorde konnte ich allerdings nichts anfangen.

Klick klack

„Hel ist ... ich meine, Helena ist tot.“ Als meine Stimme die Ohren erreichte, verstummte sie; mir wurde die ganze Tragweite dieser Aussage bewusst – Helena war tot. Ich würde sie nie wieder sehen, das war klar, nie wieder!

„Und daran sind Sie nicht ganz unschuldig, oder?“, provozierte mich dieser Schreiberling.

„Es war ein Unfall!“, widersprach ich vehement, wohl eine Spur zu laut. Als ich den Kopf hochnahm und den Mann, der sich Rob De Graaf nannte, ansah, waren einige Minuten vergangen.

„Erzählen Sie mir von Helena!“ De Graafs sanfte Stimme holte mich ins Jetzt zurück. Über seinen dunklen Augen wuchsen dichte Brauen. Kleine Geheimratsecken bildeten sich an der verlängerten Stirn. Die Stoppelhaare auf dem Kopf hatten mit circa drei Millimeter die gleiche Länge wie sein Dreitagebart. Der etwas längere Schnäuzer umspielte die Mundwinkel. Unter dem stattlichen Kinn verschwand am Hals ein goldenes Kettchen im Rundausschnitt des schwarzen T-Shirts.

„Warum?“, fragte ich, „warum sollte ich Ihnen von ihr erzählen?“

„Es interessiert mich.“ Mehr sagte er nicht.

„Das geht Sie nichts an. Das ist meine Privatsache!"

„Aber Helena ist tot! Das wissen Sie, das sagten Sie gerade selber!"

„Das ist eine Katastrophe, meine Katastrophe und nicht Ihre!" Meine Stimme hatte an Schärfe zugelegt.

„Warum? Warum ist es eine Katastrophe?" De Graaf verschärfte den Ton nicht, er blieb ruhig.

„Weil ich sie geliebt habe, deshalb!", rief ich zornig, „was wissen Sie schon!"

„Nichts", meinte De Graaf, „darüber weiß ich nicht viel!"

„Und das soll auch so bleiben, verstanden!" Ich muss entschlossen geklungen haben, denn De Graaf schwieg. Er schwieg beharrlich und ging mir dadurch gehörig auf die Nerven. Ich wollte aufspringen und seinen Tisch durchs Zimmer schleudern, ihm an die Gurgel gehen, aber die Gurte verhinderten das.

„Was hätten Sie denn davon, wenn Sie es wüssten?", fragte ich nach einer längeren Pause.

„Ich? Wahrscheinlich nichts oder nicht viel. Aber eventuell könnte ich Sie besser verstehen. Vielleicht hätten Sie selber etwas davon", meinte De Graaf. „Vielleicht könnten Sie sich alles von der Seele reden, all das, was Sie belastet; zum Beispiel die Sache mit Helena! Sie wollen doch als Künstler insgesamt wahrgenommen werden, oder?"

„Quatsch! Das verstehen Sie sowieso nicht. Das mit Helena war etwas Einmaliges, etwas Großes, etwas Heiliges! Wie sollten Sie Kleingeist so etwas verstehen?" Ich schnaubte und blickte von De Graaf weg zur Wand.

„Wo haben Sie sich kennen gelernt?" De Graaf ließ nicht locker.

Klick klack

„In Amsterdam! Schon lange her. Ich lief auf dem Damrak bis zum Damsquare, dorthin, wo sich früher, also ganz früher, die Hippies trafen und kifften. Es war etwas ganz Besonderes, was dort entstand. Hel und ich verbrachten viel Zeit miteinander."

Ich erzählte Rob, dass wir bei den Krakers wohnten, den Hausbesetzern am Rande der Stadt und ich irgendwann meinen Eltern schrieb, dass ich meinen Urlaub verlängern würde. Dem Vater war es nicht recht gewesen, denn er hätte nun die Großschlachterei mit den vielen Verkaufsfilialen alleine organisieren und bewirtschaften müssen. Das wäre an seine gesundheitlichen Grenzen gegangen. Nach seinem Herzinfarkt hatte mich meine Mutter im besetzten Haus besucht und mich inständig gebeten, nach Groningen zurückzukehren. Ich sei hin und her gerissen gewesen, doch glücklicherweise hätten sich Helena und meine Mutter auf Anhieb verstanden, sagte ich ihm.

„Sie hatten so einen gemeinsamen Spirit, verstehen Sie, Rob? Ich darf Sie doch Rob nennen, oder?"

De Graaf sagte nichts, er nickte nur.

Deshalb fuhr ich fort. „Eine Weile wohnten wir zu viert im Haus, mein Vater erholte sich etwas, doch dann traf es ihn erneut. Im Groninger Ziekenhuis UMCG verstarb er. Für uns alle dann doch zu plötzlich und unerwartet. Meine Mutter konnte das nicht verkraften, dann starb auch sie." Ich schwieg.

Nach einer kurzen Pause ermunterte mich der Reporter, weiterzuerzählen.

Ich schilderte ihm, dass Hel und ich nun die Schlachtbetriebe übernahmen, eigentlich völlig unvorbereitet; ein totaler Paradigmenwechsel vom freien, losgelösten Leben der Krakerszene zum festgefügten Handwerker- und Managerleben eines Großschlachters. Ich erzählte, dass wir praktisch keine Freizeit mehr hatten, nicht mehr machen konnten, wozu wir Lust hatten.

„Selbst meine Passion, die als Hobby begann und in ein zweites Standbein als Künstler mündete, war gefährdet", sagte ich.

„Welches Hobby hatten Sie?", fragte De Graaf.

Klick klack

„Na ja, es war mehr schon Profession, denn ich verdiente nebenbei gutes Geld als Präparator und Dermoplastiker. Das Finanzielle spielte nicht die große Rolle. Mir kam es auf die Anerkennung als Künstler an und diese stellte sich dann auch ein", erklärte ich, während De Graaf mit hochgezogenen Augenbrauen zuhörte.

Klick Klack

„Sie haben also Tiere ausgestopft?", fragte er.

„Vorsicht! Den Begriff Tierausstopfer hören wir nicht gerne. Er diskriminiert. Er sollte ersatzlos ausgemerzt werden, da er bei weitem nicht den Wirkungskreis eines künstlerischen Dermoplastikers oder eines Taxidermist trifft", dozierte ich.

Ich hatte das Gefühl, De Graaf schien beeindruckt. Also fuhr ich fort: „Bereits die Ägypter erreichten eine hohe Kunst bei der Konservierung ihrer Mumien, wie Sie wissen."

Ich war in meinem Element und schilderte dem Zeitungsmenschen, dass aus den zahlreichen Naturkabinetten sich die heutigen Naturkundemuseen entwickelten und dass auch von Humboldt oder Darwin ihre Funde der Nachwelt erhalten wollten und die Innereien zur Präparation der tierischen Objekte entfernten.

Klick klack

„Sagen Sie mal, können Sie mich nicht von dieser verdammten Fessel befreien lassen? Man fühlt sich ja wie ein Irrer, ein Wahnsinniger!" Ich sah De Graaf an.

Der blickte flüchtig auf den *Venezianischen Spiegel*, hinter dem ich weitere Personen vermutete. Was für ein Kretin; glaubte er wirklich, ich wüsste nicht, was hier abging? Ich rutschte vorne auf die Bettkante. „Sie haben doch wohl keine Angst vor mir, oder?"

Natürlich hatte er Angst, das spürte ich, das roch ich förmlich. Ich hatte zu viele Menschen erlebt, denen die Angst aus allen Poren gekrochen kam. Jetzt hatten wir den nötigen Abstand, das richtige Gefälle.

Klick, klack

De Graaf klickte nervös an seinem Kugelschreiber, ansonsten zeigte er keine Regung. Unhörbar atmete er einmal tief durch und sagte, ich solle mich bitte wieder beruhigen.

„Und wenn nicht? Schließlich bin ich Künstler und will dementsprechend behandelt werden!"

„Dann werde ich nicht über Sie schreiben! Sie wollten doch diese Story", konterte De Graaf.

Ich überlegte. „Okay, allerdings müsste ich zur Toilette! Das geht wohl schlecht mit gefesselten Armen", sagte ich. Irgendwie musste ich diese Armfesseln abbekommen.

„Sie wollen also mit allen Mittel aus dieser Fixierung heraus! Gut. Ich sag Bescheid, ich versuche es.“ Er hob die Hand in Richtung Spiegel und winkte, worauf zwei stämmige Wärter den Raum betraten.

Während mir der Ältere die Fesseln öffnete, stellte sich der Zweite mit verschränkten Armen in anderthalb Metern auf. Ich streckte meine Muskeln zur Lockerung und besseren Durchblutung. „Sollte das ursprünglich mal ein Bein werden?“ Ich deutete auf den ausgeprägten Bizeps des zweiten Mannes. Der ließ sich nicht provozieren und antwortete nicht.Ich ging durch die Tür am Fenster. Dahinter befand sich die kleine Toilette.

Der weißgekachelte Raum wies zur optischen Auflockerung eine uringelbe Bordüre aus schmalen Fliesenstreifen in Augenhöhe auf. Ich entledigte mich der überflüssigen Flüssigkeiten, zog den Reißverschluss hoch und versuchte auf Zehenspitzen aus der kleinen Fensterluke zu schauen. Gitterstäbe unterbrachen den Blick auf das verregnete Dach des Nachbargebäudes, auf dessen First eine Raubmöwe hockte.

Ich kehrte in den Raum zurück, in dem der Reporter nun wieder alleine saß.

Klick klack

Neben seinem Notizbuch lag ein aufgeschlagener Ordner auf dem Tisch. Ich setzte mich ihm direkt gegenüber. Die leidigen Fixiergurte lagen in der Ecke. Rob sah meinen Blick und meinte: „Ich denke, die werden wohl nicht mehr nötig sein. Sie wurden nicht auf meine Veranlassung fixiert. Verzeihen Sie“, sagte er etwas unsicher und fragte übergangslos: „Wie ist Helena gestorben?“

„Ein Unfall!“ Mehr sagte ich nicht. Sekunden vergingen.

Klick, klack

Da war es wieder, dieses unkontrollierte Betätigen des Druckknopfs am Kugelschreiber. Das Geräusch machte mich wahnsinnig, – De Graaf machte mich wahnsinnig.

Als ich weiter schwieg, bohrte er nach.

Klick, klack
„Wie kam es dazu?“
„Wir hatten Streit. Es begann mit Kleinigkeiten“, erzählte ich und merkte, wie mein Blutdruck hochfuhr. Schweiß trat aus den Achselporen und diese lästigen Kopfschmerzen stellten sich erneut ganz langsam ein. Warum stellte der diese Fragen, was ging ihn Helena an? Er sollte einen tollen Bericht über mich schreiben, aber Hel in Ruhe lassen.
„Und dann war sie plötzlich tot“, versuchte ich abzukürzen. Ich hatte diese Situation satt, mein Magen drehte sich.
„So plötzlich?“ Hörte ich ein wenig Spott in der Frage? Ich sah mein Gegenüber an. Der erwiderte meinen Blick seelenruhig, lächelte süffisant und wartete.

Klick klack
„Worüber stritten Sie?“
„Über dieses und jenes, Kleinigkeiten eben“, sagte ich knapp. Ich war zunehmend genervt.

Klick klack
„Sie wollte mich verlassen, weil...“ Ich brach ab.

Klick klack
„... weil?“ Warum bohrte De Graaf in meinen Wunden?
„Meine künstlerische Arbeit gefiel ihr nicht. Ich hatte einen Teil der Fleischfabrik für mich reserviert, wo ich in Ruhe arbeiten konnte, ohne gestört zu werden.“ Ich berichtete, dass normalerweise alles bombensicher verschlossen gewesen war, aber eines Tages sei es meiner Mutter so schlecht gegangen, dass sie ins Krankenhaus eingeliefert werden musste; Hel hätte mir Bescheid geben wollen, hätte mich gesucht und mich letztlich mitten beim Präparieren gefunden.
„Sie wusste bis dahin nicht viel über meine Arbeiten. Das Klackern ihrer Pfennigabsätze auf dem Fliesenboden kündigte ihr Kommen an.
Klick klack Klick klack Klick klack
Und schon war sie an der Tür.“

Ich holte Luft und erzählte weiter, dass ich gar nicht so schnell reagieren konnte, denn ich hätte soeben einen Körper geöffnet gehabt. „Plötzlich stand sie neben mir und schrie mich an."

„Sie wusste doch, dass Sie Tiere präparierten, oder?", fragte Rob.

„Das schon", sagte ich und schwieg. De Graafs Kugelschreiber regte mich auf.

Klick klack

„Also warum schrie sie?" De Graaf ließ nicht locker. Der Kugelschreiber meldete sich wieder.

Klick klack

Wenn er nur dieses Klackern ließe. Ich wurde immer fahriger, das Kopfdröhnen nahm erneut zu. Schließlich war es mir egal, ich erzählte weiter."Sie schrie, weil es eben kein Tier war, sondern..."

„... sondern?"

Klick klack

„Ein Mensch, eine Leiche!"

Klick klack Klick klack

Rob de Graafs Daumen arbeitete schneller, ansonsten ließ er sich nichts anmerken.

„Hel schrie und schrie... ich sei ein Monster, ich sei verrückt, sie wolle mich verlassen, woher ich die Leiche hätte... usw."

„Woher kam die Leiche?", fragte De Graaf.

„Von einem Freund, einem Bestatter. Der brauchte Geld und so kamen wir zueinander. Er hat sie im Krematorium gegen anderweitiges, brennbares Material ausgetauscht. Die Asche kam in die Urne und wurde beigesetzt, die Leiche zu mir."

„Und das ist nicht aufgefallen?" Rob de Graaf grätschte wieder dazwischen.

„Nein, alles lief bestens, bis Helena auftauchte und verrückt spielte. Ich hätte ihr zu Liebe sogar meine Kunst aufgegeben, aber sie drohte mit der Polizei und schrie hysterisch, sie wolle nicht mit einem Dr. Mabuse oder Frankenstein zusammenleben. Sie flüchtete zur Tür."

Ich erzählte weiter, dass ich sie aufhalten wollte, aber nur einen

Stofffetzen ihres Kleids erwischte, das zerriss, worauf sie ins Straucheln geraten war und mit dem Kopf gegen die Stahlkante der Türzarge schlug. Dann hätte sie sich nicht mehr gerührt!

Ich war erschöpft, ich konnte nicht mehr weiter sprechen. Diese Erlebnisse kamen wieder hoch und nahmen mich völlig mit.

„Bevor wir eine Pause machen; Ihre Mutter ist im Krankenhaus gestorben?", fragte De Graaf.

„Ja!"

„Aber sie erhielt ein normales Begräbnis, d.h. wenn ihr Grab geöffnet würde, läge Ihre Mutter auch darin?", fragte de Graaf.

„Unterstehen Sie sich! Wird meine Mutter exhumiert, endet unsere Zusammenarbeit", drohte ich. „Sie müssen mir schon vertrauen!"

„Okay, ich vertraue Ihnen doch, sonst wären Sie längst wieder fixiert." De Graaf versuchte, mich zu beschwichtigen.

Klick klack

Er machte sich Notizen.

„Also, fassen wir zusammen: Ihre Mutter wurde normal bestattet, Helena zwar konserviert, aber nicht ausgestellt wie die anderen, richtig?"

Ich nickte: „Genau, Helena wollte ich bei mir behalten, sie sollte ewig bei mir bleiben. Bis die Bullen kamen, war sie das auch. Sie lag in unserem Bett."

Klick klack

„Aha, Sie haben also tatsächlich mitbekommen, dass Helena zwar konserviert, aber doch tot war?", fragte de Graaf.

„Klar, ich bin doch nicht verrückt! Ich wüsste nur zu gern, was mit Hel geschehen ist?", fragte ich aufgeregt.

„So viel ich weiß, ist Ihr Haus seit Ihrer Festnahme versiegelt worden und wird von der Spurensicherung auf den Kopf gestellt. Helena liegt vermutlich bei der Gerichtsmedizin", sagte Rob de Graaf. Ich dankte ihm für diese Information.

Wir vereinbarten eine Pause. De Graaf winkte den Wärtern hinter dem Spiegel.

Ich legte mich auf die Pritsche. Während ich wegdämmerte, kam der Alptraum zurück. Ich hatte Sehnsucht, Sehnsucht nach Helena:

Ich musste sie zurück haben.

Klick klack
Nach dreißig Minuten saß der Journalist wieder an seinem Platz.

Klick klack
„Mich würde interessieren, woher Ihre Opfer kamen, wie Sie sie töteten und wie Sie die konservierten Leichen…"

„Kunstwerke!", verbesserte ich, „durch mich wurden sie erst zu bedeutsamen Ausstellungsstücken."

„Ausstellungsstücke, aha", konstatierte Rob de Graaf spöttisch, „aber umgebracht haben Sie sie trotzdem, oder?"

Klick klack
Er schrieb in seine Kladde.

„Nun gut, also, wie haben Sie sie transportiert?"

„Ganz unterschiedlich, mal im VW-Bulli, mal in einer Bakfiets, diesem Lastenfahrrad, je nachdem, welche Position die Figur später einnehmen sollte. Getötet habe ich sie immer auf die gleiche Art und Weise und vorher natürlich mit einem Tuch vor dem Gesicht betäubt! Der Körper sollte möglichst unversehrt bleiben, denn ein Hammerschlag hätte zum Beispiel den Kopf zertrümmert; alles wäre umsonst gewesen", erklärte ich.

Klick klack
„Verstehe", sagte De Graaf und schrieb mit.

„Die ersten Leichen kaufte ich vom besagten Bestatter gegen ein gewisses Entgelt. Dann musste ich aber auch ihn ‚behandeln'. Er bekam mit, was ich mit den Körpern machte und versuchte mich zu erpressen." Ich holte tief Luft und erzählte dem Reporter, dass ich den Bestatter beim Kampf mit einem Skalpell versehentlich am Ohr verletzt hätte, bevor der Äther wirkte. Das wäre ein Jammer gewesen. Die Ohrmuschel hätte ich getrocknet und an den Nachbarhund verfüttert, der Schweineohren liebte. Jedenfalls hätte ich improvisieren müssen, da ich meine Exponate ausstellen wollte und ausgerechnet dieser Bestatter, ich nannte ihn nur noch OHRAB, wäre mir bis auf eben dieses abgeschnittene Ohr meisterlich gelungen. „In der Zeitung las ich von einer Vincent van Gogh-Ausstellung im Groninger Kunstmuseum beim Bahnhof und so kam mir die Idee, fortan meine Werke thematisch zu präsentieren", sagte ich.

„Und Sie konnten dort so ohne weiteres ein- und ausgehen, ohne aufzufallen?", wunderte sich der Journalist.

„Man kann alles bewerkstelligen, wenn man einen Blaumann an hat. Du kannst Fahrräder oder Straßenschilder klauen, Hauptsache, du siehst so aus, als würdest du offiziell handeln. Bei diesen Kunstausstellungen geht sowieso alles drunter und drüber."

„Haben Sie die Reaktionen auf die Ausstellung erwartet?"

„Ehrlich gesagt, habe ich das erhofft. Meine Figur war der Hit. Alle dachten, sie gehöre zur Ausstellung. Die Macher wollten natürlich auf der Erfolgswelle mitschwimmen: Es kamen dadurch mehr Besucher als erwartet, alle wollten sich mit OHRAB fotografieren lassen. Selfie hier, Selfie da. Man sprach schon von einer OHRAB-Manie."

„Deshalb haben Sie ein paar Monate später noch einmal nachgelegt, oder?!"

Klick klack

De Graaf steigerte seine Druckknopf-Touchdowns am Kuli und steckte mich mit seiner Nervosität an. Plötzlich legte er einige Fotos auf den Tisch. Er war ausgesprochen gut informiert: „Sie benötigten eine Punkerin für die nachfolgende Dawid-Bowie-Ausstellung, ein ähnlich androgynes Wesen – auch dieses Werk wurde ein Mega-Erfolg, nicht wahr?", meinte Rob de Graaf.

„Ja, die Zeitung Dagblad van het Norden brachte eine Doppelseite mit Selfies von meiner Figur und eine Rückschau zu OHRAB. Die Leser sollten ein Ranking machen, welches Werk und welches Selfie ihnen am besten gefiele. Es wurden Spekulationen über den Urheber laut", ergänzte ich begeistert.

„Aber dort haben Sie nicht weiter gemacht, sondern sich andere Ausstellungsorte gesucht." Rob de Graaf sah mich an.

Klick klack

„Ja leider, es ging nicht mehr. Das ist der Preis für den Ruhm. OHRAB und auch die Punkerin wurden in der Zeitung von ihren Angehörigen und Freunden erkannt. Weitere Aktionen waren zu gefährlich für mich."

Klick klack

„Aber Sie wollten nicht aufgeben. Passende Personen gab es quasi überall, man musste nur die entsprechenden Orte finden, richtig?", fragte de Graaf und fuhr fort: „Für das Pelster-Gasthuis in der Pelsterstraat suchten Sie in einem Internetchat einen allein stehenden Menschen, da in diesem Stift fast nur Bewohner ohne Anhang leben. Auf eine Bank, die nur für Bewohner und nicht für Touristen reserviert ist, setzten Sie daher eine Ihrer sogenannten Kunstwerke." Seine zweifelnde Betonung des Wortes Kunstwerk gefiel mir gar nicht.

Klick klack

Rob malträtierte den Kugelschreiber in hoher Frequenz. „Sie hatten auch Kontakt zur Akademie Minerva, zur Groninger Kunsthochschule! Sie besuchten einige Seminare. Die Universität bietet allen Interessierten die Möglichkeit sich mit dem Studium Generale als Gasthörer einzuschreiben und unabhängig von ihrem Schulabschluss an den Grundlagen der Wissenschaft und an aktuellen Ergebnissen aus Forschung und Lehre teilzuhaben, nicht wahr? Das hat jedenfalls die Polizei so ermittelt."

„Aber das war mir letztlich doch zu elitär und abgehoben, praxisfern eben. Ich traf dort allerdings einen emeritierten Professor, der nun für ewig im Eingangsbereich sitzt", ergänzte ich amüsiert.

Klick klack

„Und wo waren Sie noch tätig?" De Graaf wollte es aber genau wissen.

„Da müsste ich in meinem Werkverzeichnis nachsehen", sagte ich. „Aus dem Kopf weiß ich nicht mehr alles so genau."

„Versuchen Sie es", ermunterte mich Rob De Graaf und bemühte den Kugelschreiber. „Ich helfe Ihnen." Er zeigte auf ein Foto: „Die Hans-Guck-in-die-Luft-Figur setzten Sie in die Groninger Bahnhofshalle. Wie ich mittlerweile weiß, sollten die Menschen animiert werden, sich die genial kreierten Hallendecken anzusehen. Da gehen täglich unzählige Menschen durch und die wenigsten blicken nach oben. Die Decke ist reich verziert mit Papierstuck, die Fenster sind mit Glasmalereien versehen, und überall sind Fliesentableaus mit symbolischen Abbildungen zu sehen. Ihre Absicht war es, dass von nun an viel mehr Menschen nach oben blicken sollten, richtig?"

Ich nickte stolz: „Genau. Meine Figur erzählte den Leuten, was sie machen sollten: Blickt nach oben! So wurde ich, nebenbei gesagt, der Erfinder des Narrativen Realismus."

Klick klack.

„Aber wie können Sie der Erfinder sein, wenn es schon lange ein Institut des Narrativen Realismus gibt?", fragte De Graaf ketzerisch nach und fuhr fort: „Aber weiter ins Noordelijk Scheepvaartmuseum. Das Museum zeigt die Geschichte des Nordniederländischen Schiffbaus und der Schifffahrt vom Mittelalter bis zum heutigen Tage. In den beiden mittelalterlichen Bauten des Museums kommt u. a. Die Hanze im Mittelalter zur Geltung. Natürlich musste hier ein Seemann drapiert werden, das ist ja wohl klar, richtig?"

„Falsch, ganz falsch!", brüllte ich zornig dazwischen. „Das war ein Kopist! So ein Plagiat würde ich mir nie zu eigen machen! Das ist eine absolute Sauerei, was sich dort ein Amateur erlaubt hat!" Ich konnte es gar nicht fassen.

„Ach, diese Figur ist nicht von Ihnen? Interessant. Dann lassen wir sie zunächst einmal weg", versuchte mich Rob de Graaf zu beruhigen.

Ich musste mich konzentrieren und sagt dann: „Außerdem hat mich der Tschumipaviljoen am Hereplein immer fasziniert. Ach, es sind so viele interessante Orte in Groningen zu sehen."

Klick klack

Eigentlich hatte ich keine Lust mehr weiter zu erzählen, aber Rob De Graaf ließ nicht locker. Er machte mich total fertig. Bis jetzt war die Unterhaltung mit ihm noch ganz nett gewesen, aber irgendwann musste auch Schluss, musste es auch gut sein.

Klick klack

Klick klack

De Graaf hörte nicht auf.

Klick klack

Klick klack,

Klick klack

Er fragte immer weiter.
Klick klack
Klick klack
Klick klack

Alles drehte sich.
Klick klack
Klick klack

Ich wollte nicht mehr.
Klick klack
Ich konnte nicht mehr.
Plötzlich hielt ich den metallenen Stift in der Hand. Die Spitze bohrte sich in De Graafs Hals.
„Aufschließen!", befahl ich mit Blick zum Spiegel, „zack, zack!"
Gemeinsam mit meiner Geisel marschierte ich durch die Tür, den Flur entlang, weiter, immer weiter bis zur nächsten Tür; durch sie musste es nach draußen, in die Freiheit gehen und zu Helena!
Ich drückte die Türklinke.
Freiheit für die Kunst, zurück zu Hel.
Klick klack
Der Riegel bewegte sich.
Klick klack

2. Zwolle

Steernenkieker

von Gesine Reichstein

*To weeten, dat wi weet, wat wi weet un nich to weeten, wat wi nich weet, dat is wahr Weeten. (Nikolaus Kopernikus * 19. Februar 1473 in Thorn; † 24. Mai 1543 in Frauenburg war ein Astronom und Arzt, der sich auch der Mathematik und Kartographie widmete.)*

Dat is Nacht, deepe Nacht an'n lesden Novemberdag 1539 in de Rechtsstadt vun Danzig. Bi kolle teihn Grod Frost geiht dat in den Dezembermaant. „Spokojne" (ruhig) Anna Schilling stennt in eens dör un Pola, de Moder Griepsch, begöscht ehr sachtjes, mal up Poolsch, mal up Platt. „Geiht wieder." Siet Stünnen liggt Anna up't Bett un is natt vun Sweet. Mit'n Mal röppt Pola: „Uwaga! Dat kümmt. Eenmal noch!" Un denn: „Dziewczynka! Een Steernenkind!" Anna sücht deep dör: „Een Steernenkieker! Mit de Plette un dat Gesicht na baben!" (Als „Sternengucker" werden Babys bezeichnet, die mit dem Gesicht nach oben gewandt zur Welt kommen. Ihnen werden besondere Gaben nachgesagt.) Nu gifft dat för Anna keenen Twiefel mehr, keen de Vadder is. Pola hett de Deern in Luren wickelt un Anna lett em ran an de Bost. Sachte strakelt de Finger över de lütte noch natte Plette. „Katarzyna schallst heeten. So as de leevste Tante vun em, Katarzyna Kopernikus. Man vun dienen Vadder warrst woll dienen Leevdag nich hören. De Bischopp Dantyszek hett us quiet warrn wullt un Nikolaus hett dat tolaten. Hett mi un di rutkumplementeert ut Fruensborg." Pola hett in de Twüschentiet de Kamer schier maakt un niege Lakens utleggt. Se leggt ehr Hannen up Annas Kopp un up de Lütt: „Do widzenia! Kaam morrn weer bilangs. Een Steernenkieker! Wünsch di allens Glück up de Eer."

*

De 1. April 1545 fangt rusig an. Dat pladdert mit Ossenogen up't Water un af un an suust een stieve Böje dör de Straten vun Zwolle. Un doch kann dat Schipp in'n Haben bi de Pelserpoorttoren fastmaken.

De Pelsers (Kürschner) töövt all up dat veele Fell ut den wieden Osten un de Händlers staht ok all dor mit den Sandsteen ut Benthem un de Haringe to'n Verladen. Man erst kümmt een groten Mann mit een lütte Deern an de Hand över dat Fallreep vun Bord. Hendrika van der Shelling löppt up de beiden to: „Cornelius! Goot, dat du weer an Land büst. Un dat is de lütt Katrien?“ „Dat is se. De Enkeldochter vun mien Broder. Bitto hebbt se se Katarzyna nöömt, dor in Danzig. Man nu büst Katrien, nich?“ Cornelius bört dat Kind hoch un drückt dat sien Fru Hendrika in de Arms. „Will noch man eben röver na Gerardus. He will dat Kind jo annehmen un nu sünd wi dor un ick segg em un Griet Bescheed. Kaam denn stracks weer na Huus.“

*

De lesde Dag vun dat Johr 1555 is so smööd, as de Winter al lang nich mehr wesen sünd. As in't Vörjohr küselt een warme Wind dör de Seils vun de Scheep un dör den lütten Haben vun Zwolle. De Klock vun de Grote Kark sleiht halbig twölf, as de beiden Fischerslüüd mit ehr lütte Aak in den Haben seilt. Mit'n Mal röppt de een: „Hollstopp! Wat is dat denn dor?“ un he wiest na rechts. Ut dat Water reckt een Hand. De beiden stüert ehr Schipp dorup to un treckt een Liek ut dat Water. De Liek vun een junge Fru. De Uploop warrt grötter un grötter, bit se de Liek an'n Henker övergeven hebbt. He is tostännig för de Stackels, de sick dat Leben nahmen hebbt. Duert man blots een korten Sett un de smööde Wind treckt weer över een glatt still Water.

*

Dorvun hett Anna Schilling wiet weg in Danzig nix mehr vun to weten kregen. De hebbt se al 1550 na Kösters Kamp bröcht. Söben Johr vördem is al Kopernikus vun de Eer afgahn. Anna hett dat nich swaar hatt in de lesden Johren, wat dat Geld angeiht. Kopernikus is nienich kniepig west. He harr för Anna in Danzig een lütt Huus köfft un dor hett se bit an ehr Enn leevt. Man Bischop Dantyszek hett keen Roh nich geven, ok nich, as Anna al lang vun Fruensborg weg weer. De Bischop will ok dat Kind nich in sien Kuntrei lieden, Horenskind nöömt he dat jümmer. Nadem dat Kind nu weg is, hett sick Anna mehr an de Mennisten (Mennoniten) hollen, de een paar Johr vördem ut Holland na Danzig flücht weern. Keen Bischop mehr un enelk weer de eegen Spraak un Snacken mit Minschen, de ok so recht keen Tohuus hebbt. Sünnerlick mit den Köster un den sien Fru hett

Anna nu veel Ümgang. Anna un Tineke snackt abendelang bi't Spinnen un Stricken. De Köstersfru kann Anna allens vertellen, vun de Saak mit Kopernikus, vun dat Kind, wat se na den Broder vun ehren Vadder na Holland hett geven müsst un vun de Drammseree vun den Bischop. Vun de katholsche Kark hollt beid Fruens nix mehr un se helpt nu den Pastoor un den Köster bi dat Upbuen vun een niege Kark in ehr Gemeende. De Müern staht al, dat Dack mutt noch babento un de Pastoor hett de Kanzel un den Dööpsteen al bi de Händlers bestellt. Wat de anlangt, dat kann noch een lange Tiet duern. De mööt vun wietweg ut Benthem kamen un ok dat hett Anna nich mehr beleevt. De Dörpsteen kümmt 1553 in Danzig an, leevert vun den holländschen Hannelsföhrer Gerardus Thorbecke.

*

Hendrika steiht noch een beten verlaren an'n Haben. Nu hett se mit'n Mal een Kindskind vun ehren Swager Arnd in de Hannen. Arnd sülven hett se noch nienich sehn. De is in junge Johren mit een Hannelskogge na Danzig seilt un hett dor goode Geschäfte maakt un is dor ok traut. Arnd hett jümmer eenen Breef up den Weg na Zwolle bröcht, wenn weer wat Lütts siene Familje grötter maakt hett. Dat lesde weer een Joanna west, kann sick Hendrika noch up besinnen, ümdat de polsche Naam keen „h" dortwüschen harr. Man denn keem ut Danzig nix mehr, keen Breef un keen Kort, bit verleden Johr. Unverwachtens harr düsse Joanna sick mit een Brandbreev mellt. Se schreev, se harr düllen Verdreet mit een Bischop un se müss ehr lütte Dochder buten Lanns brengen. Wat de Familje vun ehren Vadder woll de Deern nehmen kunn? Hendrika un Cornelius hebbt nich lang överleggen müsst. Se harrn in de lesden Johren Vermaak an de niege Lehr kreegen un de so begreepen, wat de Nöchstenleev dat woll vun ehr verlangen dee. Man bi ehr in't Huus kann de Deern doch nich blieven. Hendrikas Vadder leevt noch bi ehr un de is bannig süük an Swindsucht. Dat Kind is to lütt un to minn un schall sick nich forts so een Krankde an'n Hals halen. So sünd se up Griet kamen. Hendrikas Süster wahnt man een paar Straten wieder blangen de Brueree in de Diezerstraat. Griet un ehr Mann Gerardus hebbt een Hannelsbüro mit Sandsteen un Geld noog, een lütt Kind uptotrecken. Man so een lüerlütt beten kruppt doch dat slechte Geweten bi Hendrika de Nack hoch. Griet un Gerardus hebbt keen eegen Kinner. Schullen se goot to de Deern wesen? Schullen se noog Geföhl för den verlaten Stackel hebben? Man lang kann Hendrika dör nich över sinnen. Cornelius is trüggkamen un nu kann de Deern röver na de Thorbeckes in de Diezerstraat bröcht warrn. Un ok de Breev. De Breev vun Anna, de de Dochder an ehren teihnten Geburtsdag to lesen kriegen schall. Anna harr Hendrika schreven, denn weer Katarzyna – Katrien olt noog, sülven to lesen, wo se vun weg weer un worüm de Moder ehr as Kind so wiet över de See stüert harr. Griet stoppt den Breef foorts in dat Unnerkleed un kumplementeert Süster un Swager na buten. „Nu laat us mit de Deern alleen. Wi mööt us annanner wennen."

*

„Licht is mi dat domals nich tofallen, eenfach so een Kind annehmen", seggt Griet, nadem se ehr de Bottschupp bröcht hebbt, dat se Katrien ut't Water trocken hebbt. „Wi harrn jo sülven keen Kinner un ick wüss so recht nich, wat mit so een Deern antofangen is. Toerst hett se ok jümmer allens dörnanner snackt, polsch un platt, un männigmal hett se nixnich vun sick geven. Stillkes weer Katrien. Vör allen in de ersten Johren. Dat Kind weer flietig in'n Huusholt un later, as ick ehr na de Paters in't Kloster bröcht heff, wat se ehr Lesen un Schrieven bibrengt, do kunn et nich noog kriegen un greep na allens, wat een lehren kunn. Dat weer nich veel un dat mehrste keem vun usen Pastoor. Man mit een Slag is Katrien anners worrn na ehren teihnten Geburtsdag. As verspraken, heff ick ehr den Breef vun ehr Moder geeven un achterna weer Katrien as utwesselt. Se strahlde männigmal vör sick hen, danzde haast bi't Lopen up de Straat un füng dat Singen an. Katrien hett mi nienich vertellt, wat Anna in den Breef schreven harr, man dor mutt wat in stahn hebben, wat Katrien dat Leven lichter maakt hett. De Deern harr den Breef jümmer bi sick un pöss up, dat em nüms in de Hannen kreeg."

*

Mien Kinnertiet? Wat schall ick dorto seggen? Vun de ersten fief Johr weet ick nixnich vun af. Blots an de lange, langwielige un kolle Föhreree mit dat Schipp, dor kann ick mi up besinnen. Un dat dor wat schellde, nich blots de Warmte vun de Sünn, ok de Warmte üm't Hart schellde mi. Vördem mutt dor wat west hebben, dat föhlde ick wall. Man wat dat weer, wüss ick nich. Un so güngen de Daag hen, de Maante, de Johren. Griet geev sick Mööh mit mi, ick harr nix uttostahn bi ehr, keen Haue un ok keen böös Woort. Man ehr un ehren Gerardus – heff em nich faken sehn, weer jümmer up See, bröch Dööpsteen in'n Osten un keem mit Felle weer – man de beiden harrn sick an de Kark un an de hillige Schrift verbeeten, nu de druckt weer. Keen Freid, keen Lachen, verbiestert leepen se dör't Leven un dachen jümmer wat Nieges ut, wat se – un denn ick ok – Godes för Gott doon müssen. Nich Godes an anner Minschen, nee blots bi dat Beden. S'morrns, s'middags, s'abends un denn bi't Beddegahn: Beden, beden, beden. Un as dat denn gebörde, 1548, as Dunner un Blitz den Torn vun de Grote Kark verneelden, do wöör dat lieder mit dat Hannenfollen. Villicht weer ick eens Dags utneiht, wenn ick nich twee Johr later to mienen Geburtsdag vun Griet den Breef kreegen harr. „Vun Anna Schilling an Katarzyna van der Shelling" stünn up dat Kuvert. Un wat in den Breef steiht, dat weet ick butenkopps, Woort för Woort. Vun de Tiet an weet ick, wat mi schellde in all de Tiet: de Warmte vun miene Mama Anna Schilling. Man de mutt ick nich mien Leven lang missen. In den Breef hett miene Mama mi verspraken, dat ick weer na ehr henkamen kann, sodra ick sössteihn bün. Denn, so schreev se, is Gras över de Saak wussen. Wat dat för een Saak is, hett se nich schreven. Bold kann ick denn na ehr na Danzig hen. De söss Johr, dor heff ick mi jümmer dran fasthollen, de söss Johr gaht rüm. Un mit'n Mal weer dat Leven lichter, de Sünn schiende heller un de Lüüd weern vergnögter. Nu kööınt Griet un Gerardus noch so veel beden un na de Kark henlopen, ick weet, wo ick henstüren will. Ick gah up de Straat, na'n Haben, up den groten Markt, wenn ick anners nix doon mutt. Ick will wat weeten över de Stadt dor wiet in'n Osten. Ok wenn up'n Markt de Spitzboven de Kopp afhaut warrt, ick bliev dor. Henkieken kann ick nich, man an sockse Daag is de Markt vull vun Minschen un ick kann so allerhand wieswarrn.

*

Katrien? Na, de Deern is woll jümmer de Katarzyna ut'n Osten bleeven, meen ick. As mien Fru Griet dat Hendrika verspraken hett, för de Deern to sorgen, do heff ick mi dor nix bi dacht. In de ersten Johr weer jo ok allens goot. De Deern anstellig mit een hellschen Kopp. Man so oller se warrt, so lieder warrt dat bi ehr. Driewersch, dee ick seggen, Allemannsdeern seggt annern. Schojjack, de een nich in't Huus hollen kann. Warrt seggt, de Deern is vun de Bank fullen (unehelich geboren), man wiss weet ick dat nich. Aber se beert jüst so, as wenn de Appel nich wiet vun'n Stamm fullen is. Jümmer sick an'n Haben rümdrieven, mit de Janmaten ficheln, up'n Markt mit de Suupbüdels sludern. Wiss hett us de Herrgott us wahrschuen wullt, as de Blitz in den Karktorn inslahn is. Man domals hebbt wi dat noch nich weeten, dat wi ut de polsche Deern nienich een anstännige junge Fru maken köönt. Man worüm se nu to Water gahn is (sich selbst ertränken), dor warr ick woll nich achterkamen.

*

De lesde Dag vun dat Johr 1555 kümmt jüst Ruud trügg vun sien Reis över de Ostsee. He hett Kaas verköfft un kümmt nu mit Korn weer na Zwolle. Sien Vadder Cornelius hett in de lesden Johren so veel Geld maakt mit de Haringe, dat he Ruud een eegen Schipp kopen kunn. Kümmt dat doch mehr un mehr up, dat de Hannelslüüd up eegen Reken ehr Waren verköpt un de Hansekuntors buten vör laat. So ok Ruud un nu kümmt he heel tofreden an Land. As jümmer, wenn grote Scheep rinkaamt, steiht ok Katrien an'n Haben. Ruud dreiht sick na ehr üm. As Kinner hebbt se nich veel Ümgang mitnanner hatt. Katrien droff vunwegen de Krankde vun Opa nich in't Huus kamen un Ruud sülven is nich faken bi Tant Griet un Unkel Gerardus west. Düt Gedoo üm den leeven Herrgott un de Bederee hebbt em dorvun afhollen. Man dat Katrien een smucke Deern is, dat is ok Ruud gewahr worrn un nu steiht se dor as een utwussen junge Fru. Ruud stiggt een beten dat Bloot to Kopp, as he ehr an de Schullern tuckt. „Ruud! Dat freit mi, dat du weer trüggkamen büst. Heel un gesund, as dat lett." „Ick heff ok nich veel Malessen hatt bi de Fohrt, keenen Storm, man jümmer Wind. Beter kann't nich wesen up See." „Un segg, wat gifft dat Nieges vun de See un de wiede Welt?" „Up See beleevt een nich veel, Water, Sünn un Wind. Man in'n Osten, dor deit sick wat. Dor snackt se nu ok al vun de niege Lehr." „Arjan un Jozef, de beiden Paters ut't Kloster, de hebbt dor annerlesd ok weer vun snackt. Un se hebbt vertellt, wat de Kark achter männigeen achterhersitt vunwegen den Globen un dat al Lüüd ut Brabant flücht sünd. Is dat wahrhaftig wohr?" Ruud nimmt Katrien an'n Arm. „Dat is wohr. Breng du mi na Huus, denn kann ick ümmerwegens vertellen, wat ick beleevt heff." So kümmt Katrien nu to Ohren, dat Hollänners in Danzig een eegen Gemeende inricht hebbt un dat dor ok een wietlöftige Verwandte vun

Ruuds Öllern mitdaan hett. „Mitdaan? Un nu nich mehr?“ Katrien warrt wat hibbelig. „Un wat för'n Naam harr de Verwandte?“ „Anna mit Vörnaam un vun Shelling harr se Schilling maakt. Harr se maakt;“ seggt Ruud noch achterher. „Vör twee Johr sowat is se dootbleven, hett de Köster mi vertellt.“ De lesden Wöör hört Katrien all nich mehr. Se biestert up den groten Markt to, as wenn de Düwel achter ehr her is.

*

„Dat se to Water gahn is, dat will un will mi nich in'n Kopp. Se weer doch so fidel un kandidel, ok hüüt Morrn noch. Un se much dat doch so geern, wenn as hüüt weer een Kogge ut de wiede Welt ankümmt. Mien leeve Herrgott, Gerardus, wat maakt wi nu? De Pastoor kümmt nu nich un nümms höllt dat Dodengebed. Un na'n Karkhoff köönt wi se ok nich brengen.“ „Tant Griet!“ Ruud kümmt in de Stuuv rin. „Tant Griet un Unkel Gerardus, nich so gau. So fix warrt Katrien nich vör de Karkhoffsmuern inkuhlt.“ „Woso nich? De sick dat Leven nimmt, de kriggt keenen Segen vun den Pastoor.“ „Man ok nich vun'n Henker. De hett Katrien jüst na den Richtsteen up den groten Markt sleppen wullt, do hett he dat sehn.“ „Wat hett he sehn?“ „Dat Lock. Dat Lock in Katriens Kopp. Een groot Lock. Dor mutt een bannig tohaut hebben.“ Gerardus schüddekoppt. „ Heff ick dat nich jümmer seggt? Düsse Rümdrieveree un sick mit de Suuplappens afgeven, dat warrt een böös Enn nehmen.“ „Nu nich noch wat achter Katrien achteransmieten“, fallt em Ruud in't Woort. Ick haal den Pastoor.“

*

Up de Graffsteen steiht:

De Kinner, de in de Steerns kiekt, de weet, de Midd vun de Eer is nich de Midd vun de Welt. (N.K.)

3. Haselünne

Nagelmann

von Kai Engelke

„Jedes Leben ist eine Kette von Indizien für irgendeinen Tod."
(Nicolas Born)

Wenn du als Singer-Songwriter im Emsland wohnst und mit deinen Liedern womöglich deinen Lebensunterhalt bestreiten willst, dann hast du genau zwei Möglichkeiten: Entweder du vergisst das mit der Liedermacherei und suchst dir einen anständigen Job, oder aber du schnappst dir deine Gitarre, kehrst dem Emsland den Rücken und findest ganz woanders dein Glück.

Auftrittsmöglichkeiten für Künstler, die handgemachte, sorgfältig komponierte Musik präsentierten, noch dazu in Verbindung mit wohldurchdachten, intelligenten Texten, gab es im Emsland seit jeher nur wenige. Hinzu kam, dass das jüngere Publikum völlig andere Musikrichtungen bevorzugte: Techno, Hip-Hop, Elektro-Trash, Country-Rock, Metal, R'n'B, House, Pop und natürlich – doch, ja – Schlager. Liedermacher galten schon längst als gestrig, völlig uncool.

Diese Erkenntnisse waren für Mirko Schwalbe, den sie in Papenburg nur „The Bird" nannten, nichts Neues. Im Übrigen hatte er sich für eine Kompromisslösung entschieden: Er spielte halt die wenigen Konzerte im Jahr, die ihm angeboten wurden, machte auch schon mal Straßenmusik in Ostfriesland oder Oldenburg und verdiente sein Geld ansonsten als freier Mitarbeiter bei der Ems-Zeitung. Schützenfeste, Feuerwehrbälle, Einweihungen jeglicher Art, Unfälle, Brände, Ratssitzungen, Karnevalsumzüge – egal, Mirko schrieb über alles, was Zeilenhonorar brachte. Man muss ja leben.

Sein bisheriges Dasein, er war jetzt fünfunddreißig Jahre alt, betrachtete Mirko Schwalbe mit gemischten Gefühlen: immerhin Abitur, Zivildienst, abgebrochenes Musikstudium in Oldenburg, Kneipenjobs, all die vergeblichen Versuche, als Musiker Fuß zu fassen und schließlich Rückkehr nach Papenburg, ins geerbte Elternhaus, wo er seit geraumer Zeit ein letztlich doch etwas tristes Single-Leben führte. Desillusioniert war er, ein wenig verbittert auch, enttäuscht von sich selbst. Insgeheim betrachtete Mirko sich als Versager, nach außen hin gab er den über den Dingen stehenden, abgeklärten Sonnyboy. Doch ihm war schon lange klar: sein Leben musste sehr bald eine entscheidende Wendung nehmen. Aber dass die derart dramatisch ausfallen würde, damit hatte wohl niemand gerechnet. Er selbst am allerwenigsten.

Eines Tages fand er in der Ems-Zeitung einen groß aufgemachten Artikel mit der Überschrift „Von Country-Rock über Folk bis zum Blues“ und dazu die Unterzeile „Zweites Singer-Songwriter-Festival in Haselünne geplant – Musik auf mehreren Open-Air-Bühnen“.

Das gibt's doch nicht, dachte Mirko, ein Singer-Songwriter-Festival im Emsland! Der Überschrift nach zu urteilen, muss es ja wohl auch ein erstes Mal gegeben haben. Das war ihm glatt durch die Lappen gegangen. Davon hatte er nichts mitbekommen. Am Schluss des Zeitungsartikels fand sich sinnvollerweise eine Kontaktadresse. Noch am selben Tag setzte Mirko sich mit den beiden Organisatoren in Verbindung, um sich als Künstler anzumelden. Er schickte eine Demo-CD und etwas Infomaterial über sich – und siehe da, es klappte. Er wurde tatsächlich angenommen. Die Gage war zwar ein Hungerlohn, „aber es ist doch auch Werbung für dich“ – die ewige, sattsam bekannte Ausrede für miese Auftritts-Kohle. Er liebte es, auf einer Bühne vor Publikum zu stehen, und wie jeder Künstler genoss er den Applaus. Das wussten auch die Veranstalter, und sie benutzten dieses Wissen frech als sanftes Druckmittel.

Obwohl er die meiste Zeit seines Lebens im Emsland verbracht hatte, war Mirko an Haselünne immer nur vorbeigefahren, meistens auf dem Weg nach Osnabrück. Er konnte sich kaum erinnern, einmal direkt in der Innenstadt gewesen zu sein. Und was hatte er in dem Singer-Songwriter-Artikel gelesen? Haselünne sei eine Hansestadt! Hamburg, Bremen, Lübeck, Rostock, Wismar, ja – aber Haselünne? Das war ihm neu. Gab es da überhaupt einen Hafen? Höchstens an der Hase. Reger Handel wurde dort schon immer betrieben, klar. Schließlich gab es in Haselünne drei alteingesessene, überregional bekannte Kornbrennereien.

Spontan beschloss er, dem etwa vierzig Kilometer entfernten Städtchen einen unverbindlichen Besuch abzustatten. Mirko enterte seinen alten VW-Campingbus und fuhr los.

Gleich der erste Eindruck, den der Ort auf ihn machte, war mehr als eigenartig. Die Sonne brannte heiß vom Himmel, große und kleine Menschen flanierten durch die Straßen und Gassen, die mit rot-weißen Fähnchen geschmückt waren, wohl wegen einer bevorstehenden Fronleichnams-Prozession. Autos fuhren emsig hin und her, jede Menge historische Gebäude sah er, akkurat gestaltete Vorgärten, viel Schotter und Splitt, versiegelt, pflegeleicht, naturfern – etwas war hier verkehrt. Mirko hätte nicht sofort sagen können, was es war, das ihn irritierte. War es diese seltsame Stille, die den Ort irgendwie leblos erscheinen ließ? Waren es die vielen, trotz ihres ehrwürdigen Alters steril wirkenden Häuser und historischen Produktionsstätten – einfach zu herausgeputzt um wahr zu sein? Oder war es gar Mirko selbst, der wie ein Fremdkörper durch die Straßen wanderte? Ihn beschlich das Gefühl, dass die Menschen ihn überhaupt nicht zur Kenntnis nahmen. Vielleicht konnten sie ihn ja gar nicht sehen, wer weiß das schon so genau?

Du fängst an zu spinnen, sagte er zu sich selbst. Ihm wurde unbehaglich zumute. Er ging zurück zum nahegelegenen Parkplatz, las die überall angebrachten Schilder, die mit kostenpflichtigem Abschleppen drohten, falls man die vorgeschriebene Parkzeit überschritt und gab den Haselünner See als nächstes Ziel in sein Navigationsgerät ein.

Was für ein Kontrast! Hätte er geahnt, was für ein herrlicher, von üppig wuchernden, teilweise blühenden Büschen und hohen Bäumen umsäumter See sich ihm hier präsentierte, er wäre schon viel früher und viel häufiger hierhergekommen. Auf Anhieb fand er einen fast einsamen Parkplatz, direkt am Wasser. Kostenfrei noch dazu. Er setzte sich in den seitlichen Eingang seines Campers, schaute auf den See hinaus, auf dem in der Ferne ein paar Kanufahrer paddelten und genoss die Ruhe. Diese Stille war echt.

Zwar gab es hier keinerlei Hinweise, die mit kostenpflichtigem Abschleppen drohten, dafür aber ein großformatiges, rotumrandetes Schild mit der Aufschrift „Vorsicht! Eichenprozessionsspinner!" Könnte diese Warnung vor einer giftigen Raupe womöglich in einem kausalen Zusammenhang mit dem nahenden Fronleichnamsfest stehen?, so fragte Mirko sich. Er konnte sich ein heimliches Grinsen nicht verkneifen.

Dann griff er sich seine alte Gibson-Gitarre, die er fast immer mit sich führte und begann, eine Folge von Akkorden aneinanderzureihen. Improvisierte einfach drauflos. Leise summte er eine Melodie dazu. Sang ein paar Worte, die getragen waren von der friedlichen Stimmung, die ihn hier umfing. Das könnte ein neues Lied werden, dachte er, das Lied vom stillen See. Er stellte fest, dass sein rechter Daumennagel leicht eingerissen war. Sorgfältig feilte er den lädierten Nagel, der für das Anschlagen der Basssaiten unerlässlich war.

Bevor er wieder zurück nach Papenburg fuhr, nahm er sich fest vor, beim nächsten Mal endlich den Wachholderhain im nahegelegenen Naturschutzgebiet zu besuchen, von dem er schon so viel gehört hatte.

Das Singer-Songwriter-Festival, auf das Mirko sich freute, rückte immer näher. Die Veranstalter hatten ihm vorab ein paar Flyer zugeschickt. Einige der beteiligten Künstler waren Mirko sehr vertraut. Die fröhliche Truppe Schnaps im Silbersee zum Beispiel. Mit Melvin und Peter hatte er schon so manches Glas geleert. Oder die Bluesrocker von der Gruppe Schwarzbrenner, Wolfgang, Christoph und Rolf, die meistens Lyrik des Expressionisten Georg Heym vertonten. Wolfgang war für Mirko zu so etwas wie ein Bruder im Geiste geworden. Der Liedersänger vom Niederrhein, Günter Gall, war auch dabei. Mit ihm war Mirko seit ewigen Zeiten eng befreundet. Und Üze, der Spielmann, Seefahrer und Baumeister aus Flensburg. Mirko kannte ihn schon seit so viele Jahren.

Einige andere Namen waren ihm weniger geläufig, dafür klang verheißungsvoll, was sie musikalisch ankündigten: Rock'n'Roll, Jump & Jive, Southern-Soul, Americana, Folk und sehr viel Blues. Und zwischen all diesen exotischen Individualisten Mirko „The Bird" Schwalbe. Obwohl er schon so lange im Geschäft war, empfand er ein bisschen Stolz, Teil dieser Veranstaltung zu sein.

Es war ein strahlender Sonnentag, als das kleine Festival über die fünf Bühnen ging. Zwischen den einzelnen Spielstätten, die alle nicht weit voneinander entfernt lagen, waren Stände aufgebaut, an denen die vielen gutgelaunten Besucher sich mit kleinen internationalen Köstlichkeiten, zum Beispiel aus der Türkei, aus Italien, Griechenland, Vietnam oder Kroatien, versorgen konnten. Natürlich gab es auch etliche Getränkestände, von denen die Probier- und Verkaufsbuden der drei berühmten Kornbrennereien aus Haselünne am meisten frequentiert schienen.

Auch vor Mirkos Bühne hatten sich recht viele Menschen versammelt, um seine Lieder zu hören. Jeder Song wurde mit lang anhaltendem Beifall belohnt. Mirko hatte sogar das nagelneue „Lied vom stillen See" gespielt, das einen wahren Begeisterungssturm entfachte. Offensichtlich gefielen den Zuhörern seine poetischen Texte, die er meist mit einer perkussiven Gitarrentechnik effektvoll begleitete. Ein gelungener Auftritt. Mirko war zufrieden.

Nachdem er sein Konzert beendet hatte, gingen die Menschen nicht alle sofort weiter. Einige blieben stehen, um ein paar Sätze mit ihm zu wechseln. Er hörte eine Menge sehr freundliche Worte. Mirko fühlte sich gut. Ein paar Jungs baten ihn um ein Autogramm. Selbstverständlich kam er ihrer Bitte nach. Als er wieder aufblickte, sah er direkt in die großen, dunklen Augen einer ungewöhnlich attraktiven Frau, vielleicht Mitte zwanzig. Ihre langen braunen Haare fielen ihr in sanften Wellen über die Schultern. Sie war hochgewachsen und äußerst wohlproportioniert. Eine wahre Titelseitenschönheit! Mirko wusste nicht, was er sagen sollte. Sie beendete schließlich das beiderseitige Schweigen, indem sie fragte:

„Sag mal, heißt du wirklich The Bird?" Ihre schrille Stimme passte nicht so ganz zu ihrer sonstigen Erscheinung.

„Wie bitte?", fragte Mirko, der wie hypnotisiert wirkte.

„Heißt du in echt The Bird?", wiederholte sie ihre Frage.

„Nee, ich heiße Mirko", sagte er. „The Bird ist mein Künstlername."

„Künstlername? Bist du 'n Künstler?"

„Wenn du so willst, ja. Ich bin Singer-Songwriter."

„Singer-Songreiter, mega!", rief sie, wobei sie ihm ihre sorgfältig manikürte Hand mit überlangen, aufgeklebten, weiß lackierten Fingernägeln entgegenstreckte.

Man braucht bloß zu wiehern und schon ist man keine Kuh mehr, dachte Mirko.

„Ich heiße Malaika Aurelia Schmitz", piepste sie. „Malaika heißt Engel, glaube ich, und Aurelia ist irgendwas mit Gold."

Ich kenn' 'ne Apotheke in Gießen, die heißt goldener Engel, dachte Mirko. Oder war das 'ne Kneipe in Duisburg?

„Und, was machst du so?" fragte er.

„Ich hab so 'n kleines Nagelstudio in Leer", sagte sie.

Hätt' ich mir eigentlich denken können, dachte er.

„Du, ich hab da mal 'ne Frage", sagte sie, „meinst du, du könntest mir nochmal das Lied vom stillen See vorsingen?"

„Klar kann ich das", sagte Mirko. „Was hältst du davon, wenn ich dir das Lied an dem See vorspiele, wo ich's geschrieben hab? Ist hier gleich in der Nähe."

„Mega!", sagte sie. „Hast du 'n Auto?"

Hatte er. Seinen alten VW-Camper nämlich. Die schöne Malaika Aurelia Schmitz war schwer begeistert. Vom See, vom nagelneuen Lied, von Mirko und von dem breiten, weichen Campingbett im alten VW-Bus

Als er sie zu später Stunde nach Haselünne zurückfuhr, da sagte sie wohlig seufzend, indem sie beide Arme bis zur Bulli-Decke ausstreckte: „Mega! Lange nicht mehr so gut genagelt! Du bist der Burner, Mirko!"

Das hätte man auch etwas geschmeidiger formulieren können, dachte Mirko. Dennoch war auch er zutiefst beeindruckt und zwar weniger von ihren offensichtlich sparsam ausgeprägten sprachlichen, als vielmehr von ihren überwältigenden körperlichen Fähigkeiten.

Seit dem ereignisreichen Abend am See waren die beiden ein Paar. Und Mirko genoss es, wenn Passanten sich nach seiner Freundin auf der Straße umdrehten, um ihr bewundernde Blicke hinterher zu schicken. Ein intellektueller Austausch mit ihr war allerdings nur bedingt möglich, da Malaikas Interessens- und Wissensgebiete sich im Wesentlichen auf Mode, Kosmetik und Shoppen beschränkten. Einige Zeit funktionierte das Zusammenleben der beiden dennoch ganz gut. Malaika war bei Mirko eingezogen und fuhr täglich von Papenburg nach Leer, um in ihrem Nagelstudio zu arbeiten. Wenn sie abends nach Hause kam, hatte Mirko sich als Hausmann betätigt, die Wohnung auf Vordermann gebracht, das Essen stand auf dem Tisch. Was an geistigem Austausch fehlte, wurde nachts durch sinnliche Spielchen ausgeglichen. Es dauerte nicht lange, da empfand Mirko allerdings ein Defizit, das täglich stärker wurde und ihre Beziehung mehr und mehr belastete. Hinzu kam, dass Malaika abends immer häufiger über angebliche Kopfschmerzen klagte oder sehr müde tat und schnell schlafen wollte. War nix mehr mit sinnlicher Kompensation.

„Lass uns mal wieder nach Haselünne zu fahren?“, schlug Mirko vor.

„Warum?“, fragte Malaika.

„Da ist am Wochenende der historische Korn- und Hansemarkt.“

„Korn- und Hanselmarkt? Was soll das denn sein?“

„Nicht Hanselmarkt! Hansemarkt!“

„Is’ mir doch egal, ob Hansel oder Hanse. Ich hab keine Lust!“

„Die Hanse war ein Handelsbund im Mittelalter. Da haben sich Kaufleute aus verschiedenen norddeutschen Städten zusammengeschlossen, um miteinander Geschäfte zu machen oder auch, um sich gegenseitig Schutz zu gewähren, wenn sie mit ihren Schiffen weite Seereisen unternahmen. Haselünne ist auch eine Hansestadt.“

„Na und? Wir leben aber nicht im Mittelalter, sondern jetzt. Was soll’n wir da?“

Eigentlich war auch Mirko die Lust vergangen, mit Malaika nach Haselünne zu fahren. Trotzdem unternahm er einen letzten Versuch, sie umzustimmen: „Malaika, die Hanse ist nie aufgelöst worden. Die gibt es im Grunde bis heute. Und der Korn- und Hansemarkt ist ein Fest, ein historisches Spektakel mit Musikanten, Zauberern, Artisten. Außerdem wird dort alte Handwerkskunst gezeigt: Kupferschmiede, Korbflechter, Holzschuhmacher, Zimmerleute, Glasbläser. Ein mittelalterlicher Jahrmarkt. Ist doch toll!“

„Wenn du meinst“, sagte sie gelangweilt.

Sie schlenderten von Stand zu Stand, hörten einem Märchenerzähler zu, schauten sich die Stelzenläufer und Feuerspucker an, blieben bei einer Tanzgruppe stehen, und schließlich erregte ein Puppenspieler ihre Aufmerksamkeit. All die bunt gekleideten Spielleute und Bänkelsänger überstiegen dann aber bald Malaikas Aufnahmevermögen.

„Wollen wir nach Hause?“, fragte sie.

„Möchtest du etwas trinken?“, entgegnete Mirko.

„Ja, am liebsten Mérlott.“

„Was ist denn das? Hab ich noch nie gehört“, sagte Mirko.

„Was, du kennst Mérlott nicht? Das ist ein französischer Rotwein! Du hast echt keine Ahnung“, maulte Malaika.

„Ach so, du meinst Merlot“, sagte Mirko. Seinem Tonfall war deutlich anzumerken, dass er diese Verbindung schon seit längerem innerlich aufgegeben hatte.

Die meiste Zeit verbrachten sie dann doch noch am Stand eines jungen Zimmermanns, der Balkenverbindungen mit Holznägeln erklärte und demonstrierte. Malaikas Interesse galt allerdings weniger der alten Handwerkskunst, als vielmehr dem blonden Zimmermann in seiner schicken Traditionskluft.

„Handgeschnitzte Holznägel kommen heutzutage kaum noch zum Einsatz“, sagte der gutaussehende Handwerker. „Schauen Sie nur, wie kalt und mechanisch man das heute macht!“ Er legte einen Apparat auf die Werkbank, der entfernt an eine Maschinenpistole erinnerte. „Das ist ein Gasdrucknagler“, sagte er. „Diese Dinger ersetzen mittlerweile die guten alten Holznägel. Außerdem ist so ein Gasdrucknagler nicht ganz ungefährlich. Damit kannst du glatt einen Menschen töten. Ich nagele lieber auf die altbewährte, traditionelle Art“, sagte er breit grinsend“, indem er Malaika charmant zuzwinkerte.

„Komm, lass uns gehen“, sagte Mirko energisch und zog seine Freundin weiter, die wohl gerne noch etwas länger geblieben wäre.

Ein paar Tage darauf wurde Mirko unfreiwillig Zeuge einer Telefonturtelei im Nebenzimmer. Malaika telefonierte mit einem Mann, der sich aufgrund eindeutiger Bemerkungen von Malaika sehr schnell als der schnieke Holznagler aus Haselünne herausstellte.

„Nils, du bist Bombe! Am geilsten fand ich das mit deinen Holznägeln. Nageln auf die traditionelle Art! Mega!“ Die beiden verabredeten sich zu einem heimlichen Treffen. Es schien nicht das erste Mal zu sein. Mirko war klar: es war nun Zeit zum Handeln. Er fasste einen Entschluss.

„Malaika, ich hab viel in der Redaktion zu tun. Jede Menge Termine. Ich komme heute erst sehr spät nach Hause.“

„Ja, ja, alles paletti!“

Die Fahrt von Papenburg nach Hamburg schaffte er in zweieinhalb Stunden. Mirko zog sich seine Kapuze über den Kopf, setzte seine Sonnenbrille auf und betrat den Baumarkt. Er verlangte den stärksten Gasdrucknagler, den sie auf Lager hatten, den mit den neunzig Millimeter-Nägeln. Das müsste reichen. Dann fuhr er zurück nach Papenburg.

Als er zu Hause ankam, war Malaika nicht da. Umso besser. So konnte er in Ruhe seine Vorbereitungen treffen. Wenn alles so funktionierte, wie er es sich ausgedacht hatte, wäre die Sache klar: der Verdacht fiele eindeutig auf den vermeintlich abgewiesenen Holznagel-Liebhaber. Ein perfekter Plan!

Mirko hörte Geräusche an der Haustür. Hektisch versuchte er, den Gasdrucknagler, dessen Magazin er gerade mit den neunzig Millimeter-Nägeln geladen hatte, irgendwie hinter der Couchgarnitur verschwinden zu lassen, doch es war schon zu spät. Malaika stand im Zimmer, wobei ihr Blick sofort auf das ungewöhnliche Werkzeug fiel.

„Ah! Das kenne ich! Genauso ein Ding hat Nils auch! Wie heißt das noch gleich?“

„Nils? Wer ist Nils?“

„Na, der nette Holznagelmann aus Haselünne. Du warst doch dabei.“

„Und woher weißt du, dass der Nils heißt?“

Malaika griff nach dem Gasdrucknagler, drehte ihn nach allen Seiten und betrachtete ihn neugierig.

„Um Gottes Willen! So sei doch vorsichtig! Leg das Ding hin! Das ist gefährlich!“

Mirko war im Begriff aufzustehen, um ihr den Nagler aus der Hand zu reißen. Im selben Moment ertönte ein seltsam zischendes Geräusch, so wie ein „Puff“ oder „Popp“. Nicht laut, ziemlich leise sogar, aber kein bisschen schwach, eher aggressiv.

Genau in der Mitte zwischen Mirkos Augen war ein kleiner, runder, silbriger Metallkopf zu sehen. Mirko verharrte sekundenlang in halbgebückter Haltung, ehe er über dem gläsernen Couchtisch leblos zusammensackte.

„Oh“, sagte Malaika, „hab ich was verkehrt gemacht?“

4. Münster

Nie mehr Wilsberg

von Jürgen Kehrer

Münster war schön. Okay, wir hatten keinen Fußball-Erstligaverein, keine Berge und keinen direkten Zugang zum Meer. Und im alten Hafen am Dortmund-Ems-Kanal legten schon lange keine Lastschiffe mehr an, dafür tummelten sich dort am Kreativkai jedes Wochenende die Partygänger. Berlin mochte hipper sein, Hamburg schnöseliger und München nobler, doch wer einmal in Münster gewohnt hatte, wollte eigentlich nicht mehr weg.

Ich zum Beispiel. Seit dreißig Jahren lebte ich im Kreuzviertel, einem Stadtteil mit renovierten Jugendstilhäusern, alten Bäumen und einer Kirche, die von Kneipen umzingelt war. Die Kneipen wechselten im Lauf der Zeit ihre Namen und ihre Besitzer, so wie die Haare der Studienrätinnen und Rechtsanwältinnen in meiner Nachbarschaft die Farbe – an den lauen Sommerabenden, die ich am liebsten an einem der Kneipentische unter den alten Bäumen neben der Kirche verbrachte, änderte das wenig.

Früher hatte ich allerdings nur meinen Beruf verschleiert, wenn ich mit einer Unbekannten bei einem Glas Bier ins Gespräch kam, inzwischen erwähnte ich auch meinen Namen lieber nicht mehr. Zumindest nicht meinen richtigen. Denn die Reaktion auf die Wahrheit war immer die gleiche: ungläubiges Staunen, dann ein verschämtes Prusten, das sich je nach Temperament bis zu einem lauthalsen Lachen steigerte, schließlich der ironische Protest gegen meine vermeintliche Aufschneiderei: Sie sehen aber ganz anders aus als im Fernsehen. Der Echte kann so schön melancholisch gucken. Und ein paar Kilo fehlen Ihnen auch auf den Rippen.

Nutzlos darauf hinzuweisen, dass es sich um einen Schauspieler handelte, der mich darstellte. Oder das, was die Fernsehleute aus meinem Leben gemacht hatten. Anfangs dachte ich, ich könnte den hämischen Kommentaren dadurch ein Ende bereiten, dass ich meinen Personalausweis aus der Tasche zog. Ein fataler Trugschluss. Denn nun hielten mich meine Gesprächspartnerinnen nicht länger für einen Angeber, sondern für einen Kleinkriminellen, der mit gefälschten Papieren herumlief – und ergriffen spontan die Flucht.

Also ließ ich das mit dem Namen-Sagen und dem Personalausweis-Zeigen. Stattdessen wählte ich eine falsche Identität, eine, die ich gelegentlich bei meinen Ermittlungen benutzte und für die ich eine passende Visitenkarte in der Tasche hatte.

Münster war immer noch schön. Allerdings nicht mehr ganz so schön wie zu jener Zeit, als ich noch zu dem stehen konnte, wer und was ich war: Georg Wilsberg, Privatdetektiv.

Nein, man hatte mich nicht bestohlen. Es gab einen Vertrag, der alles regelte. Ich hatte den Filmleuten mein Leben erzählt und ihnen das Recht verkauft, meinen Namen zu verwenden. Sie hatten einiges verändert, wie Filmleute eben so sind. Aus meinem alten Kumpel Hauptkommissar Stürzenbecher machten sie eine Frau und aus dem Briefmarken- und Münzladen, den ich früher mal besessen hatte, ein Antiquariat. Wirklich schlimm war das nicht, das Antiquariat gefiel mir sogar richtig gut, es gab mir so einen intellektuellen Touch.

Manchmal fiel auch ein Job für mich ab, wenn am Set dauernd Dinge verschwanden oder ein Stalker vor dem Hotel einer Schauspielerin herumlungerte. Im Grunde lebte ich also ganz gut davon, meine Identität einem anderen überlassen zu haben. Aber immer öfter ertappte ich mich während der Arbeit dabei, dass ich mich fragte, was Wilsberg jetzt wohl machen würde. Dann musste ich mich daran erinnern, dass ich kein Fernsehstar, sondern nur ein mäßig erfolgreicher und halbwegs gut aussehender Privatdetektiv war. Und dass es bei mir nicht darauf ankam, wo die Kamera stand und ob mein Jackett zum Hintergrund passte.

Als das Telefon klingelte, sah ich auf dem Display, dass Norbert Stremel anrief. Stremel arbeitete als Produzent bei der Filmproduktionsfirma und betreute jeden in Münster gedrehten Film von der ersten Drehbuchzeile bis zum letzten Schnitt.

„Wir brauchen dich mal wieder", begann Stremel. Wir duzten uns. Filmleute duzen jeden.

Ich hatte in der Zeitung gelesen, dass am Abend die Open-Air-Vorführung eines Films am Aasee stattfinden würde. Mit allen Schauspielern, die mitwirkten und die vorher für einen guten Zweck auf den

Aaseeterrassen kellnern würden.
„Wofür?", fragte ich.
„Wilsberg wird bedroht."
Ich hasste es, dass Stremel nie den Namen des Schauspielers, sondern immer nur Wilsberg sagte.
„Ist wahrscheinlich Quatsch", redete Stremel weiter. „Aber du weißt ja, wie das ist: Schon wegen der Versicherung dürfen wir die Sache nicht auf die leichte Schulter nehmen."
„Wie konkret ist die Drohung?"
„Eine Eintragung auf Wilsbergs Facebook-Seite." Stremel gähnte. Er schien sich wirklich keine Sorgen zu machen. „Pass auf, ich lese es dir vor: Für dich gehe ich über Leichen. Du wirst dem Tod ins Auge blicken."
„Aha", sagte ich. „Und was soll ich tun?"
„Rumstehen und Wilsberg im Auge behalten. Bei der Show heute Abend. Dürfte dir nicht weiter schwerfallen." Er kicherte.
„Du kennst ja mein Honorar. Ich berechne einen halben Tagessatz. Falls nichts passiert. Falls doch, kostet es extra."
Stremel jammerte über die Krise, die auch vor Fernsehproduzenten nicht Halt mache, und handelte mich auf einen Dritteltagessatz herunter. Dann war das Gespräch beendet. Der Wetterbericht versprach für den gerade angebrochenen Tag, einen der letzten in diesem August, viel Sonne und subtropische Temperaturen bis in den späten Abend. Ausflugswetter.

Ich nahm das Fahrrad. Und je näher ich dem Aasee kam, desto breiter wurde der Strom der Wilsberg-Fans, die zu ihrem Idol pilgerten. Er selbst saß neben einem Bierfass und schrieb Autogrammkarten. Manchmal zapfte er auch ein Bier und hielt es für die Fotografen in die Kameras. Angesichts der Massen an vorwiegend weiblichen Bewunderern, die ihn umlagerten, schätzte ich die Gefahr einer Entführung denkbar gering ein. So überließ ich, nachdem ich dem Schauspieler kurz zugenickt hatte, der euphorisierten Meute die Bewachung und schlenderte ein wenig herum. Unter den Sonnenschirmen, die wie riesige Pilze aus dem grauen Beton wuchsen, klirrten die Biergläser. Nicht nur vom Spätsommer gerötete Gesichter prosteten sich zu. Und unter den Lärm, den die für einen guten Zweck Trinkenden machten, mischten sich krachende Melodiefetzen von der Seeseite. Ein paar Meter vom Ufer entfernt, dümpelte eine große Bühne auf dem spiegelglatten Aasee. Später am Abend würde hier der Film auf eine Leinwand projiziert werden, doch vorläufig testete eine jung gebliebene Retroband die Leistungsfähigkeit der Lautsprecherboxen.

Die Frau neben mir war relativ klein und ihre rot getönten Haare passten farblich zu dem T-Shirt mit der aufgedruckten weißen Pistole, unter der sich ihre Brüste abzeichneten. Außerdem schaute sie so versonnen auf den Aasee hinaus, dass sie von dem Trubel um uns herum nicht viel mitzubekommen schien.

„Er ist nicht mehr da", sagte ich.

„Wer?"

Ihre grünblauen Augen musterten mich mit einem Blick, der zwischen freundlicher Kontaktaufnahme und knallharter Verhörmethode schwankte.

„Der schwarze Trauerschwan, der sich in ein weißes Tretboot verknallt hat. Ist verschwunden. Und niemand weiß wohin."

„Ach der!" Ich registrierte, dass sich der Verhöranteil in ihrem Blick zugunsten der Freundlichkeit reduzierte. „Den habe ich gar nicht gesucht."

Sie schaute zur Seebühne. „Gibt es einen Anlass für dieses Spektakel?"

„Sie wissen es nicht?"

„Ich komme von auswärts und bin zufällig hier gelandet."

„Heute Abend wird ein Wilsberg-Film gezeigt."

„Dieser Privatdetektiv aus Münster? Ich habe davon gehört." Ihre Begeisterung hielt sich in Grenzen. „Und Sie sind ein Fan, nehme ich an?"

„Nein." Ich streckte die Hand aus. „Ich bin es selbst: Georg Wilsberg, Privatdetektiv." Irgendwas hatte mich geritten, die Wahrheit zu sagen.

Sie grinste und griff mit einer erstaunlich breiten Hand zu. „Und ich bin Wencke Tydmers, Profilerin aus Hannover."

„Gut gekontert." Ich lächelte zurück.

„Sagen Sie", ihre Stimme bekam einen verschwörerischen Unterton, „wo ist denn der andere Wilsberg?"

„Da drüben." Ich zeigte zum Bierfass, musste jedoch feststellen, dass es einsam und unbeachtet in der Sonne stand. Der Schauspieler samt seiner weiblichen Anhängerschaft trieb wohl irgendwo durch die Menschenmenge.

Statt meiner Fernsehinkarnation erblickte ich Norbert Stremel, der sich mit hastigen Schritten näherte. Die Falte auf seiner Stirn besaß eine unheilvolle Tiefe. „Wo ist Wilsberg?"

„Vorhin war er noch da", sagte ich lahm.

„Ich will wissen, wo er jetzt ist." Stremel schaute von mir zu der vermeintlichen Profilerin aus Hannover. „Wir bezahlen dich dafür, dass du auf ihn aufpasst. Also – was ist?"

Wencke Tydmers, falls sie wirklich Wencke Tydmers hieß, blieb an meiner Seite. „Sie sind der Bodyguard von Wilsberg?"

„Wie ich schon sagte: Ich bin Privatdetektiv. Der Schauspieler spielt mich." Ich hätte den Triumph, mal wieder ich selbst sein zu dürfen, noch mehr genossen, wäre das Objekt meiner beruflichen Fürsorge endlich aufgetaucht. Doch der Schauspieler blieb verschwunden.

Die Leute rund um das Bierfass waren unterschiedlicher Meinung. Die einen glaubten, er sei auf dem Weg zur Toilette, eine zweite Gruppe wähnte ihn an einem Bierstand in der Nähe der Straße und eine dritte Gruppe schließlich war davon überzeugt, gesehen zu haben, wie er in Richtung Seebühne marschiert sei.

„Soweit zur Glaubwürdigkeit von Zeugenaussagen", meinte die Profilerin fachkundig.

Die Seebühnenfraktion unter den Zeugen schien die mit Abstand nüchternste zu sein, deshalb balancierten wir über einen wackeligen Metallsteg zu dem schwimmenden Ponton. Und tatsächlich – hinter der Lautsprecherwand und dem schwarzen Vorhang stießen wir auf ein am Boden zerstörtes menschliches Wesen. Nicht den Schauspieler, der war nur als Foto in der Hand der jungen blondgelockten Frau anwesend, die ihren Tränen freien Lauf ließ.

„Er ist weg", heulte die Frau, die eine eigenartige forellenblaue Uniform trug und so unsicher auf den Beinen stand, dass die vibrierende Seebühne als Erklärung nicht ausreichte.

„Wer sind Sie?", fragte ich, während Wencke Tydmers mit einem entschlossenen Griff verhinderte, dass die Frau ins Wasser fiel.

„Die Forellenkönigin von Ottmarsbocholt." Ein satter Rülpser entrang sich ihrer Kehle. „Ich dachte ... ich würde ... ich könnte ..."

„Sie waren doch gestern Abend beim Alkoholtest in der Rechtsmedizin!", übernahm Wencke die Befragung.

Die Forellenkönigin guckte apathisch.

„Haben Sie die Drohungen auf Wilsbergs Facebook-Seite hinterlassen?", fragte ich ins Blaue und handelte mir ein böses Augenzwinkern meiner Ko-Fahnderin ein. Nie zwei Fragen auf einmal stellen, sollte das wohl bedeuten. Blöde Polizistenregel.

„Droh... Bah!" Die Blondgelockte streckte die Zunge heraus. „Ich hab's für ihn getan. Um ihm zu impa... impona..."

„Und woher wissen Sie, dass er weg ist?", unterbrach ich ihre Wortfindung.

„Ich bin ihm gefolgt. Und habe gesehen, wie er ...", sie machte mit der Hand eine anmutige gleitende Bewegung, „... auf einem Schwan saß."

„Allein?"

„Nein." Ihre Augen verschleierten sich bei dem Versuch, meinen Blick zu erwidern. „Da war ein fieser anderer Mann."

„Scheiße", sagte Norbert Stremel, der plötzlich hinter uns stand. „Das durfte nicht passieren."

Da hatte er natürlich nicht ganz unrecht.

Stremel zog ein Handy aus der Tasche. „Wir müssen die Polizei rufen."

„Ist schon da." Wencke Tydmers hielt etwas in der Hand, das wie ein amtlicher Ausweis aussah. „Bis die Kollegen eintreffen, übernehme ich schon mal."

„Sie sind wirklich Profilerin?", staunte ich.

„So wie Sie anscheinend Privatdetektiv sind", gab sie zurück.

Der Forellenkönigin von Ottmarsbocholt war das alles zu viel, begleitet von einem langgezogenen Seufzer verdrehte sie die Augen. Wir fingen sie auf, bevor sie auf den Untergrund knallte, und brachten sie in eine stabile Seitenlage.

„Zur Sache", mahnte Wencke. „Wo kriegt man diesen Tretbootschwan her?"

„Der Typ ist nicht zurückgekommen", sagte der Bootsverleiher, dessen Boote einen Steinwurf von der Bühne entfernt auf beiden Seiten eines Stegs im Wasser lagen. „Dabei hat er sich den Schwan nur für eine halbe Stunde geliehen."

„Haben Sie seinen Namen notiert?", fragte Wencke.

„Ja. Hier." Der Verleiher führte uns zu einem Holzpult, auf dem eine Schreibkladde festgebunden war.

Manni Höch, las ich. „Das ist eine Figur aus den frühen Wilsberg-Filmen, Wilsbergs Freund beim Bauamt."

„Deshalb kam mir der Kerl gleich bekannt vor", nickte der Bootsverleiher. „Aber im Fernsehen sehen sie doch irgendwie anders aus."

„Der Schauspieler ist vor ein paar Jahren aus der Reihe ausgestiegen", erklärte ich Wencke. „Vielleicht hat er noch eine Rechnung mit Wilsberg offen."

„Sie meinen, er könnte ihn entführt haben?" Die Profilerin legte eine Hand an die Stirn. „Wie groß ist der Aasee?"

„Haben Sie ein Fahrrad? Dann schaffen wir es in zwanzig Minuten, ihn zu umrunden."

Sie hatte eins, in der Fahrradstation am Hauptbahnhof ausgeliehen. Und während die Sonne hinter dem See versank, radelten wir über den roten Fußweg am Ufer entlang, der zu dieser Tageszeit von allen Joggern frequentiert wurde, die gerade keinen Wilsberg-Film gucken wollten.

Das weiße Schwanentretboot war am westlichen Ende des Aasees gestrandet, dort, wo die Aa in den künstlich angelegten See mündete. Im Dämmerlicht erkannten wir zwei Fußspurenpaare, die vom Ufer zu einem nahe gelegenen Wäldchen führten.

„Und wenn es sich gar nicht um eine Entführung handelt?", meinte Wencke. „Für mich sieht das eher nach einer Flucht aus."

„Aber wovor? Heute Abend ist sein großer Auftritt. Und nirgendwo ist er so beliebt wie in Münster."

Wir folgten den Fußspuren bis zum Wäldchen, dann standen wir buchstäblich im Dunkeln.

„Sie haben keine Pistole, oder?", erkundigte ich mich.

„Nein, als Profilerin bin ich ja nicht im aktiven Polizeidienst." Sie blieb stehen. „Sollen wir auf meine Kollegen warten?"

Kneifen kam selbstverständlich nicht infrage. „Ich habe aus reiner Neugierde gefragt."

Wir gingen weiter. Kurze Zeit später hörten wir ein Geräusch. Etwas oder jemand brach durch das Unterholz. Direkt auf uns zu. Wencke suchte mit ihren Füßen einen festen Halt und hob die Arme. Ich tat es ihr gleich, doch bevor ich eingreifen konnte, hatte sie einen Mann, der sie um mindestens anderthalb Köpfe überragte, von den Beinen gehebelt und flach auf den Waldboden gelegt.

„Ouhhh", stöhnte der Mann, als Wencke ihren wohlgeformten Hintern auf seiner Brust platzierte. Die Stimme und das grob karierte Baumwollhemd kamen mir bekannt vor. Kein Zweifel, es handelte sich um Manni Höch, Wilsbergs ehemaligen Freund.

„Wo ist Wilsberg?", fragte ich, jetzt neben Wencke auf dem rechten Arm des Überwältigten kniend.

„Sie tun mir weh", keuchte Manni.

„Zuerst die Antwort", befahl ich.

„Er hat mich angefleht, ihm zu helfen."

„Wo?", beharrte ich.

„In einer Hütte, nicht weit von hier."

Wencke und Manni blieben draußen. Wilsberg, der im Licht einer brennenden Fackel gar nicht mehr wie Wilsberg aussah, starrte unverwandt auf den Totenschädel in seiner Hand. Mit einer Stimme, die aus dem Grab eines vor Hunderten von Jahren verstorbenen Dichterfürsten zu kommen schien, deklamierte er: „Ach, armer Yorick! Wo sind nun deine Schwänke? Deine Sprünge? Deine Lieder, deine Blitze von Lustigkeit, wobei die ganze Tafel in Lachen ausbrach? Ist jetzt keiner da, der sich über dein eigenes Grinsen aufhielte? Alles weggeschrumpft?" Er hob den Blick, Wehmut hing wie ein löchriger Duschvorhang im Raum. „Das ist Shakespeare, verstehst du?"

„Klar", sagte ich.

„Kunst. Nicht zu vergleichen mit den Onelinern, die mir die Drehbuchautoren immer in den Mund legen."

„Logo", sagte ich.

„Ich bin Schauspieler, ich habe einen Namen."

Obwohl der mir gerade nicht einfiel.

„Meine wahren Fans wissen, was ich kann. Ich probe jede freie Minute."

„Aha", sagte ich.

„Ich will nicht länger Wilsberg sein."

„Prima", sagte ich. „Ich wär's gerne mal wieder."

„Wilsberg!“ Die Stimme von Norbert Stremel fräste sich wie eine Kettensäge durch die dünne Wand der Holzhütte.

Wir zuckten beide zusammen. Dann lachten wir. „Du zuerst!“, sagte Wilsberg.

„Nein, du“, sagte ich.

Gleißendes Scheinwerferlicht empfing uns, als wir vor die Hütte traten. Stremel hatte ein Fernsehteam mitgebracht, das wohl auf irgendeine Art von Skandal hoffte.

„Los, los, los!“, mahnte Stremel. „ Die Leute warten auf Wilsberg.“

„Nein.“ Der Schauspieler straffte seinen Rücken. „Ich geh da nicht hin.“

„Da sitzen tausend Menschen, die dich sehen wollen“, lockte der Producer.

„Ich kannte ihn, Horatio“, donnerte der Schauspieler mit seiner Grabesstimme. „Er hat mich tausendmal auf dem Rücken getragen, und jetzt, wie schaudert meiner Einbildungskraft davor! Mir wird ganz übel.“ Im normalen Tonfall fügte er hinzu: „Um es in deinen Worten zu sagen, Norbert: Nie mehr Wilsberg.“

Einen Moment lang sah es so aus, als wolle sich Stremel mit bloßen Händen auf den Schauspieler stürzen. Dann hatte er eine bessere Idee: „Hör zu, ich hab da ein Exposé in der Schublade liegen. Mord bei einer Shakespeare-Company. Wilsberg springt ein und spielt den Hamlet. Wär das nicht was für dich?“

Die Augen des Schauspielers glitzerten. Ich wusste, er würde es wieder tun. Und wieder.

„Gehen wir, Georg?“, fragte Wencke.

Alle schauten irritiert zu uns herüber. Wencke meinte mich.

Der Rest war Schweigen. Um es mit Hamlet zu sagen.

* *Mit freundlichem Dank an Sandra Lüpkes, die ihre Figur Wencke Tydmers zur Verfügung gestellt hat, sowie an William Shakespeare, aus dessen Drama Hamlet die Zitate stammen.*

5. Ostfriesische Küste

Störtebeker lebt!

von Gunter Gerlach

Ja, es stimmt. Ich, Klaus Störtebeker, habe meine eigene Hinrichtung überlebt. Schuld daran ist Lene, die Tochter des Friesenhäuptlings, fast ein kleiner König. Ich hatte einen Planwagen und ein Pferd gekauft und neben mir auf dem Kutschbock saß meine Lene. Ich liebte vor allem ihre Nase, die ein wenig himmelwärts zeigte. Für mich eine gutes Zeichen. Von Wismar kommend waren wir auf dem Weg nach Friesland. Zum wiederholten Mal bat ich Lene mich zu heiraten.

Sie schob die Lippen vor. „Ich weiß nicht, lieber Klaus, liebst du mich wirklich oder siehst du nur die Tochter von Keno zum Brook, als deren Mann dir Sicherheit in Friesland gewährt wird."

„Lene, ich bete dich an. Ich liebe dich!"

„Aber was bist du für einer: Ein Pirat." Etwas Verachtung schwang in ihrer Stimme.

Ich erzählte ihr, wie mir meine Mutter auf dem Sterbebett den Namen meiner Vaters verraten hatte. Ein Junker, ein Adliger, der nicht an seinen Fehltritt erinnert werden wollte. Ich ging zu ihm, um nach einer Ausbildung zu fragen. Aber er wollte nichts für mich tun, stattdessen engagierte er zwei Männer – das erfuhr ich von einem seiner Diener – die mich umbringen sollten, um den Schandfleck aus der Welt zu schaffen. Die beiden schlugen mich, hätten mich wahrscheinlich getötet, wenn nicht eine Stadtwache dazwischen gegangen wäre. Die beiden wurden zwar der Stadt verwiesen. Aber ich lag da – mit Wunden am ganzen Körper und keinen Heller in den Taschen. „Was meinst du, wer mich aufgenommen hat?"

„Die Kirche."

Ich lachte. „In welcher Welt lebst du? Die guten Menschen findet man heutzutage bei den Piraten! Die Not bringt die Menschen dazu, auf den Schiffen der Freibeuter anzuheuern."

„Aber Piraten bringen andere Seeleute um und was ist mit der Beute?"

Ich spürte, dass Lene von meinen guten Absichten noch nicht überzeugt war. „Wir ließen auf den gekaperten Schiffen jedem Seemann die Wahl, sich uns anzuschließen oder für seine Freiheit zu bezahlen und die Beute verteilten wir gleichmäßig unter allen auf dem Schiff. Wir sind Likedeeler. Die dänischen Schiffe brachten wir nach Wismar. Wir segelten im Auftrag des Herzogs von Mecklenburg. Er erhob Anspruch auf die Dänenkrone. Wir waren eine Art Soldaten."

Es wurde allmählich dunkel. Ich lenkte zu einem kleinen Flüsschen. Ich zügelte das Pferd, band ihm mit einem Strick die Vorderbeine zusammen, damit es nicht zu weit weglaufen konnte und trotzdem genug zum Fressen fand.

Dann sammelte ich Holz und Steine um eine Feuerstelle anzulegen. Lene schüttelte das Stroh auf unserem Wagen für ein Nachtlager. Es war ein Planwagen, der uns Schutz vor Wind und Wetter bot. Lene kochte eine Suppe mit den Blättern und Beeren aus dem Wald.

„Was habt ihr eigentlich auf den Schiffen gegessen?" fragte sie.

„Zwieback, aber oft nur im Dunkeln, damit wir nicht sehen mussten, wie es sich bewegt."

„Ih, mit Maden."

Ich nickte. „Und getrunken haben wir vor allem Bier, weil es sich länger hielt als Wasser. Es schimmelte nicht so schnell."

Später lag ich neben Lene und lauschte in die Nacht. „Und jetzt willst du meine Herz kapern?" Sie atmete sehr laut.

„Liebste Lene, heirate mich. Ich meine es ernst." Wir küssten uns.

„Erst will ich noch mehr über dein Leben als Pirat erfahren."

„Dann erzähle ich dir morgen wie aus Feinden Freunde wurden."

„Und erzähle noch mal wie ihr Stockholm befreit habt! Das fand ich so spannend."

Die Vögel weckten uns mit lautem Gezwitscher. Lene stand schon an der Feuerstelle und kochte einen Tee und wärmte etwas von dem vielen Brot, das ich in Wismar auf dem großen Markt eingekauft hatte. Es sollte für unsere ganze Reise nach Friesland reichen. Sie hatte das Brot vorher mit Wasser befeuchtet und schmierte etwas Quark darauf. Es schmeckte köstlich. Ich war sicher, wenn sie ja sagte, würde ich eine wunderbare Köchin heiraten.

Ich fing das Pferd ein und spannte es vor den Wagen. Ich wagte es sogar einen besser befestigten Handelsweg zu nehmen, um unser Reisezeit zu verkürzen. Zwar führte er durch viel kleine Dörfer, manchmal mit Wachhäuschen, aber mich erkannte niemand.

Lene forderte mich auf, von meinem weiteren Leben zu erzählen. „1384 schlossen wir einen Friedensvertrag mit der Hanse und Dänemark. Wir sind friedliebende Leute. Doch die Schwarze Margarete…"

„…die Königin von Dänemark…"

„Sie gab keine Ruhe. Ihre Truppen marschierten in Schweden ein und belagerten Stockholm. Die Stadt sollte ausgehungert werden. Viele deutsche Kaufleute saßen dort fest. Da erinnerte sich die Hanse an die tapferen Piraten, an uns! „

„Und schickten euch in den Krieg gegen Dänemark?"

„Wir sollten nur Stockholm befreien."

Ich erzählte Lene von dem harten Winter. Die Ostsee war dabei zuzufrieren. Wir hatten acht Schiffe und nannten uns Vitalienbrüder.

Lene unterbrach mich: „Nach den Vitaillers, den plündernden französischen Soldaten?"

„Nein, unser Name kam von den Viktualien, den Lebensmitteln, die wir den hungernden Stockholmern bringen sollten. Es bestand die Gefahr, dass unsere Schiffe einfroren. Das Eis würde sie zerquetschen und wir würden jämmerlich ertrinken. Stockholm war schon in Sicht, aber die Schiffe froren tatsächlich fest. Es ging weder vor noch zurück. An Land sammelten sich dänische Truppen. Ich hatte die Idee, Baumstämme rund um die Schiffe zu errichten und mit Wasser zu begießen, so dass ein unüberwindlicher Eiswall entstand."

„War das wirklich deine Idee?"

„Natürlich, ich bin klug, Meine Mutter hat mir sogar Lesen und Schreiben beigebracht.

Wir schlugen die Dänen in die Flucht. Die Dunkelheit brach herein und an Land sammelten sich immer mehr Soldaten für einen zweiten Angriff. Da hatte ich noch eine Idee."

„Was für eine, erzähl weiter?"

„Nur wenn du sagst, dass du einverstanden bist, mich zu heiraten!"

„Das ist Erpressung!"

„Lene, liebst du mich?"

„Ja. Nun erzähl schon weiter!"

Ich schilderte meine Idee, die Eisfläche rund um Schiffe mit Bohrern und Äxten aufzubrechen und große Schollen zu lockern. Wir arbeiteten die ganze Nacht. Alles war schnell mit einer dünnen Schicht wieder zugefroren. Die dünnen Eisflächen tarnten wir mit Schnee.

„Die Dänen bekamen doch eure Arbeiten mit?“

„Sie wagten sich aber nachts nicht aufs Eis, dachten wohl wir würden unsere Schiffe für die Verteidigung herrichten.“

„Und Klaus, erzähl, wie ging es aus?“

„Es wurde ein Desaster für die Dänen. Das dünne Eis brach unter ihrem Gewicht. Die gelockerten Schollen hoben sich und schoben ihre Last ins eisige Wasser. Der Weg nach Stockholm war frei!“

Lene wollte alles über meine Abenteuer erfahren und immer wieder meldete sie Zweifel an.

„Lene, was ist Wahrheit in einem Leben wie meines?! Später wird man selbst dich als mein Weib für eine Legende halten.“

„Mein lieber Pirat, ich habe ja auch noch nicht Ja gesagt.“

Südlich von Hamburg querten wir die Elbe. Ich wusste von einer Furt kurz nachdem sich die Elbe teilt.

Später fuhren wir durch eine Heidelandschaft, als ich bemerkte, dass uns seitlich eine kleine Gruppe Reiter folgte. Manchmal kam einer aus der Gruppe uns nahe, um unseren Wagen auszukundschaften. Ich teilte Lene meinen Verdacht mit, dass man uns möglicherweise überfallen wollte. Viele Reisende wurden überfallen, wenn sie keine Söldner bei sich hatten.

„Du nimmst die Zügel und ich mache uns optisch wehrhafter.“

Ich ging unter die Plane und machte aus dem Stroh weitere Passagiere und kleidete sie mit unseren Reservekleidern.

Die List gelang, nach einer Weile bog die kleine Gruppe Reiter ab und folgten uns nicht mehr.

Die Weser querten wir auf dem Schiff eines Fährmannes. Ich erkannte ihn. Er war früher ein Pirat gewesen. Aber er sagte nichts, nur mit einem Auge zwinkerte er mir zu.

Lene verlangte weiterzuerzählen.

Ich tat ihr den Gefallen.

Nach dem Kampf um Stockholm dachte ich daran, den Männern auf den Schiffen in Visby auf Gotland etwas Erholung zu bieten. Gotland wurde damals von einem ehemalige Piraten, Sven Struve, beherrscht. Ein Paradies für Piraten. Ich hatte zwar von einem Seemann gehört, dass die Polen und Litauen sich verbündeten, um die Piraten aus der Ostsee zu vertreiben. Auch der deutsche Ritterorden hatte ein Heer zu diesem Zweck aufgestellt. Wir ankerten deshalb weiter südlich von Visby in einer Bucht. Ich erlaubte nur kleinen Gruppen den Landgang, damit mein Schiff immer zum sofortigen Auslaufen bereit war.

Und eines Tages versammelten sich tatsächlich 84 Schiffe vor Visby mit 4000 Mann und 400 Pferden.

Unser Schiff war vorbereitet und mir gelang die Flucht und ich segelte nach Marienhafe, ging in Ostfriesland an Land, der Ort lag seit der Sturmflut 1377 am Meer und die Bewohner hatten unter dem Friesenhäuptling Keno zum Brook eine primitive Hafenanlage gebaut. Ich lernte seine Tochter Lene kennen und verliebte mich in sie. Damals hatte ich noch meinen treuen Freund Olaf bei mir. Kaum waren wir angekommen, nahm er mich zur Seite. Er schwenkte einen Beutel, in dem Münzen klimperten.

„Olaf, meine zukünftige Frau darf alles über mich wissen. Was gibt es?“ „Einer der beiden anderen hat dies für dich abgeben lassen!“ Olaf senkte die Stimme, aber Lene bekam alles mit.

„Welche beiden anderen?“, fragte sie sofort.

„Es ist so, ich habe zwei weiteren Piraten erlaubt, unter meinem Namen zu segeln.“

„Und die zahlen dafür? Olaf ist das wirklich wahr?“

Olaf nickte. „Einer nennt sich Johan und einer Claas.“

Nach drei weiteren Tagen erreichten wir mit unserem Planwagen Marienhafe. Olaf war noch da und hatte inzwischen auftragsgemäß ein kleines Häuschen für mich und Lene gekauft. Er selbst schlief auf meinem Schiff, das ich sofort inspizierte. Es war in hervorragenden Zustand.

Lene besichtigte das Haus und war zufrieden. Es gab nur ein Problem, Lene sprach es aus: „Du hast mir geschworen, nie mehr zu See zu fahren!“

„Schon richtig, nur da wäre … also…“

„Du hast es versprochen!“ Sie griff nach meinen Schultern und schüttelte mich,

„Ja, liebe Lene, es ist nur so, ich hab überall meine Schätze vergraben. Ich muss sie holen, damit wir angenehm leben können. Es ist ja nur noch eine Fahrt!"

„Wie soll ich das aushalten?"

„Liebe Lene, wenn der Wind günstig weht, bin ich in drei Monaten wieder da."

Es klopfte an der Tür unseres Hauses. Lene öffnete, Olaf stand vor der Tür und sprach über Lenes Schulter zu mir: „Es ist alles bereit, wir können jederzeit auslaufen!"

Lene boxte mich auf die Brust: „Du Schuft, du hast alles schon vorbereitet."

„Ich bitte dich, lass uns sofort heiraten."

„Und dann kommst du nicht mehr zurück:" Lene schlug mit einem Kochlöffel nach mir.

Die Reise dauerte dann doch länger als geplant und als wir in den Hafen segelten hatten wir ein Danziger Schiff voller Bier und ein englisches voller Stoffe und Gold im Schlepp. Ich schenkte die beiden Schiffe samt Ladung Keno zum Brook.

Dumm war nur, Lene erwartete mich am Hafen. „Du Schuft, du hast mich betrogen, ich dachte, du wolltest nur deine Schätze einsammeln."

„Die Gelegenheit war so günstig. Diese beiden Schiffe fuhren uns direkt vor den Bug. Wir konnten gar nicht anders."

„Ich hab solche Angst um dich gehabt."

„Liebe Lene, ich schwöre, dies war wirklich meine letzte Fahrt. Ich bleibe bei dir an Land, wenn du mir nur verzeihst:"

Ich wendete mich Olaf zu: „Olaf, du hast sofort das Kommando über mein Schiff. Ich schenke es dir!"

„Was soll das heißen, Störtebeker?"

„Er wird nie mehr zur See fahren!", antwortete Lene für mich. Olaf drehte sich um: „Dann bleibe ich auch an Land. Kann ich bei euch wohnen?"

Mein treuer Freund Olaf. Er wollte bei mir bleiben, selbst wenn er lernen musste nicht mehr Pfeffersäcke, sondern Kühe zu melken. Aber ein ruhiges Leben sollte es nicht werden. Einer der anderen, Johan Störtebeker brachte mich in Gefahr. Olaf kam mit lautem Rufen und Winken zu unserem Haus geritten. „Störtebeker, Störtebeker, du musst fliehen. Die Söldner der Hanse sind gelandet und suchen nach dir!"

Was mir das Leben rettete war eine Hochzeit. Der berühmteste Pirat aller Zeiten heiratet! Haha! Tatsächlich, ich nahm Lene, die Häuptlingstochter von Keno zum Brook zum Weib und ich nahm ihren Namen an. Sie schnitt mir den Bart ab, so dass ich mit dem alten Störtebeker keine Ähnlichkeit mehr hatte.

Die Söldner der Hanse durchsuchten jedes Haus.

Lene zitterte: „Es sind zu viele, wir können nur noch fliehen."

Olaf versuchet sie zu beruhigen. „Jeder, der diese Tür öffnet, bekommt mein Schwert zu schmecken! Mach dich zum Kampf bereit, Störteb,..."

„Nenne nicht meinen Namen!"

Olaf ging vor die Tür um die Söldner bei den anderen Häusern zu beobachten. Er kam zurück und rief: „Keine Sorge, sie ziehen ab. Eben kam die Nachricht, dass du vor Helgoland von den Schiffen der Hanse unter Simon von Utrecht gefangengenommen worden bist. Du bist angeblich als Gefangener auf dem Weg nach Hamburg."

„Sie haben einen meiner Doppelgänger."

„Ja, es muss Johann Störtebeker sein. Helgoland ist sein Gebiet. Es heißt, sie haben ihn gefangen, weil er einen Verräter an Bord hatte. Er soll in der Nacht flüssiges Blei ins Ruder gegossen haben."

Lene mischte sich ein, warf einen Beutel mit Gold auf den Tisch.

„Schick ihm einen Beutel Gold, damit er sich freikauft."

„Du glaubst wirklich, die Hamburger lassen ihn laufen?"

„Es käme auf einen Versuch an. Es sind Pfeffersäcke. Stell dir vor, er bietet ihnen eine goldene Kette, die so lang ist, dass sie einmal um das Rathaus reicht."

„Ich werde nach Hamburg segeln und mit ihm sprechen."

„Du hast versprochen, nicht mehr zur See zu fahren."

„Dies ist eine Ausnahmesituation."

„Dann komme ich mit."

„Eine Frau auf einem Schiff, das geht nicht gut. Das bringt Unglück!"

„Dann fahren wir mit der Kutsche."

Lene hatte Recht. Warum nicht mit Pferd und Wagen reisen. Auf nach Hamburg, Störtebeker Nr. 2 befreien!

Wir, Lene, Olaf und ich, waren eine knappe Woche unterwegs. Als wir in Hamburg ankamen war viel Volk unterwegs. Es war wie auf dem Kirmes. Alle hatten nur eine Thema: Störtebeker. Er sollte am nächsten Morgen auf dem Grasbrook hingerichtet werden. Wir mieteten uns in einem Gasthaus ein und ich ging sofort zum Rathaus, unter dem der falsche Störtebeker gefangen gehalten wurde. Es gelang mir, durch ein kleines vergittertes Fenster mit ihm zu sprechen. Und ich gab ihm den Beutel mit Gold. „Biete ihnen für deine Freiheit eine Kette aus Gold, die um das Rathaus reicht und hast du ihnen nicht gesagt, dass du der Falsche bist?"

„Die haben mir nicht geglaubt. Ich sehe aus wie du früher."

„Aber deine Besatzung wusste doch Bescheid."

„Die haben alle gesagt, dass sie brave Fischer sind und von mir gezwungen wurden, mitzumachen."

Als ich in Gasthaus zu Lene kam, sagte sie: „Die ganze Stadt spricht von dir. Sie halten dich für einen guten Menschen, weil du deine Beute immer mit den Armen geteilt hast. Sie wollen nicht, dass du hingerichtet wirst. Einige rede sogar davon, dich zu befreien!"

„Doch die Hinrichtung ist für morgen früh beschlossen. Aber es würde mich nicht wundern, wenn die Pfeffersäcke im letzten Moment Gold für sein Leben tauschen."

„Ich komme nicht mit zum Richtplatz. Das viele Blut ist nichts für mich."

Am nächsten Morgen machte ich mich mit Olaf auf den Weg zum Grasbrook. Ich hatte die Mütze tief ins Gesicht gezogen, denn ich rechnete immer noch damit, dass mich jemand erkannte. Aber es bestand keine Gefahr, die Hamburger glaubten, sie hätten Störtebeker gefangen.

Auf dem Richtplatz schrie die Menge. Sie wollten Störtbeker am Leben sehen. Aber der gesamte Senat war versammelt und der wollte seinen Tod.

Der Henker holte mit seiner Axt aus. Man spießte seinen Kopf auf eine Lanze und pflanzte sie am Elbufer auf.

„Lass uns nach Hause gehen, Olaf, und von einer unglaublichen Hinrichtung erzähle.

„Wie meinst du das?"

„Hast du nicht gehört, das Störtebeker ausgehandelt hatte, an jedem seiner Leute, an denen er noch ohne Kopf vorbeigehen könne, dürfte am Leben bleiben. Und hast du nicht gesehen, dass der Henker ihm ein Bein stellen musste, sonst wäre Störtebeker noch allen vorbeigegangen."

„Wunderbar, das erzählen wir sofort weiter! Die glauben das sofort, denn der Henker wird für jede Hinrichtung bezahlt!" Olaf wandte sich sofort an eine kleine Gruppe. „He, habt ihr das schon gehört ...."

Jemand aus der zurückflutenden Menge rief: „Störtebeker lebt!"

Olaf kommentierte: „Er weiß nicht, wie recht er hat!"

Als wir zu Lene ins Gasthaus zurückkamen, hatte sich unsere kleine ausgedachte Geschichte schon bis zu ihr verbreitet.

„Ist das wahr, was man erzählt, Störtebeker?", fragte sie mich.

„Psst, nenn mich nicht so. Ich bin tot! Haha!" Sie senkte die Stimme zu einem Flüstern: „Du lebst, Störtebeker, mein Liebster.

„Ich lebe, Lene. Für dich. Nur noch für dich."

6. Osnabrück

Ossenfang

von Heinrich-Stefan Nölke

Ich setzte mich zu meiner Tochter in unseren herrlichen Garten und gemeinsam lauschten wir all den Vögeln, die jetzt im Frühling die Totenstille des Winters verscheuchten. Dort, wo morgens die Sonne aufgeht, hatten sich die Bäume des Osnabrücker Bürgerparkes in den letzten Wochen vor unseren Augen in ein Land aus frischen grünen Blättern verwandelt. Bald waren die Hecken zu schneiden.

„Holst du mir eine Decke?“, verlangte Maribel. Sie ist vierzehn Jahre alt und natürlich brachte ich, worum sie mich bat. Sie hat niemanden außer mir. „Und ein Glas Wasser?“

„Kennst du diesen Jungen“, begann ich schließlich unser Gespräch, „der jeden Morgen an der Ecke zur Süntelstraße steht? Er wartet dort in der Kälte, dass man ihn abholt.“

Maribel nickte eifrig.

„Ich winke ihm jedes Mal zu und freue mich, wenn ich vorbeifahre. Er gehört zu meiner Welt, wenn sie in Ordnung ist. Doch er winkt nie zurück. Ich denke, aus seiner Sicht steht er in der Kälte oder im Regen und jeden Morgen komme ich, der alte Polizist, in meinem schicken Auto vorbei und fahre ihm fast über die Füße. Das gibt ein völlig anderes Bild der Welt, meinst du nicht? Wir alle leben in der gleichen Welt, aber sie sieht immer anders aus, oder?“

„So alt bist du nicht“, sagte meine Tochter ernst, aber sie nickte dazu. Sie weiß, wie gern ich jung bin.

„Es gibt ganz viele Welten und jeder Mensch setzt sich seine aus nur wenigen Informationen zusammen. Man kann immer nur eine einzige sehen, anders geht es nicht. Niemand kann zwei Welten gleichzeitig sehen, aber man kann sehr leicht einen neuen Blickwinkel einnehmen, dann sieht man eine andere in geändertem Rahmen. Heute Morgen zum Beispiel fand jemand diese Leiche vor der Hauptverwaltung der OssenWurst GmbH & Co. KG. Das sind die, die die frische Fleischwurst machen und noch anderes Leckeres. Die Wurst wird mir jetzt sicher anders schmecken als gestern noch.“

Sie kannte meine Freude an schrägen Analogien und verdrehte gespannt die Augen.

„Vor deren Büro lag also ein toter Mann, er war aus dem Fenster gestürzt. Die Tinke und ich sollten den Fall übernehmen. Die Kriminalhauptkommissarin Elise Tinnefeld und ich also ..."

„Die Spießgesellen!", lachte Maribel. Sie mochte Tinke gut leiden. „Du bist der Indianer und sie der Häuptling!"

Ich lachte ein wenig gequält über den Scherz. „Ja, die Spießgesellen müssen ran, wenn es Tote gibt. Der Mann hieß Michael Laforce. Ein französischer Name, aber geboren hier in Osnabrück. Ein junger Mann, keine zehn Jahre älter als du. Ihm war nicht mehr zu helfen. Die Tinke hat mich gleich raufgeschickt in die Verwaltung. Das müssen wir tun, auch wenn es nach Selbstmord aussieht. Wir müssen Fragen stellen."

„Das weiß ich, aber was hat das mit meinen Hausaufgaben zu tun?", wollte Maribel wissen. „Du wolltest mir etwas über die Hanse erzählen. Ich muss morgen das Referat halten."

Und ihr Lehrer verlangte, in der Hanse ein gemeines, habgieriges System zu sehen. „Geduld, mein Mädchen. Das Wort ‚Hanse' bedeutet ‚Gruppe'. Ein Team. Ein Netzwerk. Und so klingt es gleich modern, oder? Das gibt es heute noch und es dient dem Guten wie dem Bösen. Die OssenWurst handelt mit Wurst und stellt sie zum Teil selbst her. Die nutzen dazu ein Netzwerk, das in ganz Deutschland tätig ist, damit du deine Fleischwurst essen kannst. Uns empfing der Chefbuchhalter, ein großer, hagerer Mann mit schwarzer Ballonmütze auf dem Kopf und einer Hornbrille auf der großen Nase. Er heißt Hans Böttcher, und so sieht er aus. Wie ein Lehrer."

Der Lehrer, an den sie vermutlich dachte, war jung und schlank und trug ebenfalls eine Hornbrille. Mein Mädchen hatte sich in ihren Lehrer verliebt und das war ein sehr Intellektueller.

„Der Mann rang um Fassung und konnte kaum ein klares Wort sprechen, aber mir haben seine Antworten nicht gefallen. Er habe Laforce zurückhalten wollen, sagte er, doch es war vergeblich.

Da trat ein anderer Mann durch die Tür, der Geschäftsführer war von einer Reise zurück, sein Name ist Dieter Barthold. Die beiden schienen sich gut zu kennen, denn sie fielen sich in die Arme, bevor Böttcher weiterreden konnte. Tatsächlich stellte sich heraus, dass beide zusammen studiert hatten. Der eine gründete in den neunziger Jahren das Unternehmen, und der andere arbeitete von Beginn an als Buchhalter bei ihm."

„Ist das wichtig?", maulte meine Tochter.

„So warte doch ab. Die Tinke trat jetzt ebenfalls in den Raum und wir hörten eine erstaunliche Geschichte. Das Unternehmen war erpresst worden. Jemand hatte den Barthold angerufen und gesagt: Zahlen Sie zwei Millionen Euro an ein Konto auf Malta, oder wir legen die Produktion lahm. Keine Polizei und so. Der Barthold hat zunächst gelacht, sagte er, doch dann waren plötzlich alle Wurstrezepturen falsch. Alles versalzen und einige Rohre waren verstopft, weil das Brät zu fest geworden war. Ein Schaden, der bereits in die Millionen ging, ohne dass es auch nur Gespräche gegeben hatte. Die Kerle hatten sich in das System gehackt. Keine Polizei, hat der Barthold noch einmal gesagt, das durfte nicht an die Öffentlichkeit."

„Und der Lehrer?"

„Er sieht nur aus wie ein Lehrer. Die Tinke sagte, ich solle mal mit ihm reden. Sie selbst nahm sich den Geschäftsführer vor."

„Sie hat dich geschickt!", freute sich Maribel. „Was bist du denn für ein Held?"

„Ein sehr stiller", sagte ich. „Aber hör zu: Der Böttcher sagte, Laforce habe Geld überwiesen. Eine halbe Million Euro. Weißt du, wie viel Geld das ist?"

Maribel schwieg empört. Natürlich wusste sie das. Ich bat sie, mir ein Bier zu holen, um die Spannung zu erhöhen. Sie ging tatsächlich, wenn auch maulend, und ich genoss die Vögel und den Rasen, der zu wachsen begann und bald zu schneiden war. Ich goss mir das Bier ein und nahm einen genüsslichen Schluck.

„Er hat es nach Malta überwiesen, von dort geht es meist nach Israel, da sitzt der Kopf von diesem Netzwerk. Das sind ganz böse Leute. Sie beobachten dich zunächst in der virtuellen Welt und konstruieren dann eine Falle, in die du läufst. ‚Social Engineering' nennt sich das. Die suchen sich junge Leute aus, die das ganze Leben vor sich haben. Meist sind es herausragende Schüler einer Wirtschaftsschule, denn die werden gern von guten Unternehmen genommen. Immer nur die Besten, da kann man sich ausrechnen, dass die irgendwann mal nützlich sein werden. So wie Michael Laforce."

„Und was machen sie mit denen?“

„Der Israeli hält Kontakt zu allen möglichen Spezialisten. Die einen hacken sich in die Computersysteme, andere kopieren Handschriften oder besorgen Informationen. Die Wichtigsten jedoch spähen den jungen Mann aus, das kann bis zu persönlichem Überwachen gehen. Man kennt die Hobbys des jungen Mannes ...“

„Verfolgen die auch Mädchen ...?“

„Natürlich, es kann auch ein Mädchen sein, da machen die keinen Unterschied. Obwohl man bei Mädchen vermutlich anders vorgeht. Jedenfalls gibt es überall die nötigen Dienste zu kaufen, wenn der Israeli zahlt. Man nennt das Infrastruktur. Die Hanse bot den Kaufleuten damals genau so eine sichere Infrastruktur, mehr nicht. Das kann ein Haus sein, ein Lager oder spezielles Wissen und Können, aber meist geht es um Kontakte. Um Menschen, denen man vertraut. Und weißt du, was das Ziel der Hanse war? Es ging um Sicherheit vor Räubern und Betrug. Und um Frieden. Denn im Krieg macht man keine guten Geschäfte, da gibt es nur schlechte. Und das ist es, was ich dir sagen will: Die Hanse war weder gut noch schlecht. Es kam darauf an, wozu man sie nutzte.“

„Das kann doch nicht sein!“, empörte sich meine Tochter und drohte, den Tisch zu verlassen. „Den Kaufleuten ging es nur um Geld und mehr Geld ...!“

„Es geht immer um Geld. Der Junge wurde ganz gezielt ausgespäht. Man muss sehr viel von ihm gewusst haben. Bei der OssenWurst war er sehr erfolgreich und er wird auf Snapchat oder Instagram oder sonst wo immer stolz davon erzählt haben.“

Sie setzte sich wieder und hörte zu.

„Einige seiner Freunde waren die Bösen, so läuft das. Sie bekamen mit, dass er in der Buchhaltung tätig war. Und ein Buchhalter kann Geld überweisen. Er darf es vielleicht nicht, aber er kann es meist. Damit war Michael Laforce dort angekommen, wo die Verbrecher ihn haben wollten. Sie mussten nur eine Geschichte erfinden, die er glauben konnte. Und dazu haben sie das Unternehmen erpresst.“

„Aber wieso das denn? Was hat denn der Junge damit zu tun, wenn die Wurst versalzen wird?“

„Er wollte helfen.“

„Und springt aus dem Fenster?“

„Kennst du das Gegenteil von ‚gut‘?“

„Na ja … ‚böse‘. Oder ‚schlecht‘ oder so.“

„Das Gegenteil von ‚gut‘ ist die gute Absicht. Man will Gutes tun und bewirkt das Gegenteil. Der Junge wollte helfen. Er sah die Gelegenheit, das Unternehmen zu retten.“

Maribel dachte nach und bat mich dann um ein Glas Milch. Ich ging in die Küche, um es zu holen. Sie brauchte einen Moment, um darüber nachzudenken. Und ich brauchte jemanden, dem ich die Geschichte erzählen konnte. Sie trank gierig das ganze Glas leer und schnappte dann nach Luft.

„Was hat er denn getan?“

„Die OssenWurst war den Bösen ins Netz gegangen. Tinke hat mir gesagt, der Barthold meinte, die Verbrecher wollten sich in Bremen am Hauptbahnhof mit ihm treffen. Er sollte zwei Millionen Euro zahlen. Fast alle in der Firma wussten davon. Die Rezepturen waren versalzen worden, die Leitungen verstopft. Alles musste zerlegt und gereinigt werden. Fast jeder wusste, dass es Probleme gab, die die Existenz der Firma bedrohten. Doch niemand wusste, was wirklich geschehen war. Bis auf den Böttcher, denn das war der Vertraute des Chefs. Der war bestens informiert. Laforce ahnte, dass die Lage dramatisch war, und er wollte helfen. Er bekam eine vertrauliche eMail seines Chefs. Barthold weihte ihn in die ganze Geschichte ein. Er schrieb, er habe zusammen mit seinem Rechtsanwalt die Erpresser getroffen und einen Deal mit ihnen ausgehandelt. Es ginge jetzt nicht mehr um die zwei Millionen, sondern nur noch um ein Viertel. Das war eine Summe, die die Firma nicht ruinieren würde. Barthold wies seinen Buchhalter an, das Geld zu überweisen. Die eMail sah aus wie die üblichen eMails innerhalb der Firma. Das eigentliche Schreiben war als PDF angehängt, es war von Hand geschrieben und trug die Unterschrift des Chefs.

„Aber es war gefälscht!“, triumphierte Maribel.

„Richtig. Es war die Nummer eines Rechtsanwaltes angegeben. Der Junge rief dort an und man beruhigte ihn. Es sei alles in Ordnung, aber er möge um Himmels Willen sofort überweisen. Auf ein Konto nach Malta.“

„Und wieso hat man nicht diesen Lehrer damit beauftragt? Das war doch der Chef von dem Jungen.“ Meine Tochter war ganz empört.

„Eine sehr gute Frage und es gibt eine klare Antwort darauf: In der eMail stand, dass Barthold dem Böttcher mistraute. Der Grund sei dem Jungen bekannt, hieß es. Barthold schrieb, ihm sei Laforce positiv aufgefallen als sehr vertrauenswürdiger und kompetenter Mitarbeiter. Barthold bedankte sich ausdrücklich für Informationen, die er von dem jungen Buchhalter bekommen hatte."

„Mann!", sagte Maribel und wollte aufstehen. „Das ist ja gemein! Eine blöde Geschichte."

„Es ist gemein, da hast du recht, doch es wirkt. Weißt du, was ich gemacht habe?"

„Was denn?" Sie setzte sich wieder.

„Der Böttcher kam mir verdächtig vor ... war nur so ein Gefühl ... und da stand ein Foto von ihm mit seiner Frau auf dem Schreibtisch. Das habe ich heimlich abfotografiert und an die Kollegen in Bremen geschickt. Wir haben auch unser Netzwerk. Der Tinke habe ich nichts gesagt."

„Wozu das denn?"

„Die sollten schauen, ob der Böttcher vielleicht auf einem der Videos vom Hauptbahnhof auftaucht, die in den letzten Wochen gemacht wurden. Ob er sich mit jemandem dort getroffen hat. Wir arbeiten mit einer Software zur Gesichtserkennung."

Maribel lachte auf und sah stolz ihren Vater an.

Verschmitzt fuhr ich fort. „Inzwischen gestand der Böttcher mir, dass Barthold ihn rauswerfen wollte. Nach all den Jahren! Und nur wegen eines einzigen Schecks, den er gefälscht hatte. Er hat nicht gewusst, dass Laforce es war, der ihn verraten hat."

„Woher wussten denn die Verbrecher davon?"

„Wir vermuten, dass der Junge im Internet damit geprahlt hat. Laforce hatte seinen Chef überführt! Und jetzt bat ihn der Geschäftsführer vertraulich um eine Überweisung, um die Firma zu retten. Was hättest du gemacht?"

„Boaaah ...!"

„Genau: Ich weiß es auch nicht. Ich hätte ebenso überwiesen, wenn ich nicht wüsste, wie das läuft. Aber sag", fragte ich naiv, „wolltest du nicht dein Referat schreiben?" Ich war in diesem Moment ein klein wenig übermütig.

„Spinnst du? Ist er aus dem Fenster gesprungen, weil er sich so geschämt hat? Is'n bisschen dünn, oder? Niemand springt heute noch aus dem Fenster, weil er sich schämt."

Das ist meine Tochter!

Maribel strahlte.

„Das Gleiche habe ich auch gedacht. Die Tinke meinte, der Fall sei gelöst. Das wär jetzt Sache der Kollegen von der technischen Ermittlung. Aber dann bekam ich eine Bestätigung aus Bremen: Böttcher war auf mehreren Fotos mit zwei Männern zu sehen, die der Polizei aus der Hackerszene bekannt waren. Die habe ich der Tinke gezeigt."

„Und die hat ihn dann festgenommen ...?"

„Ganz so einfach war es nicht. Unsere Techniker vermuten, dass bei solchen Betrugsfällen oft jemand aus dem Unternehmen dabei ist, aber man kann es nie beweisen. Diesmal jedoch hatte es einen Toten gegeben, deshalb wurde ganz anders ermittelt. Der Selbstmord brachte Böttcher aus dem Konzept, erst dadurch wurden wir misstrauisch. Vielleicht war das sogar die Absicht, mit der der Junge gesprungen ist. Er hat nur nicht bis zum Ende gedacht, dann wäre er jetzt vielleicht nicht tot. Die Tinke hat sich den Böttcher vorgenommen und der war vollkommen wehrlos, weil er alles gesehen hatte. Er hat erzählt, wie dieses kriminelle Netzwerk an ihn herangetreten ist, wie sie ihm viel Geld versprochen hatten und ihn bedrohten, damit er die Informationen weiter gab, die sie benötigten. Er hatte es dem Barthold und auch dem Laforce heimzahlen wollen. Ich vermute inzwischen, dass es seine eigene Initiative war, dass er also das Netzwerk genutzt hat, auf das er irgendwie gestoßen sein muss. Aber das klären wir noch. Die Leute kommen auf seltsame Gedanken, seitdem es das Internet gibt."

„Und das Geld?"

„Das ist in Malta, aber dort ist heute Feiertag, deshalb wurde es noch nicht nach Israel überwiesen. Daran hatten die Bösen nicht gedacht. Der Coup wurde ein wenig stümperhaft durchgezogen. Glück für die OssenWurst. Es besteht eine Chance, dass die Firma es zurückbekommt. Nur ... eine Buchhaltung haben sie jetzt nicht mehr. Am Ende haben die Spießgesellen also gesiegt. Die Tinke und ich. Und weißt du was? Ein klein wenig habe ich das Gefühl, als wäre heute ich der Häuptling gewesen statt der Tinke."

Maribel stand ganz nachdenklich auf. „Okay ... dann will ich mal meine Hausaufgabe machen ..."

Ich rechnete mir eine Chance aus, dass sie in ihrem Referat die Hanse in einem eigenen Rahmen sehen würde und nicht, wie ihr Lehrer es gerne hätte.

„Und Morgen früh ...", sagte ich, „der Junge an der Ecke ..."

„Was ist mit ihm?", wollte sie wissen.

„Weißt du, wie er heißt?"

Sie kniff die Augen zusammen, um nachzudenken. „Michael ... vielleicht?"

Ich nickte. „Er wird morgen nicht dort stehen." Sie ist hart im Nehmen. Die Tochter eines Polizisten.

Dann war ich allein und hörte den Vögeln zu und freute mich über den Rasen und all die Hecken rund um meinen Garten. Bald war es Zeit, dass die Blumen blühten. Diese schöne Stadt war früher selbst Teil der Hanse, doch das weiß fast niemand, weil man den Handelsbund mit dem Meer verbindet, und das gibt es hier nicht. Dabei ging es nicht um Wasser. Es ging stets um Sicherheit.

7. Bremen

Ein hoher Preis

von Mirjam Phillips

Es konnte sich nur noch um Tage handeln, bis mir Harry die Pistole auf die Brust setzte. Wie die Tentakel einer Riesenkrake zogen mich die Spielschulden in die Tiefe. Nachts stürzte ich in meinen Albträumen von hohen Gebäuden oder versank im Erdboden und wachte schweißgebadet auf.

Tagsüber trug ich noch die edlen Anzüge und das handgemachte Paar Lederschuhe, das ich mir aus Budapest mitgebracht hatte. Andenken aus besseren Tagen, als das Geld locker saß und nicht zu enden schien. Inzwischen wusch und bügelte ich meine Hemden selber, ging zu Fuß oder fuhr Rad oder Straßenbahn. Natürlich der Umwelt zuliebe und um mich endlich wieder mehr zu bewegen, wie ich unseren drei Angestellten lachend erklärte. Dass ihr letztes Gehalt aus dem Pfandhaus stammte, konnten sie nicht ahnen.

Meinem Vater konnte ich kaum noch ins Gesicht schauen. Er verließ sich darauf, dass ich den Laden über Wasser hielt, bis es ihm wieder besser ging. Aber ich hatte mich nicht im Griff. Stattdessen hatte ich ihm von der momentanen Flaute und der neuen Konkurrenz erzählt, woraufhin er mich in den Sitz der Bremer Handelskammer, den Schütting, geschickt hatte.

Ein Hoffnungsschimmer breitete sich in mir aus, als ich quer über den Marktplatz auf das imposante Gebäude zu schritt. Über dem Hauptportal thronte das Wappen mit dem kaiserlichen Doppeladler und dem Bremer Schlüssel. Ich blieb kurz stehen und begriff zum ersten Mal, dass dies ein Triumphtor mit Löwen und siegreichen Kriegern war, ein ganz besonderer Ort, an dem man Kraft und Mut tanken und sich inspirieren lassen konnte. „BUTEN UN BINNEN – WAGEN UN WINNEN“ stand in goldenen Lettern über dem Eingang. Noch war die Schlacht nicht verloren. Beschwingt sprang ich die Stufen der Freitreppe hoch.

„Geschäftskrisen erfolgreich meistern“ lautete der vielversprechende Titel des Seminars, an dem ich teilnehmen sollte. Über den

Redner hatte ich im Internet nur Gutes gelesen, und die wunderbare Kulisse erfüllte mich mit neugewonnenem Optimismus. Vorbei an den beleuchteten Familienwappen der ehemaligen Präsides der Handelskammer eilte ich nach oben in den großen Saal. Teil 1: „Die Krise als produktive Zeit begreifen" Ich spitzte Bleistift und Ohren.

Etwa zwanzig Minuten später folgte jedoch schon die Ernüchterung. Wem wollte ich hier etwas vormachen? Nicht unser Geschäft, sondern ich befand mich in Schwierigkeiten. Ich brauchte dringend eine Finanzspritze und sonst nichts. Einmal hatte ich Harry schon hingehalten. Das nächste Mal, hatte er gedroht, würde er ungemütlich werden.

Wie lange hatte ich mich eigentlich schon selber belogen? Ich war dem Nervenkitzel verfallen, den das Leben am Abgrund bot. Schon immer war ich am schnellsten gefahren und am weitesten aufs Meer hinaus geschwommen. Mein Leben musste rasanter sein als das meiner Freunde. Nur noch eine Runde, nur noch ein Spiel, nur noch ein Einsatz.

Durch die Krankheit meines Vaters war ich zu leicht an Geld gekommen. Verantwortung sollte ich übernehmen und hatte stattdessen die Kontrolle verloren und mich von Harry, dem Kredithai, abhängig gemacht. Ich hätte alles getan, um das Rad zurückzudrehen, und schämte mich.

In der Pause verließ ich sofort den Saal und ging zur Toilette hinunter in den ersten Stock. Ich wollte mich niemandem vorstellen oder erklären müssen, wusch mir die Hände und spritzte mir das kalte Wasser ins Gesicht. Mit aufgestützten Händen betrachtete ich meine Augenringe im Spiegel. Auf der Stirn hatten sich die ersten Furchen breitgemacht. So sahen also Versager aus. Die zweite Hälfte des Seminars konnte ich mir genauso gut schenken. Es war nicht an verzweifelte Zocker wie mich gerichtet.

„Du brauchst einen Investor, my friend.", stellte eine Stimme mit leichtem amerikanischen Akzent fest. Ich zuckte zusammen. Den kleinen, braungebrannten alten Mann neben mir hatte ich gar nicht bemerkt. Ein weißer Haarkranz zierte eine gebräunte Glatze voller Leberflecken.

„Wie kommen Sie darauf?" Ich musterte ihn argwöhnisch im Spiegel. Maßgeschneiderter Anzug. Rolex. Ich hatte nicht die geringste

Lust, mich mit diesem schrägen Vogel zu unterhalten. Machte er sich über mich lustig?

Er verzog keine Miene. „Dafür muss man kein Hellseher sein. Außerdem haben wir einen gemeinsamen Bekannten, you know."

Ich drehte mich zur Tür, ohne ihm zu antworten.

„Vielleicht kann ich dir helfen, Timo." Wieso wusste dieser Typ, wie ich hieß? Er verstellte mir den Weg und zückte eine Visitenkarte.

„Stanley Langhammer, Import – Export" las ich und blieb stumm. Ein Amerikaner mit deutschen Wurzeln also. Was genau er im- und exportierte, stand nicht auf der Karte und ich wollte es auch nicht wissen. Ich konnte mir nicht vorstellen, dass wir irgendetwas gemeinsam hatten, auch keinen Bekannten.

Jemand öffnete die Tür und schubste Langhammer zur Seite. Eine kleine rothaarige Dame mit getönten Brillengläsern marschierte resolut an uns vorbei. Um ihr Sehvermögen schien es nicht gut bestellt zu sein.

Das war meine Gelegenheit. „Ich glaube, Sie haben sich in der Tür geirrt. Hier ist die Herrentoilette. Die Damen sind gegenüber", sagte ich und eskortierte sie hinaus.

„Ich warte im Ratskeller auf dich. Schöne Grüße von Harry!" rief er mir noch hinterher, bevor sich die Tür wieder schloss.

Ich ging zurück in den Seminarraum und konnte keinen klaren Gedanken mehr fassen. Grüße von Harry bedeuteten nichts Gutes. Wollte er mir einen Deal anbieten?

Der restliche Vortrag zog wie eine belanglose Geräuschkulisse an mir vorbei. Immer wieder starrte ich auf die Visitenkarte, steckte sie in meine Jackentasche, holte sie wieder hervor. Es wäre garantiert ein Fehler, eine Nachricht von Harry zu ignorieren.

Ich bildete mir ein, dass der Mann mit dem Schnurrbart hinter mir angefangen hatte mich anzustarren. Schweißtropfen rollten mir die Stirn herunter. Ich zog mir die Jacke aus und lockerte den Schlips. Als die Fragerunde beginnen sollte, stand ich unvermittelt auf und ging an die frische Luft.

Von der Treppe aus beobachtete ich das bunte, fröhliche Durcheinander vor mir auf dem Marktplatz. Es war noch warm und alle Tische waren besetzt. Wie ich die Menschen um ihre Sorglosigkeit beneidete! War dieser Amerikaner etwa doch die Antwort auf meine Stoßgebete?

Andererseits verschenkte kein Mensch mit Geschäftssinn einfach so sein Geld. Aber was hatte ich zu verlieren?

Ich war im Begriff, all das kaputt zu machen, was mein Vater unter größten Entbehrungen aufgebaut hatte. Wie sollte ich das meiner Familie erklären? Eine zentnerschwere Last lag auf meinen Schultern. Ich musste mir wenigstens anhören, was der Amerikaner von mir wollte.

Die Fragerunde war zu Ende und der Pulk der anderen Seminarteilnehmer erfasste mich wie eine Welle und schob mich weiter. Ich überquerte mit ihnen den Marktplatz.

Langhammer erblickte mich sofort und winkte mich zu sich, als ich die Treppe zum Ratskeller hinunterging.

„Ich wusste, dass du kommst. Good to see you“, sagte er und rieb sich die Hände. „Ich habe extra eine kleine… Wie heißen diese Separees noch mal?“

„Priölke“, wusste ich. Es war eine alte Tradition, hier ungestört Geschäfte abzuwickeln.

„Priölke? Okay. Harry sagt, du spielst für dein Leben gern. Ich auch. Kopf oder Zahl?“ fragte er und holte einen Euro aus seiner rechten Hosentasche.

„Zahl. Worum spielen wir?“ fragte ich.

„Der Verlierer zahlt die Rechnung.“

Mir war nicht nach Spielen zumute, aber bei einem Geschäftsessen würden wir besser ins Gespräch kommen, und ich musste wissen, was Harry mit mir vorhatte.

Er warf die Münze in die Höhe und fing sie routiniert wieder auf. Die Eins lag oben.

„Wow, it's your lucky day, Timo. Der Abend geht auf mich…“ Sein Mund lächelte, aber die Augen blieben kalt.

„Woher kennen Sie meinen Namen?“ entfuhr es mir. „Warum sind wir hier?“

„Sagen wir mal, unser gemeinsamer Freund Harry hat mich gebeten, dein Lebensretter zu werden.“

Ich schluckte. Mir war klar, dass Harry sein Geld wiederhaben wollte. Aber nicht, dass er mich beschatten lassen und zu solchen Maßnahmen greifen würde. Oder hatte ich das nur verdrängt? Harry war schließlich nicht als Menschenfreund bekannt. Ich blickte mich im Restaurant um. Einige der anderen Seminarteilnehmer hatten sich über das Restaurant verteilt und waren ins Gespräch gekommen. Schräg gegenüber von mir saß der Typ mit dem Schnurrbart und diskutierte angeregt mit unserem Referenten. Am Nebentisch befand sich wieder die rothaarige Dame mit den getönten Brillengläsern und lachte über die Witze ihres Begleiters. Mir dagegen war das Lachen vergangen. Die Priölken erschienen mir plötzlich wie eine tödliche Falle.

Als das Essen kam, sah ich, dass vom linken Mittelfinger meines „Gönners“ nur noch ein Stumpf übrig war.

„Oh dear, da hab ich mal dem falschen Kerl den Stinkefinger gezeigt“, sagte er schmatzend, als er meinen starren Blick bemerkte. „Lovely word that: STINKEFINGER!“ Er lachte über seinen eigenen Witz.

„Viele Leute haben wirklich keinen Sinn für Humor. Unser Freund Harry gehört leider auch dazu.“ Er schob sich genussvoll den nächsten Bissen in den Mund.

„Let's talk business, Timo: Würden dir 100.000 Euro auf die Sprünge helfen?“ Der Alte sah mir in die Augen.

„Na klar!“ rief ich sofort. „Aber ich kann Ihnen keine Sicherheiten anbieten, Herr Langhammer.“

„Oh yes, you can“, sagte er bestimmt. „Du bist jung und gesund und hast zwei Augen, zwei Ohren und zwei NIEREN...“ Das letzte Wort sprach er besonders deutlich aus. „Aber eigentlich braucht man nur EINE zum Leben, you know?“

Ich verschluckte mich und rang nach Luft.

„Harry sagt, du gehst gern auf Risiko...“

Mein Blick musste pures Entsetzen ausgedrückt haben. Ich konnte nicht aufhören zu husten. Langhammer reichte mir ein Glas Wasser.

„...und wärst genau der Richtige für meine Art von Roulette. Es geht doch nichts über ein bisschen Nervenkitzel, noch so ein wunderbares deutsches Wort, oder? NERVENKITZEL.“ sagte der Amerikaner und holte eine Münze aus seiner linken Jackentasche.

„Zahl: Ich schenke dir die 100.000 Euro, because I'm a nice guy. Kopf: Du zahlst mit deiner Niere, because you're a nice guy. Kapiert?“

Mein Kopf drohte zu explodieren. Mit 50.000 Euro konnte ich mir Harry vom Hals schaffen. Die andere Hälfte würde ich mit Florians Hilfe verdoppeln und meinem Vater zurückzahlen. Mein Cousin war schlau und wusste, wie man sein Geld in kürzester Zeit gewinnbringend investierte. Warum hatte ich ihn nicht gleich um Hilfe gebeten? Für Stolz und Scham war es jetzt eh zu spät. Aber was, wenn heute doch nicht mein Glückstag war? Ich wollte meinen Körper nicht ausschlachten lassen wie ein Autowrack! Wer garantierte mir denn, dass Langhammer sich nur die Niere nahm? Womöglich endete ich als Kadaver in irgendeinem Schlachthof. Raus hier! Ich brauchte einen Fluchtweg!

„Verzeihung! Ich muss hier... Ich muss mal“, murmelte ich und erhob mich. Wenn mich nicht alles täuschte, gab es vor den Toiletten noch eine Treppe, die nach draußen führte. Ein kurzer Sprint...

Anscheinend konnte der Alte Gedanken lesen. Langhammer nickte in Richtung Ecktisch und ein menschlicher Panzerschrank steuerte auf mich zu.

„Bruno, der junge Mann hier möchte einmal austreten. Austreten, haha, wie ein Pferd... aber ohne Smartphone! Das brauchst du heute nicht mehr. Be a clever boy, Timo. Wir wollen doch beide, dass dein Vater wieder aus dem Krankenhaus kommt.“

Die sollten gefälligst meinen Vater aus dem Spiel lassen! Ich ballte die Fäuste. Der Schrank hielt die Hand auf und schaute mich finster an. Zweifellos gehörte Bruno auch zu der Sorte Mensch ohne Sinn für Humor. Unter seinem Jackett hatte ich eine Pistole blitzen sehen. Widerwillig gab ich ihm mein Handy. Nach einem kurzen Blick in die Herrentoilette baute er sich vor dem Personalausgang auf und hielt sich mein Telefon ans Ohr. Keiner der Gäste merkte, dass hier ein Verbrechen stattfand. Mit schlotternden Knien ging ich hinein.

Als ich mir mit einem Taschentuch den Schweiß von der Stirn wischen wollte, entdeckte ich einen Umschlag in meiner Jackentasche. Er war mit meinem Namen beschriftet. Ich zog einen Brief heraus und las: „Ich kenne Stanley Langhammer. Haben Sie Schulden, die Sie durch eine Lebendspende tilgen sollen?“ Ja, die hatte ich. „Die Münze hat zwei identische Seiten. Sie haben keine Chance. Langhammer verdient sein schmutziges Geld durch Organhandel.

Spielen Sie mit! Ich werde Sie nicht aus den Augen lassen. Versuchen Sie, ihn mindestens zehn Minuten lang in ein Gespräch zu verwickeln! Meine Helfer sind schon auf dem Weg. In Freundschaft M.“

Ungläubig starrte ich den Brief an. Dann zerriss ich ihn und stopfte ihn unter die Papierhandtücher. Wer verdammt noch mal war M.? Und wie war der Brief in meine Jackentasche gekommen? Mir fiel das Gedränge nach dem Seminar ein. Es hätte jeder sein können.

Ich wusch mir die zittrigen Hände und bemühte mich, nicht in Panik zu geraten. Worüber sollte ich mit einem Organhändler zehn Minuten lang reden? Die Härchen an meinen Unterarmen richteten sich auf.

Dann zwang ich mich, wieder hinauszugehen. Bruno redete gerade mit einer hübschen, schwarzhaarigen Kellnerin. Blitzschnell schlug ich einen Haken und rannte um mein Leben die Treppe hoch und nach draußen. Eine eiserne Hand ergriff mich an meinem linken Oberarm. Ich schrie auf. Bruno hatte einen Cousin!

„Keine gute Idee", brummte er.

Er begleitete mich die Treppe hinunter. Bruno nahm mich wütend in Empfang, schob mich unsanft in die Priölke hinein und setzte sich neben mich.

„Wie unhöflich von mir", meinte der Alte ungerührt. „Ich hatte ganz vergessen, dir Waldemar vorzustellen. So sorry."

Der Seminarleiter sah besorgt zu mir herüber. Die Rothaarige mit den getönten Gläsern am Nebentisch hörte einen Moment lang auf zu reden.

„Zahl!" sagte ich mit betont fester Stimme und dachte an die Person, die den Brief verfasst hatte. M. war meine einzige Rettung.

„Okay. Ein Mann, ein Wort." Langhammer warf die Euromünze hoch. Sie drehte sich mehrmals. Dann fischte er sie mit seiner rechten Hand aus der Luft und klatschte sie auf seinen linken Handrükken.

„Zahl, 100.000 Euro geschenkt. Kopf, Geld gegen Niere."

Er hob die rechte Hand und hielt mir den Kopf des spanischen Königs unter die Nase. Ich hatte verloren.

„Es ist die Niere, Timo", sagte er erfreut. „Don't worry, wir arbeiten mit sehr professionellen Ärzten zusam..."

„Kann ich die Münze mal sehen?" unterbrach ich ihn.

„Jetzt sei kein schlechter Verlierer, Timo! You win some and you lose some. Man kann nicht immer gewinnen." Die Münze blieb verschwunden.

Mein Gott, der wollte mich allen Ernstes entführen und ausweiden!

Das waren doch keine Ärzte, sondern Verbrecher!

„Der Preis stimmt nicht!“ empörte ich mich. „Wie kommen Sie auf 100.000 Euro? In China und Indien sind die Organe viel billiger.“

„Oh, du kennst das Geschäft.“ Er grinste. „Früher stammten die Organe auch von hingerichteten Chinesen, stimmt, aber jetzt kommen sie aus den Slums.“ Er griff nach seinem Glas und nahm noch einen Schluck Rotwein.

„Und da sind dann auch mal ein paar Pilzinfektionen, Leberentzündungen und HIV dabei.“ Er tupfte sich mit der Serviette den Mund ab.

„Im Moment vermasseln uns die syrischen Flüchtlinge das Geschäft, you know. Die wollen sich mit ihren Organen aus der Türkei freikaufen.“

„Sie sind echt widerwärtig!“ schrie ich. „Sie Schwein!“

Langhammer sah Bruno an. „Ich glaube, Timo wird unruhig.“

Dann wandte er sich wieder mir zu.

„Timo, du glaubst doch nicht im Ernst, dass Harry auf sein Geld verzichten will. Unsere Kunden in Amerika und Saudi-Arabien können es sich leisten wählerisch zu sein. They've got lots of money, you know? Die wollen nur junge, gesunde Spender. Du hast ja keine Ahnung, wie viel Geld die Leute ausgeben, um ihr Leben zu verlängern.“

„Ich will auch nicht sterben! Hilfe!“ schrie ich so laut wie ich konnte und sah die Spritze in Brunos Hand zu spät. Verdammt, das waren noch keine zehn Minuten!

Die hübsche Kellnerin eilte zu unserem Tisch.

„Unser Freund hier verträgt keinen Alkohol“, hörte ich Langhammer noch sagen. „Bringen Sie uns bitte die Rech…“

Mir wurde schwarz vor Augen.

Als ich wieder aufwachte, starrte ich auf eine hohe weiße Zimmerdecke. Ich befand mich in einem Krankenhaus. Mir dröhnte der Kopf.

Ich lag allein im Zimmer. Aus dem Fenster blickte ich auf einen Friedhof. Irgendjemand wurde gerade beerdigt.

Es dauerte eine Weile, bis ich den letzten Abend in meinem Kopf rekonstruieren konnte. Der Redner, die Seminarteilnehmer und die Kellnerin fielen mir wieder ein. Hatten sie gemerkt, was vor sich ging? Oder war M. auch nur Teil des Spiels? Hatte ich den Amerikaner überhaupt lange genug aufgehalten? Ich versuchte mich aufzurichten. Schmerzen! Vorsichtig befühlte ich Bauch und Rücken. Ein Verband! Oh Gott! Es war zu spät! Welcher Tag war heute? War meine Niere schon in Saudi-Arabien? Ich hatte es nicht besser verdient. Wenigstens konnte ich so alles wieder gut machen, wenn Langhammer wirklich zahlte. Ich würde meinem Vater... Draußen auf dem Flur unterhielten sich Leute.

Ich drückte auf die Klingel an meinem Bett und wartete. Eine junge Krankenschwester öffnete die Tür.

„Sie sind aufgewacht. Wie schön!“ sagte sie freundlich.

„Was ist passiert?“ wollte ich wissen.

„Sie waren in einen Autounfall verwickelt. Aber Sie hatten großes Glück und sind nur leicht verletzt. Ich sage kurz Ihrer Tante Bescheid, dass Sie jetzt ansprechbar sind.“

Ich hatte nur eine Tante und die lebte in Ankara.

Die Rothaarige mit den getönten Brillengläsern kam herein.

„Ach, Junge! Was machst du nur für Sachen!“ rief sie laut, bevor sie die Tür hinter sich schloss.

„Ich wollte Ihnen nur beweisen, dass ich Wort halte“, sagte sie jetzt deutlich leiser. „Langhammer und seine Gorillas wurden schon verhaftet. Sie brauchen keine Angst mehr zu haben.“

„Doch“, sagte ich kleinlaut. „Harry wartet noch auf sein Geld.“

„Wenn ich die Beamten richtig verstanden habe, sitzt Langhammers Komplize auch schon in Untersuchungshaft. Außerdem war ich so frei und hab mir Ihre EC-Karte geborgt.“ Sie holte die Karte aus ihrer Handtasche und legte sie auf meinen Nachttisch.

„Ich habe Ihnen 50.000 Euro überwiesen. Sehen Sie's als Schmerzensgeld an. Es geht mir gut. Ich kann's mir leisten.“

„Wieso tun Sie das?“ Ich sah sie verwundert an.

„Sie haben mir dabei geholfen, eine alte, offene Rechnung zu begleichen. Leider bin ich Langhammer vor zwanzig Jahren auf ähnliche Weise begegnet.“

„Hat er Sie denn nicht wiedererkannt?“ fragte ich.

„Nein. Nach so vielen Jahren und so vielen anderen Opfern nicht mehr.“ Sie seufzte.

„Jetzt kann ich das Kapitel endlich für mich abschließen.“ Sie stand auf und wollte gehen. Ich hielt ihre Hand fest.

„Hat er Ihnen auch eine Niere gestohlen?“ wollte ich wissen.

„Nein, die hatte ich schon meinem Bruder gespendet“, sagte sie und nahm ihre Brille ab.

Ein Auge sah mich traurig an. Das Glasauge starrte an mir vorbei in die Vergangenheit.

8. Minden

Teufelsfarbe – Minden 1580

von Regine Kölpin

Thilo sah prüfend von seinem Boot, das sacht auf der Weser schaukelte, in Richtung Minden. Die Stadt lag in der Dunkelheit vor ihm. Der Dom dominierte das nächtliche Bild, darum herum glänzte die Stadt im Licht des Vollmondes. Thilo lauschte dem leichten Schlagen der Wellen, die die Weser träge ans Ufer warf. Es war wichtig, dass er seinen kleinen Kahn ungesehen an der Schlagd (der alten Umschlaghafen Mindens) festmachte, seine Ware in der Stadt rasch übergab, und dann klammheimlich wieder verschwand. Er machte diesen Handel bereits zum dritten Mal.

Er würde sich schon gleich zurück auf den Weg flussabwärts bis Münden machen und dort über die Werra bis nach Wanfried, dem Endhafen der Werraschifffahrt, fahren. Von dort musste er zu Fuß oder mit dem Gespann weiterreisen. Ziel war seine Heimatstadt Erfurt.

Ein Kauz rief. Thilo machte das kleine Boot fest und hüpfte auf den Steg. Der Ruf des Kauzes erklang erneut und klang ein wenig eigenartig.

Thilo achtete dennoch nicht weiter darauf, denn er musste, wie in der Epistel abgemacht, in die Stadt bis zur Blaufärberei. Dort würde er die Ware übergeben. Er schlich gebückt in Richtung Wesertor. Hinter einem Busch raschelte es. Thilo verharrte, jeder Muskel war angespannt.

Er wich zurück, als er die Gefahr erkannte, doch es war zu spät. Hinter dem Busch schnellte eine Gestalt hervor und packte ihn am Arm. Sein Gegenüber war unter einem dunklen Umhang verborgen, das Gesicht blieb in der Dunkelheit unkenntlich. In seiner Hand blitzte etwas auf. Thilo riss sich los und versuchte zu fliehen, doch der Mann blieb ihm auf den Fersen. Sein keuchender Atem schlug Thilo in den Nacken, der Mann war schneller und viel behänder als er selbst. Kurz bevor Thilo wieder an der Schlagd angekommen war, stieß er ihm der Mann das Messer tief in den Rücken.

Klara, die junge Magd eilte über den Johanniskirchhof an der Stiftskirche vorbei. Sie wollte zum Hafen. Die Fischer waren in der Nacht draußen gewesen und wenn sie früh dort war, würde sie bestimmt den besten Fisch bekommen. Doch als sie aus dem Wesertor trat und ein Stück den Fluss entlanglief, stutzte sie, als sie aus dem Gebüsch ein Paar Füße ragen sah.

„Herrje, das ist ein Toter!", entfuhr es ihr. Was sollte sie jetzt machen? Zurück in die Stadt laufen und den Bütteln Bescheid geben? Weitergehen zum Hafen, den Fisch erstehen und so tun, als habe sie den Mann gar nicht bemerkt? Bevor Klara sich entscheiden konnte, kamen zwei weitere Mägde. Es führte nun kein Weg mehr daran vorbei, die Büttel zu informieren, auch wenn es Klara immens widerstrebte.

Klara wurde von der Stadtwache befragt, man schaute sogar, ob Blut an ihren Händen klebte, doch sie war nicht dumm und hatte den Toten nicht angefasst. Ihre Finger waren blau vom Arbeiten in der Färberei. Sie musste ihrem Herrn, dem Blaufärber Johann Matern oft zur Hand gehen, auch wenn sie sein Handwerk fürchtete. Viele schimpften es das Teufelshandwerk. Die Tuche oder die Wolle kamen in die blaue Küpe, verblieben einige Zeit darin und wurden dann herausgeholt. Aber sie waren mitnichten blau. Sie waren gelb, wurden später grün und noch viel später trat ein tiefes dunkles Blau hervor. Das konnte doch nicht mit rechten Dingen zugehen!

Das Gelb erklärte Klara sich so: Die Schafswolle verblieb vor dem Färben tagelang zum Entfetten im Urin, der im Knabenchor gesammelt wurde, und diese Ausscheidung war schließlich gelb. Aber Urin wurde nie blau. Niemals ... Und es erklärte auch nicht, warum auch die unbehandelte Tuche erst gelb aus der Küpe kam.

„Also, Klara Fustus, Ihr könnt nichts zu dem Ermordeten sagen?" Der Büttel sah sie fragend an.

„Nein, Herr. Ich wollte Fisch holen und habe den Toten nur gefunden. Er ist mir unbekannt."

„Nun Magd, das sagt ihr jetzt." Ein Mann mit prunkvoll besticktem Wams war durch eine Seitentür hinzugekommen.

„Warum zweifelt Ihr an meiner Aussage?" Klara zitterte, denn der Mann wirkte unnahbar und war ihr gewiss nicht wohlgesonnen.

„Ihr arbeitet in der Blaufärberei von Johann Matern, habe ich recht?"

Klara senkte den Blick. „Ja, Herr. Das stimmt."

„Ist Euch in den letzten Monaten in seiner Werkstatt nicht so manches eigenartig vorgekommen?"

Klara wurde heiß und kalt. Die Blaufärberei war etlichen Einwohnern Mindens suspekt und nun sollte sie offenbar dafür büßen. Ihr war die unterschwellige Schärfe in der Stimme des Mannes nicht entgangen. „Bitte sagt, woraus Ihr hinauswollt!"

„Ihr habt also nichts bemerkt?", hakte der Mann erneut nach, umrundete Klara langsam mit großen Schritten und musterte sie mit seinem stechenden und zugleich herablassenden Blick. Mit den Händen hielt er derweil den Fellbesatz vom Wams umschlungen. „Ich bin Melchior vom Broke, der Zunftmeister in der Stadt. Mir ist da so einiges aus der Färberei zu Ohren gekommen. Bislang dachte ich immer, es wären nur Gerüchte, aber dass ausgerechnet Ihr, als Magd, den Toten findet, auf den wir schon lange unser Augenmerk nach Informationen geworfen haben, die wir aus anderen Städten von den Zunftmeistern erhalten haben, stimmt mich nachdenklich."

„Ich habe nichts getan!", stieß Klara aus. „Wirklich nicht."

„Ihr versucht doch nur, Euren Herrn zu schützen. Er kauft zum Färben die verbotene Teufelsfarbe. Habe ich recht? Damit gefährdet er die Grundlage der anderen, ehrlichen Färbereien!", grollte von Broke. Die Stimme glich dem Knurren eines wütenden Hundes.

„Aber ich weiß doch von nichts!" Klaras dunkles Haar klebte ihr vor Angstschweiß an der Stirn. Sie fürchtete sich, hatte sie doch schlimme Dinge aus dem Gefängnis gehört. Sie wollte nicht gefoltert werden für eine Wahrheit, die sie tatsächlich nicht kannte. Innerlich verfluchte sie den Augenblick, an dem sie so früh am Morgen beschlossen hatte, Fisch zu holen. Sie hatte doch nicht gewusst, was Meister Matern tat! Niemals hätte er sie in ein solches Geheimnis eingeweiht. Klara war nur seine Magd und hängte lediglich die gefärbten Wäschestücke auf. Ab und zu durfte sie die Färberküpe umrühren. Mehr nicht!

„Ich lasse Euch in den Kerker bringen. Eine Nacht zwischen Ratten und Mäusen wird Euch schon zur Vernunft bringen!" Von Broke wies zur Tür.

Die Büttel ergriffen Klara und schleppten sie davon.

Johann Matern wartete auf seine Magd. Warum kam sie denn nicht mit diesem vermaledeiten Fisch zurück? Er brauchte sie dringend in der Färberei. Schlimm genug, dass sein Händler trotz Ankündigung heute nicht aufgetaucht war. Er hatte ihm ostindisches Indigo, die „Teufelsfarbe" bringen wollen. Der Blauton, den er damit erreichte, war unvergleichlich! Seine Erträge würden wachsen, wenn er weiter mit dem Königsblau färbte. Die Tuche ging weg wie nichts. Leider waren Handel und Anwendung seit der neuen kaiserlichen Polizeiordnung von vor drei Jahren verboten, aber es war schon vorher nicht wohlgelitten gewesen. Die Zünfte wehrten sich gegen den Einsatz, der für die Wirtschaft Thüringens eine große Gefahr darstellte. Der ganze Landstrich lebte dort unten vom Waid, dem „Goldenen Vlies", dem Grundstoff für den bisherigen Blaufarbstoff.

Jeder Blaufärber hatte seine eigene Rezeptur für die Küpe, die er keinem verriet. Pottasche, Kalk … Aber gegen das ostindische Indigo kam das thüringische Färberwaid nicht an.

Warum zum Teufel aber war sein Handelspartner nicht gekommen und wo blieb Klara? Er würde ihr eine Ohrfeige verpassen, wenn sie gleich aufkreuzte. Stattdessen hämmerte es an seine Werkstatttür. Wer war das? Seine Magd klopfte doch nicht.

In die Blaufärberei schob sich Melchior von Broke, der Zunftmeister. Flankiert wurde er von zwei Bütteln.

„Was kann ich für Euch tun?" Johann verneigte sich leicht.

„Durchsuchen!", forderte der Zunftmeister die Büttel auf, ohne auf Johanns Frage einzugehen. Sie gingen nicht zimperlich vor, warfen die Küpen um und rissen die gefärbten Stoffe von der Leine.

Johann wurde bleich und versuchte sie aufzuhalten. Vergebens.

„Was tut Ihr da? Ihr ruiniert mich, Meister!"

„Im Augenblick ruiniert Ihr das Blaufärberwesen", gab von Broke ungerührt zurück.

„Was werft Ihr mir vor?"

„Am Morgen hat Eure Magd einen Toten am Ufer gefunden, in der Nähe vom Wesertor."

Johann Matern wurde blass. „Und was bitte habe ich damit zu tun? Soll ich ihn getötet haben? Und was gibt Euch das Recht, meine Werkstatt zu zerstören?"

„Wir suchen das Indigo, das Ihr verbotenerweise bei dem Toten eingekauft habt. Einer der Skipper hat ausgesagt, dass der Mann ein Händler aus Thüringen war. Ihr habt ihn getötet, damit Ihr ihn nicht teuer für das Indigo bezahlen müsst. Dass ihr mit dem Mann Geschäfte macht, ist uns lange bekannt. War er unverschämt geworden und ihr solltet ihn über das Maß hinaus entlohnen?"

Johann Matern erhob abwehrend die Arme. Wer nur hatte ihn verraten? „Wie kommt Ihr ausgerechnet darauf, dass ich mit Indigo färbe? Hat meine Magd das etwa behauptet?"

Der Zunftmeister lachte nur.

Mittlerweile war die Werkstatt völlig zerlegt. Überall lagen die Holzküpen herum, aus denen noch die Reste der Färberküpe tropfte. Indigo aber hatten die Büttel keinen gefunden.

„Dann gebt es doch wenigstens zu, dass Ihr auf eine neue Lieferung gewartet habt!", brüllte von Broke Johann an. „Eure Stoffe haben das tiefere Blau, Ihr könnt einem wie mir nichts vormachen!"

Matern senkte den Blick. Besser er schwieg.

„Pst", hörte Klara und glaubte ihren Augen nicht zu trauen, als sich ein Stein in der Wand bewegte und sie kurz darauf in ein dreckiges Knabengesicht blickte, das gerade in die entstandene Lücke passte.

„Wer bist denn du?"

„Jakob", antwortete der Junge. „Leider komme ich nicht weiter zu dir rein. Ist zu eng."

„Wie kommst du denn überhaupt hierher?", wunderte Klara sich.

„Ich habe einen alten Gang gefunden und ausgeschaufelt. Ist trocken und warm." Er warf Klara einen Apfel zu, der zwar schon schrumpelig, aber immer noch besser als nichts war. „Danke!"

„Ich weiß, dass du unschuldig bist", piepste der Junge weiter. „Ich habe den Mord nämlich gesehen."

Klara lachte spöttisch auf, obwohl ihr eigentlich gar nicht nach Lachen zumute war. Da steckte in dem gut gesicherten Kerker tatsächlich ein Junge den Kopf durchs Mauerwerk und behauptete auch noch, den Mord aufklären zu können? Das wäre ja zu schön um wahr zu sein. „Und wer war es?", hakte Klara augenblicklich nach.

Der Junge zuckte mit den Schultern. „Ein Mann und der war groß und dick."

Davon gab es in Minden viele, das half Klara auch nicht weiter.

„Ich bin ihm sogar nach", flüsterte der Junge weiter. „Er ist in Richtung Stiftskirche auf und davon. Am Johanniskirchhof habe ich ihn verloren."

„Das nützt mir alles nicht viel, aber danke." Klara hieb die Zähne tief in den Apfel. Er schmeckte köstlich. „Und was hatte er noch?"

„Einen Siegelring am rechten kleinen Finger."

Klara konnte damit nichts anfangen, aber wenn das stimmte, konnte ihrem Herrn diese Aussage vielleicht nützlich sein. „Geh zum Blaufärber Johann Matern. Erzähl ihm das!" Klara lehnte sich erschöpft mit dem Rücken gegen die Wand.

Der Junge verschloss die Lücke und danach war Klara nicht mehr sicher, ob er wirklich da gewesen war oder ob sie schon irre wurde in diesem schauderhaften Kerker, wo die einzige Abwechslung das gleichmäßige Tropfen des Wassers von der Decke war.

Es dämmerte bereits. Johann Matern hatte Stunden gebraucht, um die Werkstatt wieder herzurichten. Auch die Reste der teuren Indigoküpe hatten sie weggeschüttet. Ein ungeheurer Verlust! Johann wollte sich eben in seine Kammer zurückziehen, als es wieder klopfte. Vor ihm stand ein etwa elfjähriger Junge in zerschlissener Kleidung. „Klara schickt mich."

„Meine Magd sitzt im Kerker. Lüg also nicht."

„Sie schickt mich trotzdem. Geheimgang, wisst Ihr! Wenn man kein Dach über dem Kopf hat, sucht man sich eben ein Versteck, damit man nicht erfriert." Der Junge zwinkerte Johann unsicher zu.

Der packte ihn am Kragen. „Moment! Von welchem Geheimgang sprichst du?"

Der Junge zappelte wie ein Fisch am Angelhaken. „Das ist mein Versteck. Bitte nicht verraten, dann muss ich im Winter noch mehr frieren, wenn sie das zuschütten.– Ich hab` heute Morgen beobachtet, was passiert ist. Es war ein großer und dicker Mann." Der Knabe erzählte, was er noch wusste.

Johann ließ den Jungen los und warf ihm einen Kanten hartes Brot zu. „Setz dich! Ich muss sehen, was ich mit diesem Wissen anfangen kann."

„Danke." Der Junge verneigte sich.

„Was weißt du denn noch? Wenn du uns hilfst, wird es dein Schaden nicht sein. Versprochen!"

„Er trägt einen Siegelring am rechten kleinen Finger und ist zum Johanniskirchhof gelaufen. Da habe ich ihn aus den Augen verloren! Mehr kann ich nicht sagen! Außerdem würde mir sowieso keiner glauben." Der Junge hieb seine Zähne in den Kanten und kaute genüsslich.

„Sag, wo ich dich finden kann, wenn ich dich brauche!", forderte Johann ihn auf. Der Junge nannte ihm einen Treffpunkt an der Schlagd. „Da bin ich am Abend kurz vor Sonnenuntergang und früh am Morgen, bevor es hell wird." Der Junge verschwand.

Johann Matern schlich zum Haus des Zunftmeisters. Er musste vorsichtig sein, dass er ihn nicht entdeckte. Johann umrundete das Haus, das rückwärtig zur Stiftskirche lag. Der Dom schlug aus der Ferne seinen gleichmäßigen dumpfen Schlag. Als Johann vor dem Küchenfenster stand, sah er, wie der Zunftmeister mehrere Säckchen vor sich auf dem Tisch ausgebreitet hatte. Aus einem entnahm er eben einen blauen viereckigen Klotz. Indigo!

Der Junge hatte die Wahrheit gesprochen!

Melchior von Broke wollte selbst das Geschäft mit der blauen Farbe machen, als Zunftmeister schaute ihm keiner so genau auf die Finger. Er hatte offenbar von der Lieferung gehört und den Händler getötet. Weil Johann als Blaufärber der Auftraggeber war, war es ein leichtes, ihm und Klara, die ihm über den Weg gelaufen war, den Mord in die Schuhe zu schieben. Nun galt es schnell zu handeln, bevor von Broke das Zeug verschwinden ließ.

Johann hastete los.

„Danke, Herr, dass Ihr mich aus dem Loch geholt habt." Klara senkte den Blick. Sie stank fürchterlich.

„Das haben wir wohl alles diesem kleinen Jungen zu verdanken. Ist er noch einmal bei dir aufgetaucht?"

Klara schüttelte den Kopf. „Nein, Herr. Ich würde mich so gern bei ihm bedanken. Er heißt Jakob."

„Er hat mir gesagt, wo ich ihn finde, aber er war nicht am vereinbarten Treffpunkt. Hauptsache, es erfährt keiner, dass er es war, der die Wahrheit ans Licht gebracht hat. Das könnte jetzt sogar nach der

Verhaftung von Brookes noch gefährlich für ihn sein. Er hat zu viele Verbindungen und Freunde." Er schlug ein Kreuz. Johann war dankbar, noch einmal davon gekommen zu sein. „Mit verbotenem Indigo zu färben ist dennoch das eine, aber deswegen einen Menschen zu töten …"

Es klopfte. Ein Mann, der Johann unbekannt war, stand vor dem Haus. Auf dem Arm hielt er die Leiche eines kleinen Jungen.

Wasser tropfte aus seinem Haar und hatte eine dünne Spur hinterlassen, die bald wegtrocknen würde. „Von Broke sagt, der gehört zu euch. Er selbst wird am Montag gehängt. Ich soll Euch aber ausrichten, er habe seine Ohren überall."

9. Hamburg

Der letzte Nordseepirat

von Andreas Behm

Ich schließe die Augen. Die Zeitreise beginnt. Es ist eine weite Reise, zurück in das 16. Jahrhundert. Ich mache sie sehr oft. Sie findet nur in meinem Kopf statt, aber mit jeder Wiederholung fühlt sie sich realer an. Ein paar Sekunden Konzentration, dann bin ich er.

30. Oktober 1525, früh am Morgen. Ich spüre das raue Gewand auf meiner Haut. Mir ist kalt. Die Eisenketten an Händen und Füßen wiegen schwer. Oder sind es dicke, grobe Stricke? Dieses Detail habe ich nie erforscht. Schnell schiebe ich es weg, bevor ich aus der Zeit falle.

Der Weg, den ich zu gehen habe, der letzte Weg meines Lebens, ist lang. Vom Gefängnis im Winser Turm, vorbei an gaffenden Bürgern, johlenden Knechten und manch weinender Magd, gehe ich zum St. Katharinen-Kirchhof, wo der gute Pastor Stephan Kempe mich erwartet, um mir die Absolution zu erteilen. Danach durchschreite ich das Brooktor und über die Brücke komme ich auf den Grasbrook, wo der Hinrichtungsplatz auf mich wartet. Hier starb 124 Jahre vor mir Klaus Störtebeker.

Ja, ich habe Angst. Und ich bin wütend. Sie hätten mich nicht verurteilen dürfen. Es ist Unrecht.

Viele, die vor mir diesen Weg beschritten, jammerten, flehten und schrien. Ich werde nichts dergleichen tun. Den Anblick gönne ich Ihnen nicht. Ich hoffe nur noch auf zwei Dinge: ein scharfes Richtschwert und einen zielsicheren Henker.

Hamburg im Frühsommer 2018: Die Sonne scheint, das Thermometer zeigt 28 Grad im Schatten an. Lars Schmidt freut sich. Die Flitterwochen beginnen traumhaft. Seit zwölf Jahren ist er mit Jana zusammen, vor zehn Jahren wurde Tochter Lisa geboren und endlich hat er sich getraut, sich trauen zu lassen. Jetzt sind sie die drei Schmidts. Nicht sehr originell. Er hätte den Nachnamen von Jana annehmen können, aber „Schulz“ wäre ein ebensolcher Sammelbegriff wie „Schmidt“ gewesen. Und die Kombination „Schmidt-Schulz“ oder umgekehrt ging gar nicht, darüber waren sich alle drei einig gewesen.

Jana hatte seinen Vorschlag, die Flitterwochen gewissermaßen vor der Haustür zu verbringen, begeistert aufgenommen. Tourist in der eigenen Heimatstadt spielen, eine neue Erfahrung. Sie erstellten eine Liste, von der Elbphilharmonie bis zur Alsterrundfahrt, von Museumsbesuchen bis zur Michel-Besteigung. Ganz oben auf der Liste stand, auf nachdrücklichen Wunsch von Lisa, Hagenbecks Tierpark.

Lars Schmidt beobachtet seine Tochter, die vor dem Elefantengehege steht und mit nervös trippelnden Füßen auf das Erscheinen des jüngsten Elefantenbabys wartet.

„Da ist er“, ruft Lisa. „Ooh, wie süß! Mama, schau mal, die lustige Stoppelfrisur!“

Lars lächelt. Dann spürt er das Vibrieren des Handys in der Hosentasche.

Bitte nicht, denkt er, bitte keinen Einsatz. Er schaut auf das Display: „Waldheim ruft an“. Also doch.

„Schmidt in den Flitterwochen, leider unabkömmlich“, meldet er sich.

„Kommissar Waldheim hier.“

„Sehe ich. Steht auf dem Display. Ich wiederhole, ich bin in den Flitterwochen.“

„Sorry. Ich würde Sie nicht stören, wenn es nicht dringend wäre. Staatsanwalt Plate wurde entführt.“

„Simon Plate? Okay, das ist eine schlimme Nachricht. Aber wie kann ich da helfen? Für solche Fälle habt Ihr Eure Spezialisten. Oder wisst Ihr schon, wer ihn entführt hat? Gibt es Forderungen?“

„Viele Fragen, Herr Schmidt. Ja, wir wissen, wo Plate ist und wir haben Kontakt zu seinem Entführer. Das Problem ist, es gibt keine Forderungen. Der Täter will Plate enthaupten! Und was wir bisher von ihm gehört haben, klingt nicht sehr ... hmm ..., sagen wir mal rational. Deshalb brauchen wir Sie.“

„Ich verstehe. Wohin muss ich kommen?“

„Wissen Sie, wo das Störtebeker-Denkmal steht?“

„So ungefähr, in der Hafen-City.“

„Genau. Von wo kommen Sie?“

„Hagenbecks Tierpark.“

„Dann fahren Sie über Bei Sankt Annen Richtung Osaka-Allee. Störtebeker Ufer und Busanbrücke sind dicht. So kommen Sie direkt zu unserer Absperrung."

Lars Schmidt legt seiner frisch Angetrauten die Hand auf die Schulter.

Sie sieht ihn an und fragt: „Was ist los?"

„Ich muss weg, ein Notfall. Staatsanwalt Plate wurde entführt. Der Entführer will ihn töten." Er seufzt. „Es tut mir leid, ich hätte mein Handy zuhause lassen sollen."

Sie gibt ihm einen Kuss auf die Wange. „Augen auf bei der Berufswahl, mein Lieber. Es war deine Entscheidung, die Praxis zu schließen und Polizeipsychologe zu werden. Nun fahr los und rette den Mann!"

Die Störtebeker-Bronze-Skulptur ist lebensgroß, steht auf einem Steinsockel und wiegt etwa zwei Tonnen.

Lars Schmidt kann nur den Kopf und ansatzweise die Schultern des Piraten sehen.

„Das sieht nach gründlicher Planung aus", murmelt er.

Kommissar Waldheim wischt sich mit einem Stofftaschentuch den Schweiß von der Stirn.

„Ja, der Kerl hat einen Bauzaun rund um das Denkmal aufgestellt und das Ganze mit Planen blickdicht abgeschlossen."

„Könnten Sie mit Wärmebildkameras erkennen, was hinter den Planen passiert?"

„Theoretisch ja. Praktisch haben wir in der Sonne deutlich über dreißig Grad. Der Unterschied zur Körpertemperatur ist zu gering, um zuverlässig Personen und ihre Bewegungen zu erkennen."

„Schade. Was wissen Sie über den Täter?"

„Leider sehr wenig. Er hatte die 110 angerufen und gesagt, dass er Plate in seiner Gewalt habe und ihn hinrichten werde. Wir hatten zunächst alle Hände voll zu tun, um das Areal zu sichern. Wir wissen nicht, welche Waffen er bei sich hat, ob womöglich Sprengstoff dabei ist. Deshalb haben wir weiträumig Absperrungen errichtet. War nicht einfach, die Touristenströme umzuleiten."

Kommissar Waldheim hält inne. Er merkt, dass er Schmidts Frage nicht beantwortet hat.

„Ja, also, ich konnte kurz mit ihm telefonieren. Er heißt angeblich Dr. Peter Kniphoff, ist Historiker und arbeitet im Museum für Hamburgische Geschichte. Er war sehr aufgeregt, redete schnell und ohne Struktur. Er sprach von einer Mission, von Gerechtigkeit und Sühne, von einem Justizskandal, den es vor fünfhundert Jahren gegeben haben soll. Da wurde mir klar, dass ich Sie hier brauche."

„Mehr haben Sie nicht? Ich brauche Informationen, bevor ich mit ihm rede. Wie sieht sein Lebenslauf aus? Was sagen die Kollegen aus dem Museum über ihn? Hat er Familie?"

„Wir arbeiten daran."

Schmidt wendet sich von Waldheim ab, geht zehn Schritte, dreht sich um, läuft im Kreis um den Kommissar herum und kehrt zurück. Waldheim kennt dieses Verhalten. Schmidt muss in Bewegung sein, wenn er intensiv denkt.

Der Psychologe holt tief Luft.

„Schnelle Analyse, nur für den Anfang. Warum hier, an diesem exponierten Ort? Kniphoff will Aufmerksamkeit, die große Bühne. Die ganze Welt soll von seinem Anliegen erfahren. Freie Flächen rundherum, es gibt keinen Fluchtweg, keinen Hinterausgang. Was bedeutet das? Zwei Optionen: Entweder führt er ein Theaterstück auf, an dessen Ende er geplant kapituliert, sobald er meint, genügend Wirbel erzeugt zu haben. Oder es ist ihm egal, dass er hier nicht mehr wegkommt, weil er sein Vorhaben kompromisslos bis zum bitteren Ende durchziehen will."

Waldheim zupft nervös an seinem altmodischen Schnauzbart.

„Variante eins ist mir lieber."

Ein Hahnenschrei, gleich darauf noch einer. Der Kommissar holt sein Handy aus der Gesäßtasche und meldet sich knapp mit „Ja?«

Während Waldheim telefoniert, schlendert Schmidt in dessen Rükken zu einem uniformierten Polizisten. Er redet mit ihm, deutet mit einer Kopfbewegung Richtung Waldheim, nickt mehrmals. Der Polizist reicht ihm einen schwarzen, zylinderförmigen Gegenstand, den Schmidt in seiner Hosentasche verschwinden lässt, bevor er zu Waldheim zurückkehrt.

Der Kommissar beendet das Telefongespräch und schüttelt den Kopf.

„Ich weiß nicht, was ich davon halten soll. Wir haben es anscheinend mit einem Hochstapler zu tun. Dieser Kniphoff hat weder einen Doktortitel noch ist er Historiker. Er hat seit drei Monaten einen Minijob beim Museum für Hamburgische Geschichte, ist da als Hilfskraft tätig. Sehr verschlossen, keine über die Arbeit hinausgehenden Kontakte zu den Kollegen. Er wohnt in der Siedlung Mümmelmannsberg, die Nachbarn wissen nichts über ihn. Er hat eine Schwester. Die weigert sich, herzukommen. Hat ihn seit Jahren nicht gesehen. Das ist alles, was wir in der kurzen Zeit über ihn herausfinden konnten."

„Vorstrafen?", fragt Schmidt.

„Nix in unseren Datenbanken."

Schmidt nimmt sein Denkritual auf, geht im Kreis und auf und ab. Waldheim steht geduldig in der prallen Sonne und beobachtet den Psychologen.

„Es nützt nichts. Ich muss da rein", verkündet Schmidt und zeigt mit ausgestrecktem Arm auf das umzäunte Denkmal.

„Auf keinen Fall! Sie sollen ja mit ihm reden, aber per Telefon natürlich!"

„Ich wiederhole: Ich muss da rein! Wissen Sie, wie Kommunikation funktioniert, Herr Kommissar? Über die Sprache? Ja, auch. Doch die Sprache tappt im Dunkeln, wenn Gesichtsausdruck, Augenkontakt und Körperhaltung fehlen.

Da ist dann viel Raum für Fehlinterpretationen. Deshalb gibt es diese Smilies in Internet-Foren. ‚Augenzwinker, guck mal, ich meine das, was ich Dir geschrieben habe, gar nicht so böse, wie es klingt.' Funktioniert eher mäßig, die Methode.

Deshalb gehe ich da rein – wenn der Kniphoff mich lässt."

„Das kann ich nicht verantworten", protestiert Waldheim.

Schmidt lächelt. „Müssen Sie auch nicht. Ich bin schon erwachsen. Na los, geben Sie mir seine Handynummer."

Waldheim knurrt unverständliche Worte und stellt widerwillig die Verbindung zu dem Entführer her.

Schmidt nimmt das Handy entgegen, Waldheim stellt sich neben ihn und lauscht.

„Herr Doktor Kniphoff? Mein Name ist Lars Schmidt. Ich bin Psychologe und würde mich gerne mit Ihnen unterhalten ... Ich verstehe Ihre Sorge, aber ... Moment, hören Sie mir bitte zu ... Sie wollen doch, dass die Menschen begreifen, warum Sie das tun. Die ganze Aktion wird sinnlos, wenn Sie am Ende als durchgeknallter Mörder dastehen, der grundlos und grausam einen Staatsanwalt ermordet hat."

Entscheidende Sekunden können sehr langsam vergehen. Schmidt und Waldheim horchen angespannt. Endlich ein Schnaufen und Kniphoffs Stimme: „Ja verdammt! Kommen Sie her, allein und unbewaffnet. Keine Tricks!"

„Danke, Herr Doktor Kniphoff", antwortet Schmidt. „Ich mache mich auf den Weg."

„An der rechten Ecke des Zauns, hinter der Statue ist eine Lücke. Dort erwarte ich Sie."

Schmidt bewegt sich langsam, mit erhobenen Händen. Noch fünfzig Meter. Plötzlich wird ihm bewusst, welche Kleidung er trägt, Jeans und ein braunes T-Shirt mit Totenkopf und gekreuzten Knochen, das er vor zwei Wochen von seiner Tochter zum Geburtstag geschenkt bekommen hat. Es ist ein harmloses Shirt seines Lieblingsvereins, doch in dieser Konstellation wirkt es unpassend. Zu spät für eine Umkehr. Hoffentlich hat Kniphoff einen Funken Humor, denkt Schmidt.

Das eingezäunte Areal ist ein vier mal acht Meter großes Viereck. Schmidt geht zur hinteren rechten Ecke.

„Hallo, ich bin da."

„Kommen Sie langsam rein."

Schmidt zwängt sich durch einen 40 Zentimeter breiten Spalt.

Die Luft im abgeschirmten Inneren fühlt sich an, als könnte man sie in Blöcke schneiden und hinaustragen. Die Sonnenstrahlen brennen von oben, die Planen lassen keinen Windhauch durch.

In der Mitte steht ein hagerer Mann mit wenig Kopfhaar, dessen rechte Hand auf dem Knauf eines Schwertes liegt.

Die Spitze der mehr als einen Meter langen Waffe ruht auf dem grauen Pflaster. Die Form der Spitze ist ungewöhnlich, rund und mit drei Löchern versehen. In den Augen sieht Schmidt eine kurze Irritation, als Kniphoff das T-Shirt anguckt.

Hinter dem Mann mit dem Schwert sitzt Staatsanwalt Plate auf dem Steinsockel der Statue, die Hände mittels Kabelbindern an die Beine Störtebekers gefesselt. Die schwarzen Haare liegen wie ein durchnässter Waschlappen auf dem Kopf, Schweißtropfen kullern von der

Stirn, das weiße Hemd klebt nassgrau am Oberkörper. Ein Stück Textilklebeband verdeckt den Mund. Neben dem Steinsockel stehen zwei leere Wasserflaschen. Schmidt ist erleichtert, denn Kniphoff macht keine Anstalten, ihn abzutasten.

„Guten Tag, Doktor Kniphoff“, beginnt er. Die Anrede mit Titel nutzt er bewusst, Kniphoff soll nicht wissen, dass die Polizei seine Hochstapelei längst enttarnt hat.

„Vielen Dank für Ihr Entgegenkommen, ich ...“

Der Entführer schneidet ihm das Wort ab.

„Ruhe! Ich rede, Sie hören zu. Hier gelten meine Regeln!“

Kniphoffs Tonfall ist eine merkwürdige Mischung aus einem Offizier, der seiner Truppe Befehle erteilt und dem ängstlichen Bellen eines kleinen Hundes.

„Heute ist ein großer Tag. Meine Forschungsarbeit wird hier zum einzig richtigen Ende geführt. Gerechtigkeit wird hergestellt. Ich bin Richter und Henker in einer Person. Diese Sache werde ich durchziehen!“

Schmidt hebt die Hand. „Darf ich eine Frage stellen?“

Der Richter und Henker nickt herablassend.

„Die >Sache<, von der Sie sprechen, meinen Sie damit die Enthauptung des Mannes, der da hinter Ihnen sitzt?“

„Natürlich, was denn sonst?“

„Warum? Was hat Herr Plate Ihnen getan?“

„Er persönlich nichts. Anstatt dumme Fragen zu stellen, sollten Sie zuhören. Am Ende werden Sie verstehen.

Nach jahrelanger Ahnenforschung habe ich herausgefunden, dass ich ein direkter Nachfahre von Claus Kniphoff bin, dem letzten Nordseepiraten, der auf dem Grasbrook – also genau hier – hingerichtet wurde. Und der Mann da, dieser Simon Plate, ist der Nachfahre des Ratsmannes Jürgen Plate, der als Richtherr am Todesurteil mitgewirkt hat.“

„Wo ist da die Ungerechtigkeit?“, fragte Schmidt. »“Auf Piraterie stand damals die Todesstrafe.“

„Claus war kein Pirat!“, schrie Kniphoff. „Er wurde vom dänischen König Christian, dem Zweiten, zum Hauptmann ernannt und sollte eine Flotte in den Krieg gegen die Hanse und Norwegen führen. Er war somit ein Kriegsgefangener und kein Pirat. Man hätte ihn nicht hinrichten dürfen. Das können Sie alles in Otto Benekes >Hamburgische Geschichten und Sagen< nachlesen."

„Ich glaube Ihnen. Es gab im 16. Jahrhundert sicher viele ungerechte Urteile. Aber das ist verdammt lang her."

„Mord verjährt nicht!"

„Richtig. Nur sitzt da hinter Ihnen kein Mörder."

„Er muss für das büßen, was sein Vorfahre verbrochen hat. Schauen Sie sich um in der Welt, Herr Psychologe. Worum streiten sich Israelis und Palästinenser in Jerusalem? Die Wurzeln liegen mehr als zweitausend Jahre zurück. Viele Konflikte und Kriege auf unserem Planeten basieren auf Ereignissen, die in der Zeit weit zurückliegen. Nein, nein, Gerechtigkeit kann nicht verjähren."

So komme ich nicht weiter, denkt Schmidt. Er deutet auf die leeren Flaschen.

„Gestatten Sie mir, Ihnen Wasser zu bringen. Ihr Delinquent soll doch nicht kollabieren, bevor Sie das Urteil vollstrecken."

Kniphoff dreht sich zu Plate um. Der Staatsanwalt hat Mühe, den Kopf hoch zu halten.

„Na gut, er soll ja in Würde sterben können. Holen Sie Wasser. Und versuchen Sie nicht, mich auszutricksen."

Lars Schmidt läuft auf Kommissar Waldheim zu.

„Ich brauche zwei Flaschen Wasser, original verschlossen, und mein Tablet", ruft er und rennt zu seinem Auto.

Atemlos kehrt er zurück, tippt hektisch auf dem Touchscreen seines Tablets herum.

„Wie ist die Lage?", fragt Waldheim.

Schmidt liest, wischt und antwortet.

„Einzeltäter, keine Schusswaffen, kein Sprengstoff, nur ein großes Schwert."

„Dann schicken wir jetzt die Kollegen vom MEK los. Die sollen ihn unschädlich machen."

Schmidt schüttelt den Kopf.

„Bitte nicht. Ich kriege das hin. Das Schwert ist ein historisches Richtschwert, hat der Kniphoff wahrscheinlich im Museum geklaut. Diese Schwerter haben eine abgerundete Spitze. Sie wiegen um die zwei Kilo. Sie sind unhandlich und eignen sich nicht für Attacken, bei denen man zusticht. Ich bin nicht in Gefahr. Ihre Leute müssen hundert Meter freies Gelände zurücklegen. Zeit genug für Kniphoff, mit dem Schwert auszuholen und Plate zu köpfen. Der Mann ist kein Verbrecher. Er ist krank, verwirrt, lebt in seiner selbst konstruierten Welt. Er glaubt fest daran, das Richtige zu tun."

„Und wie wollen Sie ihn da rausholen?"

„Weiß ich noch nicht. Ich muss es versuchen. Und jetzt brauche ich einen Moment Ruhe."

Fünf Minuten und einige Internet-Seiten später nähert Schmidt sich der Lücke im Bauzaun.

„Ich bin wieder da."

„Okay, langsam reinkommen."

Kniphoff mustert Schmidt misstrauisch.

„Das hat lange gedauert." Er deutet auf die Flaschen in Schmidts Händen. „Wurde da was reingemixt?"

„Sehen Sie selbst, die sind original verschlossen. Ich kann auch vor Ihnen trinken, wenn Sie das beruhigt."

„Fünf Schritte vor, Flaschen abstellen, dann wieder fünf Schritte zurück", kommandiert Kniphoff.

Schmidt befolgt die Anweisung, Kniphoff reißt Plate das Klebeband vom Mund, lässt ihn trinken und nimmt danach selbst einen großen Schluck. Den Psychologen behält er dabei ständig im Auge. Er wirft die Flasche weg, richtet sich auf und legt die zweite Hand an den Schwertgriff.

„Zeit für die Vollstreckung. Danke für das Zuhören, Herr Psychologe."

Die Schwertspitze löst sich vom Boden. Schmidt macht einen Schritt nach vorn.

„Was Sie vorhaben, ist Unrecht."

„Ich werde das Urteil vollstrecken. Danach stelle ich mich der neuzeitlichen Gerichtsbarkeit."

Die Spitze gewinnt an Höhe.

Wie ein Stimmungsbarometer, denkt Schmidt und geht einen weiteren Schritt auf Kniphoff zu.

Die Spitze erreicht Hüfthöhe.

„Sie haben mich angelogen", sagt Schmidt.

Die Spitze verharrt.

„Ich lüge nie.“

„Doch. Ich habe den Text von Beneke gelesen. König Christian war vertrieben worden, lebte im Exil. Er war kein Regent mehr, als er Kniphoff zum Offizier ernannte. Er hatte nicht das Recht, eine Flotte in den Krieg zu schicken. Folglich war Ihr Vorfahre ein Pirat.“

„Das ist Unsinn. Die Kaufleute, diese Pfeffersäcke, waren keine ehrenwerten Männer. Sie waren geldgierig und machtbesessen. Sie hatten großen Einfluss auf Politik und Justiz. Claus Kniphoff wurde aus wirtschaftlichen Interessen hingerichtet. Die Hanse war grausam.“

Die Klinge des Schwertes dreht sich in die Waagerechte.

Der Staatsanwalt starrt Schmidt flehentlich an. Der Psychologe wagt sich einen dritten Schritt nach vorn.

Er befindet sich im Radius des Schwertes. Er spielt seinen letzten Trumpf aus.

„Sie sind im Begriff, einen Unschuldigen zu töten. Der Simon Plate, den Sie töten wollen, ist kein Nachfahre des Ratsmannes, kann er gar nicht sein.“

Die Spitze verliert einige Zentimeter an Höhe.

„Sie lügen! Sie wollen mich reinlegen“, schreit der selbsternannte Henker.

„Staatsanwalt Plate hieß bis vor zehn Jahren schlicht Müller. Er hat bei der Heirat den Namen seiner Frau angenommen. Sie haben den falschen Simon Plate entführt.“

Die Spitze steigt wieder an. Ein langgezogener, tiefer und heiserer Schrei. Jürgen Kniphoff holt zum Schlag aus.

Kommissar Waldheim starrt mit seinen Kollegen und den Männern vom MEK auf den Bauzaun mit den blickdichten Planen.

Sie hören den Schrei eines tief verletzten Wesens.

„Wir stürmen“, verkündet der Leiter des MEK. Waldheim nickt.

Sechs Männer des MEK rennen los, Waldheim und Kollegen folgen mit gezückten Pistolen.

Sie haben die Hälfte der Strecke zurückgelegt. An der hinteren Ecke des Zaunes sieht Waldheim eine Bewegung. Lars Schmidt tritt heraus und legt behutsam ein Schwert auf den Boden.

Die Männer des MEK erreichen das Areal um Störtebeker, reißen einen Teil des Bauzauns nieder und stürmen hinein.

Waldheim, leicht übergewichtig, bleibt schnaufend vor Schmidt stehen.

„Sie leben, Gott sei Dank! Was ist passiert?"

Schmidt lächelt. „Alles gut, keine Toten."

„Wie haben Sie das geschafft?", fragt der Kommissar.

Schmidt drückt ihm eine schwarze Pfeffersspraydose in die Hand.

„Manchmal ist man mit seiner Redekunst am Ende", gesteht Schmidt. „Erst sprühen, dann zuschlagen. Ein zielgenauer rechter Haken war die Lösung. Dieser Kniphoff hat die Fake-News-Kultur perfektioniert. Er glaubt sogar die selbst erschaffenen Lügen. Erinnert mich spontan an einen amerikanischen Politiker. Ich hoffe, der arme Kerl bekommt einen guten Therapeuten."

Waldheim grinst. „Welchen von den beiden Lügnern meinen Sie jetzt?"

10. Hamburg

Hafenrand

von Doris Gercke

Sie wurde wach, weil sie fror. Auch war da ein Geräusch, das sie nicht gleich einordnen konnte. In der letzten Zeit begannen die Tage mit einer gewissen Orientierungslosigkeit. Das beschäftigte sie, nachdem sie zu sich gekommen war, eine Weile. Das Geräusch wurde durch Wassertropfen hervorgerufen, die auf dem Sattel eines Fahrrades landeten. Das Dach war nicht dicht. Es hatte viele Wochen nicht geregnet, aber nun war Herbst, und der Regen gehörte dazu, wie die Kälte, durch die sie wach geworden war.

Sie bewegte den Kopf und sah sich um, aber die Sekunden, in denen sie nicht wusste, wo sie sich befand, waren vorüber. Sie setzte sich auf, lehnte den Rücken an die Wand und stöhnte. Die kalte Mauer in ihrem Rücken würde ihr das letzte bisschen Wärme entziehen, aber sie konnte sich nicht entschließen, aufzustehen. Sie würde hier weg müssen, noch nicht heute oder morgen, aber doch so bald wie möglich.

Der Raum, in dem sie in den letzten Wochen geschlafen hatte, gehörte zu einer Hinterhofwerkstatt. Als sie das kleine, grau verputzte Gebäude zum ersten Mal gesehen hatte, war sie erstaunt gewesen. Es sah heruntergekommen aus, so, als habe man nur vergessen, es abzureißen. Der Hinterhof war eng. Die Leute, die in den anliegenden Mietshäusern wohnten, waren beinahe so arm dran wie sie selbst. Es gab sogar Tage, an denen sie sich ihnen überlegen fühlte. Dann schien es, als hätte sie den besseren Teil gewählt. In ihrem Leben gab es keinen Kerl, der beim Vögeln grunzte wie ein Schwein. Sie hatte es nicht nötig, einem von diesen dickbäuchigen Unterhemdenträgern nachmittags Spiegeleier mit Speck zu braten, wenn er nach Frühstück gebrüllt hatte. Sie musste keine Kisten mit Flaschen nach oben schleppen, nur, um ein festes Dach über dem Kopf zu haben.

Ein festes Dach über dem Kopf – die Frau sah sich um. Der Sattel des Fahrrades glänzte vor Nässe. Um das Rad herum hatte sich eine Pfütze gebildet, die bald an ihren Schlafsack heranreichen würde. Das eiserne Waschbecken an der gegenüberliegenden Wand sah verdreckt aus. Dabei war das Waschbecken, das sie für sich allein hatte, neben dem Dach über dem Kopf, den Sommer über ihr ganzer Stolz gewesen. Wegen dieses Waschbeckens hatte sie es nicht mehr nötig gehabt, ungewaschen unter die Leute zu gehen. Gewaschen – das Wort hatte sie von den anderen getrennt und ihr den Sommer über ein angenehmes Leben verschafft.

„Du kannst es mir machen", hatte er gesagt, „aber nicht, wenn du ungewaschen aufs Schiff kommst."

Sie hatte empört getan, aber gleichzeitig gedacht, dass der Mann recht gehabt hätte, wenn er ihr im Frühjahr oder im Winter oder im letzten Sommer begegnet wäre. Die verlassene Werkstatt und das eiserne Waschbecken darin waren den Sommer über Geld wert gewesen. Jetzt war der Herbst da. Sie würde morgens aufwachen und im Wasser liegen. Wenn Frost kam, würde sie sich die Zehen abfrieren. Vermutlich würde die Wasserleitung kaputt gehen. Sowieso ein Wunder, dass sie bisher heil geblieben war.

Die Frau kroch aus dem Schlafsack. Sie war noch nicht alt, zwischen vierzig und fünfzig, schwer zu schätzen. Sie hatte dünne Arme. Die Hände, die den Schlafsack und die darunter liegende Matte zusammenrollten, waren klein und schmal. Es war nicht viel Kraft darin, jedenfalls nicht, wenn man sie nach ihrem Aussehen beurteilte.

Bevor die Frau zum Waschbecken hinüberging, nahm sie eine der herumstehenden, leeren Kisten auf und verstaute das Bündel aus Schlafsack und Matte sorgfältig darunter. Auch die angebrochene Dose Bier, die neben ihrem Kopf auf dem Boden gestanden hatte, verschwand unter der Kiste.

Die Sachen räumte sie jeden Morgen weg. Wenn wirklich einmal jemand die verlassene Werkstatt betreten hätte - von ihr wäre keine Spur sichtbar gewesen. Aber es war niemand gekommen. Das Kaugummi, das sie von außen zwischen Tür und Pfosten geklemmt hatte, war jedesmal noch da gewesen. Auf den Trick mit dem Kaugummi war sie besonders stolz. Es hatte schon Leute gegeben, Frauen nattürlich, die von jemand überrascht wurden, der stärker war als sie.

Die Frau betrachtete ihr Gesicht in dem Stück Spiegel, das an einem Haken über dem Waschbecken hing. Die Scherbe war nicht größer als ihre Hand und an einer Seite mit einem hellblauen Stück Kunststoff eingefasst.

„Nicht schön, aber selten“, sagte sie halblaut.

Sie drehte den Wasserhahn ein wenig auf, bildete mit beiden Händen eine Schale, die sie volllaufen ließ und tauchte ihr Gesicht in das kalte Wasser. Das Handtuch, mit dem sie sich am Abend zuvor abgetrocknet hatte, lag neben dem Waschbecken, über die Griffe einer Schubkarre gebreitet. Der Karre fehlte das Rad. Zum ersten Mal, seit sie hier schlief, war das Handtuch feucht. Nachdem sie sich die Zähne geputzt hatte, wickelte sie Zahnbürste und Zahnpasta ins Handtuch und versteckte alles in einem altmodischen Nachttisch. Der Griff an der Tür war abgebrochen, aber die Tür ließ sich mühelos öffnen, wenn man einen langen Nagel oder ein Stück festen Drahts in das leere Schlüsselloch steckte.

Als sie auf die Straße trat, hatte der Regen aufgehört. Es war auch nicht wirklich kalt, aber ihr war klar, dass sie sich etwas einfallen lassen musste, wenn sie den Winter heil überstehen wollte.

Sie verharrte einen Augenblick und sah sich um. Rechts von ihr, am unteren Ende der Straße, waren die Hochbahnbrücke und dahinter die Masten und Schornsteine der Cap San Diego zu erkennen. Die weißen Masten gegen den blauen Himmel waren den Sommer über jeden Morgen ein schöner Anblick gewesen. Jetzt war der Himmel grau, und auch die Masten schienen grau zu sein. Sie leuchteten nicht mehr.

Die Frau setzte sich in Bewegung. Obwohl es nicht kalt war, taten ihr die Knochen weh. Vielleicht war es die Feuchtigkeit, die ihre Gelenke schmerzen ließ. Ein LKW versperrte ihr den Blick auf die Cafes der Portugiesen am anderen Ende der Straße. Als sie an den Männern vorüberging, die den LKW entluden, gab einer von ihnen schnalzende Laute von sich. Aus einem Bäckerladen zur Rechten duftete es nach frischen Brötchen. Sie hatte Hunger. Vor den portugiesischen Cafes standen trotz des schlechten Wetters Tische und Stühle auf der Straße, aber niemand saß sort. Die dunkelgrünen Möbel glänzten vor Nässe. Sie ging an den Cafes vorüber und betrat das letzte, ihr Stammcafe.

Drinnen war es voll. Es gab immer eine Menge Leute, die hier regelmäßig ihr erstes oder zweites Frühstück einnnahmen, Zeitung lasen, redeten. Als noch die Sonne geschienen hatte, waren manchmal auch gut angezogene Angestellte aus dem nahegelegenen Pressehaus darunter gewesen. Die Frau sah sich um. Es roch nach Kaffee und nach nassen Kleidern. Die Eleganten hatten es vorgezogen, in ihrer Kantine zu bleiben. Ihr Blick fiel auf eine Frau ganz hinten, kaum wahrzunehmen hinter der Menge der Stehenden und Sitzenden. Und plötzlich, so plötzlich, dass ihr Herz einen kleinen Hüpfer tat und ihr warm wurde, ohne dass die warme Luft im Cafe daran einen Anteil gehabt hätte, wusste sie, was sie tun würde.

Sie kannte die Frau vom Sehen. Manchmal hatte sie in den letzten Wochen morgens neben ihr in der Sonne gesessen und in Gedanken versucht herauszufinden, was die wohl tat. Aus dem Pressehaus kam sie nicht, obwohl ihre Klamotten dorthin gepasst hätten. Aber sie hatte immer Zeit gehabt, während die Angestellten ihren Kaffee schnell tranken, ihre Gesichter schnell in die Sonne hielten, ja, sogar schnell redeten, so, als müssten sie in ihren kurzen Pausen möglichst viel von ihrem privaten Leben unterbringen, das sie gleich darauf im Büro wieder zu vergessen hatten. Manchmal hatte die Frau jemanden getroffen und sich lange mit ihm unterhalten. Meistens aber saß sie allein, vertiefte sich in die Zeitung, die sie immer mitbrachte, obwohl es im Cafe Zeitungen gab und ging dann irgendwann mit einem lokkeren, leicht schlenkernden Gang wieder weg.

Und wenn es der nun nur im Sommer gefiele, ihre Zeitung im Cafe zu lesen? Wenn der die verrauchte Luft hier drinnen nun nicht zusagte? Wenn die heute zum letzten Mal in dieser Saison hier war?

„Quatsch“, sagte sie halblaut und begann, sich langsam in die Richtung zu drängen, in der die andere saß.

Sie hatte gleich zwei Mal Glück. Zuerst wurde ein Platz in der Nähe der Frau frei, und dann stand die auch noch auf, um auf die Toilette zu gehen und ließ ihre Zeitung auf dem Tisch liegen. Sauber und deutlich gestempelt war auf der Vorderseite ihre Postanschrift zu lesen; ganz in der Nähe und leicht zu merken.

Aufstehen oder Sitzenbleiben war jetzt die Frage. Ihr Ziel hatte sie erreicht. Aber weshalb sollte sie gehen. Wenn ihr Plan gut war, würde sie sehr bald sehr weit weg sein.

Sie blieb sitzen, bestellte einen Milchkaffee und betrachtete ruhig und gleichmütig, so, wie sie es im Sommer jeden Morgen getan hatte, die Gäste.

Irgendwann stand die andere auf, murmelte einen Gruß, ohne jemanden wirklich anzusehen und verließ das Cafe. Sie war ungefähr eine Stunde lang da gewesen, so lange, wie sonst auch. Die Zeit würde reichen.

„Eine Nacht noch", sagte die Frau zu sich, und den Tag davor würde sie versuchen, so angenehm wie möglich zu verbringen.

Solange das Wetter schön gewesen war, hatte sie tagsüber an der Elbe im Sand gelegen, am Hafenrand auf einer der steinernen Bänke gesessen, die Touristen, noch lieber die Möwen, beobachtet oder in einem der Bücher gelesen, die sie ohne hinzusehen aus der Grabbelkiste des Antiquars am Michel mitgenommen hatte. Die Abende waren manchmal sehr lang gewesen. Sie hatte versucht, ihren Alkoholkonsum einigermaßen zu kontrollieren, weil sie wusste, dass sie dazu neigte, Gesellschaft zu suchen, wenn sie betrunken war. Die Gesellschaft, die für sie in Frage kam, war wenig rücksichtsvoll gegen Frauen. Bis ein blaues Auge wieder verschwunden war, verging in ihrem Alter eine lange Zeit. Sie lief nicht gern als Gebrandmarkte herum. Am besten war noch immer der Abend an Bord des Schleppers gewesen. Es war heute nicht der verabredete Tag, aber sie sollte trotzden versuchen, sich zu verabschieden.

Sie saß noch immer im Cafe, als sich auf den leeren Platz neben sie ein Mann setzte, der sie schon eine Zeitlang beobachtet hatte. Er trug einen fleckigen Overall und hielt eine Bierflache in der Hand.

„Wir renovieren den Spielsalon gegenüber", sagte er halblaut, „die Kollegen sind unterwegs, den Schutt abfahren. Wir könnten nach drüben gehen."

Der Mann sah beim Sprechen vor sich hin. Seine Stimme war nicht besonders laut, aber sie verstand ihn trotz des Lärms.

„Du kannst mich mal", sagte sie und stand auf.

Sie sprach leise, und ebenso leise sagte der Mann „Miststück", während sie sich an ihm und an ein paar anderen vorbei zum Tresen drängte. Sie zahlte ihren Kaffee und ging hinaus.

Der Himmel war ein wenig heller geworden. Es regnete nicht mehr, aber die Tische und Stühle vor den portugiesischen Cafes standen noch immer aufeinandergestapelt und nass an den Wänden und vor den Schaufenstern. Sie hatte schon seit einiger Zeit keine Armbanduhr mehr, deshalb ging sie auf die gegenüberliegende Straßenseite, um von dort einen Blick auf die Uhr im Turm des Michel zu werfen. Es war halb elf. Wenn der Schlepperführer keinen Auftrag bekommen hatte, würde er jetzt schlechte Laune haben und sich langweilen. Es war nicht ihr verabredeter Tag, und auch die Uhrzeit war eher ungewöhnlich. Aber im Grunde war er immer anständig gewesen. Es wäre ihr schäbig vorgekommen, ohne Abschied zu verschwinden. 'Weshalb bist du eigentlich so sicher, dass dein Plan funktioniert ?'

Vor ihr, in Richtung Hafentor, ging ein Mann, der eine Plastiktüte trug. Seine Füße waren nackt. Sie steckten in dünnen Plastiklatschen. Die Fußsohlen sahen aus, als seien sie angefault. Während sie den Mann überholte, hielt sie die Luft an. Davon wurde ihr ein wenig schwindlig, und sie dachte, es wäre besser, sie hätte etwas im Magen.

‚Es muss einfach funktionieren', dachte sie, und dabei hörte sie hinter sich die Plastiklatschen auf den nassen Boden klatschen.

Der Schlepper lag tatsächlich am Hafentor. Während sie die eiserne Treppe an der Quaimauer hinunterging, riss der Himmel auf. Sie hielt sich am Geländer fest und blieb einen Augenblick stehen. Die schwarzen Leiber, die grün gestrichenen Decks und die braunen und weißen Aufbauten der Schlepper glänzten in der Sonne. Aber das Wasser im Hafenbecken war schwarz, und der schmale Ponton zu ihren Füßen bewegte sich heftiger als an schönen Sommertagen. Schon als sie ihren Weg die Treppe hinunter fortsetzte, hatte sich der Riss im Himmel wieder geschlossen. Sie schwankte beim Gehen auf dem schlingernden Ponton und hielt sich am Geländer des Brückenstegs fest, der zwei Pontons miteinander verband. Wenn das Schiff hier lag, musste der Mann an Bord sein. Irgendwann würde er auftauchen, sie hatte Zeit.

Auf dem Schlepper zeigte sich niemand, aber dann hörte sie einen Hammer auf Eisen schlagen und gleich darauf Schritte, und dann steckte der Mann den Kopf aus der Kajütentür und sah zu ihr herüber.

Sie wusste, dass der Mann auf dem Schlepper vierzig Jahre alt war, aber sie fand, dass er älter aussah. Er war mindestens einsneunzig groß und hatte einen gewaltigen Brustkorb und muskulöse Arme. Seine Haare waren schwarz und kraus, auch auf den Schultern und auf der Brust. Er war nicht unfreundlich und nicht freundlich und sehr viel weniger brutal, als sie es bei anderen Männern erlebt hatte. Sie nahm an, dass er an seine Frau dachte, wenn er mit ihr schlief und dass sich deshalb seine Gewalttätigkeit in Grenzen hielt. An der Backbordseite neben dem Steuer klebten die Fotos seiner Kinder; zwei Jungen, die ihm überhaupt nicht ähnlich sahen.

„Willst du da Wurzeln schlagen“, sagte der Mann

Sein Kopf verschwand in der Kajütentür. Sie stieg vorsichtig auf den schmalen Pontonstreifen zwischen Brücke und Schiff. Es war nicht einfach, an Bord zu klettern. Ponton und Schlepper bewegten sich heftig gegeneinander. Sie musste einen günstigen Augenblick abpassen. Beim Hinüberspringen kam sie ungeschickt auf und stieß mit dem rechten Knöchel so gegen die Ankerwinde, dass sie vor Schmerzen in die Knie ging. Das eiserne Deck war nass. Sie fühlte die unregelmäßige, vielfach überpinselte Oberfläche in ihren Händen, als sie sich abstützte. Einen Augenblick blieb sie auf allen Vieren hocken, abwartend, dass der Schmerz nachlasse, bevor sie aufstand. Auch die Tür der Kajüte war aus Eisen, aber sie gut geschmiert und ließ sich leicht öffnen.

Der Schlepper war nicht mehr neu. Als er neu gewesen war, war er mit tausend PS einer der stärksten gewesen. Die neuen Schlepper hatten jetzt drei – oder viertausend PS. Von denen hatte der Mann manchmal gesprochen und dabei gleichzeitig Bewunderung und Verachtung in der Stimme gehabt. Seiner aber hatte immerhin vier Kojen und einen ausladenden Tisch in der Mitte der Kajüte, an dem bequem sechs Leute Platz gehabt hätten.

Der Mann saß am Tisch und sah ihr entgegen. Sie sah ihn an und verstand, dass sie nicht nur gekommen war, um sich zu verabschieden. Sie wollte mit ihm schlafen und mit ihm reden. So, wie es aussah, würde er sich zumindest auf den Beischlaf einlassen.

Vielleicht hätte sie durch seine schnelle Bereitschaft gewarnt sein sollen. Sie war aber so erfüllt von ihrem Plan und von der Vorfreude auf ein bisschen Lust, dass sie erst zu spät begriff, dass sie gerade zur rechten Zeit gekommen war, für einen, der jemanden brauchte, um seine Wut loszuwerden. Er tat ihr zum ersten Mal wirklich weh. Trotzdem begann sie, als sie später nebeneinander lagen, von ihren Reiseplänen zu sprechen.

„Fahren Nutten jetzt auch schon im Winter in den Süden“, sagte er. Seiner Stimme war nicht anzumerken, ob er sich über sie lustig machte.

„Nicht jede“, sagte sie.

„Soll ich dir mal was sagen“, antwortete er. Er richtete seinen Oberkörper halb auf und sah auf sie herunter.

„Du bist wie jede andere auch. Du bist eine ganz gewöhnliche, miese, ältliche Nutte, die nicht weiß, wo's langgeht.“

Seine Wut war noch immer nicht vergangen. Er wollte sie noch immer verletzen. Aber sie wusste, dass er Unrecht hatte, deshalb trafen sie seine Worte beinahe nicht.

„Reg dich ab, Mann“, sagte sie. „Was kann ich dafür, wenn dir deine Frau weggelaufen ist.“

Einen Augenblick lang fürchtete sie, er würde sie schlagen. Sie machte sich klein, während er auf sie herunter starrte. Es kam aber nur einer Art Stöhnen aus seinem Mund. Er ließ sich schwer neben sie fallen, lag heftig atmend da und sprach nicht. Sie lag neben ihm, an die Kojenwand gedrückt, mit schmerzendem Knöchel und Schmerzen dort, wo er sie bearbeitet hatte. So hatte sie sich ihren Abschied nicht vorgestellt, aber sie blieb liegen, an die Wand gedrängt und stumm; stumm wie der Mann neben ihr, dessen regelmäßiger Atem irgendwann anzeigte, dass er eingeschlafen war. Auch die Frau schlief dann ein.

Als sie wach wurde, stand er mit nacktem Hintern am Waschbecken und wusch sich. Der Anblick erregte sie, und sie hüstelte leise, um anzudeuten, dass sie wach sei.

„Ich dachte, ich mach mal Kaffee“, sagte der Mann, ohne sich umzuwenden.

An seiner Stimmer stellte sie fest, dass er sich beruhigt hatte.

„Muss das gleich sein“? fragte sie.

Er wandte sich zu ihr um, halbnackt und groß, drehte, mit einer Hand nach hinten langend, den Wasserhahn ab und ließ sie nicht aus den Augen.

„Muss das gleich sein“, sagte sie noch einmal und er sagte „ne“ und kam auf sie zu.

Diesmal tat er ihr nicht weh, jedenfalls nicht besonders, und als sie miteinander fertig waren, rollte er sich aus der Koje und machte für sie beide heißen Nesskaffee.

Eine Weile saßen sie zusammen am Tisch. Jetzt hätten sie reden können, aber sie blieben stumm. Irgendwann sagte sie „das war mein Ernst, ich geh nach Mallorca. Vielleicht auch Teneriffa, mal sehen, was günstig ist."

„Sieh zu, dass du Land gewinnst", sagte er, „und komm bloß nicht angejammert, wenn was schief geht."

„Bei mir geht nichts schief", antwortete sie, „da mach dir mal keine Sorgen. Wenn ich dann um mein Geld bitten dürfte."

„Aber nur für's erste Mal", sagte er, während er zwei Scheine aus der Gesäßtasche fischte und sie über den Tisch schob. „Beim zweiten Mal war's das reine Vergnügen. Dafür gibt's bei mir nix."

„Geizkragen", sagte sie und stand auf. „Dann mach's mal gut, Geizkragen."

„Nutten wie du sollten verboten werden", sagte er und schlug ihr leicht mit der Hand auf die Schulter, während sie aufstand und auf die Kajütentür zuging. Während sie die Tür öffnete, hörte sie sein Handy klingheln und sie hörte ihn „Ja, Chef" sagen, bevor sie die schwere Tür leise ins Schloss rutschen ließ.

Den Rest des Nachmittags und den Abend verbrachte sie damit, in einer Seitenstraße der Reeperbahn in einem billigen, chinesischen Restaurant zu essen und ein paar Bier zu trinken. Das Lokal lag im Keller. Durch ein tief gelegenes Fenster beobachtete sie die Beine der Leute, die vorüber gingen und versuchte, sich vorzustellen, wie der dazugehörende Rest aussah. Sie verließ den Keller, als es draußen dunkel geworden war und suchte ihren Schlafplatz auf.

Eine Weile musste sie warten, bevor sie unbeobachtet in die Werkstatt gelangen konnte. Zwei Jungen und ein Mädchen spielten im Hof Fußball und standen dann in der Dunkelheit zusammen und redeten. Es war zu früh zum Schlafengehen, aber sie wollte ausgeruht sein für das, was sie vorhatte. Endlich kreischte eine Frauenstimme aus einem der Hinterhoffenster, und die Kinder verschwanden.

Im Schuppen blieb sie eine Weile sitzen, bis sich ihre Augen an die Dunkelheit gewöhnt hatten. Erst als sie die Umrisse der verdreckten Fenster, der herumstehenden Kisten und Möbel und des Fahrrades genau erkennen konnte, begann sie, zwischen dem Gerümpel herumzulaufen und aus verschiedenen Behältnissen ihre wenigen Habseligkeiten zusammenzusuchen. Sie wusste, dass die Tasche, in die sie das Zeug stopfte, abgerissen aussah, und ärgerte sich, dass sie es versäumt hatte, am Nachmittag eine billige neue zu kaufen. Das würde sie morgen als erstes tun. An einer zerlumpten Tasche sollte ihr Vorhaben nicht scheitern. Sie rollte die Matte und den Schlafsack aus, stellte die Tasche daneben und legte sich schlafen.

In dieser Nacht blieb es trocken, aber am Morgen war es kalt, und sie war froh, bald aus der Gegend verschwinden zu können. Ihr Gesicht in der Spiegelscherbe sah übernächtigt aus, obwohl sie sehr viel früher schlafen gegangen war, als sonst. Irgendwo in ihrer Tasche musste ein Rest Make up sein, aber für das, was sie vorhatte, brauchte sie noch kein zurechtgemachtes Gesicht.

Ein Problem war die Tasche. Sie konnte sie schlecht mitschleppen, wenn sie in die fremde Wohnung ging. Aber es war keine Zeit mehr, sie in ein Schließfach zu bringen. Vielleicht fand sie eine Möglichkeit, die Tasche in der Nähe der Wohnung für kurze Zeit los zu werden.

Die Frau musterte das Innere des Schuppens mit einem letzten Blick, bevor sie nach draußen ging. In ihrem Blick war fast so etwas wie Dankbarkeit.

Obwohl es kalt war, hatten die Portugiesen ihre Tische und Stühle wieder vor die Tür gestellt. Ein paar Menschen saßen in Mänteln vor den Cafés, um zu frühstücken. Ihr Opfer war nicht darunter. Sie schlenderte über die Straße, um einen Blick in das Innere des Cafés werfen zu können, aber auch dort konnte sie die Frau nicht entdekken. Sie ging über die Straße zurück und setzte sich hinter einer Säule auf ihre Tasche. Sie setzte sich so, dass sie den Eingang zum Café im Auge behalten konnte. Ihr wurde, während sie saß und auf die andere Straßenseite starrte, bewußt, dass das Gelingen ihres Plans einzig und allein davon abhing, ob die Frau ihre regelmäßigen Cafebesuche trotz des kalten Wetters fortsetzen würde. Die Erkenntnis fuhr ihr als wahrnehmbarer Schreck in die Glieder. Sie spürte, dass in ihrem Mund Wasser zusammenlief und begann, heftig zu schlucken.

„Ist Ihnen nicht gut?“ fragte ein junges Mädchen in einem weißen Kittel, das neben ihr stehenblieb.

„Alles in Ordnung,“ antwortete sie mühsam.

Das Mädchen ging weiter und verschwand in der Apotheke an der Straßenecke.

Dann kam auf der gegenüberliegenden Straßenseite die Frau heran, auf die sie gewartet hatte.

Sie trug einen schwarzen, mit Fell gefütterten Ledermantel und hatte einen schwarzen Schal um den Hals geschlungen. Erst als sich die Frau vor dem Café niedergelassen und die Zeitung, die sie unter dem Arm trug, auf den Tisch gelegt hatte, stand sie auf.

Ihre Beine waren schwerer als sonst. Es kam ihr so vor, als sei ihr Gang langsamer, als noch vor einer halben Stunde. Die Treppen zwischen der Liegewiese und dem Platz vor dem Michel schienen endlos. Vor der Kirche standen Touristenbussee, dazwischen Gruppen von Menschen, die lachten und sich angeregt unterhielten. Sie ging an den Bussen und Menschen vorüber und gewann langsam ihre Sicherheit zurück. Es hatte keinen Sinn, schon vorher schlapp zu machen. Dazu würde noch genug Zeit sein, wenn sie Pech hatte.

Zur Wohnung der Frau brauchte sie zehn Minuten. Das Haus aus rotem Backstein lag in einer stillen Seitenstraße hinter dem Großneumarkt. Vor dem Haus standen Linden. Der Boden war mit gelben Blättern bedeckt. Sie fand den Hauseingang und hatte Glück. Eine kleine, verwachsene Postbotin schleppte ihre Tasche zur Tür und betätigte die Klingel. Sie schlüpfte an der Postbotin vorbei ins Haus und sagte freundlich „Guten Morgen".

Sie bekam keine Antwort, stieg schnell die Treppen hinauf und sah auf die Türschilder. Die Wohnungstüren auf den Etagen hatten kleine Gucklöcher. Im Treppenhaus roch es nach Sauerkraut. Sie hatte sich ein eleganteres Haus vorgestellt. Die Wohnung der Frau lag unter dem Dach und war die einzige auf der Etage. Darüber war sie froh, denn dass ein misstrauischer Nachbar sie durch den Spion beobachten könnte, war ihr gerade erst klar geworden.

Wie man mit einer Plastikkarte eine Tür öffnete, hatte sie vor Jahren von einem Mann gelernt, mit dem sie eine Zeitlang zusammengewesen war. Sie hatte den Trick einmal gebraucht. Damals war sie von ihrer Familie hinausgeworfen worden. In ihrer Verzweiflung hatte sie unbedingt Erinnerungsfotos haben wollen und der Mann, dem sie gerade begegnet war, erbot sich, mit ihr zu kommen und ihr zu zeigen, wie sich die Haustür auch ohne Schlüssel öffnen ließe. Als sie im Haus standen, war ihr übel geworden. Sie hatte auf den Fußboden gekotzt, und sie waren abgehauen. Die Erinnerung an die Familie war von da an ausgelöscht gewesen. Den Mann hatte sie bald darauf aus den Augen verloren. Nur den Kartentrick hatte sie behalten.

Erst als die Wohnungtür leise hinter ihr ins Schloss fiel, merkte sie, dass sie noch immer ihre Tasche mit sich herumschleppte. Sie stellte die Tasche ab und begann, die kleine Wohnung langsam und systematisch zu durchsuchen.

Sie begann in der Küche. Dort lagen ein paar gelbe Gummihandschuhe neben der Spüle. Sie zog die Handschuhe über. Sie fühlten sich eng und eklig an. In einem Kaffeebecher auf einem Brett über der Spüle fand sie etwas Kleingeld. Im Wohnzimmer, das nachts anscheinend als Schlafzimmer herhalten musste, denn ein extra Schlafzimmer gab es nicht, fand sie nichts. Dafür stand im Arbeitszimmer eine Kassette mit ein paar hundert Euro, zwei Sparbüchern und zwei EC-Karten. Die Nummern zu den Karten lagen in einem Fach in der Kassette. Sie steckten noch in den Umschlägen, in denen die Bank sie verschickt hatte.

Sie nahm das Bargeld, die Sparbücher, die EC-Karten und notierte die Nummern dazu. Sie nahm auch den Reisepass der Frau, der neben den Sparbüchern am Boder der Kassette lag. Als sie wieder vor der Tür stand, waren nicht mehr als fünfzehn Minuten vergangen.

Im Treppenhaus hatte inzwischen jemand die Fenster zum Hof geöffnet. Der Sauerkrautgeruch hing trotzdem noch in der Luft. Niemand begegnete ihr. Unten öffnete sie die Haustür, die ihr aus den Händen rutschte, weil die Tasche sie behinderte. Sie schob einen Fuß in den Spalt zwischen Tür und Rahmen. Als sie aufsah, stand vor ihr die Frau, in deren Wohnung sie gewesen war.

In der Wohnung der Frau hatte an einem Haken im Flur ein teurer Schal gehangen. Ihr erster Gedanke beim Anblick der Frau galt diesem Schal. ‚Gut, dass du ihn nicht genommen hast'. Sie nahm die Tasche auf und entfernt sich langsam.

Bis sie die nächste Hausecke erreicht hatte, spürte sie die Blicke der Frau in ihrem Rücken. Dann lief sie, lief trotz der Tasche, trotz ihrer weichen Knie, obwohl sie sich eigentlich zwingen wollte, langsam zu gehen. Erst an der S-Bahnstation sah sie sich um, außer Atem und darauf gefasst, dass jemand hinter ihr her schrie. Es verfolgte sie niemand.

Sie fuhr zum Hauptbahnhof. In einer Bank in der Nähe des Bahnhofs unternahm sie den Versuch, von den beiden Sparbüchern Geld abzuheben.

„Möchten Sie, dass wir auch das nachtragen, was sich inzwischen angesammelt hat"? fragte die Kassiererin.

Sie sagte „ja" und wunderte sich, dass ihre Stimme ruhig klang.

Die Sparbücher waren jedes einzelne mehr als zwanzigtausend Euro wert. Um nicht aufzufallen, hob sie nur von einem das Geld vollständig ab. Auf dem anderen ließ sie die Hälfte stehen. Im Vorraum der Bank druckte sie die Auszüge der Girokonten aus. Am Geldautomaten zog sie von beiden Konten den Höchstbetrag. Die Konten würden bald gesperrt werden. Deshalb musste sie schnell handeln. Sie kaufte Schuhe, eine Reisetasche, lange Hosen, ein paar T-shirts, Unterwäsche, eine Jacke und etwas Kleinkram: einen Kamm, einen Lippenstift und eine Dose Creme. Die Sparbücher, den Reisepass und EC – Karten warf sie in einen Papierkob am Hautbahnhof.

Von dort fuhr sie mit einem Bus direkt zum Flughafen. Als sie dem Busfahrer das Fahrgeld in die Hand gab, einen Betrag, der ihr üblicherweise für einen ganzen Tag zur Verfügung stand, war sie beinahe von Stolz erfüllt.

Im Last-Minute-Reisebüro am Flughafen gab es zwei Angebote, die in Frage kamen: am selben Tag, abends, nach Teneriffa – Süd oder am nächsten Morgen nach Palma de Mallorca. Sie wählte Teneriffa und hielt sich in der Nähe des Flughafens auf, bis die Zeit zum Abflug gekommen war. Die Kontrolle am Flughafen und der Flug verliefen problemlos.

Es war dunkel als sie Teneriffa anflogen. Die Lichter am Boden erinnerten sie an die Lichter an den nächtlichen Ufern der Elbe. Als sie aus dem Flughafengebäude trat, war die Luft warm. Ihr Herz hüpfte ein bisschen vor Freude.

Der Taxifahrer brauchte eine Viertelstunde bis zum Hafen von Teneriffa – Süd. Sie gab ihm ein kleines Trinkgeld, setzte sich auf eine Steinbank und betrachtete die Schiffe und Segelboote, die fort lagen.

Sie wollte für den Winter ein Zimmer mit Blick auf den Hafen. Vom Fenster aus würde sie die Schiffe betrachten. Irgendwann, da war sie sicher, würde sie auf einem der Segelboote einen Mann entdecken, den näher kennenzulernen sich lohnen würde.

„Sie suchen nicht zufällig ein Zimmer für den Winter“, fragte eine Frau neben ihr.

Sie sah zur Seite. Die Frau stand unter einer Laterne und sie gefiel ihr nicht. Irgendetwas an ihr roch nach Verzweiflung.

„Nein“, sagte sie, „vielen Dank. Ich hab meine eigenen Pläne.“

11. Kiel

Das Wrack in der Förde

von Jens-Ulrich Davids

1

Lars wusste, dass er hier nicht tauchen durfte, aber what the fuck, dies war das geilste Gelände für Schatztaucher. Mit seinen Kumpels vom Baltic Wanderers, dem ersten Tauchverein am Platze, den Mitglieder und Eingeweihte nur Flotte Sprotte nannten, mit ihnen kam er manchmal her, aber heute war er allein. Langsam sank er nach unten und schob sich mit kleinen Flossenschlägen voran. Hier lag Schrott und Abfall, hier ragten Reste von kleinen Segelbooten aus dem Schlickboden, er kannte geradezu jeden Zentimeter. Hier unten in vier Metern Tiefe war es hell genug um zu sehen, aber diese Welt war grau. Er bewegte sich langsam und genussvoll weiter. Er stutzte. Was war das denn? Er traute seinen Augen nicht. Fast bewegungslos schwebte er und äugte durch das Glas seiner Taucherbrille. Kurzer Kontrollblick auf die Zähluhr zeigte, dass er noch reichlich Druckluft in der Flasche auf dem Rücken hatte. Er streckte die Hand aus. Schlick und Schlamm, aber darunter ein harter Widerstand, der sich wie Holz anfühlte, wohl ein Bootsrumpf oder ein Schiffswrack. Gestern war ein Sturmtief über die Ostsee gefegt und hatte hohe Wellen aufgetürmt, das musste der Grund dafür sein, dass auch unten Strudel und Strömungen entstanden waren und die dicke Schicht von Sand und Schlick auf den dunklen Deckplanken etwas abgetragen hatten. Allmählich konnte er mehr erkennen, zwei schwärzliche Gebilde, die wie Maststümpfe aussahen, zwei schwarze Flecken, die vielleicht Lukenöffnungen waren. Sollte er in den Schiffsbauch hinein schwimmen? Er traute sich nicht, ihr Tauchmeister hatte ihnen davon auch entschieden abgeraten. Nur mit der Hand wagte er ins Dunkle hinein zu fassen. Sand und Schlick. Seine Finger tasteten herum und fanden etwas wie einen Teller, dem ein kräftiges Stück fehlte. Er entließ noch eine Perlenschnur von Luftbläschen aus seinem Mund, dann trieb er langsam nach oben. Er würde wiederkommen, das war klar, mit Grolo und Jetta vielleicht oder mit Gerste, dem schrägen Vogel von der

Uni, und ausgerüstet mit Unterwasserleuchten und Fotoapparaten. Im Verein konnten sie sich das alles leihen.

Oben auf der Kaimauer sah er sich seinen Schrottfund an. Ein Teller aus Steingut oder Porzellan, mit einer Art Bild, blau auf weiß, ein halber Fisch vielleicht, oder ein halber Drache. Sah irgendwie chinesisch aus, fand er, sein Professor an der Uni könnte sicher mehr dazu sagen. Von der Nikolaikirche flogen Glockenschläge wie körperlose Engel heran.

2

Wenige Stunden später saßen zwei ältere Männer mit grauen Haaren und guter Laune nicht weit von dieser Stelle entfernt auf den Stühlen eines Restaurants in der Nähe des Hafens. Rupert Ganzpohl, Hauptkommissar der Kieler Kriminalpolizei, und sein Freund Norbert Schmalz aus Bremen. Rupert stand kurz vor der Pensionierung, Norbert hatte sie bereits hinter sich.

Ein SUV mit aufmontiertem Lautsprecher fuhr langsam vorbei und lud zu einer ‚wichtigen Bürger- und Bürgerinnen-Versammlung' am Abend dieses Sonntags ein.

„Was haben die mit dem Lautsprecher eigentlich gesagt" fragte Norbert ein bisschen vorwurfsvoll, „ich hab nur ‚Hanse' und ‚großartig' verstanden."

„Es gibt hier eine seltsame kleine Hysterie", sagte Rupert über seiner Frühlingsrolle im „Goldenen Drachen", „die wird gerade wieder hochgekocht, weil im Herbst Wahlen zur Stadtverordnetenversammlung sind."

„Süß-sauer", sagte Norbert kauend, „das haben die gut hingekriegt. Willst mal probieren?"

„Lass mal jetzt. Ich muss dir was zeigen."

Er griff in seine Jacke, holte einen Zeitungsausschnitt heraus, entfaltete ihn und legte ihn neben die Flasche mit der Soja-Soße.

„Kieler Nachrichten, letzte Woche, Bericht aus Lübeck."

Und wieder, sagte der Bürgermeister in die Kameras, *steht unserer Nachbarstadt die Kieler Woche ins Haus. Ein Weltereignis, das muss ich nicht betonen. Wir Lübecker werden unsere Hauptstadt bei diesem jährlichen Großevent wie immer unterstützen, wo wir können. In Verbindung damit wiederhole ich hier gern und von ganzem Herzen unser Angebot an Kiel, nach mehr als vierhundertfünfzig Jahren wieder Mitglied der Hanse zu werden.*

„Alles Quatsch, oder?"

„Okay, ich mach es kurz. Im Mittelalter waren die Lübecker an der Spitze der Hanse, die sie selbst gegründet hatten, die mächtigsten Kaufleute der Ostsee. 1283 erlaubten sie Kiel, der Hanse beizutreten. Das war bares Geld wert. Kiel war aber ungezogen, behaupteten sie wenig später, es habe Piraten Unterschlupf gewährt, deren Beute verhökert und andere schmutzige Sachen gemacht. Sie wollten Kiel wieder loswerden, dazu brauchten sie zweihundertfünfzig Jahre. 1554 kam der Rausschmiss."

„Ja und?"

„Na ja, das bedeutete Verlust und Schimpf und Schande. Die Kieler waren sauer. Und es gibt in dieser Stadt heutzutage wieder Leute, die wegen dieser ollen Geschichten gern sauer sein möchten."

„Ja und?"

„Norbert, nun stell dich nicht dümmer als du aussiehst. Hab mal ein bisschen Durchblick."

3

Nicht weit von ihnen, in einem Büro der Universität, saß Prof. Dr. Harm Hollsiedel am Schreibtisch. Hoch gewachsen, schlank, zerknitterte Leinenjacke über weißem Hemd, scharfe Magenfalten, hochmütiger Blick aus sehr blauen Augen, keine Brille, kahler Schädel. Man könnte ihn sich als Adligen vorstellen, der bessere Tage gesehen hat. Er war anerkannter Spezialist für Grabbeigaben und alte Steingutfiguren und Porzellane und hatte den Lehrstuhl für ostasiatische Kultur und Geschichte inne.

Seine Vorlesung über den maritimen Kulturkontakt zwischen dem Reich der Mitte und Europa im Mittelalter lief bereits seit einigen Wochen. Er hatte sie „1421" genannt. Voll Freude über die eigene Fertigkeit ließ er sich den Anfangstext noch einmal auf der Zunge zergehen. Er konnte ihn fast auswendig.

„Im Jahr 1421 schickte Kaiser Yongle eine gewaltige Flotte seetüchtiger Dschunken unter Admiral Zheng He in die Welt. China war auf Expansionskurs, wie heute, bloß mit andern Mitteln. Wenn wir meinem Kollegen Menzies und seiner Hauptthese folgen wollen, müssen wir annehmen, dass diese Flotte den gesamten Erdball umrundete, Küsten kartographierte, Entfernungen maß, und was man so tut als Entdecker. Die Portugiesen hätten von den Chinesen gelernt und Kartenmaterial übernommen, glaubt er. Nur Europa, sagt Menzies, hätten sie nicht angelaufen, wohl aber die afrikanische Ostküste. Dort war der Befehl gekommen umzukehren."

Dann wurde es technisch: „Die Dschunken hatten zwei oder drei Masten, Beplankung aus Zedernholz, der Laderaum ..." Und so fort.

Das war gehobenes Wikipediawissen, hauptsächlich zusammengetragen von Gebhard Gerste, seinem ungeliebten Mitarbeiter, dem linkischen Tauchfreund, der sich so mühsam akademisch vorankämpfte. Aber jetzt! Sein Blick ging über die Stapel von Computerausdrucken und Ordnern mit Kopien alter Dokumente, über die Regale voller Bücher und Mappen, über die bunten Drucke mit alten Meereskarten und Viermastern mit geblähten Segeln an den Wänden. Er seufzte zufrieden. Jetzt begann seine ureigenste Forschung. Er öffnete seinen Laptop neben Buchstapeln und voll gekritzelten Notizzetteln. Seine wissenschaftliche Neugier war echt, und genauso echt war seine Hoffnung, mit den Ergebnissen seiner noch geheim gehaltenen Arbeit groß raus zukommen. Eine Veröffentlichung in einer renommierten Fachzeitschrift würde ihn berühmt machen, Beifall käme von Kollegen in aller Welt, öffentliche Ehrungen wären nicht ausgeschlossen.

„Ich mache mich jetzt an die Fortsetzung der 1421-Vorlesung" rief er durch die geöffnete Tür in den Nebenraum, wo Gerste in rotweiß kariertem Hemd und Jeans saß und Seminararbeiten mit rotem Filzstift kommentierte.

„Ich möchte unter gar keinen Umständen gestört werden" rief Hollsiedel noch, stand auf und schloss die Zwischentür.

Als Hollsiedel nach dreieinhalb Stunden das Büro verließ, ohne sich zu verabschieden, schloss Gerste die Zwischentür wieder auf. Jetzt kam seine Stunde. Sein Chef verheimlichte da doch etwas vor ihm. Er lauschte kurz, ob der auch nicht unerwartet zurückkäme, dann huschte er zum Schreibtisch. Der Schubladenschlüssel lag in der kleinen Schale aus blassgrüner Jade, neben einer großen blauweißen Scherbe. Er schloss die Schublade auf, holte den Laptop heraus und klappte ihn auf. Das Passwort Krake kannte er schon lange, die neueste Datei war schnell gefunden. 1421, wie ihm das zum Hals heraushing, und so belanglos. Aber dann, als er Hollsiedels jüngste Ausführungen las, kriegte er große runde Augen, sein Herz schlug schneller. Wahnsinn! Belanglos? Nein, da steckten ungeheure Möglichkeiten. Er kopierte alles auf einen Stick, vergaß nicht, die Schublade und dann die Bürotür wieder abzuschließen, und machte sich auf den Nachhauseweg.

4

Es war Montag abend, und am kommenden Wochenende würde der Tauchverein Flotte Sprotte sein fünfundzwanzigjähriges Jubiläum feiern. Das Vorbereitungskomitee hatte zur Planungsparty eingeladen. Vor allem junge Leute saßen um die schlichten Naturholztische und redeten. Ab und zu stand eine auf, oder einer, und holte sich aus einer der Kisten neben der Tür eine neue Flasche Flens. Mit der Zahl der Plopps stieg die Stimmung. Geraucht wurde draußen.

„Das wird ein total geiles Event“, sagte Jetta, die zwischen Lars und Gerste saß.

„Prost“, sagte Gerste, Clubmitglied seit vier Monaten, „darauf trinken wir.“

Sie tranken.

„Ich habe da einen Teller in der Förde gefunden“, verriet Lars nach dem vierten Plopp, „sieht chinesisch aus, ich hab ihn dem Hollsiedel gegeben.“

„Und wo?“ fragte Gerste.

„Vor dem Sartorikai“, sagte Lars arglos, „in so einem alten Wrack.“

Während Gerste die Ohren spitzte und überlegte, was das für ihn bedeuten könnte, stieg der Clubfreund, den sie Grolo nannten, auf einen Stuhl. Jemand schlug zwei Flaschen zusammen. Es wurde still.

„Wir von der AfK, der Alternative für Kiel, sind dagegen, dass Lübeck uns schluckt. Wir sind dagegen, dass Kiel wieder in die Hanse eintritt.“

„Halt die Fresse, Grolo, das interessiert doch hier keine Seekuh. Setz dich hin.“

Grolo wurde lauter.

„Wenn all die Lübecker herkommen, wird es uns Kieler bald nicht mehr geben.“

„Hannes hat recht“ rief eine Frau mit blonden Zöpfen, „cut the crap, man, lasst uns zur Sache kommen.“ Sie hieß Gerda und war gerade von einem Studienjahr in Bloomington, Indiana, zurück.

Auf den Tischen wurde Beifall geklopft.

Gebhard Gerste, wie fast immer auf der Suche nach weiblicher Nähe und nicht mehr ganz nüchtern, saß nicht aus purem Zufall neben der schönen Jetta, wie alle sie nannten. Sollte er jetzt über Larsens Tellerscherbe und Hollsiedels Forschung reden, und wie die zusammenhingen, vielleicht fände sie ihn dann ja so bedeutend, wie er ab heute war? Nein, doch lieber nicht. Das war jetzt allein sein Ding, und niemand sollte ihm da ins Handwerk pfuschen.

Im Saal wurde es lauter und lustiger. Wovor alle am meisten Angst hatten, war, dass das Fest am nächsten Wochenende nicht so laut und lustig werden würde. Sie überlegten hin und her, sie tranken Flens zur Unterstützung der geistigen Anstrengung und lachten viel. Gerste hatte eine brillante Idee.

Er stieg, nur sanft schwankend, auf seinen Stuhl.

„Lasst uns ein Maskenfest machen, einen Maskenball. Ich möchte so aussehen wie Jack Nicholson in dem Film, Moment, ja, Batman. Alle kommen mit Maske, dann kann ...“

Klatschen und Rufen, aber nicht für ihn. Zwei proppere Frauen bauten sich vor der Hinterwand auf. Sie standen nicht ganz sicher und wischten ein halbes Dutzend Jagdharpunen, die als Dekor an der Wand hingen, auf den Boden. Poltern und Lachen.

„Bravo, die Jagdsaison ist eröffnet“ sagte ein Mann in Anzug und Krawatte, der sich gerade ein neues Flens holte. Die Frauen mussten schreien, um anzukündigen, was sie jetzt vorhatten: sie wollten singen, am liebsten mit allen zusammen. Sie stimmten ein Lied an, dass alle kannten und kaum einer mochte, aber sie hätten ihm einen neuen Text verpasst, sagten sie.

„Heute an Bord, morgen geht‘s fort, hinab ins tiefe Blau.“

„Na ja“, sagte Jetta, „möglichst tief unten, denn man prost.“

Dann sah man nur noch die Lippen der Frauen sich bewegen und hörte nichts mehr, die Heiterkeit war stärker und lauter als sie. Jemand stand am CD-Player und legte auf, erst die Stones, dann Techno. Einige Paare fingen an zu tanzen, andere redeten weiter an den Tischen.

Kurz nach Mitternacht war die Planung komplett und protokolliert, samt Musik, Getränken, Snacks und schließlich Tanz, die anstehenden Arbeiten waren verteilt. Masken blieben optional.

„Na ja“ sagte Grolo, „denn man prost.“

5

Zwei Tage später, in grauer Morgenfrühe. Vor dem Sartorikai, hatte Lars gesagt. Jetta fand das Wrack und die schwarzen Löcher der Ladeluken fast auf Anhieb. Hinein. Sie knipste die Taucherlampe an. Schwebeteilchen erlaubten wenig Durchblick. Sie konnte nicht einmal erkennen, wie groß der Laderaum war. Sie versuchte, Tiefe zu gewinnen, aber das ging nicht. Sand und Schlamm. Wie Lars grub sie mit den Händen und fand – nichts.

Sie erreichte die Oberfläche, kraulte langsam zur Kaimauer dorthin, wo die kleine Leiter eingelassen war, und kletterte hoch. Platsch, platsch, ein schwarzer Frosch mit Maske. Noch ein letzter Schritt und sie konnte sich aufrichten. In diesem Moment traf sie das Geschoss aus nächster Nähe gegen die Stirn. Sie fiel vor Schreck um und blieb einen Moment lang liegen. Dann setzte sie sich auf. Sie atmete. Sie war nicht tot, wie sie zu ihrer tiefen Zufriedenheit feststellte. Sie zupfte den Pfeil mit dem Gummisaugnapfe vom Kopf. Sie nahm die Brille ab. Da war etwas gewesen. Hatte sich nicht ein Gesicht mit runden Augen und riesigem roten Mund über sie gebeugt und mit dem Zeigefinger gedroht? Der gepflasterte Platz am Kai war menschen- und autoleer. An dem Pfeil war ein kleines Schild mit Gummiband festgezurrt. „Lass die Flossen davon, sonst. Die Triade von Kiel.“ Darunter so etwas wie ein chinesisches Schriftzeichen.

6

„Dieser Professor hat sich Zeit gelassen“, sagte Rupert, als er für die Mittagspause nach Hause kam, „das muss doch ein Nasenschnupf für ihn sein, diese dämliche Tellerscherbe zu analysieren. Immerhin, hier ist eine Zusammenfassung der Mail, die er an die Polizeidirektion geschickt hat. Ich hab die Stichwörter markiert. Blau auf Weiß geschmücktes Porzellan, Drachenmotiv, Farben aus Cobaltoxit und Wasser. Hergestellt wohl im 13. Jahrhundert, unter der Song-Dynastie, südlicher Zweig, exportiert verstärkt unter der Ming-Dynastie ab 1368."

„Nett. Und?"

„Was und! Heute Morgen war eine junge Frau unten am Kai und wurde beschossen und gewarnt. Vielleicht nur Spielkram. Vielleicht aber ist das Wrack, das der Junge gefunden hat, voll von Porzellan aus der Zeit. Das Zeug muss ein Vermögen wert sein. Noch Fragen?"

„Ja. Wie ist das Zeug in die Ostsee gekommen? „

Rupert zog die Pizza Hawaii aus dem Backofen, halbierte sie und füllte mit den Hälften zwei Teller.

„Alle Wracks gehören dem Staat", sagte er.

Norbert nickte.

„Ananas auf der Pizza, findest du das richtig?"

7

Der Taucher zog mit kräftigen Kraulzügen zur Leiter in der Kaimauer. Oben nahm er Taucherbrille und Druckluftflaschen ab und legte sie auf die Steinplatten zusammen mit der Taucherlampe. Aus einer wasserdichten Tasche seines Anzugs holte er sein Smartphone hervor und stellte sich mit dem Rücken zum Wasser. Er hatte zwar unten nichts gefunden, aber er wollte trotz alledem ein Selfie machen: er triumphierend vor der Wasserfläche, unter der er den Schatz vermutete, den er baldigst heben wollte, er allein. Er würde das Schiff schon finden. Die andern trauten sich ja sowieso nicht. Er stellte sich in Positur, lächelte sein gewinnendstes Lächeln und tippte mit dem Zeigefinger auf das kleine Feld im Display. Es klickte. Zufrieden wollte er das Smartphone wieder verstauen, als ihn die Harpune traf. Vor Schreck fiel es ihm aus der Hand, während das Momentum des Schusses ihn über die Kante der Kaimauer schob. Er ruderte mit den Armen, schrie auf und segelte rückwärts hinab. Schmatzend schloss sich die Förde über ihm. Den Zettel, der am Schaft des Geschosses hing, konnte er nicht mehr würdigen: „Wir haben gewarnt! Haut ab! Die Triade von Kiel." Darunter ein Zeichen, das chinesisch aussah.

8

Mit Blaulicht und Sirene am Hafen entlang. Norbert mochte Häfen, sogar solche mit riesigen Containerschiffen und Kreuzfahrtungetümen. Wenn nur der Anlass heute nicht so düster wäre. Absperrband ohne Leiche, Frauen und Männer in gelben Westen. Zwei Zeugen hatten gesehen, wie ein Mann rückwärts ins Wasser fiel. Rupert wurde ein Smartphone überreicht, schon in einer Plastik-Zip-Tüte.

„Das lag hier neben der Ausrüstung. Ein Taucher ist angefordert, vielleicht finden wir ja im Wasser die Leiche."

Rupert nickte.

„Komm, gehen wir Fotos gucken", sagte er zu Norbert, „und was wir noch finden."

Gegen alle Regeln polizeilichen Verhaltens gingen die beiden Freunde in ihr Lieblingscafé, das „Störtebeker". Rupert bestellte ihnen ein Kleines vom Fass und wurde dann dienstlich. Er zog weiße Baumwollhandschuhe an. Er rief die Bildergalerie der Kamera auf. Er wischte und wischte.

„Das ist ja der Wahnsinn", schrie er plötzlich auf, „guck."

Sie sahen einen Mann, etwas unscharf, aber deutlich mit Clownsmaske, der mit einem Gerät, das aussah wie ein überlanges Gewehr, direkt auf die Kamera zielte.

Die beiden Alten sahen sich an.

„Der Vermisste wollte ein Selfie machen und hat die Selfie-Einstellung vergessen. Das da muss sein Mörder sein."

„Reißen wir ihm die Maske runter!"

„Das machen unsere Nerds, die können alles."

Wenig später zog die Wasserschutzpolizei die Leiche aus der Förde. Es war Grolo.

9

Rupert beugte sich über die Harpune, ohne sie zu berühren.

„Sportfischer vermutlich", sagte er, „aber wer benutzt denn sowas. Das ist eine Beuchat, Aluminiumrohr, 35cm-Pfeile, völlig veraltet. In den Tauchschulen haben sie manchmal noch welche."

Die Staatsanwältin war leicht zu überzeugen und ließ Hauptkommissar Rupert Ganzpohl sofort Durchsuchungsbefehle für die Wohnung von Gebhard Gerste und für den Tauchclub Baltic Wanderers ausstellen. Die Sekretärin faltete sie in einen schrillgelben DINA4-Umschlag.

„Denn legen wir mal los", sagte Rupert und rieb sich die Hände.

10

Harm Hollsiedel hielt an diesem Freitag die nächste Rate seiner Vorlesung „1421".

„Hoffentlich sind hier Senioren zugelassen", flüsterte Norbert, als sie sich in die letzte Stuhlreihe schoben, „bei uns muss man sich dafür immer extra anmelden."

Hollsiedel sah strafend zu ihnen hin, fasste zusammen, was er in den vorigen Sitzungen dargelegt hatte, und fuhr dann fort:

„Die Große Expeditionsflotte aus China lag also vor Ostafrika. Ich sehe als höchst plausibel an, dass jetzt Folgendes passierte. Ein unzufriedener und mutiger Kapitän, nennen wir ihn Feng Shui, löste sich mit zwei voll beladenen Dschunken bei Nacht und Nebel aus dem Flottenverband und segelte los. Seinen Männern versprach er wahrscheinlich Reichtum und ein fröhliches Exil. Er segelte um das Kap der guten Hoffnung herum und nach Norden. Instinkt und Professionalität. Vorbei an Afrika, dann vorbei an Westeuropa. Dann blies ihn ein kräftiger Sturm in die Nordsee. Durch Zufall oder Fügung fand er die Durchfahrt des Skagerraks und war schwupps in der Ostsee. In der Kieler Förde suchte er Schutz und Absatz für seine Porzellane. In Europa kannte man dies Material noch nicht. Ob er das Geschäft seines Lebens machte, wissen wir nicht. Was wir wissen, was wir seit einer guten Woche wissen, ist, dass eine der beiden Dschunken hier vor unserer Stadt gesunken ist. Junge Taucher haben sie gefunden."

Er sah an seiner langen Nase entlang auf die Studis und die beiden älteren Herren.

„Einen Zusammenhang mit dem Streit um die Zugehörigkeit unserer Stadt zur Hanse, damals wie heute, können wir mit Fug vermuten, beweisen aber noch nicht. Noch nicht!"

Dankbar für die kleinen Lacher verließ er den Saal.

„Und um diese Info all der Trubel, kaum zu glauben."

„Naja, mein Lieber, wenn da wirklich Reichtümer zu finden sind, hier in der Förde, direkt vor unserer Nase, in einem ollen Wrack, dann ..."

„.. möchten da viele ran."

„Und einer wollte alles für sich und keine anderen ranlassen." Ruperts Smartphone summte. Er hörte einige Augenblicke schweigend zu.

„Ja, danke, gut gemacht. Wir verhören den bösen Clown noch heute Abend."

Norbert hüstelte.

„Was sind eigentlich Triaden?" fragte er.

12. Lüneburg

Bier & Salz

von Marlies Kalbhenn

1

Im Haus des Lüneburger Sülfmeisters Hinrick D. hing der Haussegen schief. Schuld daran war seine Tochter Gesine, die sich weigerte, den Mann zu heiraten, den ihr Vater für sie bestimmt hatte. Sie würde lieber in die Ilmenau gehen, als mit dem Nachbarssohn vor den Traualtar zu treten, sagte sie morgens, mittags und abends. Dabei hatte Hinrick dem Nachbarn, Sülfmeister und Ratsmitglied wie er selbst, das Wort gegeben. Und dessen Sohn Nicolaus hatte gesagt, dass er mit der Wahl zufrieden sei, schließlich habe er schon lange ein Auge auf die Nachbarstochter geworfen und – aber das hatte er nur seinem Vater anvertraut – dass er Manns genug sei, Gesine alle anderen Flausen aus dem Kopf zu treiben.

Wenn es ihm nicht gelang, seine rebellische Tochter zur Vernunft zu bringen, dachte Hinrick, würde er zum zweiten Mal Hand anlegen und den Stein des Anstoßes aus dem Weg räumen müssen.

Kaum ein Jahr war es her, dass Gesine diesen Wittenberger Studenten auf dem Markt aufgegabelt und mit ins Haus gebracht hatte. Und Elisabeth, Hinricks Frau, hatte ihn eingeladen, für die Dauer seines Aufenthaltes ihr Gast zu sein. Zwei gegen einen! Hinrick war nichts anderes übriggeblieben als zuzustimmen.

Mutter und Tochter hatten förmlich an den Lippen des jungen Mannes gehangen, wenn er von seinem Lehrer und Vorbild Martin Luther erzählte, der seit mehr als einem Jahrzehnt mit seinen Thesen das Volk aufwiegelte.

Inzwischen kehrten auch in Lüneburg immer mehr Leute der alleinseligmachenden Kirche den Rücken und wandten sich den Lutherischen oder Evangelischen zu. Noch war der Rat katholisch. Aber wie lange noch?

„Von der Freiheit eines Christenmenschen“, hatte der Heißsporn jeden Abend bei Tisch gepredigt und Gesine ein Exemplar der gleichnamigen Schrift geschenkt.

Von der Freiheit eines Sülfmeisters oder eines Salzkaufmanns, von der Freiheit der Hansestadt Lüneburg – davon hielt er viel, der Sülfmeister und Ratsherr Hinrick D. Aber von der Freiheit eines Christenmenschen?

Dass seine Tochter, jung und verliebt, sofort Feuer und Flamme gewesen war, konnte Hinrick verstehen, wenn auch nicht gutheißen. Aber Elisabeth, seine bis dahin so fromme Frau? Katholisch bleiben, evangelisch werden: Wenn es fürs Geschäft nützlicher war, den Glauben zu wechseln, warum nicht? Aber diese Frage war zurzeit nicht sein Problem. Sein Problem war, wieder einmal, seine Tochter. Und wenn sie sich nicht bald seinem Willen beugte, dann ...

Zwar war der arme, elternlose Schlucker, wie Hinrick zugeben musste, ein äußerst höflicher und kluger Mann gewesen, aber als Schwiegersohn völlig ungeeignet. Schade, dass Gesine das nicht hatte einsehen wollen.

Salz zu Salz, aber auch Geld zu Geld – so musste es sein. Reichtum vermehren, zumindest halten, aber um keinen Preis teilen, das war er seinen Vorvätern schuldig, die den Grund für seinen Wohlstand gelegt hatten. Und das unter vielen Entbehrungen und Gefahren! Der Erbfolgekrieg zwischen Welfen und Wittenbergern, bei dem in der Ursulanacht vom 20. auf den 21. Oktober 1371 ein Vorfahre als Mitglied der Bürgerwehr gefallen war, hatte sich in das Gedächtnis seiner Familie eingebrannt. Ebenso der fast hundertjährige Prälatenkrieg, in dem es um nichts anderes als um Geld gegangen war, das die Geistlichkeit, die die meisten Anteile an der Saline besaß, an den hochverschuldeten Rat zahlen sollte, aber nicht zu zahlen bereit war. Um den zwar unblutigen, aber hasserfüllten Streit beizulegen, hatten sich zum Schluss sogar Papst und Kaiser eingemischt.

Wie oft hatte Hinrick Gesine, als sie klein war, die Geschichte von der Entdeckung des Salzes erzählen müssen, die Mär von dem Jäger, der ein Wildschwein erlegt hatte, dessen Borsten mit einer weißen Kruste überzogen waren. Ein halbes Jahrtausend war das jetzt her, fünfhundert Jahre, in denen die Stadt durch das weiße Gold, wie man das Salz nannte, zu dem geworden war, was sie jetzt, 1530, war: eine der größten, reichsten und schönsten Städte Europas, Mitglied der Hanse, dieses einmaligen Netzwerkes von Kaufleuten und Städten, das die Warenwege zu Land und zu Wasser immer sicherer und damit den Handel immer erfolgreicher gemacht hatte. Trotzdem war der Transport des Salzes auf dem seit Beginn der Stecknitzfahrt lückenlosen Wasserweg von Lüneburg nach Lübeck nicht für alle Zeiten gesichert.

Wie oft hat er seiner Tochter klarzumachen versucht, dass sie nicht nur ihrem Vater Gehorsam schulde, sondern der gesamten Familie, in die hineingeboren zu werden sie das Glück hatte. In die Ilmenau wollte sie gehen ... Sollte sie! Dann musste er sich nicht zum zweiten Mal die Hände schmutzig machen.

Er hatte den Wirrkopf, wie er den Wittenberger Studenten insgeheim nannte, unter dem Vorwand, ein Gespräch von Mann zu Mann mit ihm führen zu wollen, eines Abends mitgenommen ins nächste Brauhaus. Während der Student von Martin Luthers Frau schwärmte, Katharina von Bora, die in Wittenberg selbst Bier braue, ließ er sich das gute Lüneburger Bier so schmecken, wie Hinrick gehofft hatte. Anstatt mit dem jungen Mann, der zwischen „Gesegnet“ und „Verflucht“ nicht mehr unterscheiden konnte, auf direktem Weg nach Hause zu gehen, forderte er ihn zu einem „kleinen Spaziergang an der frischen Luft“ auf. Es war ein Leichtes gewesen, dem schmächtigen Jungen im Schutz der mondlosen Nacht einen Stoß zu versetzen.

Ein tragisches Unglück, das niemand hinterfragte. Der Sülfmeister und Ratsherr Hinrick D. wurde gelobt, dass er sich persönlich um die Bestattung des in der Ilmenau ertrunkenen Studenten kümmerte ...

„Möge der Wirrkopf in der Hölle braten“, murmelte Hinrick.

***

Gesine war ein schönes, schlankes Mädchen. Ihr helles, waches Gesicht wurde umrahmt von einer Fülle goldblonder Locken.

In schwachen Momenten war Hinrick geneigt, seiner Tochter alles durchgehen zu lassen, wenn sie nur glücklich war. Ja, er hätte ihr jeden Wunsch von den Augen abgelesen, wenn sie nicht sein einziges Kind gewesen wäre. Nur ein Kind, auch damit hätte er sich abgefunden, wäre dieses eine Kind ein Junge gewesen, ein Sohn, der eines Tages die Herrschaft über die acht Siedepfannen angetreten hätte.

Hätte, wäre, hätte ...

„Kinder sind eine Gabe Gottes und Leibesfrucht ist ein Geschenk des Herrn“, so ähnlich drückte seine Frau sich aus. Er sah das anders und gab, wenn er es auch nicht so direkt sagte, ihr die Schuld. Denn wenn sie freudiger und vor allem häufiger den ihr von Gott auferlegten Ehepflichten nachgekommen wäre, säßen jetzt zwei, drei, möglicherweise mehr Kinder um seinen Tisch …

Der Abtsmüller schuldete ihm noch einen Gefallen. Vielleicht dass in der Mühle dem Bäckergesellen der Garaus gemacht werden konnte. Denn der versuchte, seine Tochter mit ähnlich krausen Ideen zu verführen wie der Wirrkopf aus Wittenberg – und mit anderen, die noch weitaus schlimmer waren. Denn seit kurzer Zeit faselte Gesine bei jeder passenden und unpassenden Gelegenheit von den Rechten der Sulteknechte, Sodeskumpane und aller anderen, die in der Saline unter „menschenunwürdigen Bedingungen“ arbeiten mussten. Menschenunwürdig, pah!

Sicher, die Arbeit war hart: dreizehn Stunden am Tag oder elf Stunden in der Nacht und, mit dem Segen des Papstes, auch an jedem Sonn- und Feiertag. Nur am Stillen Freitag, dem Todestag Jesu, stand die Saline still.

„Menschenunwürdig, Vater!“

Gesine hatte keine Ahnung! Viele Menschen, die für ihn und seine Kollegen „knechteten“, hatten durch ihre Arbeit in der Saline Haus und Bürgerrecht in Lüneburg erworben.

„Wenn sie ihre Rechte einfordern, Vater, dann gnade uns Gott!“

Aber das taten sie doch schon! Einmal im Jahr, am Donnerstag vor der Fastenzeit, versammelten sich die Salinenarbeiter vor der St.-Michaelis-Kirche und sangen ihr: „Geft uns use Rechte“ und zogen danach von Sülfmeisterhaus zu Sülfmeisterhaus, wo sie Brot und Bier bekamen und oft noch ein bisschen mehr. Elisabeth war immer besonders großzügig und gab mit vollen Händen. „Brosamen“, nannte Gesine das, seitdem der Krauskopf, der Bäckergeselle, fast jeden Abend in der Bäckerstraße herumstreunte. Es wurde Zeit, den Riegel vorzuschieben.

„Mahle, Mühle, mahle,
mahl auf mein Wort,
mal Korn, mal Cord,
mahle, Mühle, mahle!“

Selbst wenn der Abtsmüller bereit wäre – einen Mitwisser konnte Hinrick nicht gebrauchen. Nur: Eine zweite Wasserleiche würde ihm seine Tochter nicht abnehmen. Und seine Frau auch nicht. Er musste sich also etwas anderes einfallen lassen, um den Krauskopf, den Bäkkergesellen, aus dem Weg zu räumen.

***

„Bist du bei der Prozession morgen dabei?", fragte Cord.

„Was für eine Prozession?"

„Die Handwerksgesellen wollen vom Roten Tor durch die Bäckerstraße ziehen und sich über die Katholiken – nun ja – ein wenig lustig machen."

„Ich bin kein Handwerksgeselle", wandte Gesine ein.

„Aber du bist eine von uns – oder nicht?"

„Ich – ich weiß nicht", zögerte sie. „Außerdem würde ich als einziges Mädchen auffallen."

„Du kannst Kleider von mir anziehen. Und eine Mütze habe ich auch für dich." Er meinte es wirklich ernst.

Gesine schüttelte den Kopf. „Ich kann nicht, Cord, wirklich nicht. Mein Vater belauert mich auf Schritt und Tritt. Du weißt, er will mich verheiraten."

„Vermutlich nicht mit mir."

„Salz zu Salz, sagt er immer."

„Und Geld zu Geld."

„Auch das."

„Vom Salz allein kann niemand leben", ereiferte sich Cord. „Aber vom Brot. Vom Brot und vom Bier ..."

„Eigentlich ist es merkwürdig, dass in der Bäckerstraße kaum Bäkker, sondern Brauer und Sülfmeister wohnen", sagte Gesine.

„Merkwürdig ist das nicht. Das war auch einmal anders."

„Erklär es mir, Cord!"

„Später vielleicht. Jetzt möchte ich nur wissen, ob du morgen mitkommst. Also – ja oder nein?"

„Nein! Mein Vater ist Ratsherr und katholisch. Wenn er ..."

„Noch", unterbrach Cord sie. „Noch ist er katholisch ..."

„Wenn er erfährt, dass seine Tochter zu den Lutherischen übergelaufen ist …“

„Was dann?“

„Lass gut sein, Cord!“

„Für heute, ja.“

Er tippte an seine Mütze und ohne sich noch einmal nach Gesine umzusehen, verließ er pfeifend die Bäckerstraße und ging in sein Viertel der Stadt, in dem die Bäcker und andere Handwerker zu Hause waren, seitdem die Bäckerstraße in den Händen der Reichen und Einflussreichen war.

Gleich und gleich gesellt sich gern. Salz zu Salz, Bier zu Bier und Brot zu Brot, dachte Cord, der Bäckergeselle. Als Anna aus der Haustür trat, wusste er wieder: Es war gut so, wie es war.

***

Der Rat wies die Handwerksgesellen, die sich an der Spottprozession beteiligt hatten, das heißt: die Verantwortlichen unter ihnen, aus Lüneburg aus. Dazu gehörte auch Cord. Aber Hinrick hatte sich zu früh gefreut; denn nicht lange danach musste die Stadt ihn und die anderen wieder hereinlassen.

Davor, dass er zum zweiten Mal Hand anlegen musste, bewahrte den Sülfmeister Hinrick D. die Nachricht, dass Cord Anna, die Tochter des Bäckers, bei dem er Geselle war, demnächst heiraten würde.

Gesine, was ihren Vater verwunderte, war darüber kein bisschen traurig. Jedoch blieb sie bei ihrer Weigerung, Nicolaus zu heiraten. Und wurde dabei von Elisabeth unterstützt. Mutter und Tochter weigerten sich aber so lange, bis Nicolaus' Vater sie mit der Nachricht überraschte, dass sein Sohn nicht länger gewillt sei zu warten und demnächst „eine Evangelische“ heiraten werde.

2

Im Haus des Brauers Johann S. wurde die Taufe des zweiten Enkelkindes Katharina Elisabeth gefeiert und gleichzeitig der erste Geburtstag des Stammhalters Johann Hinrick.

„Bier und Salz, Gott erhalt's“, sagte der stolze Großvater Johann und prostete dem nicht weniger stolzen Großvater Hinrick zu.

„Bier und Salz, Gott erhalt's!“, kam Hinrick nach. Und er meinte es sogar so, wie er es sagte. Zwar hatte er anfangs die bekannten Einwände gehabt, als seine Tochter ihm eröffnete, Ditmer, den ältesten Sohn des Brauers „und keinen anderen“ heiraten zu wollen. Aber schließlich hatten Gesine und Elisabeth und seine eigene Einsicht gesiegt.

Die Brauer standen den Sülfmeistern in Nichts mehr nach. Seit der Rat der Stadt Anfang des vorigen Jahrhunderts beschlossen hatte, dass „en jewelk borger to Luneborg dem dat bequeme is, mach bruwen Luneborger ber, also he best kann,“ waren Brauhäuser wie Pilze aus dem Boden geschossen. Viele Brauer hatten es zu beachtlichem Wohlstand gebracht, einige von ihnen waren inzwischen Ratskollegen.

Zwar war das Lüneburger weiße Gold auf dem Markt immer noch die Nummer Eins, aber das aus dem Nordseewasser gewonnene Salz holte kräftig auf. Es konnte also nicht schaden, das Geschäft in Zukunft auf zwei Säulen ruhen zu lassen: „Bier und Salz, Gott erhalt's!“, sagte er noch einmal.

Gesines Schwiegereltern Johann und Katharina waren mit drei Töchtern und zwei Söhnen gesegnet. Während der älteste, Ditmer, eines Tages das Erbe antreten würde, hatte der zweite durchblicken lassen, dass er sich vorstellen könne, eines Tages als Sülfmeister …

„Erinnerst du dich noch, Elisabeth“, unterbrach Katharina Hinricks Gedanken, „wie wir in St. Nicolai den katholischen Prediger mit dem Singen eines Lutherchorals zum Schweigen gebracht haben?“

„Und ob ich mich daran erinnere“, sagte Elisabeth.

„Ja und einige Tage vorher sind die Handwerksgesellen durch die Bäckerstraße gezogen und haben sich über die Katholischen lustig gemacht“, mischte sich Gesine ein und stimmte, bevor ihr Vater äußern konnte, dass er daran nicht erinnert werden möchte, das Kampflied der Reformation an: „Ach Gott, vom Himmel sieh darein und lass dich des erbarmen. Wie wenig sind der Heil'gen dein, verlassen sind wir Armen …“

„Du musst zugeben, Hinrick“, sagte Johann, nachdem sie alle Strophen des Lutherliedes nicht schön, aber schön laut gesungen hatten, „dass es vor allem die Brauer waren, die der Reformation in unserer Stadt zum Durchbruch verholfen haben.“

„Ich gebe es ja zu“, sagte Hinrick und erhob seinen Humpen, der von den Mägden immer wieder unaufgefordert gefüllt wurde: „Bier und Salz, Gott erhalt's!“

„So soll es sein!", bekräftigte Johann.

Ein gutes Schlusswort, dachte Hinrick. Und ein gutes Ende der Geschichte.

Wenn ihn der Gedanke quälte, dass an seinen Händen das Blut des Wittenberger Wirrkopfs klebte, tröstete er sich damit, dass er, inzwischen vom Saulus zum Paulus geworden, die evangelische Sache zu seiner gemacht hatte und die Verbreitung des lutherischen Glaubens großzügig unterstützte.

Nachdem Elisabeth und er sich am Abend verabschiedet hatten, begleitete Hinrick seine Frau nach Haus. Da er dem Bier etwas zu reichlich zugesprochen hatte, sodass ihm der Schädel brummte, sagte er, wie so oft in letzter Zeit, dass die Nachtluft ihm guttue und er noch einen Spaziergang machen wolle, um wieder einen klaren Kopf zu bekommen …

Drei Tage später gab die Ilmenau seinen Leichnam frei: an derselben Stelle, an der damals der Wittenberger Student tot aufgefunden worden war.

Ob der Schlag oder ein Schlag den Sülfmeister und Ratsherrn Hinrick D. ereilt hatte, ist nicht bekannt.

13. Lüneburg

Ich bin nicht wie sie

von Meike Dannenberg

Ich bin schon zehn Meter an der Frau vorbei gegangen, als ich umdrehe. Zehn Meter, in denen mein Gewissen Zeit hatte aufzuwachen und mich anzufallen. Erst wehre ich mich. Ich bin nicht die erste, die an ihr vorbeigegangen ist! Schemen einiger Männer diffundierten erst eben in einer schmalen Gasse. Aber jetzt kann ich nicht mehr zurück, sie hat mich bemerkt und schaut zu mir hoch. Trotzig, traurig sitzt sie auf dem Kopfsteinpflaster und hält sich den Fuß, ihre strähnig fettigen Haare fallen ihr halb über das Gesicht.

Sie ist noch jung, vielleicht Mitte zwanzig, doch ihr Rücken ist nicht nur vor Schmerz gebeugt, das ausgeleierte Shirt und die Schnapsfahne, in die sich sommerlich ranziger Schweißgeruch mischt, machen sie älter, uralt. Jugend ist etwas anderes als das biologische Alter, denke ich.

Ihr Geruch verursacht mit Übelkeit. An den Sülfmeistertagen, schon im Mittelalter das bedeutendste Fest der Hansestadt an die Salzsieder ihren Reichtum feierten, gibt es Met aus Kuhhörnern in der ansprechenden Kulisse der Lüneburger Altstadt. Die Hörner stinken ähnlich ranzig, wie die geschunden wirkende Frau vor mir. Sie hockt da, wie von aller Welt verlassen, die Stille der Nacht lastet auf uns. Ihre Füße sind bloß, der linke sieht bläulich und geschwollen aus, die Fußnägel riesig, rissig und gelb.

„Soll ich einen Krankenwagen rufen?"

Trotz der Wärme des Spätsommers fröstle ich. Wenigstens bin ich nicht barfuß.

Sie schüttelt langsam den Kopf. „Das Krankenhaus ist nicht weit. Das schaffe ich." Sie zieht einen Flunsch.

Es stimmt schon, man könnte zu Fuß gehen. Wenn man gehen kann. Aber es ist schon weit. Da stehen wir nun.

Trotz Mittelalterambiente haben die Festgänger Partymüll und zerschlagene Flaschen auf dem Katzenkopfpflaster hinterlassen, der Stint mit den kleinen Kneipen in gedrungenen, windschiefen Bauten liegt verlassen, fast deprimierend, nur das schwarze Wasser unter dem Wehrturm schäumt. Sie wird es kaum alleine schaffen. Kann ich nicht einfach doch einen Krankenwagen holen? Ich reiche ihr ratlos den Arm, höre mich ´Ich helfe dir´ sagen.

Wir taumeln durch die Gassen, vorbei an Boutiquen, am Spielzeuggeschäft hat jemand vergessen, den Fisch auszumachen, der tagsüber im Minutentakt Seifenblasen über die Kinder wehen lässt. Wie blasse Geister wehen sie im Mondlicht über über die Straße. Wir erreichen den Platz am Sande, humpeln vorbei an verlassenen Fressbuden aus Holz und Bühnenaufbauten mit LKW Plane, straucheln über Kabel, die schiefe Kirche glänzt im fahlen Licht der Scheinwerfer.

Sie hängt schwer an meiner Schulter. Wir vermeiden es, uns anzusehen. Aber riechen kann ich sie. Ich atme durch den Mund ein und aus.

„Wie heißt du?“, durchbreche ich die peinliche Stille, versuche dabei die unangenehme Intimität der Berührung zu ignorieren.

„Anja.“

„Wie ist das passiert?“,

„Mir ist das Fass über den Fuß gerollt.“

„Ja, klar!“ Ich lache auf, angesichts der Lüge. Aber sie schaut hoch, ihre Mundwinkel hängen tief und um ihre Augen erscheint ein enttäuschter Zug. Ich verstumme. Aber das ist doch absurd. Sie könnte hübsch sein, wenn sie nicht so verlebt aussehen würde, die blonden Haare verfilzt und staubig. Ich konzentriere mich wieder auf den Gehweg und den nächsten Schritt. Die Fässer, die die Sülfmeistermanschaften traditionell im Wettkampf über den Markplatz rollen, sind riesig, drei Meter lang, massive Holzdauben. Sie wäre darunter begraben worden. Am Rande des Festplatzes steht immer ein Krankenwagen mit zwei gelangweilten Sanis auf Klappstühlen.

Wir schleppen uns vorwärts und passieren den schwarzweiß geklinkerten Prunkbau der historischen Handelskammer, halten nebenan am Fenstersims der McDonald Filiale, um kurz zu verschnaufen. Sie steht wie ein erschöpfter Storch, der verletzte Fuß pendelt in der Luft. Meine Güte ist der dreckig. Ich warte. Um sie nicht anzusehen – ihr die Observierung ihres Leids zu ersparen, oder mir ihren Anblick? – wandert mein Blick über den verlassenen Platz. Lüneburg ist reich, bürgerlich, grün. Alles ist so proper, das es wehtut. Die charmant schiefen Treppengiebel schneiden Scherenschnitte in den mitternachtsblauen Himmel, üppig bepflanzte Blumenkübel warten auf die Touristenkutsche am nächsten Tag. Noch vor dem Morgengrauen wird der Unrat und der Rest des Festes geräumt und weggeputzt sein. Meine Begleiterin passt hier nicht rein. Sie wird von der anderen Seite der Bahngleise kommen, oder aus dem Sozialbau hinter der Saline.

„Wo wohnst du?!" Ich drehe mich zu ihr. Ihr Kopf hängt jetzt auch, nicht, dass sie umkippt. Wir haben noch zehn Minuten zu gehen.

Wieder schüttelt sie den Kopf. „Ich schlafe an der Ilmenau, unter der Brücke."

„Oh." Plötzlich sehne ich mich nach meiner Wohnung. Raus aus dieser Situation. Drei Zimmer, hohe Decken, Flügeltüren, polierter Holzboden. Würde ich?! Nein, ich werde sie nicht mitnehmen. Sie gehört ins Krankenhaus. Erleichterung durchströmt mich, sie ist verletzt, sie werden sie mir dort abnehmen.

„Gibt es hier keinen Sozialpsychiatrischen Dienst?"

Von der Samariterin zur Beauftragten.

„Ich bin hier nicht gemeldet." Sie zuckt mit den Achseln.

Schöne Scheiße, denke ich. Eine Bewegung lenkt mich ab. Was war das?! Für einen Moment, schienen die Schatten lebendig. Sie sammeln sich unter der Festtagsbühne, tropfen in die Tordurchgänge und vom Drempel der gedrungenen Holzhütte, in der vorhin noch Schweinebraten mit Kraut angeboten wurde. Eine Sinnestäuschung, es war wohl nur der Alkohol und die tausendjährige Stadthistorie, unzählige Fuder Vergangenheit, die auf der Altstadt liegen. Anja zupft mich am Ärmel und ich schrecke aus meinen wirren Gedanken. Sie hat die Brauen vor Schmerz zusammengezogen, aber wieder einen entschlossenen Zug um den Mund. Sie stützt sich auf mich. Wir gehen weiter. Ich bin müde, mein Rücken beginnt zu schmerzen und morgen wird mein neuer Sommermantel stinken. Aber ein Taxi würde sie niemals mitnehmen. Das Klirren einer Glasflasche hinter uns lässt mein Herz schneller schlagen. Warum geht das so langsam voran? Hinter uns huscht es. Auch Ratten haben eine lange Tradition in einer Stadt, in der es seit dem fünfzehnten Jahrhundert Kriechkeller gibt.

„Warum hast du bis jetzt gewartet, um ins Krankenhaus zu gehen?", nehme ich unser Gespräch wieder auf. Irgendetwas Mürrisches zieht über ihr Gesicht. Ein schmerzhafter Gedanke? Ärger, Angst, unklar.

„Die mögen mich da nicht“, murmelt sie, kneift die Lippen zusammen. „Lass uns weiter gehen.“ Sie lallt zunehmend.

Heißt das, sie werden sie gar nicht behandeln? Und dann?

Durch die Straße irrt ein Flüstern, das uns zu folgen scheint. Ich denke an die Nachzügler der Feierlichkeiten und daran, wie sie zwischen den gedrungenen Häusern des Stints verschwanden, ohne Anja zu helfen. Aber im Krankenhaus müssen sie das doch, egal wie abgestanden sie riecht. Oder?!

„Eigentlich bin ich in dem Fass gewesen“, sagt sie plötzlich. Sie lächelt, entblößt dabei recht ordentliche, wenngleich gelbe Zähne, nur die Hälfte des linken Schneidezahns fehlt. Das ist natürlich wirklich albern. Ich grinse, als habe sie einen Witz gemacht.

„Nein, wirklich. Die haben mich da rein gesteckt.“ Sie sagt es in einem neutralen Ton, als würde sie eine Anekdote erzählen, deren Komik mir entgeht. Und irgendwie auch wütend. Auf mich, die Welt. So wie sie aussieht, hat sicher viele Gründe wütend zu sein. „Wer?“, frage ich freundlich. Ich tue, als seien wir Freundinnen, die sich eine Geschichte erzählen und unsere Nähe wird größer, unterliegt der trügerischen Magie der Sommernacht.

„Eine Gruppe junger Männer. Sie waren betrunken, sie haben mich gesehen...“ Ihr Blick wandert in die Ferne, sie visiert die lange Straße, die wir vor uns haben, als nehme sie eine Marathonstrecke in Augenschein, gleichzeitig spüre ich das Grauen, das sie mit diesem Maß nehmenden Blick zu verbergen sucht. Eine Brise streicht leicht über meine nackten Beine und verursacht mir Gänsehaut. Sie zieht zischend Luft durch die Zähne und hält den Fuß hoch. „Das tut so scheiß weh. Ich will gar nicht wissen, wie es sich anfühlen würde, wenn ich keine halbe Flasche Klaren intus hätte.“

Was soll ich dazu sagen? Wenn sie keine halbe Flasche Klaren intus hätte, würden wir jetzt gemütlich im Taxi sitzen.

„Sie haben mich gesehen. Und dann geschupst und betatscht... und dann kam einer auf die Idee, ich könnte doch in das Fass...“ Sie schaut auf den Boden. Es fällt ihr sichtlich schwer darüber zu sprechen. Eisige Kälte kriecht mir das Rückrat hinauf. Sollte es doch wahr sein? Leises Motorengeräusch kündigt ein Fahrzeug an. Ich wende den Kopf, ein silberner Mercedes rauscht an uns vorbei. Viel zu schnell. Vor dem Theater ist ein leerer Parkplatz, üppiges Grün am

Rand. Die Schatten nisten jetzt dort unter den Bäumen und Büschen. Ich will jetzt endlich dort ankommen wo Menschen sind. Normale Menschen. Licht. Wirklichkeit. Ihre Geschichte macht mir Angst.

„Wie bist du wieder aus dem Fass gekommen?“, frage ich dümmlich. Es muss doch möglich sein, ihr Gefasel als Lüge zu entlarven.

„Kurz bevor wir uns getroffen haben, haben sie mich raus gezogen, ein Stück weg getragen und auf der Straße abgesetzt. Dann sind sie verschwunden.“

Sie bleibt stehen – notgedrungen ich ebenfalls– und greift sich mit der Hand an den Hinterkopf. „Kopfweh habe ich auch. Ich bin immer wieder gegen das Holz geschlagen und vielleicht ist mein Schädel ja gebrochen.“

„Bestimmt nicht. Dann würdest du jetzt kotzen.“ Ich bin mir sicher. Nicht wahr? „Komm. Noch ein paar Meter.“

Die Erleichterung, als wir hinter dem Kreisverkehr auf das Gelände des Krankenhauses einbiegen, ist bestürzend. Doch Anja bleibt noch an dem offenen, überquellenden Aschenbecher vor der Notaufnahme stehen, gräbt mit spitzen Fingern eine halbgerauchte Zigarette heraus und steckt sie sich schwankend zwischen die Lippen. Aus ihrer fleckigen Short kramt sie ein Feuerzeug und steckt sie sich an.

Sie schaut mich an. Ihr Blick taxiert mich, sie wirkt gleichzeitig waidwund und hinterlistig, als wolle sie mich auf die Probe stellen. „Außerdem bin ich schwanger.“

Oh Gott! Auch das noch. Mein Blick gleitet zu ihrem Bauch. Nichts zu sehen. Noch eine Lüge? Der letzte Widerhaken, mich zu zwingen, Verantwortung für sie zu übernehmen, über diese schwüle Nacht hinaus? Auf keinen Fall!

„Ich klingle schon mal.“

Sie nickt, erschöpft, resigniert drückt sie die Kippe aus, nicht, ohne noch bis zum Filter den Rest raus gesogen zu haben. Es schrillt, ich sehe, wie eine Frau ganz hinten in einem halberleuchteten Gang sich auf den Weg zur Glastür macht. „Und dann rauchst du“, sagte ich tadelnd. Ich bin jetzt genervt. Nichts als Lügen.

„Ja?“ Die Frau im Kittel mustert mich, dann Anja. „Ich habe sie aufgelesen, sie ist verletzt.“ Ich zeige auf Anja.

„Tatsächlich?“ Sie mustert sie.

Anja senkt den Kopf unter ihrem forschenden Blick, trostlos, unterwürfig, trotzig. Sie kennen sich schon. Okay, das zumindest war keine Lüge, sie mögen sie hier nicht.

„Ja, am Fuß." Ich klinge so gereizt, wie ich bin.

Die Schwester merkt auf, schaut mich an. „Wir haben hier keine Orthopädie, da muss sie nach Winsen."

„Das ist jetzt nicht ihr Ernst?!" Soll das ein Witz sein? Ich will endlich ins Bett.

Die Schwester presst die Lippen zusammen.

„Und da fährt sie ein Krankenwagen hin?!", bohre ich nach.

Sie schüttelt den Kopf. Mit zusammengekniffen Augen nehmen wir Maß. Anscheinend hat sie mehr Mitleid mit mir als mit Anja.

„Na schön!", sagt sie seufzend, öffnet die Glastür und lässt uns eintreten. Auf einen Anruf hin kommt jemand aus dem Hintergrund des Gängegewirrs mit einem Rollstuhl.

„Tschüß Anja", sage ich, als sie weg geschoben wird. Sie lächelt, winkt. „Danke!" Ich komme mir vor wie eine Betrügerin.

„Wir werden den Fuß verbinden, dann wird sie wieder entlassen."

Die Frau hat wirklich eine Art, einem alle Hoffnung zu nehmen.

„Sie sagt, sie sei schwanger?" Sie hört das Fragezeichen, das in meinem Satz mitschwingt und schnaubt.

„Hat sie dann kein Anrecht auf eine Wohnung? Man muss doch schon jetzt was tun, bevor das Kind kommt."

„Wenn sie schwanger ist, und das Kind auf die Welt bringt, bevor sie nicht die Drogen und ihr Leben unter Kontrolle hat, wird das Jugendamt ihr das Kind abnehmen."

„Aber es ist doch ihr Kind."

„Aber sie hat Probleme…"

Die eingerollte Schlange in meinem Magen, Hüterin der Verwirrung, des schlummernden Wahnsinns, regt sich im Schlaf. Ich wollte immer denken, es würde einem geholfen in der Not. Schweigend starren wir beide den langen Flur entlang. Es ist alles so unwirklich. Plötzlich habe ich Angst, sie bringen Anja und ihren verbundenen Fuß wieder zurück zu mir.

„Ich muss ins Bett!" sage ich. „Bitte kümmern sie sich um sie, ja."

Kurz bin ich versucht, ihr noch zu erzählen, dass Anja behauptet hat, sie sei von Männern misshandelt worden. Aber sie hat genug Probleme… Und ich weiß nicht. Diese Nacht war lang, ich habe meine Schuldigkeit getan.

Zurück auf der verlassenen Straße atme ich tief und dankbar die warme, klare Luft ein, schnuppere angeekelt an meinem Kragen. Ich denke, ich sollte den Mantel lieber reinigen lassen, als ihn selbst zu waschen. Der ist ja noch neu und das habe ich mir jetzt verdient.

Nun, da ich schneller gehen kann, fühle ich schon das warme Wasser der Dusche, die mich zuhause erwartet, die glatte, saubere Baumwolle der Bettwäsche an meiner Wange. Als ich vor der Haustür den Schlüssel hervorhole bin ich geistig schon im Halbschlaf. Deshalb höre ich auch nicht die Schritte, fühle erst spät Bewegung hinter mir, bis eine Stimme sagt: „Hey!“

Ich drehe mich um, verwirrt, erschrocken.

Drei Männer stehen im Halbkreis auf dem Bürgersteig und starren mich finster an. Grüne Shirts, dunkle Jeans, alle die gleiche Kleidung, dazu breites Kreuz, Kurzhaarschnitt. Ich bekomme ein flaues Gefühl im Bauch. Sie sind jung, jünger als ich. Aber nicht mehr so jung, dass ich sie einschüchtern könnte.

Der größte der drei macht einen Schritt auf mich zu. „Was hat sie dir erzählt?“

„Wer?“, frage ich überflüssigerweise. Ich habe Angst, mir gleich in die Hose zu machen. Aus den Augenwinkeln blicke ich hinter ihnen auf die Häuser. Alle Fenster dunkel, wie ausgestorben. Lüneburg bei Nacht, wunderschöner Sternenhimmel, die sporadische Straßenbeleuchtung die einzige Lichtquelle.

„Die Pennerin? Was hat die Pennerin dir erzählt?“

Er ist wütend. Er macht einen weiteren Schritt auf mich zu.

Anja hat nicht gelogen. Es ist alles wahr. Sie wurde in das Fass gesteckt. Und zwar von denen. Ich will mich umdrehen und weg rennen, stehe stocksteif, gelähmt vor Angst.

„Nichts, sie hat mir nichts erzählt“, flüstere ich. Der Kiefer des Mannes malt, er begreift, dass ich weiß, was ich nicht wissen soll und geht auf mich zu. Ich weiche zurück. „Wir haben das alles gehört. Du wirst nichts sagen!“

„Werde ich nicht.“ In Wirklichkeit denke ich, werde ich sofort die Polizei alarmieren, sobald die weg sind. Anja wird eine Aussage machen…

In dem Moment, als er zuschlägt, verstehe ich, dass ich einen riesigen Fehler gemacht habe. Ich habe mich sicher gefühlt. Ich weiß, dass sie Anja geschlagen haben, ich weiß, dass sie sie in das Fass gesteckt hatten, in Kauf genommen, dass sie dabei lebensgefährlich verletzt werden könnte. Aber ich habe mich sicher gefühlt, weil ich nicht sie bin. Bis jetzt.

Als sie von mir ablassen, liege ich am Boden, die Haut an meiner Wange brennt, an der Stelle wo sie am Asphalt aufgeschürft wurde, in meinem Knöchel steckt ein scharfer Schmerz, die Hüfte sticht, wo mich ein Fuß getroffen hat.

„Wir wissen, wo du wohnst!“, sagt der Große und beugt sich über mich. Ich krümme mich zusammen, bedecke den Kopf mit den Armen, erwarte einen Tritt, womöglich in den Bauch. Doch sie verschwinden in der Dunkelheit, ihre seltsam fröhlichen Stimmen verschmelzen mit dem Zirpen der Grillen in der ruhigen Wohnstraße, während die Sterne am Himmel verschwimmen, als sich meine Augen mit Tränen füllen.

Aus dem Augenwinkel sehe eine leichte Bewegung. Auf der gegenüberliegenden Seite der Straße schließt sich eine Gardine. Ich liege auf dem erstaunlich warmen Asphalt, starre tränenblind in den Himmel, fühle wie die Schmerzen langsam etwas nachlassen. Ich bin noch intakt, äußerlich. Was es nicht ist, ist meine Welt, mein Vertrauen. Als ich mich langsam aufrapple, die Zähne zusammenbeiße, als ich meinen Fuß aufsetze, denke ich: Hilf mir bloß nicht. Ich hätte es auch lieber nicht gewusst.

14. Lübeck

Der Hanse–König

von Marita und Jürgen Alberts

Welche Stadt führt den Beinamen „Königin der Hanse?"
Hamburg
Rostock
Bremen
Lübeck

Ich wusste ja, dass dies kein einfacher Job werden würde, aber ich liebe die Herausforderungen, die mein Beruf zur Genüge bereithält.

Was war geschehen? In einer Quizshow des NDR zum 875sten Geburtstag der Stadt Lübeck gelingt es dem Kandidaten, alle Fragen in der denkbar kürzesten Zeit zu beantworten. Immerhin fünfzehn, durchaus knifflige Fragen. Ich hätte nicht mal die Hälfte geschafft. Bei der letzten Frage hat er mit dem Telefonjoker bloß gescherzt, weil er schon wieder die richtige Antwort wusste. Vom Studio-Himmel regnete es goldene Folienstreifen. Der Moderator Jörg Pilawa war vollkommen perplex, so einen Kandidaten hatte er noch nie. Der hat ihn häufiger herausfordernd angeschaut und einmal sogar zu ihm gesagt: Diese Antwort wissen Sie nicht, Herr Pilawa, oder?

Der Name der Stadt Lübeck leitet sich von dem slawischen Wort „liubice" ab. Was bedeutet das?
listig
löblich
lieblich
lustig

Ich habe dem Hanse-König, so nenne ich ihn, ich könnte auch sagen, dem Rate-Genie, obwohl er das nicht war, ich habe ihm ein Treffen in der Lübecker Schiffergesellschaft vorgeschlagen –dem Restaurant im ehemaligen Gildehaus, wo alte Koggen und farbi-

ge Schiffslaternen von der Decke hängen, die dem Gastraum eine ganz besondere Atmosphäre verleihen. Hier hat Christian Buddenbrook sein Lied „That's Maria" zum Besten gegeben und die Lübekker Kaufmannschaft beleidigt, was ihm einen bösen Rüffel seines älteren Bruders Thomas einbrachte. Genau der richtige Ort, um dem Hanse-König auf den Zahn zu fühlen. Ach so, ich habe mich noch gar nicht vorgestellt: ich heiße Rebecca Eng, nicht mein richtiger Name, aber ein anerkanntes Pseudonym. Schließlich arbeite ich in einer Branche, in der Klarnamen Gift sind.

Für diesen Job habe ich eine Locken-Perücke ausgewählt, so blond wie mein unschuldiges Lächeln, die eckige Nickelbrille ist mit Fensterglas ausgestattet, das signalrote Kostüm stammt von Adolfo Dominguez, einem spanischen Designer, hochgeschlossen und doch verführerisch elegant. Ich gab mich als Journalistin der Süddeutschen Zeitung aus und borgte mir für kurze Zeit den Namen von Evelyn Roll – sie wird es mir hoffentlich nicht übel nehmen.

Der Hanse-König war begeistert, dass nach den ersten Tagen der großen medialen Aufmerksamkeit, die – wie nicht anders zu erwarten- bald zu Ende gegangen war, nun eine ganze Zeitungsseite über ihn erscheinen sollte. Er konnte ja nicht ahnen, welche Absichten ich hegte. Aber so sind meine Jobs. Ich kann meinen Opfern nicht die Wahrheit sagen, sonst würden die meisten mir ans Leder gehen. Nun also der Hanse-König, der auch die folgende Frage richtig zu beantworten wusste..

Seit wann besteht die Schiffergesellschaft in Lübeck?
1335
1435
1535
1635

Darf ich Sie auf einen kleinen Snack einladen, die Vorspeise „Schleswig Holstein zur See" müssen Sie probieren.

Ich habe alle Zeit der Welt, schließlich brauche ich ausreichend Material für unsere Seite 3. Ich weiß nicht, ob Sie Leser der Süddeutschen sind.

Hab mich schlau gemacht, Sie scheinen ja eine Edelfeder da unten in München zu sein. Apropos: Ich lese jeden Tag vier bis fünf Zeitungen, und manchmal auch die SZ.

Sollen wir gleich mit dem Interview beginnen...

Nö, das ist langweilig. Ich habe schon so viele Interviews gegeben, da steht alles über mich drin. Mir wäre lieber, wir speisen opulent, süffeln ein bisschen und plaudern und irgendwann erfahren Sie dann auch noch etwas Neues über mich, oder besser: von mir. Um das gleich vorweg zu sagen: Ich hatte unverschämtes Glück. Kennen Sie den Film „Slumdog millionaire“ von Danny Boyle? Der junge Inder hatte Glück, weil er zu jeder Frage irgendeine Erinnerung als Antwort parat hatte. Mir ist es genauso gegangen. Alle fünfzehn Fragen waren wie für mich bestimmt.

Wo haben ehemalige Hansestädte 1980 die „Neue Hanse“ gegründet?

Zwolle
Münster
Thorn
Riga

Ich habe mir die Aufzeichnung vom Auftritt des Hanse-Königs einige Male angeschaut. Immer auf der Suche nach irgendwelchen versteckten Hinweisen, in seiner Mimik, seiner Körperhaltung – er saß vollkommen entspannt auf dem Stuhl, als könne ihn nichts aus der Ruhe bringen. Der Moderator versuchte ihn aufs Glatteis zu führen, je höher die Gewinnsumme stieg. Immerhin ging es um 100.000 €, die von der Lübecker Kaufmannschaft gestiftet worden waren. Der Hanse-König blieb ruhig. Verräterisch ruhig.

Haben Sie von dieser Geschichte in England gehört, wo ein Kandidat in der Quizshow Hilfe aus dem Publikum erhielt? Nein, nicht? Dann will ich sie kurz erzählen. Der Kandidat hatte einen Mann, der sehr viel wusste, im Publikum platziert und mit ihm ein paar akustische und optische Zeichen ausgemacht. Einmal Husten hieß: Antwort a – einmal niesen: Antwort: b – einmal ans Ohrenläppchen fassen: Antwort c – und einmal das linke über das rechte Bein schlagen: Antwort d. Als die Revisionsabteilung der BBC das herausgefunden hatte, musste der Kandidat den gesamten Gewinn wieder zurückzahlen.

Und nun sollte ich herausfinden, welchen Trick der Hanse-König angewandt hatte, um alle Fragen in kürzester Zeit richtig zu beantworten. Es war so offensichtlich, dass er falsch gespielt hatte. Und den Beweis hatte ich auch schon, mein As im Ärmel. Mein Auftraggeber: die Versicherung der Kaufmannschaft. In den Verträgen, die die Sender mit den Quiz-Kandidaten machen, steht, wenn jemand verbotene Hilfsmittel benutzt, bekommt er kein Geld ausgezahlt oder muss die Gewinnsumme zurückzahlen. Das sind eiserne Regeln, wer gegen die verstößt…

Wann erhielt die Hansestadt Lübeck das Stadtrecht?

860
1060
1160
1360

Wie haben Sie sich auf das Lübeck-Quiz vorbereitet?

Ich hatte gute Sparringspartner, zum Beispiel den Direktor des Hanse-Museums oder den Kulturdezernenten der Stadt, den Rest habe ich mir angelesen. Das Wissensgebiet war ja durchaus begrenzt.

Wieso bekamen gerade Sie die Chance, in der Show aufzutreten? Da bewerben sich doch tausende.

Glück, wie gesagt – ich hatte von Anfang an Glück.

Sind Sie also einer von diesen Glückspilzen, die immer ein vierblätteriges Kleeblatt finden? Hatten Sie früher auch schon mal Glück?

Nö, nie. Ich hab nie etwas gewonnen, bei keinem Kreuzworträtsel, dessen richtige Lösung ich eingeschickt habe, nicht im Lotto, Toto, nie – es ist so, als hätten sich alle meine Glückstreffer auf diesen Punkt konzentriert. Als ob man beim Roulett alles auf die 27 setzen würde, und die kommt dann, am besten sogar zweimal hintereinander. Auch beim Roulett habe ich niemals etwas gewonnen. Wollen Sie noch ein Schlückchen? Ich sehe, Sie trinken ja gar nicht…

Ich arbeite, da muss man eher nüchtern bleiben.

Wollen Sie denn gar nicht wissen, was ich mit dem vielen Geld machen will? Das wollten Ihre Kollegen immer gleich als erstes erfahren. Eine Weltreise, eine Wohnung in Travemünde anzahlen, Autos, was weiß ich denn… Nein, ich werde fast das gesamte Geld spenden…

Das las sich in den bisherigen Interviews ganz anders.

Aber es klingt besser. Was meinen Sie, was ich für Anfragen bekam. Meistens Bettelbriefe, handschriftlich, ein paar seriöse Anschreiben von wegen Investitionen tätigen, aber auch ganz unverschämte Anmache – da hab ich gar keine Lust mehr drauf…

Wie nannte man die Unruhen der Handwerker und kleinen Kaufleute gegen die Ratsherren der Hansestadt Lübeck?

Leineweber-Aufstand
Knochenhauer-Aufstand
Salzsieder-Aufstand
Knochenmänner-Aufstand

Mein Kollege machte mir ein Zeichen und wir trafen uns wie verabredet vor der Toilette. Ich gehe zu so einem Termin nie alleine. Viel zu gefährlich, wie sich ja nachher auch herausstellen sollte.

Über eine Mini-Sendeanlage kann der Kollege alles mithören und ist zur Stelle, wenn mein Opfer übergriffig wird. Wäre nicht das erste Mal. Wer wird schon gerne entlarvt? Ganz besonders, wenn es ums Geld geht. In diesem Falle immerhin um hunderttausend Euro..

„Der kommt nicht aus der Reserve. Dazu ist er viel zu taff. Hast du mal in sein Ohr geschaut?“ fragte mein Kollege.

„Wie meinst du das?“

„Versuch doch mal herauszufinden, ob er immer noch ein Hörgerät trägt.“

„Seine Haare verdecken die Ohren … da kann ich nicht einfach…“

„Ich bringe unseren Mann in ein paar Minuten rein.“

„O.k.“

Langsam ging ich an den Tisch zurück. In der Sendung hatte sich der Hanse-König mehrfach nach vorne gebeugt. Und einmal hatte er gesagt: Ich habe die Frage nicht verstanden, Herr Pilawa, trotz meines Hörgerätes. Daran konnte ich mich jetzt erinnern.

Welches war eines der wichtigsten Exportgüter Lübecks in Richtung

Norden und Osten?
Honig
Salz
Marzipan
Branntwein

Sie waren ja lange weg. Ich hab uns noch einen Ron Zacapa Centenario bestellt – aus Guatemala – das ist etwas ganz Besonderes.

Wunderbar, Sie verwöhnen mich. Die Muschelsülze schmeckt ausgezeichnet.

So gefallen Sie mir schon besser. Mir sind Leute, die nicht mal einen mittrinken, schon immer suspekt gewesen. Die meisten führen etwas im Schilde. Aber, entschuldigen Sie – Fragen Sie nur, wir haben ja alle Zeit der Welt.

Wieso haben Sie sich in der Show immer mal wieder nach vorne gebeugt?

Ich wollte die Frage nachlesen, um sie richtig zu verstehen. Meistens sind ja Fallen in den Fragen versteckt.

Hatten Sie nicht ein Hörgerät?

Sie haben aber gut aufgepasst. So ist es. Leider war das in der Sendung nicht so richtig eingestellt. Der Hörakustiker hat große Probleme mit meinem Gerät gehabt…

Aber jetzt tragen Sie kein Hörgerät, oder?

Nein, im Zweiergespräch brauche ich es nicht.

Aber in der Quizshow brauchten Sie es schon.

Sicher.

Weil Sie einen Mann im Ohr hatten.

Wie meinen Sie das?

Sie brauchten das sogenannte Hör-Gerät, um die Antworten geflüstert zu bekommen.

Da sind Sie auf dem Holzweg, Frau Roll, die Antworten hab ich ganz alleine gewusst.

Dann zeige ich Ihnen jetzt mal etwas.

Wann wurde in Lübeck der erste Hanse-Tag abgehalten?
1256
1356

1456
1556

Ich nehme das kleine Mikrophon, das in meinem Schreiblock steckt und halte es dem Hanse-König hin.

„Das hier ist auch kein Hörgerät, sondern ein Sender und Empfänger, je nachdem...“

„Wie kommen Sie zu der Unverschämtheit, so etwas zu behaupten? Das ist doch Blödsinn.“

Er steht auf, schon leicht schwankend.

Ich habe ihn angeknockt.

Der Hanse-König starrt auf meinen Mini-Sender, der tatsächlich nicht größer als ein Hörgerät ist. Sieht es so ähnlich aus wie sein Empfänger?

In diesem Augenblick kommt mein Kollege an unseren Tisch. Er bringt den hageren Mann mit, dem wir auf die Spur gekommen sind.

„Hier sitzt du also, Hanno, und verprasst mein Geld. Und dann auch noch mit einer so hübschen Frau. Zuhause lässt du dich verleugnen, gehst mir systematisch aus dem Weg. Du bist mir einiges schuldig, das weißt das ganz genau, zum Beispiel die 50.000, die...

Der Hanse-König greift ihm mit der rechten Hand an die Gurgel und presst mit der Linken seinen Mund zu.

„Spinnst du, Günny. Halt die Klappe, sonst... Die Frau ist von der Presse...“

Der Hagere schlägt dem Hanse-König die Hand weg. Nach einem tiefen Japser sagt er: „Du hast es nicht anders gewollt!“

Mein Kollege mischt sich ein: „Der Betrüger und der Mann in seinem Ohr. Wir haben akustische Spuren Ihres Betrugsmanövers aufzeichnen können, meine Herren, jede Übertragung kann nachgewiesen werden, zumal in einem Fernsehstudio...“

Der Hanse-König verliert die Kontenance, holt zu einem Schlag aus, der allerdings den Kellner trifft, der gerade in diesem Augenblick mit der teuren Rumflasche erscheint. Er geht mit Guatemala zu Boden. Schade um das gute Getränk.

Mein Kollege hat geblufft, von akustischen Beweis-Spuren kann keine Rede sein. Sonst wäre das Betrugsmanöver schon längst im

NDR aufgeflogen.

Der Hanse-König schlägt wild um sich. Reißt eine Galionsfigur von der Wand, die krachend zerbirst. Eine der bunten Laternen hat auch das Nachsehen. „Ich bring dich um, Günny, ich bring dich um!“ Zwei Kellner müssen ihn festhalten, wer weiß, wen und was er alles zertrümmert hätte. Der Hanse-König k.o.

Nicht mal Christian Buddenbrook hat sich an diesem Ort derart vergessen.

Von wem stammt der Roman vom Niedergang einer hanseatischen Kaufmannsfamilie?

Golo Mann
Erika Mann
Manfred Mann
Thomas Mann

**Die richtigen Antworten finden Sie am Ende der biografischen Autorennotiz.*

15. Wismar

Tittentastergasse

von Nina Schindler

„Mach schneller, du fauler Strick!", knurrte der Vater und stieß ihn grob in den Rücken. Malte stöhnte leise. Der Vater war ein brutaler Hund, das sagten alle hinter seinem Rücken. Nur gut, dass Malte jetzt ein neues Zuhause bekam. Da konnte der Alte ihn nicht mehr versprügeln, so wie er das bestimmt mit der Mutter und den kleinen Geschwistern tat, die ihm weiterhin ausgeliefert blieben. „Na, los doch, und reiß dich zusammen, damit dein neuer Dienstherr nicht gleich sieht, was für ein jämmerlicher Wicht du bist!" Noch ein derber Stoß, „So, da wären wir!"

Sie hatten den Marktplatz erreicht, der von lauter prächtigen Handelshäusern eingerahmt wurde. Der Vater blieb bei einem Fachwerkhaus stehen, dessen Balkenwerk besonders aufwändig verziert war. Malte hielt den Kopf gesenkt. Vielleicht war der neue Dienstherr ja noch gewalttätiger als der Vater, vielleicht machte der ihm ebenfalls das Leben zu Hölle … Mit geballten Fäusten stand er da.

Die Tür wurde geöffnet und eine junge Magd fragte nach ihrem Begehr.

„Wir werden von Meister Anselm erwartet", brummte der Vater und die Magd bat sie herein. Neugierig sah Malte sich verstohlen um. Noch nie war er in einem so hochherrschaftlichen Haus gewesen: Durch große Fenster sah man hinaus auf den Marktplatz, linkerhand von Eingang befand sich das Kontor mit den Stehpulten, rechterhand führte ein Gang nach hinten zu den Lagerräumen. Über eine Treppe gelangte man wohl nach oben zu den Wohnräumen, denn auf einer der oberen Stufen saß ein kleiner Junge und musterte die Neuankömmlinge prüfend.

„Mach Platz", hörte man eine wütende Männerstimme und der Kleine wurde unsanft beiseite geschoben. „Du hast hier nichts verloren, das weißt du doch!" Ein großer Mann kam die Treppe heruntergestapft. Dass er zu den Reichen gehörte, konnte man schon an seiner Kleidung erkennen, Hosen aus feinstem Leder, ein Samtwams über einem blütenweißen Leinenhemd – das konnten sich nur die Wenigsten leisten. „Ah, der Küfer Harms! Willkommen in meinem Haus. Und das ist also mein neuer Lehrling?“ Ein durchdringender Blick streifte Malte. „Wie kommt es, dass ein Küfersohn des Lesens und Schreibens kundig ist?“

„Gott zum Gruße, gnädiger Herr!“ Der Vater hatte die Kappe vom Kopf gerissen und verbeugte sich nun unterwürfig. „Daran ist mein Weib schuld, Meister Anselm. Die hat ihn von kleinauf zum Pfarrer geschickt, um aus ihm einen Bücherwurm zu machen. Mir wäre es lieber gewesen, er hätte mein Handwerk erlernt, doch der Pfarrer meinte, der Junge wäre ein begabter Schüler. Aber jetzt ist er bald fünfzehn, und da ist es an der Zeit, dass er sich sein Brot selbst verdient. Wir haben zuhause noch genug Mäuler zu stopfen …“

Meister Anselm lachte dröhnend. „Ja, das ist immer schwierig, wenn die Jungen schlauer sind als die Alten! Aber es trifft sich gut, dass ich einen Schreiber im Kontor brauche, einer ist gerade am Brustfieber gestorben und deshalb wurde die Stelle frei. Lass dich einmal ansehen, Junge“, Meister Anselm hob mit zwei Fingern Maltes Kinn in die Höhe, sodass der ihm direkt in die Augen blicken musste. „Dumm siehst du nicht aus, höchstens noch ein bisschen spindelig. Aber jetzt liefere mir erst mal eine Probe deines Könnens!“

Malte kletterte auf einen hohen Schemel vor einem Pult mit Tintenfass und Federkielen und kopierte die ihm vorgelegten Rechnungen zur Zufriedenheit seines neuen Brotherrn. Der Vater wurde verabschiedet und Malte bekam erneut Schreibarbeiten aufgetragen, diesmal von dem rothaarigen Kontoristen Konrad, der ihn die ganze Zeit mit Argusaugen beobachtet hatte. Nur nicht bange machen lassen, dachte Malte, bisher hatte es jedenfalls weder Püffe noch Ohrfeigen gesetzt, es ließ sich hier also aushalten. Mittags kam die Magd Grete und holte beide zum Essen. Der Meister und seine Frau saßen an den schmalen Enden der langen Tafel, an den Längsseiten saßen ihre Kinder, die Mägde und Hausburschen und die beiden Schreiber. Die Schüsseln waren gut gefüllt, und niemand sagte etwas, als Malte sich ein zweites Mal von der Grütze nahm. Das ließ sich ja gut an! Sein Schlafplatz war neben Konrads in einem Verschlag oben unter dem Dach, aber die grobe Wolldecke war warm und er dankte in seinem Abendgebet dem Schicksal, das ihn in dieses vornehme Haus geführt hatte, in dem man nicht geschlagen wurde, und wo es reichlich zu essen gab.

In den folgenden Tagen und Wochen lernte er sein neues Zuhause und die Menschen darin besser kennen. Die Meisterin, Frau Hedwig, war um einiges jünger als ihr Mann und bereits seine dritte Frau, die Kinder stammten aus seinen früheren Ehen. Sie war freundlich zu allen Hausbewohnern, aber vor ihrem grobschlächtigen Mann schien sie Angst zu haben, denn kaum war er in der Nähe, verstummte sie. Das gefiel ihm nicht, und immer wieder forderte er sie ärgerlich auf, endlich das mucksche Getue zu lassen.

Malte bekam im Kontor davon nicht viel mit, aber Grete, die Magd, hatte ihn zu ihrem Vertrauten erkoren, und nutzte jede Gelegenheit, ihn mit Klatsch und Tratsch zu versorgen. „Sie streiten sich jetzt immer öfter", flüsterte Grete ihm zu. „Gestern hat er zu ihr gesagt, sie wäre eine taube Nuss, weil sie immer noch nicht schwanger ist, obwohl sie schon zwei Jahre lang das Bett miteinander teilen!"

„Aber er hat doch schon so viele Kinder." Malte runzelte die Stirn. „Sieben sollten eigentlich genügen."

„Das verstehst du nicht", tat Grete geheimnisvoll. „Sie ist doch die einzige Tochter von einem reichen Ratsherrn aus Lübeck und in ihrem Ehevertrag steht, dass ihre Kinder dereinst das Vermögen ihres Vaters erben."

„So was gibt es?" Malte riss die Augen auf. „Aber Meister Anselm ist doch reich genug."

„Das denkst auch nur du! Er hat beim großen Sturm letzten Winter zwei Schiffsladungen verloren, und das Biergeschäft läuft auch nicht mehr so gut, seitdem die Lübecker den Wismarern die Kunden wegschnappen!" Grete gefiel es sichtlich, den Jungen mit ihrem Wissen zu beeindrucken.

„Was du alles weißt", seufzte Malte. „Ich krieg hier über den Rechnungsbüchern nicht viel davon mit, da zahlen die Kunden und alles ist im Lot."

„Pf!", machte Grete. „Weil nur der Konrad die kniffligen Sachen vorgelegt bekommt. Die schwierigen Verträge oder die Schuldenabrechnungen kriegt doch kein Lehrling zu sehen."

Seitdem Malte darauf achtete, bemerkte er nun immer öfter, wie sich die Meisterin wegduckte, wenn ihr Mann sich ihr näherte, als ob sie Angst vor ihm hätte. Und eines Nachts, als er die steile Treppe zu seiner Schlafplatz hochstieg, hörte er es hinter der geschlossenen Kammertür klatschen. Malte fuhr zusammen, das Geräusch kannte er von damals, wenn der Vater abends betrunken nach Hause kam und die Mutter schlug. Aber ein Meister! Ein reicher Kaufmann!

Ihm fiel auf, wie verweint die Meisterin oft aussah und wie oft sie sich wie hilfesuchend an den Schreiber Konrad wandte und ihn zu sich bat, vor allem, wenn ihr Mann auf Reisen war. Es war Grete, die ihm schließlich reinen Wein einschenkte. „Die Meisterin hat eine Liebschaft mit dem Konrad“, flüsterte die ihm eines Tages zu. „Das wird noch großen Ärger geben, du wirst schon sehen!“

Doch außer den abendlichen Beschimpfungen und Schlägen hinter der verschlossenen Kammertür geschah nichts weiter, und Malte atmete schon auf, weil daran ja nichts Besonderes war: Männer beschimpften und schlugen ihre Frauen, so war das nun mal.

Doch dann kam der Abend, als der Meister früher als erwartet von einer seiner Handelsreisen zurückkam und man sein Toben im ganzen Haus hören konnte. Er hatte seine Frau und Konrad beim traulichen Zusammensein ertappt, und obwohl Frau Hedwig laut weinend schwor, dass nichts Ungehöriges zwischen ihr und dem Schreiber vorgefallen war, erbebte das ganze Haus unter Meister Anselms unflätigen Beschimpfungen, mit denen er seine Frau bedachte. Konrad stand am nächsten Tag ohne Zeugnis auf der Straße, obwohl er immer wieder seine Unschuld beteuerte. Danach hatte Malte plötzlich doppelt so viel zu tun wie vorher – nun musste er auch die schwierigen Dokumente lesen und das Kontobuch führen. Schon bald begriff er, dass Meister Anselm hoch verschuldet war und der ganze zur Schau gestellte Reichtum des prächtigen Handelshauses nur vorgetäuscht war. Wenn Malte dann abends völlig erschöpft von der vielen Arbeit hoch in seine Kammer stieg, hörte er die wüsten Schimpftiraden von Meister Anselm, der seine Frau mit Beleidigungen überschüttete, weil sie ihm den sehnlichst erhofften Erben vorenthielt.

Doch endlich schien sich alles zum Besten zu wenden, Grete die Magd raunte es Malte zu: „Die Herrin ist gesegneten Leibes, in wenigen Monaten bekommt sie das vom Meister so heiß ersehnte Kind!“

Inzwischen war Malte nicht mehr allein im Kontor, ein buckeliger kleiner Mann hatte Konrads Platz eingenommen und zu zweit schafften sie die Arbeit nun schneller.

Dann endlich war es so weit: Frau Hedwig gebar einen Sohn! Meister Anselm war verreist gewesen und hörte bei seiner Rückkehr von dem freudigen Ereignis. Er stürmte in die Schlafkammer, um sich am Anblick seines Sohnes und des Erben des Lübecker Großvaters zu erfreuen. Doch dann dröhnte ein wütender Aufschrei durch das ganze Haus: „Das ist nicht mein Sohn! Der Bengel hat rote Haare! Weib, sag mir die Wahrheit: von wem ist der Balg?“ Die junge Mutter sah ihren Mann entsetzt an. „Natürlich ist es dein Kind! Ich war dir immer treu!“ Blind vor Wut packte der Meister das Kind, riss es aus der Wiege und schüttelte es. „Wer hat dich gezeugt, du Satansbraten?“, schrie er.

Malte war mit Grete nach oben in die Schlafkammer gelaufen, um der Herrin beizustehen, deren Mann wie von Sinnen schien. Der warf das Neugeborene zurück in die Wiege und stürzte zu seiner Frau. „Du Metze!“, brüllte er. „Ich bring dich um!“ Er riss das Messer aus der Lederscheide an seinem Gürtel und näherte sich mit drohendem Blick seiner Frau.

„Nicht, Meister“, rief Malte entsetzt und warf sich dem Tobenden in den Weg. Der hob das Messer, doch Grete griff nach seinem Arm. Meister Anselm trat nach ihr, und diesen Augenblick nutzte Malte, um dem großen Mann das Messer zu entwinden. Der Kampf tobte einige Sekunden lang hin und her, dann sank der Ältere mit einem gurgelnden Aufschrei zu Boden, das Messer steckte in seinem Hals und Blut spritzte in einer hohen Fontäne auf das weiße Hemd und den Dielenboden. Starr vor Entsetzen sahen Malte und Grete auf ihn hinunter, doch plötzlich stand die Meisterin neben ihnen. „Er hat es so gewollt!“, sagte sie leise. „Was machen wir nun? Niemand wird uns glauben, dass er das selbst über sich gebracht hat. Alle im Haus haben Anselms Anklagen gehört. Alle werden Malte für den Mörder halten. Was jetzt?“

Sie maß Malte mit einem Blick und eilte zur Truhe an der Fensterwand, klappte den Deckel hoch und zog einige Kleidungsstücke heraus. „Da! Zieh das an! Du bist noch bartlos, das wird helfen!“

Sie hieß Malte sich entkleiden, reichte ihm dann das Hemd und das Mieder und band den Rock um seine Leibesmitte. Während Grete oben in das Hemd Strümpfe stopfte und dann das Mieder fest darüber schnürte, band die Herrin Malte ein Kopftuch um, holte aus der Truhe ein wollenes Umschlagtuch und aus der Kassette Schreibzeug und ein Stück Pergament und schrieb ein paar Zeilen. Aus der Kassette griff sie auch einen Ring mit funkelndem Stein.

„Hör gut zu, was du jetzt tun wirst! Du stellst dich in der Tittentastergasse neben den anderen Ammen auf und wartest, bis Grete kommt. Dann wählt sie dich aus und nimmt dich mit. Niemand wird dort zwischen den Ammen einen Lehrling vermuten, die Büttel werden dich in den Schänken und Gasthäusern suchen. Diesen Ring gibst du meinem Vater und erzählst ihm alles. Er heißt Hugo Schulthes und wohnt in Lübeck in der Hürxstraße, du kannst sein Haus nicht verfehlen. Er soll sich um dich kümmern und dir eine neue Stelle besorgen. Jetzt geh rasch durch die Hintertür, Gott sei mit dir!"

Malte war kaum ein paar Schritte gegangen, als er Grete und die Meisterin um Hilfe schreien hörte. „Meister Anselm lieg in seinem Blut, ermordet! Schändlich hingemeuchelt! Zu Hilfe! Zu Hilfe!"

Was dann geschah, konnte er sich denken. Die Büttel würden kommen und sich den Bericht der Frauen anhören und die anderen Hausbewohner befragen. Dann würden sie sich an die Verfolgung machen und nach ihm suchen. Malte beeilte sich, er zog das Kopftuch tief ins Gesicht und wickelte das Tuch fester um die Schultern. Dann hatte er die Tittentastergasse erreicht. Das war ein sehr schales Sträßchen, an dem kaum zwei Leute aneinander vorbeigehen könnten, ohne sich zu berühren. Hier standen diejenigen, die als Ammen angestellt werden wollten. Frauen, die auf der Suche nach einer Amme für ihr Kind waren, stellten sich vor die jeweilige Person und betasteten deren Brüste, um sich zu vergewissern, dass sie auch prall und voller Milch waren. Malte huschte in die Gasse und stellte sich neben zwei dicke Frauen, die miteinander schwatzten. Sie musterten die Rivalin mit scheelen Blicken, aber dann tratschten sie weiter. Plötzlich verdunkelte sich der Eingang zur Tittentastergasse. Zwei Männer standen dort, unschlüssig, ob sie hineingehen sollten.

„Ach, seht doch nur", kreischte die dicke Frau neben Malte. „Jetzt kriegen schon die Männer Kinder und suchen Ammen? Wie wär`s, mein Hübscher? Suchst du eine wie mich?" Ihre Nachbarin lachte prustend los und die anderen Frauen überhäuften die Büttel ebenfalls so mit Hohn und Spott, dass die sich zögernd zurückzogen. „Außerdem suchen wir ja einen Kerl", hörte Malte den einen sagen.

„Komm schnell, der muss noch hier irgendwo in der Nähe sein!"

Als nächstes betrat eine Dienstmagd die Tittentastergasse, auf der Suche nach einer Amme für das Kind ihrer Herrin. Sie nahm die dikke Freundin neben Maltes Nachbarin mit, und die wandte sich nun Malte zu, um sich weiter mit Schwatzen die Zeit zu vertreiben. „Ich bin Meta. Wie kommt man so jung hierher?", wollte sie wissen. „Hast du dein Kind verloren? Was hat dich hierher gebracht?"

„Ich hatte großes Unglück", sagte Malte leise, aber die Wörter kamen nur stockend aus seinem Mund. Misstrauisch beäugte Meta ihn, und wäre weiter in ihn gedrungen, doch da betrat wieder eine Gestalt die Gasse. Erleichtert erkannte Malte Grete und wartete darauf, dass sie ihn mitnehmen würde. Doch sie hatten die Rechnung ohne Meta gemacht. Als Grete sich Malte zielsicher näherte, trat Meta dazwischen und fuhr Grete an: „Was soll das? Das sieht doch jeder, dass diese dürre Ziege keine Milch hat! Nimm mich, sieh her, ich habe schon ein Dutzend Kinder satt gemacht!" Damit hob sie mit den Händen ihre Brüste hoch und streckte sie Grete direkt ins Gesicht. „Meine Herrin will was Junges", antwortete Grete ungerührt und ergriff Maltes Hand, um ihn wegzuziehen. „Nichts da!", keifte Meta und kniff Malte in eine Brust, die Grete mit Strümpfen ausgestopft hatte. Verdutzt ließ sie den Arm sinken. „Na, du bist mir ja eine!", schrie sie Malte und Grete hinterher. „So jung und schon so pralle Titten! Das geht doch bestimmt nicht mit rechten Dingen zu!" Aber nun hatten die anderen Frauen in der Gasse genug von Metas Keiferei, zumal eine andere Frau auf Ammensuche in die Gasse getreten war. „Lass die Kleine in Frieden, du alte Giftspritze", fauchte eine, und Meta klappte beleidigt den Mund zu.

Malte und Grete eilten durch die engen Gassen, die vom Marktplatz zur Landstraße nach Lübeck führten. „Geh mit Gott", sagte Grete feierlich und reichte ihm einen gut gefüllten Geldbeutel. „Vielleicht sehen wir uns ja mal wieder."

„Vielleicht", nickte Malte. Dann eilte eine schmale Gestalt mit schwingendem Rock gen Lübeck und zog das Tuch fester.

16. Rostock

„Einfach handeln!“

von Andreas Reichstein

Schwere, dunkle Wolken zogen über den Himmel. Es roch nach Regen. Die Masten der vielen Schiffe, die schon vor Anker lagen, knarrten. Segel waren bei diesem Wetter keine gesetzt. Es würde ein windiger Tag werden. Noch einen Tag bis zur Eröffnung des Internationalen Hansetages in Rostock. Er war stolz, dabei auch seinen Beitrag leisten zu können. Immer nur zu Hause rum sitzen brachte auch niemanden weiter. Er war früh dran, das wusste er, aber er konnte bestimmt schon helfen.

Als er das Büro des Sicherheitsdienstes in der Nähe des Stadthafens betrat, kam ihm die Stille gleich merkwürdig vor. Und da sah er sie auch schon. So unnatürlich, wie die Chefin da regungslos am Boden lag, konnte sie nur tot sein. Ein Stuhl war umgekippt und eine Ecke des Metallschreibtisches war blutig. Auf dem Schreibtisch stand ein Karton: Er schaute hinein und schrak zurück. Das sah ja eklig aus. In zerknülltem Papier lag ein Turnschuh. Doch darin steckte noch ein abgehakter, blutverkrusteter Fuß. Was immer hier genau vorgefallen war, eins wurde ihm schnell klar. Das mit der Chefin konnte ein Unfall sein. Aber der Fuß bestimmt nicht. Wenn die Bullen den fanden, wäre es mit der heiteren Festvorbereitung der Hanse-Sail vorbei. Das durfte nicht sein. Kurz entschlossen griff er sich den Karton und eilte aus dem Büro. Doch wohin? Erst mal nach Hause. Mit dem Bus fuhr er nach Lichtenhagen, wo er in einem Wohnblock an der Mecklenburger Allee im Erdgeschoss hauste. Die Wohnung war klein und recht dunkel, doch ihm genügte das. Er suchte in der Küche, bis er die neue Penny-Markt-Tüte fand, die er für seine Einkäufe erworben hatte. Er tat noch ein paar Anzeigenblätter hinein und dann den Schuh nebst Inhalt aus dem Karton. Das wollte er dann abends in die Müllcontainer werfen. Aber zuerst brauchte er jetzt ein Bier. An sich hatte er morgens keinen Alkohol mehr trinken wollen, aber dieser Fund war ihm schwer auf den Magen geschlagen. Doch auf keinen Fall durfte er jetzt schlapp machen. Dieser Job bei dem privaten Sicherheitsdienst war seine Chance, wieder ins normale Berufsleben zu kommen. Das durfte er sich jetzt nicht vermasseln. Unwillkürlich sah er in den Spiegel über der Spüle. Er verstand nicht, warum manche Leute ihn für gefährlich hielten. Nur weil die Augen so klein waren und dicht beieinander standen und die dichten Augenbrauen sich fast zu berühren schienen? Es war doch alles in Ordnung mit ihm. Groß und massig war er und in der Schule hatte er nicht zu den Besten gehört. Aber er hatte gerade noch seinen Hauptschulabschluss geschafft. Das war doch etwas. Jetzt musste er nur diese Arbeit gut machen. Er schüttelte seinen massigen Kopf und verließ die Wohnung.

Im Büro beim Stadthafen war der Teufel los. Als er ankam, nahm ihn gleich der Chef beiseite und erklärte ihm, dass die Chefin einen Unfall gehabt habe, aber die Arbeit weitergehen müsse. Er solle wie normal einfach seine Runden drehen und aufpassen. „Du hältst einfach die Augen offen, Jo – klar?! Melde Dich, wenn Du was siehst. Erst mal melden – nicht auf eigene Faust handeln, klar!?!"

Er nickte. Er wusste genau, was der Chef meinte. Weil er einmal buchstäblich auf eigene Faust gehandelt und sich einen säumigen Zahler etwas hart zur Brust genommen hatte, war er in den Knast gewandert. Da wollte nie wieder hin. Jetzt hatte er ein neues Leben. Er musste nur aufpassen. Die neue Uniform gefiel ihm. Sie verlieh ihm eine Autorität, die er früher nie gekannt hatte. Jetzt war er eine Respektsperson. Nun musste er nur noch diesen Wahnsinnigen finden. Diesen Wahnsinnigen, der Leute verstümmelte, ja vielleicht tötete. Er widerstand der Versuchung, ins Braugasthaus zu gehen und ein weiteres Bier zu trinken – außerdem war da sowieso noch zu. Das war gut so. Irgendwie musste er versuchen, seine fünf Sinne beisammen zu halten. Er ging das Warnowufer entlang und sah sich um. Noch waren keine Touristen unterwegs. Dafür war es zu früh. Und das Wetter war schlecht – kalt und regnerisch. Ein Mann stand auf der anderen Straßenseite.

Einen Moment musste er überlegen. Aber klar – das war Ede. Der Ede aus dem Knast. Der Ede aus der Kleingartensiedlung. Der Ede, der sich über ihn lustig gemacht hatte, weil er jetzt für eine Sicherheitsfirma arbeitete. Der verrückte Ede, der meinte, dass Jo zu Lichtenhagen passe, wie Arsch auf Eimer. Dass so Rechte wie er es 1992 in der Großwohnsiedlung diesen verfluchten Ausländern mal so richtig gezeigt habe. Daraufhin hatte er Ede eine verpasst, dass der sich auf den Hosenboden gesetzt hatte. Erstens war er, Jo, erst ein Jahr später geboren worden und zweitens konnte er diese Nazis nicht ausstehen. Er mochte deren Geschwätz nicht, fand das schon immer saublöd. Da hatte Ede ihn aber dumm angeschaut. Und hatte noch gesagt, dass Jo staunen würde. Er würde ihm eine Nuss liefern, die er nicht würde knacken können. Das nun hatte Jo überhaupt nicht verstanden und war gegangen.

Nun stand dieser Ede etwas weiter weg auf der anderen Straßenseite und hopste von einem Bein aufs andere. Irgendetwas stimmte mit seinem T-Shirt nicht, aber Jo konnte nicht erkennen, was. Wollte der jetzt Ärger machen? Hatte der noch nicht genug? Missmutig stiefelte Jo auf die andere Straßenseite. Und schon lief Ede davon. Jo setzte ihm nach. Bevor er ihn noch erreichen konnte, bog Ede in die Eschenstrasse in der Kröpeliner-Tor-Vorstadt ein. Jo mochte diese Strasse. Nicht, dass er es sich jemals würde leisten können, hier zu wohnen, aber die schicken, voll renovierten alten Stadthäuser verliehen der Strasse etwas Gediegenes. Er sah Ede noch nach links in den patriotischen Weg einbiegen, aber als er dort ankam, war der Kerl verschwunden. Er konnte sich überall verstecken. Aber Jo war jetzt gewarnt. Wenn Ede sich hier rumtrieb war Ärger vorprogrammiert.

Er ging zurück an der St. Marien-Kirche vorbei zum Neuen Markt mit den schönen Giebelhäusern, wo schon zahlreiche Buden aufgebaut waren. Bald würde hier alles voller Leben sein und Gäste aus ganz Europa wurden erwartet. Man hatte ihm auch etwas von der Tradition der Hanse und der Wiederbelebung der alten Hanse durch die Neue Hanse und den Internationalen Hansetag erzählt, aber das konnte er sich nicht merken. Er wusste nur eins – wenn so viele Menschen zusammen kamen und fröhlich waren, dann würde das Ede magisch anziehen – Ede, den Schlächter, wie sie ihn genannt hatten. Dann da wo Glück und Heiterkeit herrschten, da wollte er Zerstörung, Wut und Trauer bringen. Das musste er, Jo, auf alle Fälle verhindern. Aber wie? Was würde Ede als nächstes tun? Die vielen Stände hatten noch nicht geöffnet, auch wenn die ersten Besucher bereits über den Markt schlenderten.

War da nicht eben eine Bewegung zwischen zwei Buden gewesen? Entschlossen schritt Jo dahin. Vor Ede fürchtete er sich nicht. Nur erwischen musste er ihn. Zwischen einem Zelt, in dem später Backwaren angeboten wurden und einer Wurst-Bräterei hatte er den Schatten gesehen. Der Wagen für die Würste stand auch ein wenig offen. Jo trat hinzu und rief hinein. Niemand antwortete, nichts rührte sich. Kurz entschlossen trat er ein. Erst musste er sich an das Dämmerlicht gewöhnen, denn die Holzklappen waren noch herunter gelassen. Dann sah er sie. Auf den Grillrollen lag eine blutverschmierte Hand. Ohne lange zu überlegen, packte Jo sie und warf sie in die Penny-Einkaufstüte, die er bei sich trug – für alle Fälle. Mittlerweile hatten sich seine Augen an das fahle Licht gewöhnt und so sah er den Rest. Auf einem weiteren Grillrost lagen fünf Hotdog-Brötchen, in denen jeweils ein abgehackter Finger steckte. Auch diese wanderten Ruck-Zuck in die Plastiktüte. ‚Dieses Schwein', dachte Jo. Dieses herrliche Fest versauen zu wollen. Er musste ihn erwischen, musste ihm das Handwerk legen. Einfach weiter die Augen offen halten – es half alles nichts.

Vielleicht sollte er mal vorbeischauen, wo Ede wohnte. Dafür musste er erst wieder nach Hause, wo in der Küche der Zettel mit Edes Adresse lag. Die hatte er sich mal für alle Fälle aufgeschrieben, falls der Kerl wieder mal Ärger machen sollte. Er wusste nur noch, dass Ede in Rostock-Toitenwinkel ganz in der Nähe der Güterzuggleise wohnte. Mit der Adresse fuhr er dann hinaus, in den Hafenbahnweg 24. Das heißt, Ede wohnte nicht in den Hochhäusern, sondern im angrenzenden Kleingartengebiet illegal auf einer Parzelle. Schon einmal hatte er Ede da gesucht, aber nicht gefunden. Oh, er wusste, wo Ede hauste, hatte ihn aber nicht angetroffen. Jetzt stand er wieder vor dem baufälligen Häuschen, aber es war verschlossen. Na ja, es war den Versuch wert gewesen. Vom Zaun her kam die Stimme einer alten Frau.

„Hallo Jo, Dein Kumpel Ede is nicht da. Hab ihn schon ne Weile nich gesehen. Dich übrigens auch nicht. Seitdem Deine Mama tot is, kommst Du nicht mehr oft. Sie ist viel zu früh gestorben – so wie Dein Papa! War ein guter Mann."

Jo hielt es nicht länger aus, nickte der Alten kurz zu und hastete davon. Er wurde nicht gerne an die Vergangenheit erinnert, vor allem, weil das so weh tat! An Krebs war seine Mutter vor zwei Jahren gestorben und er vermisste sie tierisch! Auch sein Papa war vor einigen Jahren an Krebs gestorben. Er war Kranführer im Hafen gewesen. Ab und zu hatte er ihn zu einem Hansa-Spiel mitgenommen. Ede war schon immer neidisch auf ihn gewesen. Seinen Papa hatte er nicht gekannt und wollte auch so einen wie Jo. Wollte auch mal zu einem Hansa-Spiel mitgenommen werden. Aber er war immer schon fies gewesen und keiner hatte ihn gemocht. Und deswegen hatte ihm auch niemand was geschenkt. Jo hatte Ede lange aus den Augen verloren und erst im Knast wieder getroffen. Den verrückten Ede. Aber wo trieb der sich jetzt rum? Jo musste wieder in die Stadt, auf den Markt und dort aufpassen. Das war immerhin sein Job. Und den wollte er nicht vermasseln.

Den ganzen Tag über ging Jo über den Markt und blickte nach links und rechts. Aber er vermochte nichts zu entdecken. Abends ging er kurz nach Hause. Er aß einen Rollmops mit einem Hansa-Fan Brötchen und trank dazu ein alkoholfreies Bier. Noch war es hell und Leute trieben sich draußen herum. Da nahm er die zwei Plastiktüten mit ihrem blutigen Inhalt und ging zu den Müllcontainern. Er wusste, dass er jetzt am wenigsten auffallen würde. Und die Müllabfuhr kam erst in drei Tagen. Da würde noch viel oben drauf landen. Aber es wurde wieder Zeit für seine nächste Runde. Er fuhr erneut in die Stadt. Langsam wurde alles ruhig, was natürlich auch mit dem schlechten Wetter zu tun hatte und damit, dass erst morgen eröffnet wurde. Er schritt wieder über den Neuen Markt hoch zur Silo-Halbinsel, wo der historische Markt aufgebaut wurde, auf dem vielerlei Attraktionen stattfinden würden. ‚Was die Leute nur an der Vergangenheit finden', dachte er. Das waren doch finstere Zeiten gewesen. Na ja, so gut wusste er auch nicht Bescheid, aber schon diese unpraktische Kleidung. Das war heute doch viel besser. Langsam wurde es dunkel. Eine lange Nacht lag vor ihm. Er war sich sicher, so wie er Ede kannte, dass dieser noch heute und nicht erst morgen seinen „Coup" landen würde. Die abgehackten Gliedmassen waren nur ein Vorgeschmack auf das, was er eigentlich vorhatte. Zuerst einmal aber wollte er sich stärken. Jo ging in die Kneipe „Ursprung Rostock" am Alten Markt. Einerseits war es ihm da im Prinzip zu schick, aber andererseits machten sie dort fantastische Bratkartoffeln. Er trank in Ruhe sein Bier aus und überlegte, wo Ede wohl als nächstes zuschlagen würde. Erst einmal ging er noch über den Alten Markt, aber er war sich sicher, dass Ede was auf der Silo-Halbinsel machen würde. Tatsächlich war rund um den Marktplatz und die Petrikirche alles ruhig. Der Nieselregen war stärker geworden, aber das focht Jo nicht an. Er ging den Weg „Am Strande" entlang, als er Ede sah. Der hastete mit einer langen Stange und einer Plastiktüte in Richtung historischem Markt. Jo blickte sich um, aber für einen Moment hatte er Ede wieder aus den Augen verloren. Auf der Mitte des Marktes wehte die Fahne Rostocks – mit dem Greif auf dem oberen blauen Querbalken. Jo blinzelte – eben war die Fahne doch noch da gewesen – aber wo war sie jetzt? Dahinter steckte sicher Ede. Jo rannte los.

Es war nicht weit und schon stand er auf dem Platz, wo der Fahnenmast eingelassen war. Der Mast stand da noch – oh, ja. Aber die Fahne hatte Ede runtergeholt. Stattdessen zog er jetzt etwas anderes auf. Jo traute seinen Augen kaum. Es handelte sich um einen abgeschlagenen, bluttriefenden Kopf, den der verrückte Ede da seelenruhig am Fahnenmast hochzog. Seine Stange, die er wohl sicherheitshalber mitgebracht hatte, lag daneben. Nein, da war noch etwas. Auf der Stange war ein Schild montiert, aber Jo konnte nicht lesen, was darauf stand. Als der Kopf im Winde baumelte, nahm Ede seine Stange und band sie mit Kabelbinder an den Fahnenmast.

Jetzt, oder nie. Jo wusste, was er tun musste. Es galt, Ede ein für alle Mal sein Handwerk zu legen. Er blickte sich kurz um. Außer ihm war niemand zu sehen. Es war ja immerhin auch schon einiges nach Mitternacht. Er stürmte zur Platzmitte, wo Ede am Fahnenmast hoch schaute und sein Werk bewunderte. Ede spürte Jo mehr, als dass er ihn kommen sah. Er fuhr herum und starrte Jo hasserfüllt an.

„Du – immer willst Du mir alles kaputt machen. Aber jetzt kommst Du zu spät. Ich hab die Presse benachrichtigt, dass er hier was Tolles zu sehen geben wird. Ein Stück grausamer Hanse! Ha, ha, ha!!" Und mit irrem Lachen warf er sich eine blonde Haartolle zurück. Jo dachte nicht nach. Er musste einfach handeln. Später hätte er gar nicht sagen können, wieso er das machte, was er nun tat. Während er mit einem Satz auf Ede zusprang, riss er seine große Stablampe aus dem Gürtel und schlug sie mit voller Kraft Ede über den Schädel. Für einen Augenblick besinnungslos brach Ede in die Knie. Zum Äußersten entschlossen, trat Jo hinter ihn, riss Ede den Kopf nach hinten und drehte ihn mit einem kraftvollen Ruck zur Seite. Das hässliche Knakken verriet ihm, dass er Ede das Genick gebrochen hatte. Von dem Verrückten ging kein Schaden mehr aus. Mit seinem Messer löste er die Stange und las auf dem Schild „Der Kopf von Störtebeker". Wessen Kopf das auch immer war, Störtebeker war schon seit Ewigkeiten tot, das wusste Jo. So behutsam wie möglich holte er dann den Kopf ein und stopfte ihn kurzerhand in eine weitere Penny-Tüte, die er bei sich trug. ‚Gut, dass ich ein paar auf Vorrat gekauft habe!' dachte er. Ein bisschen eklig war das ja schon, fand Jo. Der blutverschmierte Kopf mit den offenen Augen, die einen so groß anstierten – das war schon heftig. Man war ja nicht gefühlskalt. Das ging ihm schon ein wenig nah. Aber was half's – er durfte jetzt nicht schlapp machen. Dann sah er die Fahne, die Ede hinter sich geworfen hatte. Mühsam befestigte Jo sie wieder und hisste sie erneut. Na ja, fürs erste musste das genügen. Dann schulterte er Ede, nahm die Plastiktüte mit dem Kopf und die Stange mit dem Schild und ging die paar Schritte hoch zur Unterwarnow. Sollten sie ihn doch dort finden. Ihm war das egal. Ihn würde man kaum verdächtigen. Immerhin war er ja jetzt eine Respektsperson. Mit kräftigem Schwung schleuderte er Ede, so weit er konnte, ins Wasser. Schwer war Ede ja nie gewesen und so flog er gut durch die Luft, bevor er mit einem lauten Platschen im Wasser landete. Das Schild warf Jo hinterher. Er sah Ede kurz an der Wasseroberfläche treiben, bevor er langsam unterging. Um den war es nicht schade. Der war immer schon verkorkst gewesen. Aber nun – wie jetzt den Kopf loswerden? Es half nichts. Er war ja gut zu Fuß. Mit irgendwelchen Nahverkehrsmitteln, so sie überhaupt fuhren oder gar einem Taxi konnte er unmöglich mit seiner Last durch die Gegend kutschieren. Nein, er musste zu Fuß gehen. Immerhin kannte er sich aus. Zwar brauchte er ziemlich lange, aber im Industriegebiet Schmarl kannte er sich aus. Er fand auch ein paar Müllcontainer, die für ihn zugänglich waren und warf die Tüte dort hinein. So – seine Arbeit war erledigt. Aber er wusste, dass er den Schein aufrecht erhalten musste. Also ging er den langen Weg zurück in die Innenstadt und patrouillierte noch ein wenig über den Markt, bis es hell wurde. Dann schlurfte er tot mude zum Büro und vermeldete „Keine Vorkommnisse". Seine Bericht wurde abgehakt und er mit Dank nach Hause geschickt. Er solle sich nur kurz vor der Eröffnungszeremonie wieder blicken lassen. dann würde man ihn neu einteilen. Niemand ahnte auch nur im Geringsten, was Jo geleistet und verhindert hatte.

Jeden Tag schaute Jo in die Zeitung, ob da ein Hinweis auf Ede stand. Und da – zwei Tage später fand er eine kleine Notiz im Lokalteil, dass man eine männliche Leiche aus dem alten Hafen gefischt habe, der da wohl unglücklich hineingestürzt und ertrunken war. Alle Nachrichten wurden jedoch von dem 38. Internationalen Hansetag und den zahlreichen Veranstaltungen mit den vielen illustren Gästen aus dem In- und Ausland überstrahlt. Erst anderthalb Wochen später kam ein etwas längerer Bericht über die gefundene, männliche Leiche aus dem Hafen, die offenbar nicht ertrunken, sondern per Genickbruch umgebracht worden war. Nachdem man den Toten als Ede Stein identifiziert hatte, war man in seiner Wohnung in einer verschlossenen Gefriertruhe auf einen grausigen Fund gestoßen: einen männlichen Torso ohne Kopf, Hände und Füße. Wer diese Leiche gewesen war, konnte bislang nicht festgestellt werden. Jo war verblüfft. er hatte nur einen Fuß gefunden und niemand hatte etwas von einem zweiten gemeldet. Wo der wohl steckte? Ob der mal auftauchte? Jo war das egal. Die Feierlichkeiten waren jedenfalls durch Edes krankes Tun nicht gestört worden. Und auch wenn niemand wusste, welch maßgebliche Rolle er da gespielt hatte, so wurde er doch damit belohnt, dass ihm die Sicherheitsfirma einen Vertrag über zwei Jahre anbot. Das war doch was. Klar, die Bullen hatten ihn verhört, weil er doch Ede gekannt hatte und mit ihm im Knast gewesen war, aber er hatte auf unwissenden, unschuldigen Deppen gemacht, was ihm sowieso nicht schwer fiel und sie hatten ihn laufen gelassen. Richtig in Verdacht hatten sie ihn sowieso nicht gehabt. Er gehörte doch jetzt zu den Guten, war Sicherheitsmann. Nur wenn er mal am Schrebergartenhäuschen vorbei kam – denn zu den Parzellen ging er jetzt wieder öfter – da schaute ihn die alte Pasulzke so merkwürdig an. Ob die was wusste? Konnte ja nicht sei. Die war immer schon eigentümlich gewesen. Was er aber gar nicht mochte, wenn sie ihn mit seinem vollen Namen rief. Was konnte er dafür, dass er so hieß, wie dieser ehemalige Politiker – was war der noch mal gewesen? Kanzler, Präsident? Ach, war ihm egal – Hauptsache er hatte jetzt seine Ruhe und konnte sich ein geordnetes Leben aufbauen.

17. Halle an der Saale

Die vier großen H des Hallensers Till B.

von Tatjana Kruse

„Äh ... Entschuldigung? ... Sind Sie tot?“

Da keine Antwort kommt und der Fleischberg vor ihm auch sonst völlig reglos bleibt, geht Till mal davon aus, dass die Antwort auf seine Frage ‚ja, aber sowas von‘ lauten muss.

Er hat soeben einen Menschen ermordet ...

***

Halloren, Händel, Hanse – diese drei großen H zeichneten Halle an der Saale aus. Fand zumindest Till Bause.

Besonders die Hanse hatte es ihm angetan. Zu der Halle von 1281 bis 1479 gehörte. Würde er an Reinkarnation glauben – was er insgeheim ein klitzekleines bisschen tat –, dann wäre er bestimmt einst ein Hanse gewesen. Darum hatte er auch – mit dem Geld aus einer kleinen Erbschaft – hier in Halle sein Hanse-Museum eröffnet.

Leider nicht am Hansering, sondern in einer Seitenstraße, die noch sehr daran erinnerte, warum man Halle vorübergehend auch „die graue Diva“ genannt hatte. Hierher verirrten sich so gut wie keine Touristen. Und selbst Einheimische schritten immer etwas schneller aus.

Die Idee zu seinem Hanse-Museum kam ihm vor ein paar Jahren auf der Erlebnisausstellung „Halle und die Hanse“ auf der Saline. Die Macher wollten seinerzeit keine historisch-wissenschafltich fundierte Ausstellung auf die Beine stellen, sondern nur Besuchern jeder Altersgruppe längst Vergangenes erlebbar machen.

Till Bause hatte da völlig andere Vorstellungen. In seinem Museum ging es um Information, um Daten, um Zahlen. Bei ihm gab es kein interaktives Mimimi, keine Gimmicks und keine haptischen oder visuellen Eintaucherfahrungen in die Welt der Hanse, nur Übersichtstafeln und einige wenige Schaukästen mit Sammlerstücken. Was mit ein Grund sein mochte, warum die Wenigen, die sich zu ihm verirrten – hauptsächlich interessierte Mitglieder des Hallischen Hansevereins, der Hanseschar und des Vereins zur Hebung der Saaleschiffahrt sowie hin und wieder ein Tourist, der nach dem Weg fragte –, lachend beziehungsweise kopfschüttelnd abzogen, nie wiederkamen und auch sonst keinen in sein Museum schickten.

Kümmerte ihn nicht weiter, das war deren Verlust. Wem die nackten Fakten nicht genügten, der hatte hier nichts verloren.

Jeden Morgen, wenn er in seiner historisch korrekten Gewandung aus weißem Leinenhemd, einem Wams aus Wollstoff und einer hautengen Hose mit Schamkapsel um Punkt neun Uhr sein Museum eröffnete, lief ihm ein freudig-erregter Schauder über den Rücken. Er lebte seinen Traum, und das wusste er auch.

Till Bause sah auch mit Anfang dreißig noch total süß aus – nur leicht schütter werdendes Blondhaar, große, blaue Augen, weiche Haut. Ein Niedlichkeitsoverkill auf zwei Beinen, vor allem für ältere Frauen. Er hätte auf ein Fingerschnippen hin der Toyboy einer seiner Verehrerinnen werden können, aber sein Leben war das Hanse-Museum. Das erfüllte ihn in Gänze. Und seit er nur noch im Museum herumhing und nicht mehr unter Leute ging, hatte sich dieses Problem seines Lebens auch erledigt. Eine einzige blondgefärbte, ondulierte Matrone kam noch eine Zeitlang vorbei, weil sie wohl glaubte, wenn sie Interesse an seinem „Hobby“ zeigte, würde ihn das auf Dauer weichkochen. Aber er verlangte jedes Mal die zehn Euro Eintritt von ihr und zeigte dabei auf das Schild „Keine Ermäßigung für Kinder, Rentner und Schwerbehinderte.“ Er hatte zwar auch nicht mehr gegen Kinder, Rentner und Behinderte als sowieso gegenüber allen anderen Menschen, aber es gab kein Schild „Keine Ermäßigung für niemand“, darum hatte er dieses nehmen müssen. Langer Rede kurzes Ergebnis: Seine Verehrerin tauchte irgendwann nicht wieder auf.

Fortan gab es nur ihn und die Hanse, diesen bedeutenden Städtebund, der über 400 Jahre lang die Geschicke des Handels an Nord- und Ostsee dominierte. Er fühlte sich als Teil von etwas Großem.

Till Bause war glücklich.

***

An diesem schicksalsträchtigen Sommertag – es ist ein Mittwoch, mit jetzt schon 21 Grad Celsius und 53 Prozent Luftfeuchtigkeit bei 1019 hPa Luftdruck – schließt Till Bause, in seinem historischen Outfit bereits schwitzend, sein Hanse-Museum um exakt 8 Uhr 59 auf.

Als Erstes schaltet er wie immer den CD-Player ein – die drei Suiten von Händels Wassermusik laufen in Endlosschleife –, dann zieht er sich die Gummihandschuhe an, nimmt den Staubwedel vom Haken und schreitet wedelnd sein Museum ab.

Im Erdgeschoss hängen nur einführende Informationstafeln, mit so prickelnden Aussagen wie dass Halle schon im 12. Jahrhundert derart bedeutend war, dass es in die Weltkarte eines arabischen Kartographen gelangte. Oder dass Halle am 3. März 1281 erstmals als Hansestadt erwähnt wurde. Ja, Halle an der Saale hat schon früh die Nase in den Globalisierungswind gehalten. War ganz vorn mit dabei. 2012 wurde der sächsische Hansebund wieder ins Leben gerufen, aber den lehnt Till Bause ab. Diese Neugründung ist seiner Meinung nach nur eine Rechtfertigungs-Verbrämung für vermehrtes Event-Happening.

Oben im ersten Stock finden sich die Highlights seiner Ausstellung, beispielsweise eine Vitrine mit der Überschrift „Die Hanse in der Philatelie“ und fünf Briefmarken mit Hanse-Motiven aus Deutschland und Dänemark. Daneben steht der Nachbau einer Kogge, wie sie womöglich auch auf der Saale gefahren war – natürlich nicht in Originalgröße, sondern nur ungefähr zwanzig Zentimeter hoch und aus Lego-Steinen. Grauen Lego-Steinen, weil die Hanse ja in der Schwarz-Weiß-Zeit existiert hatte.

Über der Kogge ist auf einer Tafel zu lesen, dass die Hallenser ihr Salz nur im Ausnahmefall verschifften. Halle gehörte zu den Binnenstädten der Hanse und erledigte seine Warentransporte mehrheitlich auf dem Landweg. Till ist absolute Korrektheit wichtig.

Sein einziges Zugeständnis an die Erwartungshaltung etwaiger Museumsbesucher sind zwei Schaufensterpuppen in nachempfundener Tracht der Zeit. Da er dieselbe Kleidergröße wie die männliche Puppe hat, tauscht er regelmäßig mit ihr die Kleidung, was problemlos geht, weil beide Hartplastikarme locker sitzen und sich herausnehmen lassen.

Die weibliche Puppe ist in ein Kleid aus rotem Wollstoff mit einem Schalkragen aus Kaninchenfell gewandet, wie es die Frau eines durchschnittlich wohlhabenden Hansen getragen hätte. Sie trägt auch Unterwäsche, die Till ihr selbstverständlich nicht selbst angezogen hat. Das hat er seiner damaligen Verehrerin überlassen. Die auch die Kostüme geschneidert hat. Und trotzdem Eintritt zahlen musste. Vielleicht hat sie deswegen der Frauenpuppe unter dem Kleid eine Nylonstrumpfhose angezogen. Als passiv-aggressive Retourkutsche, kurz bevor sie das Handtuch warf. Weil sie genau wusste, dass er nie an die Puppe Hand anlegen würde und ihn dieses historische Unkorrektheit langsam innerlich auffressen würde. Es muss nicht extra erwähnt werden, dass Till Bause noch Jungfrau ist, oder? Sein Leben ist der Hanse gewidmet, für sie atmet und arbeitet und kämpft er.

Jedenfalls steht er an diesem Mittwochmorgen gerade mit seinem Staubwedel vor der holzwurmlöchrigen Armbrust, seinem teuersten Stück, als unten der Frosch quakt.

Die Armbrust ist ein Original von einer der Friedekoggen der Hanse, die vor allem gegen die Seeräuberei eingesetzt wurden und auf der Kriegsknechte mitfuhren, die im Kampf ausgebildet waren und vor allem Armbrüste und Langbogen verwendeten. Und der Frosch hat einen Bewegungsmelder und quakt immer, wenn die Museumstür geöffnet wird.

Till stutzt. Ein Besucher? Seit fast einem halben Jahr war keiner mehr da. Im Grunde stört es ihn auch, wenn Fremde kommen. Die stellen dumme Fragen und machen Dreck. Er kann gut ohne.

Stirnrunzelnd geht er daher die Wendeltreppe nach unten und hängt den Staubwedel an seinen Haken.

„Tach." Ein ungepflegt wirkender Mann, vermutlich in Tills Alter, steht mit einer Eiswaffel in der Hand vor der Schautafel mit den verschiedenen Grenzen der Hanse in den Jahrhunderten ihrer Existenz. Das Eis tropft.

„Macht zehn Euro", sagt Till und zeigt auf das Keine Ermäßigung-Schild.

„Echt jetzt? Zehn Euro für das hier?" Der Mann holt weit mit dem Arm aus. Es ist der Arm mit der Hand, in der er das Eis hält, weswegen sich gleich darauf ein Tropfenspur an den Wänden entlangzieht.

„Die wertvollen Exponate befinden sich im oberen Stock", erklärt Till automatisch, obwohl er sehr viel lieber „Verpiss dich!" geraunt hätte. Letzteres traute er sich aber nicht, weil der Kerl gut einen Kopf größer und doppelt so breit ist wie er. Angesichts körperlicher Überlegenheit wird man ja gern mal spontan zum Pazifisten.

„Na gut, ich fliege ja solo, da kann ich mir auch mal was gönnen."

Der Eisschlecker lässt die Waffel mit dem Eis in den nicht ausgekleideten Metallpapierkorb neben dem Tisch mit der Kasse fallen, aus dem gleich darauf geschmolzenes Eis heraussuppt.

In Till beginnt es zu köcheln.

„Hier." Der Mann wirft achtlos einen Zehner auf den Tisch und steigt die Wendeltreppe hoch.

Till fasst den Geldschein mit spitzen Fingern an und legte ihn in die Kasse. Die ansonsten leer ist. Seine Hoffnung, dass sein Besucher den Eintritt nicht passend hat und er dann bedauernd mit den Schultern zucken und ihn wegen fehlenden Wechselgeldes des Weges verweisen könnte, hat sich nicht erfüllt. Jetzt ruft der Typ von oben: „Ist das dein Ernst, Alter? Ein Kinderspielzeug-Schiff und zwei mottenkugelmuffige Schaufensterpuppen?"

Till erklimmt die Wendeltreppe. Er köchelt jetzt schon auf höherer Stufe. Noch eine einzige dumme Bemerkung, und er wird ...

Dann erstarrt er.

Oben angekommen sieht er nämlich, wie dieser schmierige, ekelhafte Kerl die Brust von Dorlein betatscht.

Till hat die weibliche Puppe Dorlein getauft, nach der heiligen Dorothea. Denn natürlich muss sie einen Namen haben. Wie auch die männliche Puppe einen Namen hat: Kunz.

„Was fällt Ihnen ein?", quiekt es empört aus ihm heraus.

„Lecker Möpse", freut sich der Schmierlappen und, weil er die Aufmerksamkeitsspanne einer frisch geschlüpften Fruchtfliege hat, freut er sich gleich darauf: „Oho, eine Armbrust, funktioniert die?" Er streckt die noch klebrigen Hände nach Tills teuerstem Exponat aus.

Das. Ist. Zuviel.

Till packt den linken Arm von Kunz, holt aus und zieht seinem Museumsbesucher kräftig eins über den Schädel.

Das hätte dem womöglich gar nicht so viel ausgemacht, weil das, was bei Till als kräftig durchgeht, für normale Menschen einen mittelstarken Klaps darstellt. Aber weil der Typ direkt neben dem Aufgang der Wendeltreppe steht und er den Schlag nicht kommen sieht, verliert er das Gleichgewicht und purzelt mit diversen unschönen Knackgeräuschen Stufe um Stufe in die Tiefe, bis er schließlich am Fuß der Treppe liegenbleibt.

Und sich nicht mehr rührt.

Till läuft nach unten, Kunzens Arm an die Brust gepresst.

Er beugt sich über die reglose Gestalt.

„Äh ... Entschuldigung? ... Sind Sie tot?"

Da keine Antwort kommt und der Fleischberg vor ihm auch sonst völlig leblos bleibt, geht Till mal davon aus, dass die Antwort auf seine Frage ‚ja, aber sowas von' lauten muss.

Er hat soeben einen Menschen ermordet.

Bevor er jedoch dazu kommt, sich über sein weiteres Vorgehen Gedanken zu machen, quakt der Frosch erneut.

Rush Hour im Hansemuseum.

Ausgerechnet heute.

Dass der Neuzugang aber nicht wirklich an der Hanse interessiert ist, schließt Till aus der Tatsache, dass der Mann eine Strumpfmaske trägt und eine kleinkalibrige Waffe auf ihn richtet.

Jetzt erst bekommt er mit, dass draußen Sirenen tönen und Blaulicht blinkt und Menschen in Panik herumlaufen und Schreie gellen.

Aus dem Rucksack des Bewaffneten flattern zwei Hunderter heraus. Till schließt messerscharf auf einen Banküberfall. Fußläufig von seinem Museum liegen gleich vier große Filialen.

„Keine falsche Bewegung!", ruft der Bewaffnete, weil sich das so gehört.

Wäre unnötig gewesen, Till ist zur Salzsäule erstarrt. Und der Tote kann ja nicht.

„Was ist mit dem da?", will der Bewaffnete wissen und zeigt mit seiner Knarre auf den reglosen Fleischberg am Fuß der Treppe.

In Till arbeitet es. „Ohnmachtsanfall?", sagt er. Es klingt wie eine Frage.

Der Bewaffnete kauft es ihm ab. Weil man im Adrenalinrausch nicht daran denkt, dass man gerade in einen Mord hineingeraten sein könnte. Denkt man ohne Adrenalin ja eher auch nicht.

Und weil man Till einfach alles abkaufen würde. Weil er so harmlos aussieht. So niedlich. So unbedarft.

Und das ist er ja auch alles. Nur nicht, wenn es um die Erinnerung an die Hanse und sein Museum geht. Wer soll sich um sein Museum kümmern, wenn er wegen Totschlags einsitzt?

Er will, dass der Bankräuber gefasst wird – Bankraub ist unsozial! –, aber vorher braucht er Zeit, um sich zu überlegen, was er mit dem

Toten macht. Till denkt so schnell wie noch nie.

„Scheiße, die Bullen", flucht der Bewaffnete, der aus dem Fenster neben der Tür lugt. „Gibt's hier einen Hinterausgang?"

„Im ersten Stock führt eine Feuertreppe in die Gasse hinter dem Haus", sagt Till. Frech gelogen.

Der Bewaffnete bedeutet Till mit seiner Waffe, dass er vor ihm die Wendeltreppe hoch soll. Was Till auch sofort tut. In seinem Schamkappenhöschen hüpft er leichtfüßig die Eisenstufen hoch.

Der Bankräuber folgt keuchend. Als er jedoch mit seiner Wumme die letzte Biegung der Wendeltreppe erreicht, sieht er vor sich, am Kopf der Treppe, Till Bause – der eine Armbrust auf ihn anlegt.

„Was ...?", sagt der Bankräuber noch, da bohrt sich auch schon ein Pfeil in seine Brust. Er stürzt rücklings in die Tiefe und bleibt auf dem Fleischklops liegen, wo er noch kurz röchelt, dann aber verstirbt.

Natürlich hat er im Fallen noch einen Schuß abgegeben, aber der bohrt sich nicht in Till, sondern in die Decke.

Oben befestigt Till Bause in aller Ruhe Kunzens Arm wieder im Torso, zieht Dorlein einen Strumpf aus (wobei er selbstveständlich den Blick abwendet, als er mit seinem Schweizermesser das Nylon durchsäbelt), geht dann nach unten.

Er holt kurz tief Luft, dann drückt er dem Bankräuber die Armbrust in die Hand und die Knarre des Bankräubers in die Hand des Fleischklopses. Anschließend zieht er dem Fleischklops Dorleins Feinstrumpf über den Kopf und nimmt zwei gute Hände voll Banknoten aus dem Rucksack. Eine Handvoll stopft er in die Hosentaschen des Fleischklopses und den Rest davon in seine Kasse. Ein paar Restscheine verstreut er im Museum und am Eingang, damit es so aussieht, als hätten die beiden auf ihrer Flucht Geldscheine wie Brotkrumen zurückgelassen und sich die Banker nicht über die fehlende Summe wunderten.

Till sieht sich prüfend um. Ja, es sieht so aus, als hätten sich die Bankräuber hier um die Beute gestritten und sich gegenseitig umgebracht. Das wird er auch genau so zu Protokoll geben.

Till nickt sich zu.

Er zieht seine Gummihandschuhe aus, drückt den Rücken durch, richtet sich auf, holt nochmal tief Luft und läuft auf die Straße.

„Hilfe, zu Hilfe!", brüllt er und läuft auf den Streifenwagen zu, der vorn um die Ecke biegt.

Dabei muss er sich schon sehr anstrengen, nicht triumphal zu grinsen.

Dank des Bankräubers kann er sein Hanse-Museum noch ein paar Jahre weiterführen und den toten Unsympath wird er auch sauber los. Und vielleicht reicht das Geld sogar noch für den Original Kupferstich von 1478, der gerade auf eBay angeboten wird und letztmals „Halle als Hansestadt“ zeigt. Hach, wär das schön!

Halle an der Saale kann aufatmen: Die drei großen H – Halloren, Händel, Hanse – bleiben beisammen. Und es ist sogar noch ein viertes H dazugekommen: Hartnäckigkeit. So schnell gibt ein Hallenser nämlich nicht auf..

Till Bause im Glück!

18. Stralsund

Wer zuletzt lacht

von Alexa Stein

Es ist schon nach elf Uhr Abends als ich endlich auf die Rügenbrücke fahre. Wieder eine Woche, in der ich bis in den späten Abend hinein im Büro war. ‚Wir müssen uns jetzt ins Zeug legen, wir sitzen doch alle im selben Boot … Blablabla.‘

Ja, klar, sehen die Zahlen schlecht aus, aber meine Schuld ist es nicht, das es mit der Brauerei seit zwei Jahren bergab geht. Verstehen kann ich es eh nicht, Craftbeer wie es so schön neudeutsch heißt, boomt überall und unser Stralsunder Bier ging immer gut, immer, bis …

Auf der Gegenfahrbahn parkt ein Auto, die Scheinwerfer sind an, die Fahrertür steht offen.

Hinter der Leitplanke am Geländer steht ein Mann über das Brükkengeländer gebeugt, den Blick ins Wasser. Abrupt bremse ich ab.

Will der etwa springen?

Verdammt! Ich schalte die Warnblinkanlage ein und steige aus. Als ich die Fahrbahn überquere, nagelt mich fast ein dunkler Wagen um. Wo kam der denn plötzlich her? Ich schimpfe hinterher, dann gehe ich weiter.

Der Mann hebt den Kopf und mir klappt die Kinnlade runter. Vor mir steht unser erster Geschäftsführer.

Er wischt sich über den Mund, er sieht bleich aus.

„Was zur Hölle haben Sie hier verloren?“, blökt er mich an, charmant wie immer.

„Wollten Sie da runterspringen?“

„Wie …?“

Er lehnt sich an das Brückengeländer und sieht sich um, dann scheint er sich zu fassen und wendet sich wieder an mich.

„Ich … äh nein, mir ist nur etwas komisch.“

Sein Blick ist in der Tat glasig.

„Okay“, sage ich so sachlich wie möglich. „Dann fahre ich jetzt mal weiter.“

„Ja, natürlich. Und danke."

„Schon gut, schönes Wochenende." Ich gehe direkt zu meinem Wagen, ohne mich noch einmal umzusehen.

Als ich am nächsten Morgen die Firma betrete, merke ich schon beim Anblick der Empfangsdame, dass irgendetwas nicht stimmt.

„Hallo Frau Cooper", sage ich und lächle, aber es kommt kein Lächeln zurück.

„Haben Sie schon gehört", fragt sie stattdessen.

Ich schüttle den Kopf und sie schließt meine Wissenslücke augenblicklich.

„Herr Davis ist tödlich verunglückt. Er ist mit seinem Auto beinahe ungebremst gegen einen Baum gefahren. In der Nacht von Freitag auf Samstag auf dem Weg von Stralsund zu seiner Villa. Wurde sogar im Radio drüber berichtet", fügt sie hinzu und kann wohl nichtglauben, dass ich bisher nichts davon gehört habe. Aber nicht deswegen fühle ich mich augenblicklich schlecht. Ungebremst gegen einen Baum! Wollte er womöglich doch von der Brücke springen? Hätte ich ihn nicht einfach so seinem Schicksal überlassen dürfen? Ich unterdrükke meine Schuldgefühle, er war auch nicht gerade ein einfühlsamer Mensch.

Also zu mir damals bestimmt nicht. Ich weiß, dass er wusste, das er mir nicht gleichgültig war und dann fängt er ausgerechnet mit meiner Chefin, der Leiterin der Buchhaltung, was an. Außerdem hatte ich fest mit dem Posten gerechnet. Aber nein, es musste ja eine Externe sein.

Keine zwei Wochen war sie hier, da hatte sie ihm schon das Hirn vernebelt. Vielleicht auch schon vor ihrer Einstellung, wer weiß. Und dann auf so klischeehafte Art und Weise, geschmackloser ging es wirklich nicht. In seinem Büro. Nicht, dass ich ihm hinterher spioniert hätte. Es war reiner Zufall. Ich hatte mein Smartphone vergessen und bin noch mal zurück. Im Flur hörte ich dann so komische Geräusche aus seinem Büro. Na ja, die Beiden waren so in ihre Tätigkeit auf seinem Schreibtisch vertieft, dass sie nichts mitbekommen haben.

Auch zwei Tage später nicht. Da stand ich aber auch im Garderobenschrank. Natürlich nur, weil ich mich vergewissern musste, dass er mich wirklich abserviert hat und das schon bevor überhaupt irgendwas zwischen uns gelaufen war. Schön war das nicht. In meinem

Büro mache ich mir erst einmal Kaffee, doch nach wenigen Schlukken rebelliert mein Magen. Die gestrige Begegnung geht mir nicht aus dem Kopf. Ich hatte gleich den Eindruck, dass er sich das Leben nehmen will. Aber weshalb? Wegen der schlechten Zahlen? Oder hatte er Liebeskummer?

Eine Kollegin kommt in mein Büro und winkt mir zu. „Kommst du? Schulze hat zu einer spontanen Betriebsversammlung gebeten."

Als wir im Foyer ankommen, steht unser zweiter Geschäftsführer schon am Mikrofon.

Meine Chefin steht nur wenige Meter neben ihm. Sie sieht mit ernster, aber gefasster Miene in die Menge. Sie sieht eher müde als todtraurig aus. Ich versuche mehr herauszulesen, aber jetzt hat auch sie mich gesehen. Sie nickt mir zu und ein zaghaftes Lächeln ziert ihren kirschroten Mund. Schulze bringt sein Bedauern über das tragische Ableben zum Ausdruck und wirkt in der Tat bestürzt, auch als er so quasi nebenbei verlauten lässt, dass die Marke an einen Konkurrenten verkauft wurde. Eine kleine, aber feine Brauerei auf Rügen, ein Startup, das die Marke wieder groß raus bringen will.

Boff – Jetzt herrscht tatsächlich betroffenes Schweigen. Die Marke, das heißt, das Rezept, der Name, das Logo, alles andere ist entbehrlich, besonders die Mitarbeiter.

Erst nach einer Weile wird das Schweigen von zunehmendem Gemurmel unterbrochen, und Schulze mit Fragen bombardiert, denen er sich geschickt entzieht, erst verbal, dann in persona.

Zurück in meinem Büro reiße ich das Fenster auf und rauche erst mal eine. Eigentlich habe ich vor ein paar Wochen damit aufgehört, aber zum Glück habe ich noch eine stille Reserve im Schreibtisch. Mir schwirrt der Kopf. Die schlechten Zahlen der letzten zwei Jahre, der Selbstmord und jetzt noch das. Aber als der Schock weicht und ich wieder denken kann, kommen mir wieder Zweifel. Wenn der Verkauf schon in trockenen Tüchern war, weshalb sollte er sich dann umbringen?

Eine Brauerei auf Rügen? Dabei fällt mir ein, dass Davis aus Richtung Rügen kam.

Vielleicht ist der Käufer wieder abgesprungen? Ich zünde mir eine zweite Zigarette an und zermartere mir das Gehirn. Doch alles was ich erreiche, ist, dass mir übel vom Nikotin wird.

Den ganzen Nachmittag wühle ich mich durch unser System, vergleiche Konten, suche nach Zahlungseingängen, irgendetwas Ungewöhnlichem, nichts bringt mich weiter.

Inzwischen ist es nach neunzehn Uhr und niemand mehr in den Büros. Vor ein paar Wochen habe ich zufällig gesehen, wie Davis etwas unter einen der Blumentöpfe auf seiner Fensterbank geschoben hat. Ich habe schon damals vermutet, dass es sein Schreibtischschlüssel ist. Man könnte ja mal nachsehen, ihn wird es nicht mehr kratzen.

Die Tür zu seinem Büro ist unverschlossen und im Raum herrscht das gewohnte Chaos.

Überall Stapel von Papier. Ich ziehe die Tür hinter mir zu und eile zur Fensterbank. Der Schlüssel ist tatsächlich noch da und passt ins Schloss der untersten Schublade. Mit zittrigen Fingern ziehe ich sie auf, sie ist leer. Mist. Ich verschließe sie wieder und schiebe gerade den Schlüssel unter den Topf, als die Bürotür aufgeht.

Schulze sieht mich mit hochgezogenen Augenbrauen an.

Ich lächle und stecke einen Zeigefinger in einen der Blumentöpfe. „Total trocken", sage ich und versuche ein unschuldiges Lächeln zustande zu bringen. „Ich hole nur eben eine Kanne." Ich will schnell an Schulze vorbeilaufen, doch er hält mich am Arm fest.

„Was haben Sie hier zu suchen?" Er lässt meinen Arm los, aber seine Augen haben mich fest im Griff.

„Ich wollte nur verhindern, dass die Blumen auch noch vor die Hunde gehen", antworte ich bestimmter, als ich es mir zugetraut hätte und gehe zur Tür. Er versucht nicht, mich aufzuhalten, aber mir ist klar, dass er mir kein Wort glaubt.

Ich kann gar nicht sagen, wodurch, aber schon beim Betreten meines Büros am nächsten Morgen, habe ich das Gefühl, dass hier jemand in meiner Abwesenheit zu Gange war. Als ich den Rechner hochfahre, wird das Gefühl zur Gewissheit.

Jemand hat sich auf meinem Rechner angemeldet und ihn dann ordnungsgemäß Runter gefahren, nur dass ich dies nie tue. Wer hat Interesse an meinem Rechner?

Es fällt mir nur Schulze ein. Er muss es getan haben, gleich nachdem er mich in Davis Büro erwischt hat. Aber was hat er gesucht?

Was auch immer, ich bin mir sicher, es muss was mit Davis Tod oder zumindest mit dem Verkauf zu tun haben.

Was, wenn es nicht Davis, sondern Schulzes Idee war, die Marke zu verkaufen und Davis im Weg stand? Dann war es vielleicht gar kein Selbstmord, sondern womöglich sogar Mord.

Ich muss mit meiner Chefin sprechen, unauffällig natürlich, wenn Sie nicht mehr weiß, wer dann. Gott sei Dank, ahnt sie nicht, dass ich von ihrem kleinen Techtelmechtel mit Davis weiß.

Ich klopfte an ihre Bürotür. Es dauert eine Weile, ehe ich ein verärgert klingendes „ja, bitte" höre. Na, vermutlich wird ihr Davis Tod und der Firmenverkauf schwer im Magen liegen.

Sicherlich hat sie sich das alles ganz anders ausgerechnet. Ein guter Posten, dann, wenn sie keinen Bock mehr darauf hat, ein Kind vom Chef und von da an ein entspanntes Leben. Tja, so schnell kann sich das Blatt wenden. Ich frage mich nur, wozu der Aufwand mit dem Studium. Sekretärin hätte dafür auch gereicht.

Ich umschiffe mein eigentliches Ansinnen mit Bankthemen und Monatsabschluss und sobald ich merke, dass sie nur noch geistesabwesend antwortet, beginne ich mit den interessanten Fragen.

„Der Verkauf, den Herr Schulze in die Wege geleitet hat ..."

Plötzlich ist sie wieder hellwach. „Welcher Verkauf?"

Was hat das jetzt zu bedeuten. So was vergisst man doch nicht einfach. Oder liege ich mit Schulze falsch?

„Der Firmenverkauf."

„Ach so, Verzeihung. Natürlich müssen wir darüber noch reden, aber geben Sie mir ein paar Tage Zeit." Ihr Lächeln signalisiert, dass das Gespräch für sie beendet ist, aber ich ignoriere es.

„Dann war der Verkauf Davis Idee?"

„Frau Ahrens, bitte. Ich weiß, Sie sind schon sehr lange in der Firma und das ist jetzt schwer für Sie. Aber auch ich hatte bis gestern keinerlei Kenntnis."

So ganz glauben kann ich das nicht, aber mehr kriege ich definitiv nicht aus ihr heraus. Ich öffne die Bürotür und stoße fast mit Schulze zusammen, der ohne zu klopfen hereingestürmt kommt. Auch er macht einen wütenden Eindruck. Von außen halte ich mein Ohr an die Tür, kann aber leider nichts verstehen.

Mit einem hat Frau Martens allerdings recht, das sowohl Davis als auch Schulze vergangene Woche wenig in der Firma waren. Davis war zuletzt am Donnerstag Vormittag hier. War er die ganze Zeit auf Rügen? Und Schulze? Waren sie womöglich zusammen dort?

Ich rufe mir noch einmal den Freitagabend ins Gedächtnis. Da war dieser andere Wagen, der mich fast übergenagelt hat. Ich muss rauskriegen, wo Schulze am Freitag war. Ich gehe zurück zum Büro meiner Chefin und lausche noch mal. Schulze ist noch bei ihr. Ich nutze die Gelegenheit und schleiche in sein Büro. Der Rechner steht aufgeklappt auf dem Schreibtisch. Mit zittrigen Fingern drücke ich die Return Taste. Der Bildschirm wacht auf, und zeigt mir den Desktop. Keine Passwortabfrage? Ich wundere mich nur kurz, dann öffne ich Outlook und schlage seine Termine nach. Minden, Rostock, Hamburg. Termine bei Kunden und einer Bank. Bank? Das könnte natürlich etwas sagen. Aber kein einziger Termin auch nur in der Nähe von Rügen. Was ja auch Taktik gewesen sein kann. Schnell schließe ich Outlook und verlasse sein Büro.

Bis spät in den Abend sitze ich vor meinem Rechner und grüble. Mein Gehirn fühlt sich an wie Grütze. Das ergibt alles nicht wirklich Sinn. Es ist inzwischen spät und ich beschließe nach Hause zu fahren und ein Bad zu nehmen.

Um die Zeit ist eigentlich niemand mehr im Gebäude, aber als ich unten in der Parkgarage bin, höre ich Schritte hinter mir.

Ich habe sofort ein ungutes Gefühl und lege einen Zahn zu. Meine Finger erreichen gerade den Türgriff meines Autos, als mich jemand von hinten am Arm packt. Ich schreie auf und drehe mich blitzschnell um.

„Sie? Verdammt was soll das?“, schreie ich Schulze an, der vor mir steht. Doch er lässt sich von meinem Geschrei nicht beeindrucken und drückt mich gegen mein Auto.

„Sie stecken also tatsächlich mit der unter einer Decke.“

„Ich weiß nicht, was sie meinen.“

„Tun sie nicht so unschuldig. Glauben Sie wirklich, ich wüsste nicht, dass Sie vorhin in meinem Büro waren?“

Woher wissen Sie ...“, will ich fragen und verrate mich damit selbst. Jetzt ergreife ich die Gegeninitiative. „Das müssen gerade Sie sagen, Sie haben sich doch schon am Tag zuvor an meinen Rechner zu schaffen gemacht.“

Er lässt so plötzlich von mir ab, dass ich direkt ins Trudeln komme. Er starrt mich eine Weile an, dann fragt er: „Wie kommen Sie darauf?"

„Ich weiß, dass jemand an meinem Rechner war. Und wer, außer Ihnen hätte ein Interesse daran? Wer außer der Geschäftsleitung, kann sich mein Passwort so einfach verschaffen?"

„Die IT zum Beispiel", sagt er. „Und Ihre Chefin."

„Frau Martens? Was wollen Sie damit andeuten?"

Jetzt grinst er und schüttelt den Kopf. „Tun Sie nur so, oder sind sie tatsächlich unschuldig? Was wollten Sie dann in Davis Büro?"

Langsam werde ich wütend. Was will er von mir, er hat schließlich Dreck am Stecken, nicht ich. „Davis mysteriöser Unfall, der Verkauf der Marke, da darf man ja wohl ein bisschen neugierig sein."

„Und außerdem verdächtigen Sie mich, etwas mit dem Firmenverkauf zu tun zu haben?"

Ich starre ihn stumm an und er spricht weiter.

„Da muss ich Sie leider enttäuschen. Was meinen Sie überhaupt mit mysteriös?"

Ich zögere. Ist es klug, ihm von der Begegnung mit Davis zu erzählen? „Ich glaube nicht an einen Unfall und ich habe meine Gründe dafür. Wenn Sie nichts mit dem Firmenverkauf zu tun haben, wie war das dann?", frage ich stattdessen.

„Wie Sie offenbar selbst schon vermutet haben, war das nicht Davis Idee. Zumindest nicht anfänglich, sondern die Ihrer Chefin. Sie hat Davis dazu gebracht und nicht nur das."

„Unsinn, was hätte sie davon? Ich weiß nicht, ob Sie es wissen, dass die beiden …"

Schulze nickt. „Natürlich weiß ich von dem Verhältnis. Aber das war Teil ihres perfiden Plans, da können Sie Gift drauf nehmen. Ihre Chefin ist nämlich rein zufällig die Inhaberin der Brauerei, die unsere Marke zu einem Spottpreis gekauft hat."

Ich brauche ein paar Sekunden um zu verdauen, was er da gerade gesagt hat. Kann das sein? Oder ist das ein Ablenkungsmanöver?

„Kommen Sie!" Schulze geht einen Schritt in Richtung Treppenaufgang und wartet auf mich. „Ich kann es Ihnen beweisen."

Ich bin inzwischen so verwirrt, dass ich ihm hinterher trotte wie ein Lamm.

Wir setzen uns vor seinen Rechner, er holt einen USB-Stick aus der

Tasche und stöpselt ihn ein. Er zeigt mir den Eintrag im Handelsregister und dann eine Kalkulation, an der ich selbst mitgearbeitet habe. Wenn ich mich besinne, kam mir das damals selbst ein wenig seltsam vor, aber seit wir das neue Abrechnungsprogramm haben, steigt da keiner mehr so richtig durch. Außer meiner Chefin, die die Umstellung auf das neue System damals angeregt hat.

Ich lehne mich zurück und reibe mir über die Augen. „Und Davis hat davon nichts gewusst?"

„Ich hatte ihn am Donnerstag von Hamburg aus angerufen, um mit ihm einen Termin zu vereinbaren, nachdem mir alles klar geworden war. Aber offenbar hatte er es gerade selbst herausgefunden. Er hat mir nur gesagt, dass er am nächsten Tag nach Rügen will und wir uns am Montag in der Firma treffen."

„Wenn das so war, dann kann es in der Tat sein, dass es nicht nur Selbstmord, sondern sogar Mord war."

„Wie kommen Sie darauf?"

Offenbar war Schulze bis dato dieser Gedanke nicht gekommen. Ich entschließe mich nun doch dazu, ihm von meiner Begegnung mit Davis am Freitag zu erzählen.

Als ich fertig bin, schüttelt er ungläubig den Kopf. „Nun, wer weiß. Umso mehr …" Er hält mitten im Satz inne und steht auf. „Kommen Sie!"

„Wo wollen Sie hin?"

„In Ihr Büro, wir müssen herausfinden, was Frau Martens auf Ihrem Rechner wollte."

Es dauerte fast eine Stunde, dann hatte ich die Idee, nach Dateien zu suchen, die geändert wurden, als ich nicht mehr in der Firma war. Und jetzt starren wir auf zehn Dateien, in denen ich die Buchungen an die Banken für die Finanzbuchhaltung vorbereite.

Wir öffnen eine nach der anderen und ich kann es nicht fassen.

„Wie es aussieht, versucht Ihre Chefin Ihnen die Zahlenmanipulation unterzuschieben", stellt Schulze fest und ich muss ihm leider zustimmen.

„Die Manipulation und damit womöglich auch noch den Mord an Davids", füge ich hinzu.

„Was nicht bewiesen ist."

„Nein, aber es wird immer wahrscheinlich, wenn Sie mich fragen."

Schulze widerspricht nicht. Leider. Zumindest entlastet es mein schlechtes Gewissen ein bisschen. „Und jetzt?“, frage ich.

Schulze streicht sich übers Kinn. „Es wird schwer werden, ihr etwas nachzuweisen. Sie hat es wirklich clever angestellt. Jeder, der Zugriff auf das System hat, könnte die Manipulationen begangen haben.“

„Und ich gehöre dazu.“

„Genau. Aber ich habe da eine andere Idee.“

Und ich habe so eine Ahnung, was er vorhat und das ich dabei eine nicht unwesentliche Rolle spiele.

Es hat zwei Tage gedauert, bis die Gelegenheit günstig ist. Frau Martens ist noch in ihrem Büro. Sie hat ihren Rechner schon runter gefahren, als ich ohne zu klopfen in ihr Büro stürme und ihr einen Ausdruck aus einer der Dateien, die sie mir untergejubelt hat, vor die Nase halte.

Sie starrt erst das Papier, dann mich an, ihre Miene bleibt ausdruckslos, als würde ihr die Tabelle nichts sagen.

„Was soll das?“, fragt sie so gekonnt gespielt, dass es fast glaubwürdig wirkt.

„Frau Martens …“ Ich stocke, gebe mich zerknirscht, es gelingt mir sogar eine kleine Träne aus dem Augenwinkel zu drücken.

„Ich … mir sind da offenbar ein paar schreckliche Fehler bei den Buchungen unterlaufen.

Ich weiß wirklich nicht, wie das passieren konnte …“

Frau Martens winkt ab und blickt auf ihre Armbanduhr. „Nun, nachdem wir erfahren haben, dass die Firma verkauft ist, dürfte das jetzt keine große Rolle mehr spielen. Machen Sie sich also keine Gedanken.“ Sie nimmt mir das Blatt ab und fügt hinzu: „Ich werde mich darum kümmern.“

„Oh, das müssen Sie nicht, ich habe meine Fehler bereits korrigiert.“

„Was? Ich meine, was genau haben Sie getan?“

„Ich habe die Buchungen korrigiert und was soll ich sagen, die Firma steht gar nicht so schlecht da. Ich habe für morgen Früh einen Termin mit unserem Steuerberater vereinbart. Ich bin mir sicher, dass wir unter diesen neuen Umständen den Verkauf rückgängig machen können.“

„Was?“ Jetzt wird sie richtig käsig unter der Schminke. „Das ist jetzt alles ziemlich spekulativ, finden Sie nicht. Haben Sie denn schon mit dem Steuerberater gesprochen, oder mit jemand anderen?"

„Nein. Ich wollte erst Sie informieren."

„Das war klug von Ihnen. Wir sollten nichts überstürzen."

„Ja, natürlich, wie Sie meinen."

„Was haben Sie denn für heute Abend geplant?"

„Ich? Äh, nichts besonderes. Nach Hause, fernsehen ..."

„Sie leben alleine, stimmt's?"

„Äh, ja, wieso?"

„Ach, ich dachte, wir könnten zusammen essen gehen und uns bei einem Glas Wein in Ruhe über die Sache unterhalten."

Als wir runter in die Tiefgarage gehen, zittern mir doch etwas die Beine. Vielleicht war die Idee mit der Provokation nicht so richtig gut. Aber jetzt kann ich nicht mehr zurück.

„Ach, wie blöde", sagt sie mit einem Mal, während sie in ihrer Handtasche kramt. „Jetzt habe ich meinen Autoschlüssel oben vergessen. Würde es Ihnen etwas ausmachen, zu fahren? Ich kenne da ein schnuckeliges Restaurant, etwas außerhalb."

„Sind sie sicher, dass wir noch richtig sind?", frage ich, nachdem wir längst aus Stralsund raus sind.

„Wir sind gleich da. Die nächste müssen Sie links abbiegen, die Einfahrt ist etwas schlecht zu sehen, aber Sie fahren ja langsam."

Verdammt, denke ich, hat sie was bemerkt? Der Weg, in den wir einbiegen ist stockdunkel. Offenbar ist ihr nicht entgangen wie nervös ich bin. Sie lächelt mir ermutigend zu.

„Komisch, eigentlich ist das Lokal von hier aus schon zu sehen. Man sollte zumindest die Lichter erkennen. Am besten halten Sie da vorne und wir gehen ein Stück zu Fuß weiter." Der Weg ist ab hier ziemlich schmal, falls das Tor vorne zu ist, kann man schlecht wenden."

Ich werfe einen möglichst unauffälligen Blick in den Rückspiegel, dann steige ich aus. Hauptsache, ich bin langsam genug gefahren, denke ich, sonst war das mein letzter Ausflug. Meine Noch-Chefin geht ein Stück voran, dann lässt sie mich immer weiter aufschließen.

Und jetzt erkenne ich, wo wir sind. Ein alter Steinbruch mit losem, schotterigem Boden. Bestens geeignet, um jemanden verschwinden zu lassen. Diesmal also kein Selbstmord, sondern ein Auf-Nimmer-

Wieder-Sehen. Jetzt oder nie, denke ich, bevor es zu spät ist.

Ich bleibe stehen und wende mich ihr zu. „Haben Sie wirklich geglaubt, ich wüsste nicht, dass Sie hinter all dem stecken und was Sie hier mit mir vorhaben?"

Sie grinst mich an und holt etwas aus ihrer Tasche hervor, womit ich nun wieder nicht gerechnet habe. Eine Pistole. Ich kneife schon in Todesangst die Augen zusammen, als ich gerade noch die Hand mit dem Stein sehe, der die Martens zu Boden streckt.

Erleichtert atme ich aus. „Meine Güte, ich dachte schon, Sie hätten uns verloren."

Schulze schüttelt den Kopf. „Es war knapp, dass muss ich zugeben."

„Sie wollte mich hier verschwinden lassen, vermutlich hätte sie dann noch eben die restlichen Konten abgeräumt und es hätte so ausgesehen, als wäre ich mit dem Geld getürmt."

„Ja, das ist eine gute Idee", sagt Schulze und sieht mich irgendwie merkwürdig an. Ehe ich reagieren kann, bückt er sich und nimmt die Waffe. Erst jetzt sehe ich, dass er Handschuhe trägt.

Er richtet die Waffe auf mich. „Ich verspreche Ihnen, dass wir im Namen der Firma und der Belegschaft einen dicken Kranz niederlegen werden."

„Aber, was ... warum, ich verstehe nicht ..."

„Ich war nicht so ganz ehrlich zu Ihnen. Frau Martens ist oder vielmehr war die Geschäftsführerin der Firma auf Rügen. Das war nicht gelogen. Sie hat in der Tat den Verkauf eingeleitet, aber was die Kontenmanipulation anbelangt, ist sie unschuldig. Ich hatte da eine ähnliche Idee, leider war sie mir zuvorgekommen. Dumm gelaufen. Aber dank Ihrer Hilfe wird nun doch noch alles gut."

„Alles gut?", frage ich vorsichtig nach.

„Naja, nur für mich natürlich. In einem kann ich Sie übrigens beruhigen. Davis Unfall war tatsächlich ein Unfall. Er hatte, so hat die Polizei es mir heute erzählt, während der Fahrt einen Herzanfall. Alles andere muss ich nun leider Ihnen in die Schuhe schieben, aber seinen Sie sicher, dass Sie das nicht lange belasten wird."

Ich kann nicht glauben, wie blöde ich war. Ich habe ihm wirklich vertraut. Mir wird schlecht, ob vor Ärger oder vor Angst, weiß ich nicht. In jedem Fall vergesse ich vor lauter Verzweiflung wegzurennen, aber vermutlich hätte mich das auch nicht gerettet.

19. Wolgast

Wolgaster Hansetage

von Carmen Schmidt

Die St.-Petri-Kirche in Wolgast ist ein mächtiger Backsteinbau mit einem gedrungenen Kirchenmassiv. Von weitem wirkt sie wie eine Trutzburg. Gegenüber dem geräumigen Pfarrhaus liegt das Gemeindehaus. Von Tür zu Tür sind es 50 Schritte.

Gefängnisinsassen steht täglich eine Stunde Rundgang auf dem Hof zu. Kirchenasylanten können sich das nicht erlauben.

Zu groß ist die Gefahr einer Verhaftung und Abschiebung.

Mohamed Zamera, den hier alle Momo nennen, hat das vier Monate lang erlebt. 50 Schritte ohne Aufsicht über den Hof?

Das geht hier nicht, nicht für den Kirchenasylanten Momo.

Ein Mann und eine junge Frau steuern auf das Pfarrhaus zu. Der Mann ist Pastor Ingmar Hanke, Ende 50, graues Haar, grauer Drei-Tage-Bart, sorgfältig gestutzt. Die Frau ist deutlich jünger, schlank, hat ihre langen dunklen Haare zu einem Pferdeschwanz gebunden. Sie trägt Jeans und ein weißes T-Shirt. Eifrig schreibt sie mit, was der Pastor ihr erzählt.

Im Gemeindebüro angekommen, zückt der Pastor sein Handy:

„Hallo Momo, wie geht's? Ich habe Lea Schröter mitgebracht, eine Reporterin von der „Ostsee-Zeitung". Sie interessiert sich für deine Geschichte. Sag mal, hast du deine Einkaufsliste fertig? Ich erledige das für dich, während du das Interview gibst."

Hanke stellt sich an die Tür und sagt zur Journalistin:

„Ich beobachte die Straße, ob eine Polizeistreife kommt. Oder böse Jungs. Gibt viel braune Soße hier, die AfD wird immer einflussreicher. Im Kreistag stellte die AfD den Antrag, das Kirchenasyl von Wolgast sofort zu beenden. Zum Glück wurde er abgelehnt. Ich bekomme oft Karten mit Drohungen, aber die zeige ich Momo nicht. Für den Notfall gibt es auch einen Fluchtweg durch das Haus in die Kirche."

Die Reporterin schreibt aufmerksam mit.

„Wir haben hier in der Region schon einiges mitgemacht“, erzählt der Pastor, während sie weiter warten.

„In Greifswald umstellte die Polizei in der ersten Nacht die Kirche und das Haus, um den Asylanten festzunehmen. Die Gemeinde hat die ganze Nacht lang Orgel gespielt, gesungen und aus der Bibel gelesen. Da konnte die Polizei nicht eingreifen. Solange kirchliche Handlungen in einem Gotteshaus stattfinden, darf die Polizei keine polizeilichen Aktionen durchführen. Das ist Gesetz.“

Momo kommt über den Hof geschlendert. Er ist 25 Jahre alt, von drahtiger, fast riesiger Statur, hat seine schwarzen Haare zu langen Rasta-Locken gedreht. Natürlich weiß er, dass der Pastor und seine Begleitung auf ihn warten. Trotzdem geht er langsam. Er genießt es, an der frischen Luft zu sein. Wenigstens für einen Moment.

Dann erzählt er der Reporterin aus seinem Leben. Er ist kein typischer Flüchtling, hat in seinem Heimatland Mali drei Jahre lang Jura studiert. Sein Plan war, das Studium in den Niederlanden mit einem europäischen Abschluss zu beenden und dann nach Hause zurück zu kehren. Aber er brauchte dazu ein Visum und Studienpapiere, nicht leicht zu erhalten für einen Afrikaner.

Momo zahlte 6000 Euro an Vermittler, die ihm falsche Papiere besorgten. So landete er in einem Auffanglager, kam anschließend nach Greifswald. Hier arbeitete er zwei Jahre an Projekten in Schulen und Jugendclubs. Für seine Dokumentation „Afrikanische Metropolen“ erhielt er sogar eine Auszeichnung.

Drei Monate später kam der Abschiebebescheid. Er floh nach Wolgast, wo Ingmar Hanke gerade als neuer Pastor eingeführt wurde. Seitdem wohnt er als Kirchenasylant im Gästezimmer der Gemeinde.

Als der Pastor mit Momos Einkäufen zurückkehrt, wendet er sich an die Reporterin: „Frau Schröter, ich fände es schön, wenn Sie am nächsten Wochenende wiederkommen. Dann finden hier unsere Hanse-Tage der Neuzeit statt. Obwohl die Hansestadt Wolgast im Verbund keine große Rolle spielte, durfte sie am 6. November 1363 den Hansetag für die anderen Mitglieder ausrichten. Das feiern wir jedes Jahr ganz groß mit einem bunten Festmix aus Kunst, Kultur und Musik.

In diesem Jahr haben wir eine Handwerkerstraße nachgebaut, die Einblicke in mittelalterliche Handwerkskunst vermittelt.

Natürlich spielen auch eine Menge Straßenmusikanten auf alten Instrumenten. Ich bin der Leiter des „Hansechors“. Wir singen alte und neue Seemannslieder. Von der Peenewerft sind zwei Koggen überholt worden. Man kann sich davor fotografieren lassen. Wir stellen sogar eine Original-Hinrichtung nach. Das Spektakel mit den Umzügen und mittelalterlichen Kostümen sollten Sie sich nicht entgehen lassen. Die Leute kommen dafür von weit her. Vielleicht sehen wir uns ja am nächsten Wochenende wieder.“

Er lächelt sie an, legt die Hand auf ihren Arm und begleitet sie bis zum Auto. Die Reporterin verspricht, für die Hansetage Reklame zu machen. Der Artikel über Momo soll am Samstag erscheinen, wenn die Leser der „Ostsee-Zeitung“ viel Zeit zum Lesen haben.

Auch Kommissar Lohmann liest an diesem Tag ausführlich die Zeitung. Es ist nicht viel los auf der Greifswalder Wache. Verblüfft starrt er auf das Bild, das den Pastor und Momo Arm in Arm zeigt. Er zückt sein Handy und ruft seinen Kollegen Niemeyer an. „Es geht um die Leiche von heute Morgen, Ruth Hanke. Ihr Mann ist Pastor in Wolgast. Wir müssen sofort dahin“, sagt er. „Du meinst den vermutlichen Selbstmordfall? Wo wir den Mann nicht erreichen konnten, weil das Handy ausgeschaltet war?“ Niemeyer ist sofort im Bilde. „Ja, genau. Die Kollegen von der Rechtsmedizin haben gerade angerufen. Es war kein Selbstmord, sondern Mord. Alles andere erzähle ich dir unterwegs. Hanke weiß vermutlich noch gar nicht, dass seine Frau tot ist. Ich hole dich gleich ab.“

Das schöne Sommerwetter lockt am ersten Hansetag viele Touristen zu einem Ausflug. Das sonst eher unscheinbare Wolgast hat sich in eine prächtige mittelalterliche Stadt verwandelt. Die Gäste schlendern an bunten Buden vorbei, die mittelalterliche Handwerkskunst darbieten. Ein aromatischer Duft nach Waffeln und Gebratenem verdrängt den leichten Salzgeruch, der sonst vom Meer herüber weht. Niemeyer läuft das Wasser im Mund zusammen: „Ich rieche sogar Bratapfel, der ist doch so gut wie ausgestorben. Für mich wie Kindheit und Weihnachten zusammen.“

Schon von weitem hören sie den Shanty-Chor. Alle Mitglieder tragen rot-weiß, die traditionellen Hansefarben. Als der Chor sich nach diesem Lied langsam auflöst, gehen sie auf den Dirigenten zu. „Herr Hanke, Kriminalpolizei. Wir müssen mit Ihnen sprechen. Am besten begleiten Sie uns nach Hause."

Hanke dreht sich überrascht um. „Ja aber, was ist denn?"

„Das sagen wir Ihnen zu Hause."

Sie gehen zum Pfarrhaus, wo sie Hanke in einen Raum im Erdgeschoss bittet, auf dessen Tisch noch Unterlagen für den Kindergottesdienst und den Hanse-Tag herumliegen. Hanke bittet die Beamten, Platz zu nehmen und schaut sie fragend an.

„Wir müssen Ihnen leider mitteilen, dass wir heute Morgen Ihre Frau tot aufgefunden haben.", sagt Lohmeyer,

Der Pastor wird blass und fängt an, zu zittern.

„Ist Ihnen nicht gut? Sollen wir einen Arzt holen?" Doch Hanke schüttelt den Kopf. Er scheint sich wieder im Griff zu haben.

„Sie ist tot? Was ist denn passiert? Ihr Herz?"

„Gewissermaßen ja", erwidert Niemeyer. „Sie ist an einer Überdosis Crystal Meth gestorben. Wussten Sie, dass Ihre Frau die Droge konsumierte? Und wann haben Sie sie zuletzt gesehen?"

Der Pastor denkt angestrengt nach. „Gesehen schon längere Zeit nicht mehr, aber wir haben gestern Abend telefoniert. Unsere Ehe ist seit langem nicht mehr die beste. Deshalb habe ich mich von Greifswald nach Wolgast versetzen lassen." Seine Oberlippe zittert erneut.

„Und ja, ich wusste davon. Sie war ein fröhlicher Mensch, ging gerne auf Partys. Im Urlaub hat sie oft die Nächte durchgefeiert. Dabei geriet sie wohl in die Drogenszene von Stralsund. Ich habe sie immer wieder beschworen, damit aufzuhören. Aber nein, das konnte sie nicht. Darum bin ich alleine nach Wolgast gezogen. So kann ich mir besser ein neues Leben aufbauen." Er schlägt die Hände vors Gesicht.

„Mit Ihrer neuen Freundin?", fragt Lohmann anzüglich. „Der Laborantin Maja Kviatkova aus Danzig? Sie kam doch leicht an den Stoff, konnte ihn vielleicht sogar selbst herstellen. Gerade haben wir ein Labor gleich hinter der polnischen Grenze auffliegen lassen, in dem Crystal Meth produziert wurde."

Das Gesicht des Pfarrers läuft dunkelrot an. „Woher wissen Sie von meiner Freundin?". Lohmann lächelt: „Natürlich von den Nachbarn.

Wir konnten Sie nicht erreichen und haben erstmal in Ihrer nächsten Umgebung nachgefragt. Da kam schnell die Sprache auf Ihre neue Freundin. Wie eng war denn die Beziehung? Wollten Sie hier in Wolgast zusammenziehen?"

Der Pastor wird wütend: „Meine Freundin hat damit nichts zu tun. Ich kenne sie schon länger. Sie hat bei Momos Projekten in Greifswald mitgearbeitet. Dabei kamen wir ins Gespräch und stellten fest, dass wir viele gemeinsame Interessen haben. Sie ist genauso ein Hanse-Fan wie ich. Wir haben Stunden über diese alte Zunft geredet, ihre Sitten und Gebräuche. Am meisten faszinierte sie die Macht und Durchsetzungskraft der Hanse, sogar gegenüber Königreichen und Fürstentümern. Einigkeit macht eben stark, sagte sie immer. Als ich in Wolgast anfing, hat sie mich öfter besucht und ist meinem Chor beigetreten. Aber niemand wusste von unserer Verbindung. Das war ein Geheimnis. Wissen Sie, eigentlich hat sich meine Frau selbst zerstört. Durch den Drogenkonsum bekam sie Nierenprobleme. Ihre Nieren waren schon sehr angegriffen. Der Arzt hat ihr dagegen Kapseln verschrieben, die sie täglich nehmen musste."

Lohmann nickt nachdenklich: „Das Leben schreibt schon seltsame Geschichten. Als Sie Ihre Frau verließen, ist sie sofort zum Arzt gegangen. Sie wollte sich endlich helfen lassen, um ihre Ehe zu retten. Der Arzt wies sie in eine Entzugsklinik ein. Seit vier Wochen war sie clean, nahm nur noch die Nierenkapseln. Deshalb haben wir uns über die hohe Dosierung Meth in ihrem Blut gewundert."

Der Pastor schluckt. „Vielleicht ein Rückfall? Die Quote soll ja hoch sein. Meine Frau hat der Droge wohl nicht lange widerstehen können und wahrscheinlich zu viel Stoff erwischt."

„Im Gegenteil, sie ging konsequent jeden zweiten Tag in die Praxis zur Nachkontrolle. Dabei wurde jedes Mal ein Drogen Screening gemacht. Der Arzt hätte einen Rückfall sofort erkannt. So kann es nicht gewesen sein."

Ingmar Hanke erhebt sich abrupt: „Sie war wirklich clean? Das wusste ich nicht. Dann wäre vielleicht noch was zu retten gewesen. Aber ich musste mich hier um die Organisation kümmern und habe nichts mit dem Tod meiner Frau zu tun. Meine Freundin Maja hat mich zu den Hansetagen besucht. Es gibt jede Menge Zeugen. Wir haben beide ein Alibi."

Lohmann nickt: „Der Plan war langfristiger angelegt. Auf dem Nachttisch Ihrer toten Frau lag eine angebrochene Packung mit den Nierenkapseln. Wir haben sie untersuchen lassen. Nur eine Kapsel enthielt eine tödliche Dosis Crystal Meth, die anderen nicht. Das Ganze war ein Zeitspiel. Irgendwann würde sie eine vergiftete nehmen. Vermutlich hat Ihre Frau heute Morgen die zweite präparierte Kapsel erwischt."

Der Pastor starrt die Beamten nur an. Niemeyer fixiert ihn mit starrem Blick.

„Übrigens haben wir eine Einwegspritze in Ihrer Mülltonne gefunden, dick eingewickelt in Toilettenpapier. Sie wird jetzt im Labor auf Meth-Rückstände untersucht." Hanke läuft dunkelrot an: „Das war so nicht abgesprochen", platzt er heraus. Dann presst er die Lippen zusammen. Er steht auf und verlässt den Raum. die Polizisten folgen ihm. Hanke geht die Treppe hoch in seine Privaträume. Im Wohnzimmer treffen sie auf Lea Schröter, Momo und Maja. Hankes Geliebte und Momo stehen eng umschlungen am Fenster. Sie reden leise miteinander. Lea Schröter tippt eifrig in ihren Laptop. Alle blicken auf, als Lohmann sich räuspern muss.

Maja erblickt Hanke und schaut verlegen zu Boden. „Nun weißt du es", sagt sie leise, „Momo und ich lieben uns. Wir haben uns bei Momos Arbeit im Greifswalder Jugendclub kennengelernt und wollten sogar heiraten. Aber im Standesamt bekamen wir keinen schnellen Termin, weil der Verdacht einer Scheinehe bestand. Momo sollte ja in drei Monaten abgeschoben werden. Wir wurden immer wieder vertröstet. Die Zeit lief uns davon. Darum ist er nach Wolgast ins Kirchenasyl geflohen."

Momo nickt. „Stimmt, so war es. Aber ich wusste nichts von der Beziehung zwischen euch. Maja hat es mir gerade erst gestanden. Ich kann das gar nicht richtig glauben."

Hanke sprüht vor Zorn: „Das hast du dir ja schön ausgedacht!" schreit er Maja an. „Ich füttere hier deinen Lover durch, du ermordest meine Frau und lenkst den Verdacht auf mich. Ich gehe ins Gefängnis dafür. Dann verschwindest du mit ihm nach Mali, oder wie?"

Maja brüllt zurück: „Du wolltest deine Frau doch unbedingt loswerden. Der brave Herr Pfarrer und wahre Menschenfreund hat mich die Drecksarbeit machen lassen. Ich durfte den Stoff und die Spritze besorgen. Der feine Herr hat nur die beiden Kapseln präpariert. Das war ja auch der einfachste Teil des Plans. Und meinst du wirklich, ich weiß nicht, dass du hinter jedem Weiberrock hergerannt bist? Keine junge Frau war vor deiner Anmache sicher. Alle haben darüber im Chor getuschelt. Und wie widerlich du die Journalistin angeschleimt hast, richtig peinlich. Das hast du jetzt davon. Hättest du vor ihr nicht so angegeben mit deinen Hansetagen, wäre vielleicht gar nichts rausgekommen. Ich wollte dir einen Denkzettel verpassen. Deshalb habe ich die Spritze in deinen Mülleimer geworfen und nicht verschwinden lassen."

Nach diesem Ausbruch muss Maja tief Luft holen.

Dann schlägt sie weiter zu: „Und übrigens, deine Hanse interessiert mich einen Scheißdreck. Das habe ich nur behauptet, um an dich ran zu kommen."

Hanke starrt sie an, wieder zittert seine Oberlippe. Dann stürzt er sich mit erhobenen Fäusten auf Maja. Lohmann geht dazwischen: „Auseinander. So geht das nicht. Herr Hanke und Frau Kviatkova, Sie beide sind vorläufig festgenommen. Auf dem Präsidium werden wir Ihre Aussagen festhalten. Dabei wird sich herausstellen, ob Herr Zamera wirklich nichts gewusst hat."

Momo blickt dem Trupp fassungslos hinterher. Das muss er erstmal verdauen. Wie wird jetzt seine Zukunft aussehen?

Zwei Wochen später erhält er einen Bescheid. Seine Zeit im Kirchenasyl ist beendet. Er darf für ein halbes Jahr als „Geduldeter" in Greifswald leben. In dieser Zeit prüfen die Behörden seinen Fall. Vielleicht kann er hier zu Ende studieren. Ob er Maja jemals verzeihen kann, weiß er nicht.

Momo aus Mali hofft und wartet weiter. Immerhin in Freiheit.

20. Stettin / Sczcecin

Drei alte Damen beim Tee

von Regula Venske

Der Jogger, der an diesem frühsommerlichen Tag im Mai, von der nahe gelegenen Alster her kommend, über die Sophienterrasse gelaufen wäre und, sein Tempo verlangsamend, im Vorübergehen einen Blick auf die drei Damen erhascht hätte, die im Wintergarten im Hochparterre am Teetisch saßen und in ein angeregtes Gespräch vertieft zu sein schienen, hätte die Idylle für ein perfektes Bild des Friedens gehalten. Und vielleicht wäre es das auch gewesen, wenn nicht –

„Entschuldigung", unterbrach Zofia den Gedanken, dem Sarah gerade nachsinnen wollte, „was heißt hier ‚alte Damen'? Ich bin doch nicht alt! – Siebenundfünfzig", fügte sie nach einer kleinen Atempause hinzu.

„Sie haben ganz recht, meine Liebe", sagte Sarah begütigend. „Sie haben, genauso wie ich, eine noch junge Seele. Und alles unter Neunzig ist sowieso jung."

„Machen Sie sich nicht lächerlich, Sarah", erwiderte Brigitte. „Im September werden Sie fünfundachtzig. Das ist alt. Zahlen lügen nicht. Darf ich noch ein wenig Tee nachschenken?" Sie war die Gastgeberin und in einem früheren Leben Lehrerin am Johanneum gewesen.

„An der Gelehrtenschule des Johanneums", korrigierte Brigitte. „Ich war Oberstudienrätin. Bitte doch sehr darum, hier präzise zu sein!"

Die Autorin seufzte. Worauf hatte sie sich mit diesem Teestündchen nur eingelassen? Das konnte ja heiter werden. Auf keinen Fall durfte sie sich den Stift aus der Hand nehmen lassen. Allerdings war auch sie für Präzision, und hier und da konnte man Kompromisse eingehen. Also noch einmal und besser.

„Darf ich noch ein wenig Tee nachschenken?", fragte Brigitte. Sie war die Gastgeberin – und in einem früheren Leben Oberstudienrätin mit der Lehrbefugnis für Mathematik und Geographie an der Gelehrtenschule des Johanneums gewesen. Jetzt wandte sie sich an die Jüngste unter ihnen. „Oder darf ich Sie darum bitten, Zofia?“

Die jüngere aber war ihr schon zuvorgekommen und hatte bereits mit dem Nachschenken begonnen. Als erstes ergriff sie die Tasse ihrer Gastgeberin, die zugleich ihre Arbeitgeberin war, sie aber in einem überraschenden Akt der Großzügigkeit heute zum Teestündchen hinzugebeten hatte. Nachdem Zofia auch Sarah bedient hatte, war für sie selbst kein Tee in der Kanne mehr übrig.

Brigitte hingegen bereute inzwischen die allzu großzügige Geste. Früher hätte sie sich nicht zu einer solchen Vertraulichkeit gegenüber einer Angestellten hinreißen lassen. Vielleicht wurde sie wirklich alt. Dabei hatte sie selbst Zofia gar nicht im Haus haben wollen. Konrad, ihr Sohn, hatte Zofias Vorgängerin vor fünf Monaten eingestellt, hinter ihrem Rücken, während sie im Krankenhaus lag. Kostengünstige Hilfe aus Polen, weil er meinte, dass die Mutter mit dem großen Haus nicht mehr allein fertig würde. Einstweilen machte Brigitte gute Miene zum bösen Spiel und hatte es auch hingenommen, als Ewelina nach drei Monaten nach Polen zurückgekehrt war und Zofia ihren Platz eingenommen hatte. Aber sobald ihr Oberschenkelhalsbruch ganz verheilt wäre, würde sie die Betreuerin stante pede entlassen.

„Soll ich noch bisschen Tee aufsetzen?“, fragte Zofia. Durst und Hoffnung schwangen in ihrer Stimme.

„Nein, nein, nicht nötig“, gab Brigitte zur Antwort. „Aber seien Sie so gut, wenn Sie das Geschirr abgeräumt haben, zwei Gläser und den Portwein für Frau Rubinstein und mich zu holen. Sie dürfen sich dann auch gern zurückziehen, Kindchen. Danke.“

Zofia schluckte.

Tja, dachte die Autorin, durchaus schadenfroh. Das hast du nun davon! Hättest du dich nicht wegen des Alters beschwert, hättest du dableiben dürfen.

Dafür müssen Sie jetzt Ihre Überschrift ändern, knurrte Zofia. Sie hätte schon auch gern am Portwein genippt.

I wo. Die Autorin lachte. Drei alte Damen beim Tee, dabei bleibt´s. Sarah Rubinstein, Brigitte Lammers und ich. Ich bin zwar nur unwesentlich älter als du, liebe Zofia – zweiundsechzig, um präzise zu sein. Aber sei es drum. Ich habe kein Problem damit, mich als alt zu bezeichnen. Und Tee trinke ich hier an meinem Schreibtisch schließlich auch, nur beim Portwein muss ich leider verzichten.

Sie fing an, New soul von Yael Naim vor sich hinzusummen, bis Sarah Rubinstein ebenfalls einstimmte. I'm a young soul / In this very strange world / Hoping I could learn a bit ‚bout what is true and fake / But why all this hate? …

Zofia hatte unterdessen ihr Gedeck zusammengeräumt, die Teekanne geschnappt und war mit missmutigem Gesichtsausdruck in der Küche verschwunden.

Die beiden zurückgelassenen Damen verharrten einen Moment im Schweigen, rührten in ihren Teetassen und hingen ihren Erinnerungen nach. Schließlich fasste sich Sarah Rubinstein ein Herz. „Sagen Sie, meine Liebe, ich will nicht neugierig sein. Aber wissen Sie, was das für eine Kette ist, die Ihre Hilfe da trägt?"

„Tja, das ist eigentlich meine Kette", antwortete Brigitte Lammers spitz. „Darf ich fragen, warum Sie das wissen wollen?"

Sarah ignorierte die Frage. „Ihre Kette?", wunderte sie sich. „Haben Sie sie Ihrer Hilfe geschenkt?"

„Ach, meine Liebe" – die Gastgeberin langte nach der silbernen Zigarettendose, die in Reichweite auf dem Beistelltischchen neben ihrem Sofa stand, bot pro forma auch ihrem Gast daraus an – im Wissen, dass Sarah Rubinstein dankend ablehnen würde – und zündete sich zackig eine Zigarette an. „Das ist eine lange Geschichte." Sie inhalierte tief, und als sie den Rauch ausblies, blies sie noch weiter, als längst kein Rauch mehr in ihrer Lunge war, wie um zu zeigen, wie lang die Geschichte wäre.

„Natürlich könnte ich der guten Zofia etwas von meinem Schmuck schenken – unter uns, lieber ihr als der neuen Frau meines Sohnes. Die soll mit ihren bunten Holzklunkern glücklich werden, hat so gar keinen Geschmack, das junge Ding. Vegetarierin." Sie rümpfte die Nase. „Aber auch Zofia hätte ich erst nach meinem Tod testamentarisch etwas vermacht. Erst einmal soll sie mich schließlich pflegen. Jetzt allerdings, wo sie mit der Kette herumläuft, die eigentlich meiner Familie gehört …"

„Aber Sie wollen doch nicht andeuten, sie hätte Sie bestohlen?"

Brigitte Lammers lächelte, inhalierte, atmete aus.

„Aber das ergibt doch überhaupt keinen Sinn, dann würde sie doch nicht damit vor Ihnen herumstolzieren!" Sarah Rubinstein schüttelte den Kopf. „Höchst seltsam ist das."

Den letzten Satz hatte sie leise, wie für sich selbst, vor sich hingesprochen, und Brigitte fiel auf, dass sich ihr Gast zum wiederholten Male das rechte Handgelenk rieb. War es nicht das linke gewesen, an dem Sarah operiert worden war? Nun, egal.

„Sie weiß nicht, dass der Schmuck mir gehört", entgegnete sie schließlich. Mit einem entschlossenen Ruck drückte sie ihre Zigarette im Aschenbecher aus. „Warten Sie, ich muss Ihnen etwas zeigen."

Mühsam erhob sie sich, langte nach dem Stock mit dem Silberknauf – er hatte die Form eines Hundekopfes –, der an der Tischkante lehnte, und ließ sich im nächsten Moment wieder zurück auf das Sofa sinken. „Es hat keinen Sinn! Zofia", schimpfte sie. „Können Sie bitte mal kommen!"

Die Pflegerin eilte herbei, ein Tablett mit Gläsern, der Teekanne und einer Karaffe balancierend. Mag sein, dass ein paar Tropfen Portweins ihre Lippen zum Glänzen brachten. Sie durfte wohl darauf vertrauen, dass die beiden älteren Damen, deren Brillen wahrscheinlich seit Jahren nicht mehr ihrer aktuellen Sehstärke angepasst worden waren, es nicht bemerkten.

„Zofia, gehen Sie mal in mein Schlafzimmer und holen Sie die kleine Schatulle, die ich auf dem Frisiertisch bereitgestellt habe!", befahl Brigitte. „Braun mit goldener Schnörkelschrift, Juwelier Dingenskirchen, Sie können sie nicht verfehlen. Aber schenken Sie uns vorher ein Schlückchen ein."

Zofia nickte, stellte die Gläser auf dem Teetisch ab und die Kanne auf das Stövchen, in dem noch ein Teelicht glomm. Als sie die Gläser mit der rubinroten Flüssigkeit füllte, breitete sich ein leichter Geruch von dunklen Beeren, Backpflaumen und Lakritz im Wintergarten aus.

„Ich habe auch noch einmal frischen Tee aufgegossen." Ohne zu fragen, schenkte sie beiden Damen davon nach, als zögere sie die Zeit mit Absicht in die Länge, bevor sie endlich der Aufforderung ihrer Arbeitgeberin folgte und davoneilte, um die besagte Schatulle zu holen. Tatsächlich hatte Brigitte unwirsch mit den Händen gewedelt, als wolle sie sie verscheuchen. Sarah Rubinstein ergriff die Gelegenheit und erhob sich ebenfalls, um sich die Hände waschen zu gehen.

* * *

Allein zurückgeblieben, starrte Brigitte missmutig aus dem Fenster. Junge Frauen, das Mobiltelefon am Ohr oder den obligatorischen Kaffeebecher in der Hand, schoben Kinderwagen in Richtung Alster, Jogger trabten vorbei. Das Leben ging weiter. Draußen. Doch nicht für sie. Ihr Leben war zum Stillstand gekommen. Würde sie je noch einmal ohne fremde Hilfe auskommen? Oder war dies erst der Anfang? Würde das Leben noch größere Bedürftigkeit, weitaus ärgere Zumutungen bringen? Welch eine Ironie des Schicksals, ihr ausgerechnet diese Pflegerin aus Stettin zu schicken. Szczecin, wie es jetzt hieß. Freilich hatte sie sich in ihrem Erdkundeunterricht stets geweigert, sich mit diesen polnischen Zungenbrechern abzugeben. Sie hatte sich vor den Schülern schließlich nicht lächerlich machen wollen. Bei ihr hatten die Städte ihre deutschen Namen behalten. Warschau, Danzig, Auschwitz ... Wieso fiel ihr jetzt ausgerechnet dieser Ortsname ein? Sie war Lehrerin für Geographie und nicht für Geschichte gewesen. Wenngleich natürlich beide Fächer ineinander verwoben waren und auch sie den Schülern so manches historische Detail nahegebracht hatte. Die glorreiche Zeit der deutschen Hanse, in der sich in ihren besten Zeiten rund 300 See- und Binnenstädte des nördlichen Europas zusammengeschlossen hatten. Freihandel lautete das Stichwort, das die Gemüter schließlich auch noch heutzutage erhitzte. Und Sicherheit, natürlich, Safety first. Auch von Stettin hatte sie ihnen erzählt, ihrer Vaterstadt, vom Greifenschloss und der Jakobskathedrale, in der sie, als diese noch Jakobikirche hieß, getauft worden war. Und auserwählten Klassen auch von Rendezvous am Ufer der Oder auf der Hakenterrasse – selbst die schlauen Schüler des Johanneums waren dumm genug gewesen zu glauben, sie spräche aus eigener Erfahrung, dabei hätte jeder von ihnen leicht nachrechnen können, dass sie im Alter von sechs Jahren aus Stettin vertrieben worden war. Aber noch die begabtesten Mathematiker unter ihnen hielten ihre Lehrerinnen für mythische Gestalten, deren Vergangenheit weit ins Mittelalter zurückreichte. Auch von der Vertreibung hatte sie ihnen freilich erzählt, von dem beschwerlichen Treck und den Tieffliegern, die sie beschossen hatten, von Kläuschen, dem Cousin, der mit dem Fuß im Mustopf stecken geblieben war und sich nicht schnell genug in den Graben gerettet hatte, und welche Strecke sie zurückgelegt hatten – denn das war schließlich gelebte Geographie. Nur die Kenntnis der Geographie, dessen war Brigitte Lammers sich sicher, hatte ihre Mutter den richtigen Weg finden lassen und sie beide gerettet.

Und die ganze Zeit über hatte sie das Geheimnis in ihrem Rocksaum gehütet, die Ohrringe, die sie stibitzt hatte, während ihre Mutter das Familiensilber im Garten vergrub. Warum nur hatte sie nicht auch die Kette an sich genommen? Weil sie zu schwer für den Saum gewesen war? Wohl kaum. Sie hatte sich nicht getraut, hatte den Zorn der Mutter befürchtet, die um diesen Schmuck – und überhaupt um vieles, aber das war ihr erst später bewusst geworden – stets ein Geheimnis gemacht hatte. Aber egal, es wäre sowieso alles falsch gewesen, was auch immer sie getan und wie auch immer sie sich entschieden hätte. Denn als die Mutter nach einigen Monaten hinter Brigittes Geheimnis kam und feststellte, dass sie die Ohrringe heimlich an sich genommen hatte, hatte sie ihr eine Tracht Prügel verpasst. Aber als sie erfuhr, dass Brigitte die dazu gehörige Kette hatte liegen lassen, hatte die Mutter sie noch einmal verhauen.

Das Leben war ungerecht. Wenn man nicht für sich selbst sorgte, kam man zu kurz, das hatte sie früh gelernt. Sie wollte nach ihrem Portweinglas greifen, sich vorab schon ein Schlückchen gönnen, aber in ihrer Hast stieß sie gegen ihr Glas. Die schwere Flüssigkeit ergoss sich über den bestickten Tischläufer, einige Spritzer tropften auf den Fußboden herab. Wie Blut, dachte Brigitte. Wie Taubenblut. In diesem Moment – und während sie sich noch wunderte, wie das Wort Taubenblut in ihre Gedanken gelangte – kam ihr eine Idee.

* * *

Zofia hatte die kleine Schmuckschachtel sofort gefunden. Bei Brigitte Lammers herrschte peinlichste Ordnung, auf dem Frisiertisch mit dem dreiteiligen Spiegel lagen normalerweise nur ein Kamm und eine Bürste in einer Silberschale, daneben ein versilberter Handspiegel, und diverse Parfumflakons standen in Reih und Glied stets an der selben Stelle. Ihren Schmuck bewahrte Brigitte an einem Ort auf, zu dem Zofia keinen Zugang hatte und von dem sie nichts wusste. Die wertvollsten Sachen, so hatte ihre Arbeitgeberin gleich zu Beginn des Arbeitsverhältnisses klargestellt, lagerten sowieso im Banksafe.

Zofia hielt sich nicht für eine neugierige Frau. Heute aber konnte sie der Versuchung nicht widerstehen. Kurz hatte sie gezögert, dann aber das Schmuckkästchen beherzt geöffnet und einen Blick hineingeworfen. Zu ihrer großen Verblüffung sah sie ein Paar Ohrringe auf schwarzem Samt, die haargenau zu ihrer Kette passten, die sie heute extra für die Teeeinladung angelegt hatte. Tropfen aus dunkelroten Rubinen, rot wie der Abendmahlswein, mit einem kleinen Stich ins Bläuliche, wenn man genauer hinsah.

Solange Zofia zurückdenken konnte, hatte ihre Mutter diese Kette zu besonderen Anlässen getragen. Weihnachten, Ostern, Hochzeitstag, Schulentlassung und Examensfeiern und schließlich zu Zofias Verlobung. Zu ihrer Hochzeit hatte die Mutter sie ihr geschenkt. Damals war sie schon sterbenskrank gewesen.

Zofias Herz klopfte heftig. Was hatte es zu bedeuten, dass ihre Arbeitgeberin diese Ohrringe für sie bereitgelegt hatte? Wollte sie ihr die Ohrringe schenken, vielleicht zum Dank für die gute Arbeit, die sie hier leistete? Brigitte Lammers war eine schwierige Frau, aber Zofia glaubte fest und unverbrüchlich an das Gute im Menschen. Und sie glaubte an Gott. Es konnte kein Zufall sein, dass er sie ausgerechnet zu dieser verbitterten alten Frau geschickt hatte. Erzählte überall, sie käme aus Stettin, dabei hatte sie überhaupt keine Erinnerung an die Stadt. Wollte angeblich von Zofia über ihr Leben dort hören. Aber immer, wenn die Situation danach war und Zofia zu sprechen anfing, wurde sie unterbrochen. In Wahrheit, das hatte Zofia inzwischen begriffen, wollte Frau Lammers von Stettin gar nichts hören. Jedenfalls nicht vom modernen Szczecin, von Zofias Leben dort, ihrem Studium, ihrer Familie, ihrer Berufstätigkeit. Auch Zofia war Lehrerin gewesen, noch bis vor wenigen Jahren. Dann erlitt ihr Mann einen Herzinfarkt und verlor seine Stelle, und sie hatte an etwas gelitten, von dem sie inzwischen gelernt hatte, dass die Deutschen es Burn-out nannten. Das klang eindrucksvoll genug, um ihr vergessen zu helfen, wie schrecklich die Zeit damals gewesen war. In der Folge war sie vorzeitig pensioniert worden und hatte es mit der Arbeit in Deutschland versucht. Drei Monate arbeiten und drei Monate wieder daheim. Den Juni galt es noch durchzuhalten. Und dann, endlich Ferien in *Międzyzdoje* an der geliebten Ostsee! Und im Herbst ganz egal wohin, Hauptsache, nicht zurück zu Frau Lammers. Obwohl – nur schlecht war es bei ihr auch wieder nicht. Rein körperlich war die Arbeit nicht anstrengend. Nur die vielen kleinen Spitzen und Demütigungen waren schwer auszuhalten. Aber vielleicht würde ja nun alles besser werden. Wenn die Frau ihr sogar passende Ohrringe schenkte ... Vielleicht hatte sie sie falsch eingeschätzt.

Schuldbewusst klappte Zofia den Deckel der Schachtel zu. Sie hatte die alten Damen über Gebühr warten lassen. Das war sonst nicht ihre Art. Genauso wie Frau Lammers schätzte sie Pünktlichkeit. Von wegen deutsche Tugenden. Aber je eingebildeter ihre Arbeitgeberin auftrat, desto mehr verspürte Zofia den Reiz, wider den Stachel zu löcken. Ein bisschen Bummelstreik hier oder da, eine kleine Nachlässigkeit, die die andere ärgern würde. Gleich als sie Frau Lammers zum ersten Mal sah, war dieses Verlangen in ihr aufgestiegen. Wie damals, als sie die beiden Deutschen, Vater und Tochter wahrscheinlich, jenseits des Zauns vor ihrer Schule gesehen hatte. Dass es Deutsche – Westdeutsche! – waren, konnte man auf Anhieb erkennen. Die Jeans, die Schuhe, der Stoff ihrer Kleidung. Der Haarschnitt der Tochter, die Haltung des alten Mannes. Erst nur vereinzelt, dann in immer größeren Scharen fielen sie in ihre, Zofias, Heimatstadt ein, nostalgisch – mal freundlich, mal aggressiv – die Alten, nostalgisch aber, ohne es zu wissen, auch die Jüngeren, als wäre in fremden oder fremd gewordenen Städten so etwas wie Wahrheit zu finden.

Der Vater hatte der Tochter irgendetwas erzählt und dabei auf das Schulgebäude, den Schulhof gedeutet. Und dann hatte er, wohl um seine Worte zu unterstreichen, den rechten Arm erhoben zum Hitlergruß. Völlig ungeniert, vielleicht war ihm nicht einmal bewusst, wie missverständlich sein Auftreten war. Der Tochter aber war die Geste sichtbar peinlich gewesen. Vergebens hatte sie versucht, die Bewegung des alten Mannes zu bremsen. Zofia hatte die Kinder – sie hatte die Pausenaufsicht – vom Zaun weggetrieben. „Da gibt's nichts zu sehen, spielt weiter ..."

Aber die Schüler hatten genau beobachtet, was geschah. „Kommen die Deutschen jetzt wieder? War das ein Nazi? Oder ein Spion?"

Am Ende hatte sie lachen müssen, widerwillig zwar, aber die Kinder waren einfach zu süß. Die Kleineren jedenfalls. Sprachen die Wahrheit aus, mitunter, ohne dass sie es wussten. Ob sie je mit Frau Lammers einmal beim Tee über den gemeinsamen Beruf würde reden können? Wusste die andere eigentlich, dass sie eine Kollegin war?

Nein, Frau Lammers war es egal, wer sie ins Bett brachte und ihr auf der Toilette half. Frau Lammers –

Frau Dr. Lammers, verbesserte sich die Autorin – Frau Dr. Lammers glaubte fest, dass sie etwas Besseres sei.

Lieber Gott, hilf mir, dachte Zofia. Hilf mir, dass ich Frau Lammers ihren Hochmut verzeihen kann, wenn sie mir die Ohrringe schenkt.

* * *

Kein Zweifel, das war die Kette. Wie konnte das sein? Sarah Rubinstein zupfte an ihrem Foulard, öffnete die Schleife und band sie neu, während sie sich im Spiegel betrachtete. Wie manchmal in letzter Zeit schob sich das Gesicht ihrer Mutter vor ihr eigenes. Dabei wusste sie eigentlich gar nicht mehr, wie ihre Mutter ausgesehen hatte. Sie trug sie in ihrem Herzen, natürlich, das ja, aber dass ihre Augen sie gesehen hatten, war achtzig Jahre her. Und sie war ein kleines Kind gewesen, fünf Jahre alt. Aber sie hatte das Foto. Früher war es das Foto einer schönen Frau gewesen, einer jungen Frau zwar, aber doch deutlich älter als sie, die noch ein Kind war, dann ein Backfisch, wie man es damals nannte, ein Teenager, schließlich selbst eine junge Frau. Da hatte es eine Zeit gegeben, als alle Freunde, denen sie das Foto zeigte, begeistert reagiert hatten. „Aber sie sieht ja genauso aus wie du! Oder vielmehr, du siehst aus wie sie! Das ist ja fantastisch!"

Jetzt war es das Foto einer schönen jungen Frau, die nie hatte altern dürfen. Fast noch ein Mädchen, dachte sie manchmal. Sie hingegen war alt, hatte ein zerknittertes Gesicht und Runzeln am Hals, die sie mit bunten Seidentüchern bedeckte. Eine Kette mit funkelnden Rubinen würde sie nicht mehr tragen.

Aber es war die Kette, daran konnte kein Zweifel bestehen. Sie hatte schließlich das dazu gehörige Armband lange genug getragen, bevor sie es an Miriam weitergab. Es war der nämliche Schmuck. Egal, wieviel Zeit seitdem vergangen war, der Tag stand fest vor ihren Augen. Sie hatte das Armband heimlich an sich genommen, als sie aufgeschnappt hatte, dass sie zu Tante Lizzie nach Schweden geschickt werden sollte. Hatte sich der Mutter gegenüber deshalb ihr Leben lang doppelt schuldig gefühlt. Hätte die Mutter den Schmuck vielleicht verkaufen und sich noch retten können?

Auf dem Foto hatte die Mutter zu der Kette auch noch passende Ohrringe getragen. Es musste kurz nach Sarahs Geburt im Frühherbst 1933 aufgenommen worden sein. Noch wusste die schöne junge Frau auf dem Foto nicht, was ihr und ihrer Familie, ihren Freunden und den bald tausend Stettiner Juden in den kommenden Jahren bevorstand: Sie würden die ersten auf deutschem Gebiet sein, die von den Nationalsozialisten ins besetzte Polen deportiert wurden. Am 12. Februar 1940 war ihre Verhaftung im ganzen pommerschen Regierungsbezirk Stettin erfolgt, so hatte ihr Miriam erst neulich aus dem Internet vorgelesen. Sarahs Mutter hatte es damals noch nicht wissen können, aber in ihren Augen hatte schon so viel Trauer gelegen. Zu viel Trauer für eine Frau, die gerade ein Kind zur Welt gebracht hatte.

Die Eltern hatten sie zu Tante Lizzie geschickt, und außer einem Foto und einem stibitzten Armband war ihr kein Erinnerungsstück an ihr zu Hause geblieben. Und zwei Monate später war ihr Vater schon tot gewesen, erschlagen bei den Novemberpogromen, in deren Verlauf auch die Stettiner Synagoge zerstört worden war. Das hatte Tante Lizzie ihr aber erst viele Jahre später erzählt. Bis zum Mittag des 10. November hatte das stolze Gebäude gebrannt. Eine der wenigen Erinnerungen aus ihrer Kindheit, die sich fest in ihr Gedächtnis eingebrannt hatten, war, wie ihr der Vater die Gedenktafel für die siebzig Gefallenen der Synagogengemeinde des Ersten Weltkrieges gezeigt hatte, die an der westlichen Empore angebracht war – dass es die westliche Empore war, hatte sie freilich auch erst kürzlich bei Wikipedia nachgelesen. Feierlich hatte der Vater alle Namen, die darauf vermerkt waren, zitiert und ihr eingeschärft: Ludwig Rubinstein war dein Großvater. Mein Vater. Vergiss das nie. Er hat im Ersten Weltkrieg für Deutschland sein Leben verloren. Und sie hatte es ebenso feierlich, wie er es ihr aufgetragen hatte, versprochen. Auch an andere Namen, die auf der Tafel gestanden hatten, konnte sie sich erinnern. Was hatten ihre Nachkommen später durchmachen müssen? So viele Schicksale verbargen sich hinter den Namen und Zahlen. Sie selbst hingegen hatte „Glück gehabt“, so hatte es Frau Lammers neulich genannt. Sarah hatte geschwiegen, war zu stolz für eine Antwort gewesen. Mit fünf Jahren Vater und Mutter verlieren, erst durch die Trennung, dann durch den Tod. Die ganze Familie verlieren … !

Warum war sie der Einladung dieser Dame gefolgt? Der gemeinsame Nenner hieß Stettin, das hatten sie im Krankenhaus, als sie beim Warten auf den Röntgentermin miteinander ins Gespräch gekommen waren, zufällig festgestellt. Nun aber gab es einen weiteren gemeinsamen Nenner. Eine Kette, die Sarahs Mutter gehört hatte und von der Brigitte Lammers behauptete, sie gehöre ihrer Familie. Und die ihre polnische Pflegerin, die aus derselben Stadt stammte, trug. Das Leben schrieb die wunderlichsten Geschichten. Sollte sie die beiden Frauen demnächst zu sich zum Kaffee einladen und ihnen das gerahmte Foto auf ihrer Fensterbank zeigen? Sollte sie erzählen, was sie vermutete: dass die Kette ihrer Mutter offenbar erst in die Hände von Brigitte Lammers Familie geraten war – auf welchem Wege? – und später dann erst in die von Zofia? Nach kurzem Nachdenken entschied sich Sarah dagegen. Wenn sie etwas im Leben früh gelernt hatte, dann war es die Weisheit, ihr Herz nicht an Dinge zu hängen. Für sie hatte immer nur die Liebe gezählt. Und die Erinnerungen. Erinnerung, so lautete schließlich das Geheimnis der Erlösung.

* * *

Was für ein Nachmittag! Brigitte Lammers blieb ermattet am Teetisch sitzen, nachdem ihr Gast gegangen war. Sie hatte Sarah Rubinstein nicht zu Haustür geleitet. „Nehmen Sie es mir nicht übel, meine Liebe. Wer weiß, wann Zofia zurückkehrt. Und ob überhaupt. Ich muss meine Kräfte sparen."

Sarah hatte sehr verständnisvoll reagiert und sich diskret verabschiedet. „Darf ich Ihnen noch behilflich sein? Den Tisch abräumen?"

Brigitte hatte das freundliche Angebot abgelehnt. „Nein, nein, Sie müssen sich auch schonen. Wenngleich", sie hatte zu lächeln versucht, „wenngleich Ihre Seele natürlich noch jung ist – nur Ihre Hände sind alt."

Auf dem Tisch standen noch die halb leer getrunkenen Teetassen, die benutzten Teller, die Kuchenplatte mit den Resten des von Zofia gebackenen Hefezopfes. Brigitte hatte ihr die Idee ausreden müssen, zum Tee im Sommer Stettiner Pfefferkuchen zu reichen. Ein Spezialrezept mit Mandeln, Kardamom, Ingwer und Gewürznelken, hatte Zofia geschwärmt, und dass der Stettiner Lebkuchen dem Nürnberger in nichts nachstehe. Nein, nein, das waren Weihnachtsgewürze.

Brigitte Lammers liebte ihren Tee auf die englische Art. Statt Scones dann eben Hefezopf mit Butter und Marmelade. Man musste eine Grundlage für den geliebten Portwein schaffen.

Der Fleck auf dem Läufer war eingetrocknet und unter der Stikkerei ein wenig verblasst. Die Spritzer auf dem Fußboden hatte sie gleich, als ihr das Malheur unterlaufen war, notdürftig mit einem Papiertaschentuch aufgewischt. War das wirklich erst vor einer Stunde gewesen? Ihr kam es vor wie in einer anderen Zeit. Wie hatte sie nur den Entschluss fassen können, Zofia vergiften zu wollen? Als wäre sie plötzlich eine andere gewesen, so war es über sie gekommen, ganz spontan. Sie hatte ihre Herztropfen aus der Handtasche geholt und den gesamten Inhalt des Fläschchens in die Karaffe gekippt. Natürlich erst, nachdem sie sich selbst noch einmal eingeschenkt hatte, versteht sich. In der Karaffe war nicht mehr viel drin, gerade genug, dass man nichts schmecken würde. Und wenig genug, um Zofia in Versuchung zu führen, den Rest heimlich auszutrinken. „Ich habe den Rest für die Sauce verwendet" –Brigitte Lammers kannte die Ausreden des Personals.

Niemand würde Verdacht schöpfen. Dass alte Damen ihre Pflegekräfte ermordeten, kam selten vor. Ein plötzlicher Herztod bei einer Siebenundfünfzigjährigen hingegen schon eher. Von wegen, jung. Und wenn man zum Alkohol neigte, wie man von den Polinnen ja des Öfteren hörte. Es würde mit Sicherheit keine Obduktion geben. Und sicher auch keine Hausdurchsuchung in Hamburg-Harvestehude, bloß weil eine Pflegekraft mal ein Kettchen verlor ... Die meisten Ehemänner hatten ein schlechtes Gedächtnis für den Schmuck ihrer Ehefrauen, es sei denn, sie hatten selbst teuer dafür bezahlt. Und sollte der Mann unter den Habseligkeiten seiner Frau je eine Kette vermissen, sie würde von gar nichts wissen. Hatte Zofia denn überhaupt jemals eine Kette getragen?

Die Kette! Die Kette, die schließlich ihr zustand! Sie hatte ihrer Mutter gehört!

Ja, so hatte sie gedacht, noch vor anderthalb Stunden.

Aber nun war alles ganz anders gekommen, ihre Welt war eingestürzt.

Als sie Zofia gebeten, die Ohrringe zu holen, war ihr Plan noch gewesen, Zofia für die Kette Geld anzubieten. Das war doch schließlich der Grund, warum die andere überhaupt nur nach Hamburg gekommen war. „Liebe Zofia", hatte sie sagen wollen, „hier ist der Beweis: Dieser Schmuck gehört mir. Er hat meiner Mutter gehört, so wie auch die Kette, die Sie jetzt tragen. Ich weiß nicht, wie er in Ihre Hände gelangt ist. Aber sie gehört mir. Ich bitte Sie, sie mir zu überlassen, ich gebe Ihnen fünfhundert Euro dafür." Bis tausend würde sie sich hoch handeln lassen, so hatte sie überlegt.

Aber dann war der Plan mit dem Portwein dazwischengekommen. Und so hatte sie Zofia, als diese zurückgekommen war und ihr die Schatulle gereicht hatte – seltsam erregt, seltsam erwartungsfroh, das war Brigitte wohl aufgefallen – das Kästchen nur abgenommen und es scheinbar achtlos auf den Teetisch gestellt. Sie hatte Zofia gerade danken wollen – „Danke, Sie können sich ein Stündchen zurückziehen" –, da hatte Sarah Rubinstein Zofias Hand ergriffen und zu sprechen begonnen.

„Bleiben Sie noch einen Moment, meine Gute. Ich wollte es eigentlich nicht erzählen, aber nun, da ich Sie sehe – und die Kette an Ihnen sehe, die Ihnen sehr gut steht – da will ich es Ihnen doch sagen. Diese Kette hat, glaube ich, einmal meiner Mutter gehört. Sie – nun, sie lebt nicht mehr. Sie kennen ja die deutsche Geschichte. Es gab noch Ohrringe und ein passendes Armband dazu. Das Armband habe ich damals mitgenommen, als meine Eltern mich nach Schweden geschickt haben. Später habe ich es meiner Tochter geschenkt, jetzt hat es meine Enkeltochter. Meine Miriam. Ihretwegen bin ich überhaupt nur nach Hamburg gezogen. Ich möchte am Ende meines Lebens in ihrer Nähe sein. Und nun erwartet sie ein Kind, und ich werde Urgroßmutter. Aber was erzähle ich so lange. Ich freue mich, nein, besser gesagt, es bewegt mich sehr, die Kette nach so langer Zeit wieder zusehen."

Mit einer heftigen Bewegung hatte Zofia Sarahs Hand abgeschüttelt. Stumm vor Schreck hatte sie die alte Frau angeguckt. „Ihr Schmuck?", hatte sie schließlich gestammelt. „Aber meine Mutter hatte die Kette ... Immer schon. – Aber ... es stimmt", sie hatte lange gezögert, es war ihr sichtlich schwer gefallen, das Folgende auszusprechen, „wir hatten einige Sachen in unserer Wohnung, Bilder ... Porzellan ... ein Klavier ..., die früher den Deutschen gehört hatten. Aber doch nicht den ..."

Entsetzt brach sie ab.

„Den Juden, wollen Sie sagen? Nun, wir sind auch Deutsche gewesen.“ Sarah hatte gelächelt.

Brigitte Lammers seufzte. Sie griff nach der Zigarettenschachtel. Eine letzte Zigarette jetzt wäre schön. Die Schachtel war leer.

Alles, was in ihrer Kindheit seltsam, geheimnisumgeben gewesen war, ergab plötzlich Sinn. Das fremde Fotoalbum, das ihr eines Tages in die Hände gefallen war und das ihr die Mutter grob aus der Hand gerissen und in die Mülltonne geschmissen hatte. Auch die alten eigenen Familienfotos, die Aufnahmen aus der Zeit ihrer Geburt, 1939, als die Eltern mit ihr anscheinend noch in einer winzigen, eher schäbig anmutenden Wohnung gewohnt hatten. Eine vergilbte Tapete im Hintergrund, ein spärlicher Tannenbaum, alles wirkte muffig und eng. Aber im Jahr darauf waren sie in eine helle, großzügige Wohnung in einem Viertel gezogen, das ihre Mutter ehrfurchtsvoll immer das Gründerzeitviertel genannt hatte. Darin hatte Brigitte ihre ersten fünf Lebensjahre verbracht, und diese Wohnung war zum Maßstab in ihrem späteren Leben geworden.

Die arme Zofia. Auch ihr Weltbild war in der vorigen Stunde wohl gründlich ins Wanken geraten. Sie hatte sich, nachdem Sarah gesprochen hatte, an den Hals gefasst – und einen Moment lang hatte Brigitte gedacht, die andere würde die Kette abmachen und Sarah Rubinstein geben. Ganz augenscheinlich hatte Zofia mit sich gerungen. Aber dann war sie mit einem unterdrückten Schrei aus dem Zimmer gestürzt und kurze Zeit später hatten sie die Haustür klappen hören. Wer weiß, ob sie überhaupt wiederkam? Wahrscheinlich doch. All ihre Sachen lagen schließlich hier. Es war gut, dass die Alster in der Nähe war. Da konnte man auf einer Bank am Ufer oder auf einem der Anleger sitzen und ungestört weinen. Oder schnell herumlaufen und sich abreagieren. Manche gingen auch hinein, aber dazu würde Zofia nicht neigen. Nein, sie würde wiederkommen und sie, Brigitte, hier finden.

Sie holte einen Kugelschreiber aus ihrer Handtasche, die sie neuerdings vorsorglich stets in Reichweite abstellte, und kritzelte ein paar Zeilen auf die Innenseite der Zigarettenschachtel. Ihrer Unterschrift war schwungvoll wie eh und je. Dann griff sie nach der Karaffe, aus der Zofia nun nicht mehr trinken würde und trank den für Zofia vorgesehenen Rest in energischen kleinen Schlucken.

* * *

„Auf das Gedenken“, sagte Sarah.

„Auf Frau Dr. Lammers“, sagte Zofia. „Soll sie in Frieden ruhen.“

Beide erhoben ihre Teetassen und nickten sich zu. Nachdem die anderen Gäste, die zur Trauerfeier erschienen waren – ehemalige Kollegen und Schülerinnen, Bekannte aus der Kirchengemeinde, der Sohn mit seiner jetzigen Frau und ehemaligen Geliebten sowie entfernte Verwandte – sich verabschiedet hatten, waren sie als einzige im Café Fritz beim Ohlsdorfer Friedhof übrig geblieben. Auch Konrad Lammers hatte sich freundlich verabschiedet. Zuvor hatte er, mit einer korrekten Verbeugung, Sarah eine kleine Schmuckschatulle und Zofia einen geschlossenen Briefumschlag überreicht. „Brigittes letzter Wille“, hatte er gesagt. „Meine Mutter hatte ihn auf einer Zigarettenschachtel notiert. Glücklicherweise hat meine Frau die Notiz noch gesehen, als sie die Schachtel in den Müll werfen wollte.“

Beide hatten sich bedankt, und Sarah hatte Brigittes Sohn in wenigen Worten die Geschichte der Ohrringe erzählt. Zofia widerstand der Versuchung, nachzusehen, wieviel Geld sich in dem Umschlag befand, und ihn diskret in ihre Handtasche gesteckt. Nun zog sie ein Säckchen aus blauem Samt daraus hervor.

„Auch ich möchte Ihnen etwas geben“, sagte sie. Sarah ahnte, worum es sich handelte. „Beinahe hätte ich sie Frau Lammers in den Sarg mitgegeben. Aber dann dachte ich ...“

Sie sprach nicht zu Ende.

Auch Sarah Rubinstein konnte nicht sprechen. Sie war sehr bewegt.

„Danke“, sagte sie schließlich. „Ich werde sie meiner Enkeltochter zur Geburt ihres Kindes schenken. Es wird ein Mädchen, das wissen wir schon.“

„Und ich habe nur Söhne“, sagte Zofia. „Nach meinem Tod würden sich doch nur meine Schwiegertöchter darüber streiten, wer die Kette bekommt.“

Beide guckten sich an und lachten. Es war nicht das hysterische Lachen, das manche Menschen bei Trauerfeiern überkommt, bei denen sie zuvor sehr angespannt waren. Es war ein gemeinsames Lachen, das sie über die Generation und die Lebenserfahrungen hinweg, die sie trennten, verband und aus dem sich eine Freundschaft entwickeln mochte.

„Kommen Sie mich einmal in Sczcecin besuchen?“, fragte Zofia. „Dann zeige ich Ihnen die Stadt, wie sie heute ist. Eine junge Stadt, eine grüne Stadt mit vielen Parks, und natürlich der Oder und dem Hafen.“

„Ich weiß“, sagte Sarah. „Stettin war einmal der Hafen Berlins.“

„Zum Tee gehen wir ins Café 22, von da haben wir den allerbesten Blick auf die Stadt. Und Sie müssen natürlich die *paprykarz szczeciński* probieren, ein Spezialgericht aus Fisch, Reis und Zwiebeln, mit Tomatenmark und verschiedenen Gewürzen. Und unsere Pastetchen …“

„Das klingt wunderbar“, sagte Sarah.

„Und wir müssen unbedingt zum Konzert in den goldenen Saal der Stettiner Philharmonie“, schwärmte Zofia. „Es muss nicht immer die Elbphilharmonie sein.“

„Das klingt wunderbar“, wiederholte Sarah. „Am liebsten würde ich Miriam mitnehmen und ihr alles zeigen.“ Dann wurde sie ernst. „Ich würde gern auch einmal bei der alten Wohnung vorbeigehen … Nur weiß ich leider den Namen der Straße nicht mehr. Ich war ja noch klein.“

„Aber ich weiß, wo ich gewohnt habe“, sagte Zofia. „Und es gibt alte Stadtpläne und Verzeichnisse, da finden wir auch leicht den früheren Namen heraus. Ja, Sie müssen Anne und das Baby unbedingt mitbringen. Die Wohnung ist groß genug. Wir haben ein schönes Gästezimmer, und das Baby kann in der Schublade der alten Kommode schlafen. Die polstere ich schön aus.“

Sie hoben die Teetassen und prosteten sich zu.

„Wunderwunderwunderbar“, sagte Sarah.

„Zwei alte Damen beim Tee“, lachte Zofia.

„Zwei Damen mit junger Seele“, verbesserte Sarah. „Aber eigentlich drei. Brigitte gehört dazu.“

„Sie haben recht“, sagte Zofia. „Und ich denke jetzt auch an Ihre Mutter. Auf das Gedenken.“

„Auf das Gedenken“, antwortete Sarah Rubinstein.

Auf das Gedenken, dachte auch die Autorin, und klappte den Laptop zu.

21. Kolberg / Kołobrzeg

Werbung ist Alles

von Eva Lirot

Also, hier war ich noch nie!

In Polen, meine ich. Das ist das Schöne an meinem Beruf, man kommt herum. Lernt die Welt kennen. Sprachliche Probleme gibt es in meiner Branche so gut wie nie. Bei uns ist es nicht üblich, dass wir persönlich mit den Kunden reden.

Oder mit anderen Menschen.

Leute mit meinem Job sind Einzelgänger. Wir machen unsere Arbeit und bleiben weitestgehend für uns. Dafür genießen wir freie Zeiteinteilung und können uns einen gehobenen Lebensstil leisten.

So wie ich.

Nachdem ich meinen neuen Auftrag erhalten hatte und wusste, wohin die Reise dieses Mal geht, mietete ich mir ein Taxi mit einem polnischen Fahrer, der mich nicht nur zur Fähre brachte, sondern seine Dienste auf dem Kontinent fortsetzte und mich bis zum Zielort fuhr.

Polen gibt es ja viele bei uns auf der Insel, keine Ahnung, warum die lieber in England Taxi fahren statt in ihrer Heimat. Wurde mir aber klar, als wir die Grenze passierten und unsere Durchschnittsreisegeschwindigkeit von siebzig Meilen pro Stunde auf unter dreißig sank. Einen Rennfahrer bringt dieses Volk ganz sicher niemals hervor. Ich gebe zu, dass ich ein paar Mal sogar kurz davor war, die berühmte britische Gelassenheit zu verlieren, als mein Chauffeur hinter polnischen Karren herzuckelte, deren Gaspedal offenbar aus Porzellan gefertigt worden war, sodass die Fahrer es nur mit äußerster Vorsicht berührten. Ich bekam Schnappatmung und stellte mir zur Beruhigung vor, ich wäre James Bond und das Taxi mit einer Bordkanone ausgerüstet!

Nach rund sechs Stunden Schleichfahrt, die mit einer Pferdedroschke kaum länger hätte dauern können, erreichten wir endlich den Zielort. Krzolcks ... ein für britische Zungen unaussprechlicher Name einer Stadt an der Ostsee, Westpommern.

Ich bat meinen Fahrer, etwas außerhalb zu parken, am Rande eines Parks, weil ich mir nach der endlosen Fahrt ein wenig die Beine vertreten wolle. Er holte meine Reisetasche aus dem Kofferraum und reichte sie mir. Ich bedankte mich und gab ihm fünf Hundertpfundscheine. Trinkgeld. Er bekam Stielaugen, riss das Geld an sich und dienerte vor mir.

War mir fast schon peinlich. Ich bin gerne großzügig. Auch wenn der Taxifahrer nicht viel von dem Geld hatte.

Keine Zeugen.

Sehr wichtig in meiner Branche.

Ich öffnete meine Reisetasche, nahm eines meiner Arbeitsgeräte zur Hand – ein langes Messer reichte für den Zweck – und stieß es dem Mann gnädig ins Herz.

Bei mir muss niemand leiden, der es nicht verdient hat. Wobei, wenn ich an das elende Gezuckel denke ...

Egal. Der Mann lag nun dort, wo sich zuvor meine Reisetasche befunden hatte. Zusammen mit meiner Visitenkarte.

Ich nutze jede Gelegenheit für die Werbung. Der Konkurrenzdruck nimmt auch in meiner Branche zu, und das nicht erst seit der Vermischung der Völker. England gehört längst nicht mehr zu den führenden Ländern in unserer Branche, der Jack the Ripper-Mythos verliert immer mehr an Glanz angesichts der Fachkräfte, die aus Mexiko, dem Kongo, Venezuela, El Salvador und ähnlichen Gebieten kommen und den Markt fluten. Dort lernen sie unseren Beruf oft von Kindesbeinen an. Kein Wunder, dass heutzutage nur noch Ausnahmetalente wie ich bestehen können.

Das verdanke ich meinem Vater, der Teufel hab ihn selig. Er war mehr der Mann fürs Grobe. Notgedrungen. In den Slums von Birmingham, in denen ich das zweifelhafte Vergnügen hatte, aufzuwachsen, gab es zu seiner Zeit keine gut bezahlten Jobs. Dort konnte man schon für drei Biere einen Killer mieten. Einen von diesen rohen, unsensiblen Burschen, die nicht selten in dem Blutbad herumlatschten, das sie anrichteten und so selbst den müdesten Polizeihund auf ihre Spur führten, ohne dass der groß schnüffeln musste.

Eine furchtbare Gegend. Ich kann nur ahnen, wie stolz mein Vater auf mich wäre, seinen Sohn, den er schon im Vorschulalter mit zum Dienst nahm, und der es nicht nur zu Reichtum und Wohlstand, sondern außerdem zu einem Adelstitel gebracht hat. Wurde mir zwar nicht von der Queen persönlich verliehen und ist auch mehr durch Schusseligkeit als besondere Verdienste zustande gekommen. Aber egal. Titel ist Titel. Seit ich in diesem Frisörsalon in Schottland nach dem Waschen-Schneiden-Töten-Programm meinen Teebeutel in einer Tasse zurückließ, die mir der Verblichene zuvor freundlicherweise mit heißem Wasser auffüllte, berichtet der Boulevard nur noch von den Taten des Earl.

Earl Grey.

Für den Fall, dass die polnischen Schreiberlinge ein paar Zeilen zu dem Leichnam im Taxi verfassen wollen, habe ich dem toten Fahrer einen entsprechenden Teebeutel zwischen die Finger gesteckt. Meine Visitenkarte eben. Führe ich grundsätzlich mit mir, die Dinger. Wegen der Werbung, wie gesagt. Muss sein.

Nun zu meinem neuen Auftrag. Wie stets kam er natürlich nicht per Mail, Post, Fax, Telefonanruf oder sonst einem Kommunikationsweg, auf dem es vor potentiellen Zeugen nur so wimmelt. Diskretion ist das A und O für mich. Und die Auftraggeber. Es ist wichtig, dass sie vor der Polizei sicher sind. Und vor mir.

Keine Zeugen, wie gesagt.

Ich erhielt das Dokument letzten Samstag. Ich verweilte zu der Zeit in London, meiner neuen Heimatstadt, und stand in der Nähe einer Kasse unten in der Delikatessenabteilung bei Harrods. Ich überlegte, was ich mir zu Mittag leisten wollte, da sprach mich die junge Frau hinter der Kasse an, rief: „Benötigen Sie die Quittung, Sir?“ Sie hielt mir ein Stück Papier hin.

Ich schaute sie an. Registrierte die vielen Menschen, irgendjemand rempelte mich von hinten an.

Und ich verstand!

Ich nahm das Stück Papier und ließ es schnell in der Innentasche meines maßgeschneiderten, grauen Jacketts verschwinden.

Sehr gewieft, mein neuer Auftraggeber, das muss ich schon sagen. Jede andere Person wäre mit Sicherheit von einer Verwechslung ausgegangen und hätte der Kassiererin das Schriftstück nicht abgenommen. Doch bei einem Mann meiner Qualifikation besteht diese Sorge selbstverständlich nicht.

Ich verließ das Kaufhaus, schritt zur nächsten U-Bahnstation und fuhr zu meinem temporären Zuhause. Derzeit residiere ich im Ritz.

Ich begab mich in meine Suite und begann mit dem Studium des Auftrags.

Logisch, dass sämtliche Daten verschlüsselt übermittelt wurden, nicht wahr? Nicht auszudenken, was das sonst für das nette Fräulein an der Kasse im Harrods bedeutet hätte!

Der erste Hinweis auf dem Schriftstück, getarnt als Warenposten, lautete: polnischer Fisch. Das bedeutet, das mein Zielort das Land Polen ist und sich entweder im Küstenbereich befindet oder an einem Fluss.

Ein weiterer Artikel lautete: Pommes Frites mit Westernsauce. Auch klar, ich konnte also auf die Region Westpommern eingrenzen.

Danach wurde es schon kniffliger, für einen Profi wie mich aber dennoch Routine, da ich weiß, dass die vermeintlichen Preisangaben in Wahrheit Längen- und Breitengrade sind. Alles, was ich tun musste, war also, die sich auf dem Schriftstück befindlichen Zahlen solange neu anzuordnen, bis sich ein exakter Ort im besagten Westpommern daraus ergab. Eine reine Fleißarbeit, nach rund drei Stunden Suche unter Zuhilfenahme von Google hatte ich die Lösung: Kolobrzeg, die Stadt mit dem unaussprechlichen Namen.

Jetzt muss ich nur noch herausfinden, wer das Opfer sein soll. Auch kein großes Problem.

Mittlerweile neige ich dazu, den Zielort schon mal aufzusuchen, selbst wenn ich dieses Rätsel noch nicht gelöst habe. Meistens hilft es, die Sache locker im Hinterkopf zu behalten, dann ergibt sich alles wie von selbst.

Die Reisetasche geschultert, schlenderte ich Richtung Innenstadt, nachdem ich mich um den Taxifahrer gekümmert hatte. Es bewölkte sich, wurde etwas kühl und ich verspürte Hunger, also kehrte ich in ein Lokal ein. Der Kellner bemerkte gleich, dass ich kein Landsmann bin, begrüßte mich auf Englisch und brachte mir eine Speisekarte, in der es auch eine Übersetzung der angebotenen Gerichte gab. Ich bestellte Rouladen und ein Glas Bier. Kann man nichts falsch machen bei dem Getränk, schmeckt praktisch überall auf der Welt besser als bei uns in England, soviel Ehrlichkeit muss sein.

Der Kellner, ein junger Bursche mit sauberem, weißen Hemd und einer ordentlich gebügelten, schwarzen Hose brachte mein Essen. Ich machte mich darüber her.

Und was soll ich sagen?

Autofahren können sie zwar nicht, die Polen, aber kochen! Und wie! Selten habe ich auswärts ein derart köstliches Mahl zu mir genommen. Hätte ich einen anderen Beruf gewählt, wäre ich in jedem Fall noch einmal wiedergekommen!

Ich gab dem jungen Kellner ein dickes Trinkgeld, blieb noch eine Weile sitzen und folgte ihm schließlich, als er nach draußen ging, um eine Zigarette zu rauchen.

Es sollte seine letzte sein, Zeugen sind inakzeptabel, wie schon erwähnt.

Ich entsorgte den zu Lebzeiten sehr sympathischen Mann im großen Müllcontainer hinter dem Lokal und drückte auch ihm einen Teebeutel in die noch warme Hand. Werbung, wie gesagt.

Ich zog weiter, studierte noch einmal mein Auftragsdokument. Zur Ablenkung. Denn fast tat es mir ein bisschen leid für das Lokal mit dem vorzüglichen Essen, ich hoffte sehr, dass der junge Bursche nicht der einzige Angestellte mit internationalen Sprachkenntnissen war.

Und dann sprang sie mich buchstäblich an! Die Lösung, meine ich. Das Opfer betreffend. Also das im Sinne meines Auftraggebers. Die Kollateralmorde stelle ich selbstverständlich nicht in Rechnung. Das wäre unseriös.

In meinem Entschlüsselungseifer hatte ich doch glatt ein scheinbar unwesentliches Detail völlig außer Acht gelassen. Passiert mir nicht oft, so ein Lapsus. Unten rechts auf dem Schriftstück, direkt unterhalb des Datums, stand zu lesen: Es bediente Sie Silvana Harbourgh.

Supereinfach zu dechiffrieren, diese Botschaft, nicht wahr?

Lässt man beim Nachnamen die letzten beiden Buchstaben weg, steht dort das englische Wort für Hafen. Und beim Vornamen Silvana drängt sich einem das korrekte Wort förmlich auf: Navalis. Lateinisch für „zum Schiff gehörig“.

Perfekt, oder?

Die Reisetasche fest geschultert, marschiere ich runter zum Hafen. Ich sehe den roten Leuchtturm am anderen Ende der Mole, Möwen, die auf den betonierten Wellenbrechern sitzen und bunt bemalte Wikingerschiffe. Für die Touristen. Ich beobachte eines, registriere, wie es mächtig an Fahrt zulegt, binnen weniger Minuten draußen am Horizont verschwindet.

Ich runzele die Stirn. Dann grinse ich. Breit.

Das ist ja mehr als perfekt.

Vor allem im Hinblick auf die Werbung.

So, wie die Gegebenheiten sind, muss ich gar nicht mehr herausfinden, welches der Schiffe gemeint ist und wer von den Passagieren dran glauben soll. Oder ob ein Matrose oder der Kapitän im Visier steht.

Egal.

Ich öffne meine Reisetasche, krame darin und stelle zu meiner Freude fest, dass sich noch zwei Stangen Dynamit darin befinden. Richtig platziert, sollte ich mit einer davon auf jeden Fall einen der Kähne zum Absaufen bringen, und zwar so, dass ich rechtzeitig von Bord komme mit meiner Rettungsweste, die ich mir gleich besorge. Die zweite Dynamitstange lege ich, nachdem mich die Küstenwache, von der Explosion alarmiert, gerettet hat, in der Nacht vor der Polizeistation ab. Plus Teebeutel.

DAS gibt Presse, mein Auftragsbuch wird platzen! Und ich arbeite ab sofort nur noch an Plätzen wie Davos, Aspen oder Monaco!

22. Danzig / Gdańsk

Das Brautkleid*

von Katarzyna Bonda

Most things may never happen: this one will. Philip Larkin

Nachdem die Gegensprechanlage viermal ertönt war, hörte sie eine keuchende Frauenstimme.

„Wer ist da?"

Sie schwieg. Die Haut unter ihren Knien brannte wieder. Sie unterdrückte den Zwang sich zu kratzen. Sie dachte, die Stimme sei weich und samtig, aber für ihren Geschmack zu schrill. „Hallo" – die Stimme war immer noch nur leicht gereizt.

Sie öffnete den Mund, um etwas zu sagen, als der Hörer mit lautem Knall aufgelegt wurde. Ohne zu zögern klingelte sie noch mal. Diesmal war die Person sofort dran. Sie war deutlich verärgert.

„Machst du Witze?"

Ewa lächelte überlegen. Sie antwortete nicht sofort. Eine Weile lauschte sie dem Atem der Frau auf der anderen Seite und fühlte, wie das Jucken unter ihrem linken Knie zunahm.

„Ist das Ihr Wagen? Der rote Micra vor Eingang 13?" fragte sie höflich. Sie wusste, dass ihre Stimme dem Küken Respekt einflößen würde. „Sie haben mich zugeparkt" fügte sie sanfter hinzu.

Die Frauenstimme erweichte, wurde demütig.

„Mein Mann kommt gleich herunter. Bitte warten Sie. Adam!"

Ewa kehrte der Sprechanlage den Rücken zu und steckte sich eine Zigarette an. Sie wird sie nicht zu Ende rauchen, aber wenigstens haben die Hände etwas zu tun. Sie starrte auf die Reihe der am Bürgersteig parkenden Autos. Sie standen vor der Welle in Gdansk-Przymorze, dem zweilängsten Wohnhaus Europas. Ihre blauen, schwarzen und grünen Farben vermischten sich in der grauen Dämmerung. Der rote Micra stand unter der weit und breit einzig funktionierenden

**Aus dem Polnischen übersetzt von Joanna Kosmala-Kramarczyk*

Laterne. Er war vorschriftsmäßig geparkt.

„Hallo!" hörte sie und zuckte zusammen vor Angst. Instinktiv drehte sie sich um. Sie sah niemanden. Die schrille Stimme mit typisch östlichem Klang schallte erneut aus der Sprechanlage. In ihr schwang das Misstrauen eines verschmitzten Kindes mit.

„Hier wohnen über 6000 Menschen. Genauso viele wie in einer Kleinstadt. Woher haben Sie unsere Wohnungsnummer?"

Ewa verzichtete auf eine Antwort. Im Hauseingang erschien ein Mann. Er schwenkte den Autoschlüssel. Bei seinem Anblick weitete sich ihr Mund zu einem Lächeln.

* * *

Als sie klein war, nahm sie Mamas beste Tischdecke – gestärkt und gebügelt – , die nur Heiligabend genutzt wurde. Sie tat Brotkrummen hinein, gab Kekskrümel, Marmelade und Honig dazu, da sie merkte, dass sie Süßes mögen und entschied, Pharaoameisen zu züchten. Sie beobachtete: wie sie sich vermehren, arbeiten, ein Nest bauen. Sie kümmerte sich um sie. Mama fand es heraus und wurde wütend. Ihre Schützlinge landeten im Abfall.

In der Hecke rund um die Schule grasten Marienkäfer. Sie lockte sie in ein Einmachglas. Sie verschloss es, damit sie nicht fliehen. Alle erstickten.

Die Schnecke floh. Jemand zertrat sie.

Ein Duzend Guppys wohnte in einem großen, runden Glas. Sie wollte es säubern, spülte es aber nicht gründlich aus – sie vergifteten sich mit Spülmittelresten.

Die Schildkröte brachten sie aus Jugoslawien mit. Sie konnte tagelang allein zu Hause bleiben. Die Eltern kauften einen neuen Teppichboden und fuhren mit der kleinen Ewa für zwei Tage weg, damit der Klebstoff trocknen konnte. Die Schildkröte kroch unter den Teppichboden und vergiftete sich, *Tierlein*.

Sie hatte einen Hund, sogar zwei. Den ersten brachte ein Förster ins Tierheim. *Er wird nicht mehr lange leben,* sagte er und zeigte auf den kleinen Dackel. *Man sollte ihn einschläfern lassen.* Sie nahmen ihn nach Hause, sie nannte ihn Gucio. Er hatte einen Herzfehler und starb kurz danach. Den zweiten Hund, auch einen Dackel, kauften sie. Er hieß Kali, war geduldig und treu ergeben. Sie konnte ihn ‚quälen', er knurrte nicht mal. Für ihn war sie wie sein Kind – er beschützte sie vor Fremden, niemand durfte sich ihr nähern, so sehr liebte er sie. Dieser lebte länger, aber seine Wirbelsäule war schwach – nach ein paar Jahren erlitt er einen Bandscheibenvorfall und musste nach Draußen getragen werden, er quälte sich. Die Eltern ertrugen es nicht. Der Hund schlief in ihren Armen ein.

Während des Studiums züchtete sie als Therapie eine Spinne. Eine von den großen, stampfenden. Sie hatte einen großen Bauch. Sie mochte sie. Sie fing Silberfische in der Badewanne, um sie damit zu füttern. Nach einigen Wochen verendete sie. Sie hatte keinen Namen, aber wurde von ihr Zdzichu gerufen.

Sie lagen auf einer Couch in der Notfallaufnahme in Gdansk, als sie ihm das alles erzählte. Zwischen zwei und drei Uhr morgens passierte manchmal nichts. Er hatte sie nach ihren Kindheitserinnerungen gefragt. Sie erzählte von jenen, die ihr als erstes durch den Kopf gegangen waren. Sie hatte nicht vor ihn zu erschrecken. Aber er wurde trübsinnig und angespannt. Sie fühlte, wie sein Körper erstarrte. Noch umarmte er sie, war ihr nahe, aber nur noch physisch. Sie wagte nicht zu fragen, wohin seine Gedanken entglitten.

„Die Leute meinen, der Tod ist etwas Schlimmes, aber ich denke, das entspringt ihrem Egoismus" fuhr sie fort und ihr wurde bewusst, dass sie über diese Sachen noch nie gesprochen hatte. Aber Adam wollte sie davon erzählen. Alles wollte sie ihm erzählen. Er gehörte ihr, nur ihr.

Plötzlich stand er auf, glättete seine Hose und begann sich anzukleiden. Sie redete weiter, doch er bückte sich schon und suchte eine Socke. Aus seiner Hosentasche fiel das Stethoskop zu Boden. Sie sah seinen gebogenen, muskulösen Rücken und einen leichten Bauchansatz, der sie erstaunlicherweise überhaupt nicht störte. Er hob den Kopf und schaute sie an, seltsam, beunruhigt – „Hör auf." Er brachte sein zerzaustes Haar in Ordnung. Ihrer Meinung nach sollte er es kürzer tragen, die Geheimratsecken standen ihm nicht. Sie stand auf und obwohl er schon fast komplett bekleidet und sie nackt war, umarmte und küsste sie ihn, so liebevoll, wie sie nur konnte. Er fasste sie um die Taille, wie sie es mochte und drückte sie fest an sich. „Du bist so schön. So jung. Denk nicht an so etwas" flüsterte er und küsste sie in der Hoffnung, das Thema ihres Gesprächs zu wechseln. Sie ließ es nicht zu. Sie war kein Küken, das kochte, putzte und eine Dauerwelle trug. Sie war die intelligenteste Frau, die er kannte. Das behauptete er zumindest. „Wenn jemand stirbt, den wir liebten und der uns liebte, denkt der Zurückgebliebene an sich. *Ich habe die Liebe, Nähe, Wärme und Sicherheit verloren. Ich habe das Objekt meiner Liebe verloren.* Ich bin der Meinung, das ist purer Egoismus" schloss sie und öffnete seine Hose. Er wehrte sich nicht, wich aber erleichtert zurück, als sich die Zentrale meldete. Herzinfarkt in der Liczmanski-Straße. Sie hatten keine Zeit mehr. Seit über einem Jahr fuhren sie zusammen.

Ewa zog ihren Slip und die Jeans an und knöpfte ihre Bluse zu. „Hast du mit ihr gesprochen?"

Er schaute weg.

„Hatte sie wieder Grippe?" lächelte sie mitleidig.

„Oder war deine Mutter wieder unfreundlich zu ihr?"

Er streckte die Hand aus, um ihr porzellanweißes Gesicht zu streicheln, doch sie wich aus. Sie griff nach ihrem Kittel, warf ihn über die Schulter. Ihr langes, dunkelblondes Haar zog sie zu einem Pferdeschwanz zusammen.

„Wann?"

„Ich werde mit ihr reden" versicherte er wenig überzeugend.

Der Aufzug kam. Ewa nickte den Sanitätern zu, die im Krankenwagen mitfahren sollten.

* * *

Das Schwimmbad war nicht ganz leer. Ewa hatte gehofft, dass sie um diese Uhrzeit niemanden mehr antreffen würde. Auf der Außenbahn ließ sich eine ältere Frau auf einem Styroporbrett im Wasser treiben. Sie hatte eine gute Figur, eine lila Schwimmbrille und bewegte sich anämisch. Ein molliges Mädchen unbestimmten Alters im neonfarbigen Badeanzug mit der Aufschrift ‚Rape me' ließ ihre runden Kurven von Sprudeldüsen massieren. Ewa sprang ins kühle Wasser und schwamm ohne Pause mehrere Bahnen. Als sie am Beckenrand auftauchte, erblickte sie ein Paar Badelatschen. Sie kannte sie – rosa Palmen und zu weit geschnitten. Sie hatte sie einst gehasst. Anmutig sprang sie aus dem Wasser.

„Woher nimmst du sie?“ lachte sie.

Der Bademeister errötete und wich zurück.

„Wir schließen gleich.“ Er reichte ihr ein Handtuch.

Sie nickte und nahm die Badekappe ab. Das Haar fiel wie ein Umhang auf ihren Rücken.

„Ich schneide sie nicht kürzer, obwohl ich schon lange nicht mehr in dich verliebt bin“ sprach sie ernst. „Wie läuft es?“

„Ich kann es dir noch nicht zurückgeben“ kam er sofort zur Sache. „Das Gericht hat ihr höhere Unterhaltszahlungen zugesprochen. Ich musste mir wieder Geld leihen. Sie hat mich ganz schön fertig gemacht.“

„Ich weiß“ nickte sie. „Aber wenn du etwas für mich tust, sind wir quitt. Vielleicht zahle ich noch etwas drauf.“

Er fixierte sie beunruhigt.

„Keine Angst. Nichts, was du nicht kannst. Es geht um einen kleinen Brief. Dann sehen wir weiter. Ich will doch nicht, dass du jemanden umlegst“ brach sie in Lachen aus, während das Mädchen aus dem Whirlpool mit lautem Krach ins Schwimmbecken plumpste.

* * *

Den dritten Bereitschaftsdienst in Folge verbrachte sie allein. Adams Sohn hatte Mumps. Sie hatten sich seit einer Woche nicht gesehen. Zuerst war sie besorgt. In der ersten Nacht, Geburt und tödliche Überdosis inklusive, fuhr sie mit der prinzipientreuen Irena, Herzchen genannt. Irena hatte Ewa nie gemocht. Wie auch ihre Arbeit in der Notfallaufnahme.

„Du nimmst den Job zu emotionell. Das ist unprofessionell“ bemerkte sie, als sie den Unfallort erreichten.

Ewa konnte ihren Blick nicht vom leblosen Körper eines jungen Motorradfahrers abwenden, den sie nicht mehr retten konnten. Er starb in Irenas Armen, trotz künstlicher Beatmung und sofortigen Wiederbelebungsversuches. Etwas später wurde er in einen schwarzen Leichensack gepackt. Der Reisverschluss klemmte. Ewa wusste, dass sie sein bis zur Unkenntlichkeit entstelltes Gesicht nie vergessen würde. Kurz darauf wählte sie die Nummer des Bademeisters, um die

Briefaktion abzublasen.

„Zu spät, alles erledigt." Er legte auf.

Obwohl sie ihren Dienst vor sechs Uhr beendet hatte, konnte sie den ganzen Tag über kein Auge zumachen. Tabletten zeigten keine Wirkung, unter den Knien hatte sie blutige Wunden. Nachts musste sie sich kratzen. Nun, sobald sie die Augen schloss, träumte sie von dem schwarzen Sack und seinem defekten Reisverschluss. Sie konnte ihn nicht hoch ziehen und der Motorradfahrer lächelte. Sie kam nur zum Schluss, dass sie keine Zeit mehr zu verlieren hatte. Sie war schon dreiunddreißig, hatte eine eigene Wohnung, Arbeit, zwei medizinische Spezialisierungen und kein Privatleben. Immer seltener besuchte sie ihre Eltern. Mutter fragte dauernd, ob sie jemanden hatte, Was sollte sie antworten? Sie stand auf und rief zu Hause an. Ihr Vater war am Apparat. Sie schaute auf ihre Uhr. Er hätte auf der Arbeit sein müssen. Nachmittags hielt er Vorlesungen an der Fachhochschule.

„Hallo Papa."

„Hallo Prinzessin!" brüllte er mit seiner Bassstimme. Sie hörte, wie er ihre Mutter rief. Dann Stille. Wortlos gab er den Hörer weiter. So lief es immer ab.

„Ist etwas passiert?" Mama war beunruhigt. „Musst du nicht arbeiten?"

„Ich möchte dir etwas sagen" begann sie oder hatte es nur gedacht, denn ihre Mutter begann sofort übers Essen zu reden und über ihre Cousine, die wieder schwanger war und es zu nichts bringen würde, da sie schon das Dritte erwartete und in einer Mietwohnung lebte und das mit dreiundzwanzig. Sie hörte sich alles an und versprach, am Sonntag zum Mittagessen zu kommen. Mutter freute sich sehr. Sie würde Kohlrouladen machen. Mit Tomatensoße aus echten Tomaten aus dem Schrebergarten.

„Wie du es magst" fügte sie fröhlich hinzu.

„Ich komme nicht allein" entgegnete Eva. „Ich sage jetzt nichts mehr, Überraschung. Es wird ein Mann sein."

Im Hörer ertönte ein Freudenschrei. Ein Wortschwall prasselte auf sie nieder. Diesmal etwas über eine Tischdecke, eine Bluse mit Kragen und Vaters Hemd. Dann schwieg sie.

„Ist er weg?" erriet sie Mutters Gedanken.

„Er hat ein Treffen" antwortete ihre Mutter trocken. „Dienstlich.

Angeblich dienstlich."

„Um diese Uhrzeit?" fragte Eva nach. Und angriffslustig: „Sie wollte doch wegfahren."

„Ja" bejahte die Mutter. „Wollte sie. Vor siebzehn Jahren."

Dann schwiegen beide einvernehmlich, bis Eva schließlich auflegte.

Am selben Tag nahm sie sich frei und ging an den Strand von Brzezno. Es war windig, aber noch fiel kein Schnee. Sie war der Meinung, dass die polnische Ostsee im Winter am schönsten war. Die Wellen schlugen gegen die Buhnen. Nachts dick wie Suppe, leichenblau. Tagsüber um einiges heller. Bei Sonnenschein türkis. Nur zu dieser Jahreszeit hört der Horizont manchmal auf zu sein. Das Wasser verschmilzt mit dem Himmel, einem Schlund gleich. Und nur Drachen dahinter. Das schmutzige Dunkelblau enthält alles, was war, ist und sein wird. Und wenn es zornig ist, legt sich ein Streifen weißer Gischt darüber. Ein Abbild der Zeit, die nur hier zum Stillstand kommt. Die sommerliche Postkarte, die alle entzückt, eine idiotische Freude der Urlauber, Kindergeschrei und kitschiges Glück, hatten ihr noch nie gefallen. Im Sommer mied sie den Strand. Es sei denn, es donnerte und Blitze zerschnitten die Wasseroberfläche.

Heute hätte sie eh nicht die Kraft, Adam zu treffen. Sie wollte von ihm gefunden werden. Damit er etwas leidet. Sie schlenderte ein paar Stunden umher, bis es dämmerte. Im Gebüsch lag das Wrack eines Bootsrumpfes, daneben benutzte Kondome und einige leere Billigbierdosen. Als es dunkel wurde, rannte sie fast zur Haltestelle. Sie machte sich Sorgen, dass er möglicherweise während ihrer Abwesenheit angerufen hatte. Hatte er eine Nachricht hinterlassen? Vielleicht hatte er auf den Anrufbeantworter gesprochen, obwohl er es nie tat. Ihr wurde bewusst, dass er noch nie bei ihr zu Hause gewesen war. Sie hatten noch nicht einmal eine ganze Nacht zusammen verbracht. Sie wurde traurig, war aber so müde, dass sie sofort einschlief. Auch die Haut unter ihren Knien juckte nicht. Jedenfalls konnte sie sich an nichts erinnern.

* * *

Der Brief war kurz. Nur drei Sätze. Aus einer Zeitung ausgeschnittene Buchstaben, aufgeklebt auf ein kariertes Schulheftblatt. Er teilte

Adam mit, dass seine Frau eine Affäre habe. Der genaue Wortlaut war ihr nicht bekannt. Der Bademeister sollte es selbst ausdenken und wie sie sich denken konnte, war der Inhalt einfach formuliert. Aber deswegen rief Adam an. Ausnahmsweise brach er die selbst aufgestellten Regeln: ‚keine Kontakte außerhalb des Arbeitsplatzes, keine Verpflichtungen.' Sie war einverstanden und hielt sich daran. Es waren aber nicht ihre Gesetze. Sie war stolz darauf, wenigstens einmal sein sicheres System aufgebrochen zu haben. Er soll sich Sorgen machen, fürchten, ohnmächtig fühlen, genau wie sie jeden Tag vor dem Einschlafen. Sie freute sich enorm ihn zu hören.

„Weißt du …" krächzte er. Sie spürte seine Verzweiflung. Das Sprechen fiel ihm schwer. „Wie konnte sie nur. Wann?"

„Hast du einen Verdacht?" fragte sie. „

Er unterschrieb mit „ein Freund". Sicherlich ein Nachbar. Vielleicht ein Bekannter. Ich schrie sie an. Verlogenes Luder."

„Hör auf. Die Menschen sind gemein" sagte sie mitfühlend. „Du nimmst es dir zu sehr zu Herzen, Liebster."

„Darum geht es nicht" unterbrach er sie. „Die Leute wissen es. Und ich bin der Gehörnte."

„Und sie? Was sagt sie dazu?"

„Sie streitet alles ab."

„Möchtest du kommen?" fragte sie und unterdrückte das Zittern in ihrer Stimme „und reden?"

„Ich muss bei dem Kleinen bleiben. Ada ist bei ihrer Mutter. Zutiefst beleidigt, wie du dir denken kannst."

„Wenn du reden möchtest,… „

„Ich weiß. Gut, dass du da bist."

„Ich bin da."

Er legte auf.

Ale er am nächsten Tag wieder nicht erschien, ging sie in die Personalabteilung und fragte, wie lange er fehlen würde. Sie durfte nicht anrufen, also schwieg sie. Er rief auch nicht an. Nur einmal fragte er per SMS, ob sie, falls sie Dienst hätte, ihm ein Paar Hemden aus der Arbeit vorbeibringen könnte. Seitdem Ada ausgezogen war, hatte er nichts Sauberes zum Anziehen. Er wollte auch, dass sie kommt, um Wäsche zu waschen. Sie lehnte mit der Begründung ab, sie sei Ärztin und keine Waschfrau. Wenn er eine Haushälterin braucht, solle er sich eine suchen.

„Schade“ entgegnete er. „Einen Arzt habe ich schon zu Hause, das reicht. Ich halte es mit ihm kaum aus. Eine weibliche Hilfe im Haus wäre gut, sonst muss ich bei Ada betteln.“

Sie war doch da, auch eine Frau, wollte sie sagen, doch er nahm ihre Anrufe nicht an.

Sie vermisste ihn so sehr, dass sie begann, an seinem Kittel zu riechen. Und einmal benutzte sie seinen Stempel. Gut, dass sie ihre Arbeit hatte. Einst hatte sie sich geschworen, dass sie ihre Arbeit niemals für eine Beziehung opfern würde. Sie wollte keine Ehe und keine Kinder. Nichts, was mit Nähe und Abhängigkeit verbunden war. Trotz einer weiteren Spezialisierung in Chirurgie und der Aussicht auf eine Anstellung im größten Krankenhaus der Stadt, wollte sie nicht auf die Arbeit in der Notfallaufnahme verzichten. Sie liebte den Adrenalinkick. Sie konnte schnell Entscheidungen treffen und war eine Meisterin der Diagnostik. Extrem selten unterliefen ihr Dosierungsfehler, von denen nicht einmal der Chefarzt frei war. Die Krankenschwestern mochten sie auch. Sie bereitete keine Probleme, trank nicht und rief sie nie ohne Grund. Als sie am Donnerstag die Entscheidung traf und die Schwestern darum bat, ihr einen schwarzen Leichensack zu besorgen, verwiesen diese sie, ohne weiter nachzufragen, an einen Sanitäter, der alles erledigen konnte. Er brachte ihr das Paket zwischen zwei Einsätzen.

„Wozu brauchen Sie das?“ sprach er sie lächelnd an. Sie bemerkte dabei, dass ihm der vierte Zahn links fehlte.

„Für eine Bekannte als Brautkleid“ antwortete sie und setzte ihre Arbeit fort.

Am Morgen erfuhr sie, dass Adam nicht mehr zurückkommt. Unter den Schwestern ging das Gerücht um, er wolle sich um seine Familie kümmern. Er hätte gekündigt und würde an ein Krankenhaus in Gdynia wechseln. Fast wäre seine Ehe durch die Arbeit in Brüche gegangen, munkelten sie. Jeden zweiten Tag hatte er Bereitschaft und die Ehefrau hätte sich jemanden angelacht. Aber er hätte ihr verziehen und beschlossen, wieder um sie zu kämpfen und sie für ihn zu gewinnen. Jemand hätte sie mit dem Söhnchen in einer Eisdiele gesehen. Bildschön ist die Ada, mit neuer Dauerwelle, nur zunehmen müsste sie. So zierlich, ein Windhauch könnte sie wegfegen.

„Bin ich blöd. Das ganze Leben habe ich gedacht, ein Seitensprung würde die Beziehung zerschlagen“ kommentierte Irena und wandte sich an Ewa: „Lass es dir eine Lehre sein, Kind. Das Püppchen geht fremd und er liebt sie umso mehr.“

* * *

Der Bademeister versprach, die ganze Summe, 8000 Zloty, samt Zinsen bis Mittwoch zurückzuzahlen. Ewa wusste, dass er das Geld nicht hatte. Er hatte einfach Angst, dass er die Last nicht stemmen könnte. Nicht davor, gefasst zu werden. Noch nicht. Er war schon immer ein Feigling gewesen. Deswegen hatten sie sich getrennt. Weder vor noch nach ihm hatte sie einen schöneren Mann getroffen. Aber Schönheit war das Eine und Liebe das Andere. Er hatte nie aufgehört sie zu lieben. Deshalb stimmte er zu, als sie versprach mitzukommen. Von einem Bekannten lieh er sich einen Geländewagen. Sie nahm den Sack. Er war perfekt. Der Reisverschluss klemmte nicht. Sie hatten auch einen Gürtel dabei; braun, aus echtem Schlangenleder.

„Dann werfen wir ihn weg“ erklärte der Bademeister. Er wusste nicht mehr, wer ihn mal im Schwimmbad liegengelassen hatte. Es wäre also kein großer Verlust.

Sie tankte den Wagen voll, kaufte ihm ein Sechserpack und für sich zwei Schachteln Zigaretten. Am Freitag hielten sie vor dem Eingang 13 der Welle in Gdansk.

Ewas Mutter begann, den Kohl für die Kohlrouladen zu kochen. Sie zwang ihren Mann, am Wochenende zu bleiben, denn ihre Tochter würde mit ihrem Verlobten kommen. Er war einverstanden. Seiner Geliebten sagte er ab. Die Mutter war zu glücklich, um darüber zu streiten. Sie wusste, vor Ewalein, seiner kleinen Prinzessin, würde er immer den heiligen Papa spielen.

Nach dem ersten Klingeln nahm Ada den Hörer der Sprechanlage ab. Sie erkannte die Stimme, obwohl sie sich nie gesehen hatten. „Können Sie schon wieder nicht rausfahren?“ lachte sie unangenehm. „Schon komisch, dass er sie immer zuparkt.“ Und fügte sofort hinzu, ihr Mann sei nicht zu Hause. Er wäre mit dem Auto zur Arbeit gefahren. Sie müsse sich geirrt haben. Sie war jetzt eiskalt. Ewa griff in ihre Tasche. Der Gürtel war da, zusammengerollt wie eine Schlange. Als sie antwortete, war ihre Stimme völlig ruhig.

„Ich weiß, dass er nicht da ist. Wir müssen reden."

„Jetzt?" fragte Ada höflich.

„Es ist wichtig. Es wird nicht lange dauern."

„Ich koche gerade Suppe. Vielleicht in zehn Minuten?"

Ewa hatte keine Lust mehr auf dieses Spiel. Sie nahm das Feuerzeug heraus und steckte sich eine Zigarette in den Mund. Sie musste sich konzentrieren. Die Haut unter ihren Knien hatte sich erholt und juckte nicht mehr. Sie fühlte, wie ihre Schläfen pochten. Wieder dieser Adrenalinstoß, wie auf der Arbeit, wenn sie erneut jemandem das Leben retten musste. Schnelle Entscheidungen, berechenbare Welt. Nur die Chemie und Mathematik zählten. Ausgeschaltete Emotionen. Störten nicht. Nur dann juckte es nicht. Und so war es in diesem Moment.

„Wir haben eine Affäre" bemerkte sie siegessicher. „Seit über einem Jahr. Du glaubst wohl nicht, dass er so viel Zeit in der Arbeit verbracht hat."

Ada rief ihrer Mutter zu, dass sie gleich zurückkommt. Sie warf sich den grünen Parka ihres Mannes über.

Adas Leiche versteckten sie in einem froststeifen Gebüsch am Strand von Brzezno. Geschickt löste Ewa den Gürtel vom Hals der Toten. Die Dauerwelle war noch intakt. Dann befahl sie dem Bademeister, zum Liebesnest zu fahren, das von allen Seiten durch Dikkicht geschützt war. Heute lagen keine Kondome herum und die leeren Bierdosen waren wohl von Obdachlosen eingesammelt worden. Die Sicht auf die Ostsee war perfekt. Sie bedeckten die Leiche mit dem Rumpf des alten Bootes. Den ganzen Sommer über kletterten Kinder darauf, Paare machten sich Liebeserklärungen, Obdachlose dekorierten es mit Kirschschnapsfläschchen. Ada schlief dort fast ein Jahr lang. Während dieser Zeit wurde nach ihr gesucht und Adam war immer noch offiziell verheiratet. Bei Ewas Eltern war er nie zu Gast.

* * *

Sie machte gerade Tomatensoße für die Kohlrouladen, als sie ein Geräusch hörte. Unruhig wandte sie sich um. Adams Sohn näherte sich und zeigte ihr eine Zeichnung. Zu sehen waren ein Mann, zwei Frauen (eine Brünette und eine Blondine) und ein Kind. Sie hielten sich bei der Hand. Ewa lächelte und richtete ihre Schürze. Sie wischte ihre Hände mit einem Trockentuch ab.

„Bin ich das?" zeigte sie auf das Wort „Mama". Der Junge schüttelte den Kopf. Er zeigte auf die zweite Frau. Ungelenk schrieb er: „Seine Bekannte".

„Das bist du. Aber bis Mama zurück ist, kannst du hier bleiben." antwortete er entschlossen.

Ihre Augenlider flatterten und sie bückte sich, um ihn zu küssen. Bevor ihre Lippen seine Stirn berührten, rannte er aus der Küche. Vielleicht deswegen griff sie zum Telefon. Elf Monate waren schon vergangen und noch immer wurde vergeblich nach Ada gesucht. Sie wusste, dass sie nicht in der Lage sein würden, die Todesursache festzustellen. Selbst in diesem perfekten Sack musste sich der Leichnam längst zersetzt haben. Sie glaubte, dass man ihr nichts nachweisen könnte. Sie hatte keine Zeit zu verlieren. Sie würde bald Vierunddreißig werden und war immer noch unverheiratet.

„Es gibt da etwas" sagte sie zum Bademeister, der im Hallenbad Dienst hatte. „Sie brauchen einen kleinen Hinweis. Den Rest schaffen sie allein."

„Nein" erwiderte er. „Wir sind quitt."

„Du schuldest mir noch die Zinsen" entgegnete sie sehr ruhig.

„Du verstehst nicht. Ich möchte Kohlrouladen mit der Familie essen."

* * *

Ewas zweiter Dackel – Kali, war irgendwo herunter gesprungen, hatte einen Bandscheibenvorfall erlitten und war gelähmt. Sie hatten versucht, ihn mit unterschiedlichen Methoden zu kurieren, unter anderem abwechselnd mit dem warmen Licht einer Infrarotlampe und kalten Kompressen. Sie besuchte damals das Gymnasium. So sehr wollte sie ihm helfen, dass sie den Lampenabstand von dreißig auf zehn Zentimeter verkürzte und ihn verbrannte. Die Haut am Rücken ging in ganzen Fetzen herunter, bis die Wirbel zum Vorschein kamen. Sie dachte, es tut ihm gut – er riss sich nicht los, piepste und winselte nicht. Der Tierarzt sagte, dass er keine Schmerzen gefühlt hat, als er starb. Die Schuld trug sie bis heute.

„Das war das Schlimmste, das ich je im Leben getan habe“ sagte sie dem Ermittlungsbeamten, als sie verhaftet wurde.

22. Danzig / Gdańsk

Suknia ślubna

Katarzyna Bonda

Większość rzeczy nie zdarza się lecz ta się zdarzy.
Philip Larkin

Dzwonek domofonu rozległ się cztery razy zanim usłyszała zdyszany damski głos.

– Kto tam?

Milczała. Skóra pod kolanami znów zaczęła ją piec. Powstrzymała się jednak przed podrapaniem. Myślała, że ten głos jest miękki, aksamitny, choć zbyt piskliwy jak na jej gust.

– Halo – głos nadal był tylko lekko zniecierpliwiony.

Otworzyła usta, by coś powiedzieć, ale rozległ się trzask odkładanej słuchawki. Bez wahania wcisnęła numer jeszcze raz. Tym razem osoba odebrała zaraz po pierwszym dzwonku. Była już wyraźnie zła.

– Żarty sobie stroisz?

Ewa uśmiechnęła się z wyższością. Nie od razu odpowiedziała. Chwilę wsłuchiwała się w oddech kobiety po drugiej stronie słuchawki i czuła jak swędzenie pod lewym kolanem wyraźnie się wzmaga.

– To pani auto? Czerwona micra, na wprost trzynastej klatki? – odezwała się uprzejmie. Wiedziała, że jej głos wzbudzi w pisklaku respekt. Dodała już łagodniej. – Zastawiła mnie pani.

Głos zmiękł, spokorniał.

– Mąż zaraz zejdzie. Proszę poczekać. Adam!

Ewa odwróciła się tyłem do domofonu i zapaliła papierosa. Nie zdąży spalić całego, ale przynajmniej zajmie czymś ręce. Wpatrywała się w ciąg aut zaparkowanych na chodniku pod kultowym falowcem na Przymorzu, drugim pod względem długości budynkiem Europy. Granatowe, czarne i zielone samochody zlewały się w szarości zmierzchu. Czerwona micra stała pod jedyną czynną w okolicy latarnią. Była zaparkowana prawidłowo.

– Proszę pani! – usłyszała i aż podskoczyła z przestrachu. Odruchowo odwróciła się w tamtym kierunku. Nikogo nie dostrzegła. Ale z płyty domofonu dobiegał znów piskliwy głos kobiety. Wznosił się na wysokie tony ze wschodnim zaśpiewem. Była w nim podejrzliwość sprytnego dziecka.

– W tym bloku mieszka ponad sześć tysięcy ludzi. Tyle samo, co w małym mieście. Skąd pani zna numer naszego mieszkania?

Ewa nie była łaskawa odpowiedzieć. W bramie stanął już mężczyzna, potrząsał kluczykami do auta. Rozciągnęła usta w uśmiechu na jego widok.

**

Kiedyś, jak była mała, wzięła najlepszy obrus mamy – wykrochmalony i uprasowany, używali go tylko na wigilię. Nasypała do środka skórek od chleba, pokruszyła ciastek, dorzuciła dżemu i miodu, bo zauważyła, że lubią słodycze, i postanowiła założyć hodowlę faraonek. Obserwowała je: jak się mnożą, pracują, budują gniazdo. Opiekowała się nimi. Jej mama odkryła to i bardzo się zdenerwowała. Wszystkie jej podopieczne wylądowały w koszu.

Na żywopłocie wokół szkoły pasły się biedronki. Złowiła je do słoika. Słoik zakręciła, żeby nie uciekły. Wszystkie się udusiły.

Ślimak uciekł. Ktoś go rozdeptał.

Kilkanaście gupików mieszkało w sporym, okrągłym słoju. Chciała go wyczyścić, niedokładnie wypłukała – zatruły się resztką płynu do naczyń.

Żółwia przywieźli z Jugosławii. Potrafił być kilkanaście

dni sam w domu. Rodzice kupili nową wykładzinę i razem z małą Ewą wyjechali, żeby klej wysechł – tylko na dwa dni. Żółw wszedł pod wykładzinę i zatruł się, *zwierzaczek*.

Miała pieska, nawet dwa. Pierwszego przywiózł do schroniska leśnik. On długo nie pożyje, powiedział wskazując na malutkiego jamnika. To jest zwierzę do uśpienia. Wzięli go do domu, dała mu na imię Gucio. Miał wadę serca, szybko umarł. Drugiego psa już kupili, też jamnika. Kali się nazywał. Cierpliwy i oddany. Mogła go „męczyć", nigdy nawet nie warknął. Traktował ją jak swojego szczeniaka – bronił przed obcymi, nikt nie mógł do niej podejść, tak ją kochał. Ten żył dłużej, ale kręgosłup miał słaby – po kilku latach dysk mu wypadł i na spacery trzeba było go wynosić, męczył się. Rodzice tego nie wytrzymali. Pies usnął jej na rękach.

Na studiach, w ramach terapii, hodowała pająka. To był jeden z tych dużych, tupiących. Miał wielki brzuch. Lubiła go. Łapała srebrzyki z wanny, żeby miał co jeść. Po kilku tygodniach zdechł. Nie miał imienia. Zdzichu na niego mówiła.

Leżeli na kozetce w gdańskim pogotowiu, kiedy mu to wszystko opowiadała. Pomiędzy drugą a trzecią nad ranem czasami nic się nie działo. Spytał ją o wspomnienia z dzieciństwa. Powiedziała mu te, które przyszły jej do głowy jako pierwsze. Nie planowała go straszyć. Ale zmarkotniał, spiął się. Czuła jak ciało mu tężeje. Jeszcze ją obejmował, czuła jego bliskość, ale już tylko fizycznie. Nie odważyła się zapytać, dokąd uciekł od niej myślami.

– Ludzie uważają, że śmierć jest czymś złym, ale myślę, że to wynika z egoizmu – kontynuowała i złapała się na tym, że nie mówiła o tych sprawach z nikim. Ale Adamowi chciała powiedzieć. Chciała powiedzieć mu o wszystkim. Był jej, tak bardzo jej.

Nagle wstał. Rozprostował spodnie i zaczął się ubierać. Jeszcze coś mówiła, ale on już pochylał się, szukając skarpetki. Z kieszeni wypadł mu stetoskop. Widziała jego wygięte w łuk barczyste plecy, zaczątki tłuszczyku na brzuchu, które, o dziwo, wcale jej nie przeszkadzały. Podniósł głowę i spojrzał na nią dziwnie, z obawą:

– Przestań – poprawił zmierzwione włosy. Uważała, że powinien je krócej ściąć, zakola nie dodawały mu uroku. Wstała i choć był już prawie całkiem ubrany, a ona całkiem naga, objęła go i pocałowała najczulej, jak potrafiła. Chwycił ją w pasie, tak jak lubiła, przysunął do siebie jednym zdecydowanym ruchem.

– Jesteś taka piękna. Taka młoda. Nie myśl o tym wszystkim – szeptał całując ją, próbując zmienić temat rozmowy. Nie dawała się. Nie była pisklakiem, który gotuje, sprząta i nosi ondulowaną kulę zamiast włosów. Była najmądrzejszą kobietą, jaką znał. Tak w każdym razie mówił.

– Jeżeli odchodzi ktoś, kogo kochamy i kto nas kochał, to osoba, która zostaje przy życiu, myśli o sobie. Straciłam miłość, bliskość, ciepło, bezpieczeństwo. Straciłam obiekt, który mogłam kochać. Jestem zdania, że to czysty egoizm – dokończyła i rozpięła mu spodnie. Nie opierał się, ale z ulgą odsunął się, kiedy dyspozytorka wezwała ich przez radiotelefon. Zawał na Liczmańskiego. Nie mieli już ani chwili. Od ponad roku wszędzie jeździli razem.

Ewa wciągnęła majtki, dżinsy, zaczęła zapinać guziki bluzki.

– Rozmawiałeś z nią?

Odwrócił głowę.

– Znów miała grypę? – uśmiechnęła się z politowaniem. – Czy może twoja matka zrobiła jej przykrość?

Wyciągnął rękę, by pogładzić ją po porcelanowej twarzy, ale się odsunęła. Chwyciła fartuch. Narzuciła go na plecy. Długie ciemnoblond włosy ściągnęła w ciasny kucyk.

– Kiedy?

– Porozmawiam z nią – zapewnił niezbyt przekonująco.

Winda podjechała. Ewa skinęła głową pielęgniarzom, którzy mieli jechać z nimi karetką.

**

Basen był opustoszały, lecz nie pusty. Zdziwiło to Ewę. Liczyła, że o tej porze nie będzie już nikogo. Na torze zewnętrznym jakaś starsza pani dryfowała ze styropianową deską. Miała świetną figurę, fioletowe okulary do pływania i ruchy anemika. Poza nią otyła dziewczyna w nieokreślonym wieku w neonowym kostiumie z napisem „Rape me" poddawała swe obłe kształty masażom z bąbelków. Ewa wskoczyła do chłodnej wody i bez zatrzymywania przepłynęła kilka długości w tę i z powrotem.

Kiedy się wynurzyła, zobaczyła u krawędzi basenu gumowe klapki. Znała je – różowe palmy bahama i zbyt duże wycięcie na palce. Nienawidziła ich kiedyś. Z gracją wyskoczyła na brzeg.

– Skąd ty je bierzesz? – zaśmiała się.

Ratownik speszył się. Cofnął stopy.

– Zaraz zamykamy – Podał jej ręcznik.

Skinęła głową i zdjęła czepek. Włosy rozsypały się na plecach tworząc pelerynę.

– Nadal ich nie ścinam, choć już dawno nie jestem w tobie zakochana – oznajmiła bez uśmiechu. – Jak sprawy?

– Nie mogę ci jeszcze oddać – przeszedł od razu do rzeczy. – Sąd przyznał jej wyższe alimenty. Znów musiałem się zapożyczyć. Załatwiła mnie na cacy.

– Wiem – skinęła głową. – Ale jeśli coś dla mnie zrobisz, anuluję ci dług. Może i dopłacę.

Wpatrywał się w nią zaniepokojony.

– Nie bój się. Nic, czego byś nie potrafił. Chodzi o mały liścik. Potem się zobaczy. Przecież nie namawiam cię do mokrej roboty – wybuchnęła śmiechem w momencie, gdy dziewczyna z jaccuzi z wielkim pluskiem wskoczyła do basenu.

**

Trzeci dyżur z rzędu spędzała sama. Syn Adama dostał

świnki. Nie widzieli się od tygodnia. Najpierw się martwiła, bo pierwszą noc, od porodu po zejście narkotykowe, jeździła z zasadniczą Ireną, zwaną Milaczkiem. A Irena nigdy za nią nie przepadała. Podobnie jak za pracą w pogotowiu.

– Podchodzisz zbyt emocjonalnie. To nieprofesjonalne – rzuciła jej, kiedy dotarły na miejsce wypadku.

Ewa nie mogła oderwać wzroku od martwego ciała młodego motocyklisty, którego uratować nie zdołały. Zmarł Irenie na rękach, mimo podanego tlenu i szybkiej akcji reanimacyjnej. Chwilę potem zamknęli go w czarny worek. Suwak się zacinał. Ewa wiedziała, że jego zmasakrowana twarz zostanie z nią na zawsze. Wtedy wybrała numer do ratownika, by odwołać akcję z listem.

– Za późno, sprawę załatwiłem – rozłączył się.

Choć dyżur skończyła przed szóstą, nie mogła zmrużyć oka przez cały dzień. Tabletki nie zadziałały, pod kolanami miała krwawe rany. Nocami musiała się drapać. Teraz, kiedy tylko przymykała oczy śnił się jej ten czarny worek i jego wadliwy zamek. Nie była w stanie go dopiąć, a motocyklista się uśmiechał. Doszła jedynie do tego, że nie ma ani chwili do stracenia. Miała już trzydzieści trzy lata, własne mieszkanie, pracę, dwie specjalizacje i żadnego życia poza tym. Rodziców odwiedzała coraz rzadziej. Matka w kółko pytała, czy ma jakąś sympatię. Co miała jej powiedzieć? Wstała i zadzwoniła do domu. Odebrał ojciec. Zerknęła na zegarek, powinien być w pracy. Wykładał popołudniami na Politechnice.

– Cześć tatku.

– Cześć księżniczko! – huknął do niej basem i słyszała jak woła mamę z głębi mieszkania. Chwila ciszy. Bez słowa oddał jej słuchawkę. Tak to zawsze wyglądało.

– Stało się coś? – mama była zaniepokojona. – Nie jesteś w pracy?

– Chcę ci coś powiedzieć – zaczęła, a może tylko pomyślała, bo mama zaraz zaczęła o jedzeniu, kuzynce, która znów była w ciąży i do niczego nie dojdzie, bo ma dopiero dwadzieścia trzy lata i trzecie dziecko w drodze oraz żyją w wynajętym mieszkaniu po babci. Wysłuchała tego wszystkiego i obiecała, że przyjedzie na niedzielny obiad. Matka bardzo się ucieszyła. Planowała zrobić gołąbki. Z sosem pomidorowym, z prawdziwych działkowych pomidorów.

– Takie, jak lubisz – dodała uradowana.

– Nie przyjadę sama – odparła Ewa. – Teraz nic nie powiem, niespodzianka. To będzie pewien mężczyzna.

W słuchawce rozległ się gwałtowny okrzyk radości. Mama dostała słowotoku. Teraz było coś o obrusie, bluzce z kołnierzykiem i tacinej koszuli. A potem zamilkła.

– Wyszedł już? – odgadła jej myśli córka.

– Ma spotkanie – matka odparła sucho. – Służbowe. Podobno służbowe.

– O tej godzinie? – dociekała Ewa. I zaatakowała: – Miała przecież wyjechać.

– Tak – przytaknęła matka. – Miała. Siedemnaście lat temu.

Milczały ze zrozumieniem, aż w końcu Ewa odłożyła słuchawkę.

Tego dnia wzięła wolne i poszła na plażę w Brzeźnie. Wiało, ale wciąż nie było śniegu. Uważała, że polskie morze zimą jest najpiękniejsze. Wbija się aż na falochron. Nocami gęste jak zupa, trupio granatowe. W dzień kilka tonów jaśniejsze. Turkusowe – kiedy świeci słońce. Tylko o tej porze roku horyzont czasem przestaje istnieć. Woda zlewa się barwą z niebem, jakby miało się przed sobą otchłań świata, a dalej już tylko smoki. To, co było, jest i będzie zawiera się w tym brudnym granacie z lamówką białej piany, kiedy ogarnia go gniew. Uosobienie czasu, który tylko tutaj jest w stanie zatrzymać się w miejscu. Ta letnia pocztówka, którą zachwycają się wszyscy, durnowata radość uczestników kanikuły, piski dzieci i tandetne szczęście nigdy do niej nie przemawiało. Latem starała się nie bywać na plaży. Chyba, że grzmiało, a taflę wody przecinały błyskawice.

Dziś i tak nie miałaby sił, by spotkać się z Adamem. Chciała, by to on ją znalazł. By trochę pocierpiał. Snuła się tam kilka godzin, aż zapadł zmierzch. W krzakach leżał wrak kadłuba łodzi, obok zużyte prezerwatywy i kilka puszek po tanim piwie. Kiedy było już ciemno, niemal biegiem dotarła na przystanek. Zmartwiła się, że może dzwonił, kiedy jej nie było. Zostawił wiadomość? Może się nagrał, choć nigdy tego nie robił. Uświadomiła sobie, że ani razu nie był u niej w domu, nie spędzili nawet całej nocy razem. Zrobiło się jej smutno. Ale była tak zmęczona, że momentalnie zasnęła. Nawet skóra pod kolanami nie swędziała. W każdym razie niczego nie pamiętała.

**

List był krótki. Zawierał może trzy zdania. Wyklejka z gazety, kartka w kratkę wydarta z zeszytu. Informował Adama, że jego żona ma romans. Nie znała dokładnie treści wiadomości. Ratownik sam miał ją wymyślić i jak się spodziewała, była to bardzo uproszczona informacja. Ale dzięki temu Adam zadzwonił. Tylko dlatego odważył się złamać zasady, które sam ustalił: „żadnych kontaktów poza pracą, bez zobowiązań". Ona się na nie zgodziła i przestrzegała ich. Ale to nie był jej kodeks. Była z siebie dumna, że choć raz udało jej się zniszczyć ten bezpieczny dla niego system. Niech się martwi, boi, niech przepełnia go niemoc, jak ją każdego dnia przed zaśnięciem. Tak cholernie cieszyła się, że go słyszy.

– Czy wiesz.. – wychrypiał. Czuła, że jest zdruzgotany. Z trudem składał zdania. – Nie wiem jak ona mogła. Kiedy?

– Podejrzewasz kogoś? – spytała.

– Podpisał się „życzliwy". Pewnie jakiś sąsiad. Może ktoś ze znajomych. Zrobiłem jej awanturę. Kłamliwa suka.

– Przestań. Ludzie są podli – powiedziała ciepło. – Za bardzo się przejmujesz, najdroższy.

– Nie o to chodzi – przerwał jej. – Ludzie o tym wiedzą. Tylko ja jestem.. jeleniem.

– A ona? Co ona na to?

– Wyparła się.

– Chcesz przyjechać? – zapytała. I powstrzymując drżenie w głosie. – Pogadać?

– Muszę zostać z małym. Ada pojechała do matki. Śmiertelnie obrażona, jak się domyślasz.

– Jakbyś chciał pogadać..

– Wiem. Dobrze, że jesteś.

– Jestem.

Odłożył słuchawkę.

Kiedy następnego dnia znów nie pojawił się w pracy, poszła do kadr i zapytała, ile wziął zwolnienia. Nie mogła zadzwonić, więc milczała. On też się nie odzywał. Jedynie raz poprosił esemesem, czy – jeśli jest na dyżurze – nie podwiozłaby mu kilku koszul z pracy. Odkąd Ada się wyprowadziła, nie miał w czym chodzić. Zaproponował też, żeby przyjechała i zrobiła mu pranie. Odmówiła tłumacząc, że nie jest praczką, tylko lekarką. Jeśli szuka gospodyni, niech taką zatrudni.

– Szkoda – odparł. – Lekarza mam już w domu, jeden wystarczy. Ledwie z nim wytrzymuję. Przydałaby się damska ręka, inaczej będę musiał iść do Ady w łaskę.

Chciała zapewnić, że przecież jest jeszcze ona, też jest kobietą, ale nie odbierał jej telefonów.

Tęskniła tak bardzo, że zaczęła wąchać jego fartuch, a raz użyła jego pieczątki jak własnej. Dobrze, że miała pracę. Kiedyś zarzekała się, że nigdy nie poświęciłaby jej dla związku. Nie chciała małżeństwa, dzieci. Tego wszystkiego, co wiązało się z bliskością, uzależnieniem. Zresztą, choć skończyła kolejną specjalizację chirurga i czekał na nią etat w największym miejskim szpitalu, wciąż starała się nie wypaść z pogotowia. Lubiła tę adrenalinę. Umiała szybko podejmować decyzje, była mistrzynią diagnozy. Prawie nigdy nie myliła się w dawkach lekarstw, co zdarzało się nawet ordynatorowi. Pielęgniarki też ją lubiły. Nie stwarzała problemów, nie piła, nie wzywała ich bez powodu. Dlatego, kiedy w czwartek ostatecznie podjęła decyzję i poprosiła je o pomoc w zorganizowaniu czarnego worka na zwłoki, bez zbędnych pytań skierowały ją do pielęgniarza, z którym wszystko dało się załatwić. Podrzucił jej przesyłkę między jednym wyjazdem do pacjenta a drugim.

– Na co on pani? – zagaił ją błyskając zębami. Zauważyła, że brakuje mu czwórki z lewej strony.

– Koleżanka potrzebuje na suknię ślubną – odparła i ruszyła jak fryga do pracy.

Nad ranem dowiedziała się, że Adam już nie wróci. Postanowił zadbać o rodzinę – tak w każdym razie plotkowały pielęgniarki. Złożył wymówienie, przenosi się do szpitala w Gdyni. Ponoć przez pracę małżeństwo mu się omal nie rozsypało. Co drugi dzień był na dyżurze i jego żona sobie kogoś przygruchała. Ale jej wybaczył. Postanowił znów zawalczyć, rozkochać. Ktoś widział ich na lodach z synkiem. Śliczniutka ta Ada, z nową ondulacją, tylko powinna przytyć. Taka chudzina, wiatr by ją przewrócił.

– Głupia ja. Całe życie myślałam, że skok w bok rozbija związek – skwitowała Irena i zwróciła się do Ewy: – Ucz się dziecko. Puściła się larwa, a on jeszcze bardziej ją kocha.

**

Ratownik obiecał oddać pełną kwotę z odsetkami, całe osiem tysięcy, do przyszłej środy. Ewa wiedziała, że ich nie ma. Po prostu bał się, że nie dźwignie. Nie tego, że go złapią. Jeszcze nie teraz. Zawsze był tchórzem, dlatego się rozstali. Nigdy przed nim, ani po nim nie spotkała piękniejszego mężczyzny. Ale uroda to jedno, a miłość drugie. On nigdy nie przestał jej kochać. Dlatego, kiedy obiecała, że z nim pojedzie, zgodził się. Od kolegi pożyczył terenowe auto. Ona wzięła worek. Był idealny. Zamek się nie zacinał. Mieli też pasek; brązowy, z prawdziwej wężowej skórki.

– Potem się go wyrzuci – wyjaśnił ratownik. I dodał, że nie wie, kto zostawił go kiedyś na basenie. W każdym razie nie będzie go szkoda.

Zatankowała do pełna. Kupiła mu zgrzewkę piwa, a sobie dwie paczki papierosów. Pod trzynastą klatkę w gdańskim falowcu podjechali razem w piątek.

Matka Ewy zaczęła gotować kapustę na gołąbki. Zmusiła męża, by został na weekend, bo córka przyjedzie z narzeczonym. Zgodził się. Coś tam powiedział kochance. Matka była zbyt szczęśliwa, by kruszyć o to kopie. Wiedziała, że przed Ewką, swoją małą księżniczką, zawsze będzie grał świętego tatusia.

Ada odebrała domofon po pierwszym dzwonku. Rozpoznała ją, choć przecież nigdy się nie widziały.

– Znów nie może pani wyjechać? – zaśmiała się nieprzyjemnie. – To dziwne, że zawsze panią zastawia.

I zaraz dodała, że męża nie ma. Pojechał samochodem do pracy. Musiało jej się coś pomylić. Była teraz zimna jak stal.

Ewa sięgnęła do kieszeni. Pasek był tam, zwinięty w kłębek, niczym wąż. Kiedy się odezwała, brzmiała nadzwyczaj spokojnie.

– Wiem, że go nie ma. Musimy pomówić.

– Teraz? – zapytała z grzeczności Ada.

– To ważne. Zajmie tylko chwilę.

– Gotuję zupę, może za dziesięć minut?

Ewa miała już dosyć tej gry. Wyjęła zapalniczkę i włożyła do ust papierosa. Nie chciała zajmować rąk, musiała się skupić. Skóra pod kolanami zagoiła się zupełnie, nic jej nie swędziało. Czuła jak pulsują jej skronie. Znów zastrzyk adrenaliny, jak w pracy, na zdarzeniu, kiedy musiała kolejny raz ratować komuś życie. Szybkie decyzje, policzalny świat. Liczyła się tylko chemia i matematyka. Emocje wyłączone. Nie przeszkadzały. Tylko wtedy nie swędziało. I tak było właśnie teraz.

– Mamy romans – rzuciła triumfująco. – Od ponad roku. Chyba nie sądzisz, że przesiadywał tyle czasu w pracy.

Ada krzyknęła do matki, że za chwilę wraca. Narzuciła na plecy zieloną parkę męża.

Ciało Ady ukryli w zmarzniętych krzakach na plaży w Brzeźnie. Ewa sprawnie rozplątała pasek z szyi martwej kobiety. Ondulacja wciąż była idealna. Potem kazała wjechać ratownikowi dokładnie w miejsce schadzek, które było osłonięte ze wszystkich stron chaszczami. Dziś nie było tam żadnej prezerwatywy, bezdomni musieli też wyzbierać puszki. Z tego miejsca widok na Bałtyk był doskonały. Przykryli trupa kadłubem starej łodzi. Całe lato wspinały się na nią dzieci, kochankowie wyznawali sobie miłość, bezdomni zdobili wrak „małpkami" po wiśniówce. Ada spała tam prawie rok. W tym czasie była poszukiwana, a Adam formalnie wciąż żonaty. Rodzice Ewy nigdy nie ugościli go na obiedzie.

**

Gotowała sos pomidorowy do gołąbków, kiedy usłyszała szmer. Obejrzała się zaniepokojona. Synek Adama podszedł do niej i pokazał rysunek. Był na nim mężczyzna, dwie kobiety (ciemna i blondynka) oraz dziecko. Wszyscy trzymali się za ręce. Ewa uśmiechnęła się, poprawiła fartuch. Wytarła ręce w ścierkę.

– To ja? – wskazała napis „mama". Chłopiec pokręcił głową. Wskazał drugą kobietę. Napisał koślawymi literami: „jego koleżanka".

– To ty. Ale zanim wróci mama, możesz tutaj mieszkać – odparł rezolutnie.

Zamrugała powiekami i pochyliła się, by go ucałować. Wybiegł z kuchni, zanim dotknęła ustami jego czoła. Może dlatego sięgnęła po telefon. Minęło jedenaście miesięcy, a ciała Ady nadal szukano bez skutku. Wiedziała, że nie będą mogli stwierdzić przyczyny zgonu. Nawet w tak doskonałym worku musiało rozłożyć się dokumentnie. Sądziła, że nic jej nie mogą udowodnić. Nie było czasu do stracenia. Kończyła wkrótce 34 lata i wciąż była panną.

– Jest sprawa – zadzwoniła do dyżurki miejskiego basenu. – Potrzebują małej podpowiedzi. Dalej sobie poradzą.

– Nie – odparł. – Jesteśmy kwita.

– Wisisz mi jeszcze odsetki – powiedziała bardzo spokojnie. – Nie rozumiesz. Chcę zjeść gołąbki z rodziną.

**

Jeden z jamników Ewy – Kali, zeskakiwał z czegoś, dysk mu wypadł i był sparaliżowany. Próbowali go leczyć różnymi sposobami, między innymi nagrzewać lampą w podczerwieni, na zmianę z zimnymi kompresami. Była wtedy w szkole średniej. Tak bardzo chciała mu pomóc, że zamiast naświetlać go z półmetrowej odległości, przystawiła lampę w odległości dziesięciu centymetrów i go popaliła. Spaliła mu całą skórę, odchodziła płatami, aż na wierzchu zaczęły sterczeć kości kręgosłupa. Myślała, że robi dobrze – przecież nie wyrywał się, nie piszczał, nie skomlił. Weterynarz powiedział, że kiedy umierał, nic nie czuł. W niej wina została do dziś.

– To była najgorsza rzecz, jaką w życiu uczyniłam – powiedziała śledczym, kiedy ją zatrzymywali.

23. Visby

Der Verräter von Visby

von Jürgen Ehlers

Stockholm, 9. Juli 2018
Anne, junge Assistentin am Historiska museet in Stockholm, war dabei, die Funde aus den Grabungen auf Gotland neu zu katalogisieren – eine Sysiphusarbeit! Vier Massengräber waren in der ersten Hälfte des 20. Jahrhunderts vor den Stadtmauern Visbys entdeckt und ausgegraben worden. Die über 1000 Toten stammten aus der Schlacht von 1361. Der historische Hintergrund war ansatzweise bekannt, aber um den ging es jetzt nicht. Die Archäologen des letzten Jahrhunderts hatten nach Planquadraten gegraben und die Knochenfunde nach Art der Knochen sortiert – Rippen zu Rippen, Schädel zu Schädeln. Das war unpraktisch. Jetzt sollten die Körper neu zusammengesetzt werden, was mit Hilfe der alten Feldzeichnungen und vor allem mit der modernen DNA-Analyse möglich war. Die alten Archäologen hatten gründlich gearbeitet, und die Skelette waren in der Regel vollständig. Es gab nur eine Ausnahme. Das Fundstück Nr. 2781 war ein einzelner Schädel. Die oberen Halswirbel hatten sich schließlich gefunden, aber der Rest des Skeletts fehlte. Vom vierten Halswirbel, C4, war nur die obere Hälfte vorhanden. Der Wirbel war mit einem scharfen Instrument, wahrscheinlich einem Schwert, sauber halbiert worden.

* * *

Visby, 15. Juli 1361
Im heißen Sommer dieses Jahres herrschte Kriegsgefahr auf Gotland. Alvar, der junge Anführer der freien Bauern aus dem Südteil der Insel, war mit einer Abordnung aus den Dörfern nach Visby gekommen, um das weitere Vorgehen mit den Bürgern der Stadt zu besprechen. Trotz aller Gegensätze sollten sie dem gemeinsamen Feind gemeinsam begegnen.

„Was also tun wir?“, fragte Alvar.

Ullrich, der ihm als Vertreter der Kaufleute gegenüberstand, tat so, als müsse er über diese Frage nachdenken, dabei war die Antwort klar. Die Lage war ernst. Der dänische König Waldemar IV. hatte seine Macht in letzter Zeit Zug um Zug ausgebaut und schließlich 1360 die Provinz Schonen dem schwedischen König entrissen. Es lag nahe, dass er sich jetzt in den Besitz der Inseln Öland und Gotland setzen würde, denn wer diese Inseln besaß, der hatte die Kontrolle über den gesamten Ostseehandel.

„Wir sind keine Ritter oder Soldaten", sagte Ullrich. Er war jetzt dreißig Jahre alt, und er hatte fast alles erreicht, was er im Leben erreichen wollte. Der Deutsche war einer der Wortführer der Kaufleute. Es irritierte ihn, wie der junge Bauer mit ihm redete, quasi von gleich zu gleich, als seien Bauern und Händler auf Gotland die besten Freunde. Das Gegenteil war der Fall. Es hatte einen erbitterten Krieg zwischen Stadt und Land gegeben, und auch wenn der Konflikt Jahrzehnte zurücklag, so waren die Toten von damals unvergessen.

„Auch wir sind keine Krieger", erwiderte Alvar mit fester Stimme. „Wir sind freie Bauern, so wie ihr freie Kaufleute seid. Diese Freiheit ist uns lieb und teuer. Wir sind bereit, sie mit unserem Blut zu verteidigen."

Das waren starke Worte. Ullrich wusste nicht, ob die Freiheit der Bauern unter dänischer Herrschaft in Gefahr geraten würde. Es interessierte ihn auch nicht. Der Handel hatte natürlich bisher unter der schwachen schwedischen Herrschaft günstige Bedingungen vorgefunden. Der Handel war in deutscher Hand. Visby war im Grunde eine deutsche Hansestadt mitten in der Ostsee. „Auch wir werden unsre Freiheit verteidigen", behauptete Ullrich.

Alvar nickte. „Das ist gut."

Ullrich hatte das Gefühl, dass der junge Mann ihm misstraute. Zu Recht. Natürlich würden sie alles tun, um ihren Profit zu sichern, wenn auch nicht unbedingt mit dem Schwert in der Hand. Sie waren Kaufleute. Für sie war es nicht so wichtig, ob sie einen neuen Landesherrn bekamen oder nicht. Auch König Waldemar würde letzten Endes daran interessiert sein, dass der Handel weiterhin blühte und gedieh. Er würde ihre Privilegien nicht antasten.

Da meldete sich seine innere Stimme zu Wort: Und wenn nun doch? Du hast doch die Berichte aus Schonen gehört. Das dänische Heer ist mordend und brennend durch das Land gezogen ... So hieß es zumindest. Aber stimmte das auch? Das wusste niemand.

Alvar bohrte nach: „Visby ist die stärkste Festung im ganzen Ostseeraum, wenn nicht auf der ganzen Welt. Sie ist uneinnehmbar."

Ullrich nickte zustimmend. „Wir werden uns nicht kampflos ergeben. Ich habe schon angeordnet, dass die wehrfähigen Männer sich bei Annäherung der Dänen mit ihren Waffen auf dem Marktplatz einfinden. Die Stadtmauern werden besetzt, und mit Gottes Hilfe werden wir jeden Angriff auf unsere Stadt zurückschlagen."

„Also wirklich Kampf?", fragte Alvar.

„Zweifelt Ihr daran? Selbstverständlich werden wir kämpfen." Er war Kaufmann. Lügen gingen ihm leicht über die Lippen. Notlügen.

Ullrich hatte den Eindruck, dass sein junger Gesprächspartner keine Vorstellung davon hatte, wie die Lage wirklich war. Visby war zwar eine starke Festung, aber das galt nur für die Landseite. Die gewaltige Stadtmauer war nicht zum Schutz gegen Feinde von außen errichtet worden, sondern zum Schutz gegen die Bauern. Gegen Leute wie Alvar also, die immer dreister ihren Anteil am Wohlstand der Stadt Visby forderten. Gegen einen Angriff von See her war Visby dagegen praktisch ungeschützt. Hinzu kam, dass die wehrfähigen Männer von Visby zwar über die besten Waffen und Rüstungen verfügten, die man für Geld kaufen konnte, aber Mut konnte man nicht für Geld kaufen, und Kaufleute blieben Kaufleute, auch wenn man ihnen ein Schwert in die Hand drückte.

Alvar sagte: „Wir haben Anweisung gegeben, dass die Bauern sich bewaffnen. Wenn die Dänen bei Visby landen, eilen wir euch sofort zu Hilfe. Wenn sie woanders landen, werden wir sie gebührend empfangen. Überall entlang der Küste haben wir unsere Wachtposten aufgestellt. Wenn der Feind kommt, werden wir ihn direkt bei der Landung angreifen."

„Hervorragend", behauptete Ullrich. Er war sich sicher, dass das nicht gelingen würde. Die Siedlungen der Bauern lagen weit verstreut; es würde viele Stunden, wenn nicht Tage dauern, die Verteidiger an einem bestimmten Ort zu sammeln. „Wir sind genau wie ihr bereit, die Interessen der Insel Gotland mit aller Macht zu verteidigen."

* * *

Linhart hatte seinen Besuch angemeldet. Ullrich empfing den älteren Kaufmannskollegen im Wohnzimmer seines Hauses.

Linhart fiel mit der Tür ins Haus. „Ich habe gehört, du hast mit den Bauern verhandelt?"

Ullrich bestätigte das.

„Wozu redest du mit diesen Leuten?" Linharts weißer Bart zitterte vor Empörung.

Ullrich zuckte mit den Achseln. „Ich muss wissen, was gespielt wird", sagte er. „Es gibt drei Mächte, die sich um die Herrschaft auf Gotland streiten. Die Schweden zähle ich nicht mit, die spielen keine Rolle. Bleiben zunächst einmal wir, die Kaufleute also, dann zweitens der dänische König und drittens die Bauern."

„Die Bauern! Stinkende, ungebildete Tölpel!", ereiferte sich Linhart. „Mit sowas redet man nicht!"

Ullrich lächelte. „Die Bauern mögen die schwächste der drei Gruppen sein, aber das heißt noch lange nicht, dass wir sie vernachlässigen dürfen. Stell dir vor, die Dänen erobern die Insel, und sie verbünden sich mit den Bauern gegen uns. Das ist nicht so abwegig, wie es auf den ersten Blick scheinen mag. Die Bauern sind Schweden. Sie sprechen dieselbe Sprache wie König Waldemar. Beinahe jedenfalls. Während wir Deutschen aus seiner Sicht Barbaren sind."

„Der Dänenkönig ist selbst ein Barbar", entgegnete Linhart verächtlich.

Ullrich widersprach.

Linhart gab keine Ruhe: „Die Bauern – sie stellen große Forderungen, zu denen sie kein Recht haben. Sie liegen faul in der Sonne und warten darauf, dass unser lieber Herrgott das Getreide reif werden lässt, für das wir dann teuer bezahlen sollen."

Ullrich schwieg. Er war sich sehr wohl bewusst, dass die Bauern kein faules Leben führten, und dass sie das Getreide nur auf den Markt nach Visby bringen durften, wenn sie vorher an den Stadttoren den entsprechenden Zoll bezahlt hatten. Einen Augenblick lang erwog er, Linhart in sein Vorhaben einzuweihen, in seinen Plan, der der Hanse auf Dauer die Macht auf Gotland sichern sollte, aber er tat es dann doch nicht. Linhart war ein Schwätzer. Nützlich, wenn es darum ging, im Magistrat der Stadt eine Mehrheit zu beschaffen, aber ansonsten ziemlich wertlos.

Er durfte nicht wissen, dass Ullrich gleich nach dem Gespräch mit dem Bauernführer einen Abgesandten mit einer Botschaft zum Dänenkönig geschickt hatte, die lautete:

Die Hansestadt Visby verbeugt sich vor dem dänischen König. Sie ist bereit, ihm die Schlüssel der Stadttore zu übergeben, doch wird sie von einer großen Schar aufmüpfiger Bauern daran gehindert. Als friedliebende Kaufleute sind wir nicht in der Lage, dem Treiben dieser gesetzlosen Gesellen mit der Waffe in der Hand ein Ende zu bereiten. Wir sehnen Eure Ankunft herbei.

Ullrich war bewusst, dass er ein riskantes Spiel spielte. Die schwächste der drei Gruppen, von denen er geredet hatte, waren keineswegs die Bauern. Die schwächste Gruppe waren die deutschen Kaufleute. Wenn König Waldemar ihn nun betrog, so wie er die Bauern betrog, dann hatte er keine direkte Möglichkeit, ihm etwas entgegenzusetzen.

Kurzfristig zumindest. Allerdings hatte er vorgesorgt. Nachdem offensichtlich war, dass sich Waldemar zur Landung seiner Truppen auf den Ostseeinseln anschickte, hatte er eine Delegation zum Hansetag nach Greifswald entsandt, der für den 1. August einberufen worden war. Wenn bis dahin keine friedliche Einigung mit dem Dänenkönig zu erzielen war, würde die Hanse kriegerische Maßnahmen einleiten. Die Hanse war ja inzwischen keine lose Vereinigung einzelner Kaufleute mehr, sondern ein Städtebund, der über entsprechende Macht verfügte. Das Dumme war nur, dass die Hanse sicher nicht auf Gotland zuschlagen würde, sondern viel weiter westlich, wahrscheinlich in Kopenhagen. Und was dann die dänische Besatzung hier auf Gotland anstellen würde, daran mochte er lieber nicht denken.

Linhart wetterte noch immer: „Diebe und Betrüger sind sie, diese Bauern!“

„Mit Offenheit und Ehrlichkeit fährt man stets am besten“, behauptete Ullrich. Eigentlich glaubte er sogar daran.

* * *

Mästerby, 26. Juli 1361

Alvar erfuhr zu spät, dass die Dänen nicht in Visby, sondern bei Västergarn, im Süden von Gotland gelandet waren. Die Bauern waren alarmiert und zum Widerstand bereit, aber die Rüstungen, die sie hatten, waren veraltet. Zum Teil stammten sie noch aus der Wikingerzeit. Plattenpanzer dienten dazu, den Körper zu schützen. Hinzu kamen Kettenhemden und Helme. Rüstungen völlig aus Metall waren besser, doch Metall war teuer, und die Bauern waren arm. Alvars Stellvertreter stellte sich mit dem Volksheer den Dänen bei Mästerby zum Kampf.

Alvars Pferd war schnell, aber es war nicht schnell genug. Als er sich dem Schlachtfeld näherte, kamen ihm flüchtende Bauern entgegen, einige blutüberströmt, die meisten in Panik.

„Kehr um!", rief einer. „Es hat keinen Sinn mehr. Im Moor bei Mästerby liegen nur noch Tote."

Alvar wendete sein Pferd. Später am Abend, am Lagerfeuer erfuhr er, was geschehen war. Die Dänen hatten versucht, den kleinen Bach bei Mästerby zu queren. Aber die Bauern hatten die Brücke zerstört, und das tief eingeschnittene Bachbett war von den Männern in ihren Rüstungen nur schwer zu überwinden. Die Verteidiger waren im Vorteil gewesen – aber nicht lange. Die Dänen waren ausgewichen und hatten den Weg durch den Sumpf eingeschlagen. Die Bauern hatten erwartet, dass sie dort mit ihren schweren Rüstungen stecken blieben, aber durch die große Hitze war das Moor ausgetrocknet. Die Bauern wurden geschlagen. Vernichtend geschlagen.

„Wir ziehen uns nach Visby zurück", ordnete Alvar an.

* * *

Visby, 27. Juli 1361

Sie waren die ganze Nacht durchmarschiert; am Morgen standen sie vor der Stadtmauer. Alvar war froh, dass er trotz der Skepsis vieler Bauern die Absprache mit den Pfeffersäcken getroffen hatte. Nun würde der gemeinsame Kampf gegen die dänischen Eroberer beginnen.

„Macht das Tor auf!", forderte Alvar.

Niemand antwortete.

„Schlafen denn hier alle?", murrte ein älterer Bauer neben Alvar.

Die Kaufleute schliefen nicht, aber das Südtor blieb geschlossen. Und schon rückten die Dänen heran. Eine Wolke von Pfeilen von den Armbrüsten regnete auf sie herab. Der Mann neben Alvar brach mit einem Schrei zusammen. Die Männer schlugen mit Macht gegen das Tor, verlangten Einlass, aber nichts geschah.

Nun gut, auch ohne die Hilfe der Kaufleute würden sie mit dem Gegner fertig werden. Alvar sah sich um; hier waren weit über tausend Kämpfer versammelt. Einige in Mästerby verwundet, aber alle mit ungeheurer Wut erfüllt. Wut auf die mörderischen Dänen und ihre Legionäre, Wut auf die Pfeffersäcke, die in ihrem Rücken im Schutze der Mauern standen und keinen Finger rührten.

Schon begann der Nahkampf. Alvar stand mit dem Schild in der linken Hand, um den Schwerthieb des Gegners abzuwehren, das Schwert in der Rechten. Es dauerte keine Minute, bis er begriff, dass sie verloren waren. Der ungeübte Bauer zielte mit seinem Schwerthieb auf den Körper des Feindes, aber der Hieb prallte wirkungslos von der Rüstung ab. Er zielte auf den Kopf, aber da schützte den Dänen der Helm. Der erfahrene Soldat zielte auf die Schienbeine seines Gegners. Die Schienbeine waren ungeschützt. Die Bauern hatten keine Beinschienen. Der erste Schlag setzte den Gegner außer Gefecht. Der zweite, spätestens der dritte Hieb brachte ihn zu Fall. Dann kam der Kriegshammer zum Einsatz, mit dem ihm der Schädel gespalten wurde. Und wer neben sich seinen Bruder, seinen Vater schreien hörte und sterben sah, der kämpfte auch nicht mehr gut.

Alvar sah die Kameraden fallen. Nach wenigen Minuten war die Schlacht entschieden. Ein Blick zurück zur Festungsmauer, aber das Tor blieb verschlossen. Und plötzlich begriff Alvar, dass sie verraten worden waren. Die Pfeffersäcke hatten den dänischen Überfall ausgenutzt, um die Bauern ein für allemal zu vernichten, und um in Zukunft völlig uneingeschränkt über die Insel zu herrschen.

Alvar ließ urplötzlich den Schild fallen und rannte davon. Nach rechts, die Anhöhe hinauf war der Weg noch frei.

„Feigling!“, rief der Mann, der neben ihm gefochten hatte. Alvar beachtete ihn nicht. Zwei dänische Soldaten machten sich an die Verfolgung. Als der erste heran war, drehte sich Alvar blitzschnell um, und bevor der Mann den Schild heben konnte, stieß er ihm mit aller Kraft das Schwert in die Achselhöhle. Der Mann stürzte zu Boden. Der zweite Däne zögerte. Alvar rannte weiter.

Eine Gruppe von Frauen und Kindern stand unter den Bäumen am Wegrand und hatte aus sicherer Entfernung das Gemetzel beobachtet.

„Was läufst du davon?", rief eine der Frauen hämisch. „Dreh dich um und kämpfe!"

Er hätte ihr am liebsten den Kopf abgeschlagen. Aber er hatte andere Pläne.

* * *

Als die Schlacht geschlagen war, näherte sich König Waldemar mit seinem Gefolge dem Tor. Er brauchte nicht erst Einlass zu verlangen; das Tor öffnete sich bei seiner Annäherung. Ullrich begrüßte ihn ehrerbietig im Namen der Hansestadt Visby.

„Warum habt Ihr das Tor nicht geöffnet, als Eure Kämpfer Einlass begehrten?", fragte Waldemar ohne Umschweife.

Ullrich hatte einige Mühe, das Dänisch des Königs zu verstehen. Er sagte: „Dieses Tor ist nur für den König bestimmt. Nur für ihn wird es geöffnet."

Waldemar warf Ullrich einen Blick zu, aus dem dieser nur zu deutlich erkannte, dass der Monarch ihn durchschaut hatte.

Auf dem Marktplatz war in aller Eile ein Thron aufgebaut, auf dem Waldemar Platz nahm. Er sagte: „Gotland hat mir und meinen Truppen Widerstand geleistet. Daher ist es selbstverständlich, dass die reiche Handelsstadt Visby einen entsprechenden Tribut zahlen muss."

Das war schlecht. Ullrich verbeugte sich wortlos.

Der König fuhr fort: „Ich verlange, dass Ihr drei der größten Bierfässer, die in dieser Stadt aufzutreiben sind, hier auf den Marktplatz bringt. Drei leere Bierfässer. Die werden von euch bis zum Rand mit Gold und Silber gefüllt, und zwar bis heute Abend zum Sonnenuntergang. Wenn euch das gelingt, so seien euch alle weiteren Strafen erlassen."

Wieder verneigte sich Ullrich. Der König deutete mit einer Handbewegung an, dass er entlassen sei.

Ullrich trat zurück in die Reihen der Stadtväter. Er raunte: „Ihr habt gehört, was er gesagt hat. Bringt die großen Fässer und dann sorgt dafür, dass sie bis zum Rand gefüllt werden. Mit Silber vor allem. Gold nur zum Schluss, dass es besser aussieht. Und geizt nicht mit dem edlen Metall. Jedes Schmuckstück, das wir hier hineinwerfen, wird sich tausendmal bezahlt machen."

„Münzen auch?“, fragte einer der Umstehenden.

Ullrich schüttelte den Kopf. „Schmuck ist besser“, sagte er. „Schmuck ist sperriger. Und lasst uns sehen, dass die Fässer rechtzeitig bis zum Rand gefüllt sind. Aber nicht zu rechtzeitig, sonst glaubt Waldemar, dass er uns zu wenig abverlangt hat.“

Inzwischen hatte sich Waldemar mit zwei weiteren Forderungen zu Wort gemeldet: Zum einen sollte eine Bresche in die Stadtmauer geschlagen werden, wodurch symbolisch angezeigt wurde, dass die Stadt von jetzt an keine Festung mehr sei, sondern eine offene Stadt. Zum anderen sollten die Toten der Schlacht so schnell wie möglich begraben werden. Es war heiß in diesem Sommer auf Gotland, und der König wollte nicht, dass der Gestank von über tausend Toten ihm den Aufenthalt verdarb.

* * *

Am Abend stand Ullrich allein auf der Stadtmauer von Visby und sah zu, wie die Dänen die Toten der Schlacht in große, rasch ausgehobene Massengräber warfen. Hatten sie die ersten Leichen noch ordentlich in einer Reihe nebeneinander in die Grube gelegt, so gaben sie dieses Verfahren bald auf. Die Toten sollten nur noch weg, und das so schnell wie möglich. Helme wurden zur Seite geworfen, die konnte man vielleicht später noch verwenden, aber die Kettenhemden und Plattenpanzer gingen mit in die Grube, und Ullrich sah, dass selbst Schwerter mit begraben wurden. Es sollte alles schnell gehen, so schnell wie nur möglich.

Ullrich war zufrieden. Die Sonne war noch nicht untergegangen, und schon hatten eifrige Bürger die Fässer auf dem Marktplatz fast gefüllt. Und hier draußen vor der Stadt waren die Spuren der Schlacht schon so gut wie beseitigt.

Plötzlich spürte er, dass er nicht allein war. Er drehte sich um, und das Lächeln auf seinen Lippen gefror. „Alvar ...“

Der Bauernführer sagte: „Wenn du noch etwas sagen möchtest, dann sage es jetzt!“

„Es tut mir leid ...“, stammelte Ullrich.

Alvar unterbrach ihn: „Willst du dein Leben mit einer Lüge beenden? Es tut dir kein bisschen leid, du Ungeheuer!“

Bevor Ullrich noch irgendetwas sagen konnte, hatte Alvar sein Schwert gezogen. Ullrich sah, dass die Klinge blutig war. Er selbst war völlig unbewaffnet, und er trug auch keine Rüstung. Alvar schlug zu, so wie er es auf dem Schlachtfeld gelernt hatte. Er traf Ullrichs rechtes Schienbein. Ullrich schrie. Alvar schlug ein zweites Mal zu. Ullrich stand noch immer, das Blut strömte ihm am Bein hinunter. Bevor der Bauernführer dazu kam, einen dritten Schwerthieb auszuführen, stürzte sein Gegner plötzlich zu Boden. Alvar schlug ihm mit einem gewaltigen Hieb den Kopf ab.

Niemand beachtete ihn, wie er langsamen Schrittes die Treppe hinunterstieg, den abgeschlagenen Kopf in der Hand. Er ging hinüber zu dem Grab, an dem die dänischen Soldaten gerade damit begonnen hatten, Sand auf die toten Körper zu schaufeln. „Hier ist noch etwas", rief er. Er warf Ullrichs Kopf in die Grube.

* * *

Alvar gelangte unbehelligt bis nach Hause, wo er gegen Mitternacht eintraf. Seine Frau fiel ihm stumm um den Hals.

„Wir haben verloren", sagte er.

„Ich weiß". Die Katastrophe hatte sich rasch herumgesprochen.

„Aber Ullrich hat dafür büßen müssen. Ich habe ihm den Kopf abgeschlagen."

Seine Frau sah ihn entsetzt an. „Dafür werden sie dich aufhängen", sagte sie.

Alvar schüttelte den Kopf. Er dachte an Flucht, aber es war natürlich fast aussichtslos von der Insel herunterzukommen. Und er dachte daran, dass es jetzt einen Pfeffersack weniger gab auf der Welt. Das war nur ein schwacher Trost. Aber irgendwann würden die Kinder der Bauern, die heute verloren hatten, es besser machen und die Ausbeuter vertreiben. Irgendwann würden es soweit sein, dass der Gewinn aus der gemeinsamen Arbeit unter allen gleich verteilt wurde. Irgendwann. Man musste nur daran glauben.

* * *

Stockholm, 9. Juli 2018
Anne hielt einen Fußknochen aus dem Grab 4 in der Hand. Der Knochen war in der Mitte glatt durchgeschlagen worden. Anne wusste, dass dies die Spur eines Schwertschlages war, mit dem einer der dänischen Söldner einen Gotländer Bauern zu Boden gezwungen hatte. Das zugehörige Schädeldach wies ein dreieckiges Loch auf, wie es ein Schlag mit dem spitzen Ende des Kriegshammers hervorrief. Der Schlag hatte den Helm durchschlagen – wenn der Tote überhaupt einen Helm getragen hatte. Eines von über tausend Opfern.

Das Fundstück Nr. 2781 war dagegen ein anderes Ding. Der Schädel selbst wies keinerlei Verletzung auf. Das Zahnbild legte nahe, dass er zu einem vielleicht dreißigjährigen Mann gehörte. Die Zähne machten, soweit sich das bei einem so alten Fundstück sagen ließ, einen gepflegten Eindruck. Je länger Anne darüber nachdachte, desto stärker gewann sie den Eindruck, dass diese Knochen vielleicht zu einem der Täter gehörten, nicht zu einem Opfer. Sie wusste, dass sie keinem der Wissenschaftler damit kommen durfte; die Herren würden sie auslachen. Aber der Gedanke gefiel ihr.

24. Thorn / Toruñ

Pläne

von Toby Martins

Umbringen wird er sich damit – und zwar bald! So, wie der qualmt, dachte Immo Diekhoff bei sich. Er genoss die wärmenden Strahlen der Sonne am Ufer der Weichsel. Mit seinem Kollegen Peterson aus Hannover war er die paar Schritte vom Hotel „Bulwar“, wo sie während der Tagung in Toruñ nächtigten und auch tagten, zum Fluss hinunter gegangen, um das Sommerwetter zu genießen.

„Sie haben das prachtvolle Frühstücksbuffet ja gar nicht ausgenützt, Diekhoff!“

„Ich frühstücke nie viel. Ein Toast mit einem Becher Tee langt mir. Diese Unmenge verschiedener Eierspeisen und die Heringssalate – nee, das ist nichts für mich.“

Immo hatte sowieso keine Lust zu dieser europäischen Kriminalisten-Tagung im polnischen Toruñ gehabt. Aber sein Chef hatte darauf bestanden. Immos Besuch in der Schweiz vergangenen November sei ein so großer Erfolg gewesen, meinte Dr. Stadelhof, dass er, Immo Diekhoff, die Bremer Kriminalpolizei jetzt auch in Polen repräsentieren sollte.

Die Tagung fand Immo recht langweilig, aber er hatte ein paar nette Kollegen kennen gelernt und außerdem musste er nur noch zwei Tage aushalten. Viel war an der Uferpromenade heute früh noch nicht los. Die Weichsel floss ruhig dahin und alles wirkte ausgesprochen friedlich. Den Vormittag hatten alle bis auf die polnischen Kollegen frei, da es nur um Interna ging. Petersen wollte nur am Weichselufer entlang spazieren gehen. ‚Wahrscheinlich, um ein paar seiner stinkenden Zigaretten zu qualmen‘, dachte Immo. Er selbst wollte noch einmal in die Altstadt bummeln, die ihm sehr gut gefiel, auch wenn sie voller Touristen war. Hier am Fluss war es noch bedeutend ruhiger. Die Ausflugsschiffe lagen vertäut am Ufer. Zwei junge Frauen joggten aus Richtung der Eisenbahnbrücke heran und aus Südwesten, wo angeblich ein kleiner Yachthafen sein sollte, kamen drei Männer in sportlicher Kleidung geschlendert. Im Vorübergehen musterte man sich kurz, dann überquerten die drei den Bulwar Filalfijski in Richtung Altstadt.

„Na, ich glaube nicht, dass es hier viele russische Besucher gibt!" knurrte Petersen.

„Wie kommen Sie da drauf?" wollte Immo verblüfft wissen.

„Na, zwischen Russen und Polen herrscht keine große Liebe, das ist ja allgemein bekannt. Und erst kürzlich hatten wir einen Fall mit Russen im Rotlichtmilieu. Deren Sprache ist mir noch im Ohr. Hab das eben sofort wieder erkannt."

Immo staunte ob der sprachlichen Versiertheit seines Kollegen und verabschiedete sich bis später.

Auch er überquerte jetzt die breite Strasse, die den Fluss von der Altstadt trennte und ging am schiefen Turm vorbei. Er bog nicht gleich in die Kopernika ein, die am Geburtshaus des Astronomen Nikolaus Kopernikus vorbei führte, da er hier schon ein paar Mal auf und ab gegangen war und die alten, zum Teil noch gotischen Häuser bestaunt hatte. So kam er zu einem Arkadendurchgang, der zu der einen Hauptstrassen, der Rózana, führte. Er schaute die Strasse, auf der er sich jetzt befand, die Piekary, nach links und rechts hinunter, als plötzlich aus einem Haus zu seiner Linken lautes Rufen und ein Knallen wie von einem Schuss ertönte. Dann stürmte ein Mann hinaus und rannte an ihm vorbei die Hauptstrasse entlang. Aus alter Gewohnheit ging Immo in Richtung des Hauses, wo er meinte, den Mann herauslaufen gesehen zu haben. Aber wo war das gewesen? Da gab es ein Gebäude mit diversen Tafeln – so wie entziffern konnte, für einen Finanzberater, eine Medien-Firma, verschiedene Anwälte, Büros der Regierungspartei PiS, einer Psychotherapeutin und ein paar andere. Daneben stand ein schönes, mittelalterliches Haus, aus dem immer wieder Leute ein- und ausgingen und über dem „Pieczatki-KSERO" stand, womit Immo nichts anfing. Dann kam ein „Zabka"", in dem man offenbar Kaffee zum Mitnehmen und Zigaretten kaufen konnte und daneben ein „Pierniki", der Souvenirs anpries. Weiter die Strasse hinunter schien sich das örtliche Gefängnis zu befinden. Alle Gebäude (bis auf den Knast natürlich) waren offen. Kinder gingen hinein und kamen heraus aber nirgendwo war ein Hinweis erkenntlich, dass hier ein Schuss gefallen war. Alles wirkte äußerst normal und friedlich.

Immo zuckte mit den Schultern. Das alles konnte ihm ja herzlich egal sein. Er bummelte die Hauptstrasse hinunter zum zentralen Platz, dem Rynek Staromiejski. In der Mitte prangte das Rathaus. Der Bremer Hauptkommissar hielt sich links, in Richtung Postamt, einem Gebäude aus dem 19. Jahrhundert, für das drei stattliche Bürgerhäuser abgerissen worden waren, darunter das, in dem der französische Kaiser Napoleon auf seinem Weg nach Tilsit übernachtet hatte. Gerade als er stehen blieb und überlegte, ob er in eins der zahlreichen und sehr ansprechenden Restaurants und Cafés rund um den Rynek einkehren und einen Tee trinken sollte, rempelte ihn ein Mann an und murmelte so etwas wie „Isvinitje“, bevor er weiter hastete. Immo stutzte. Erst jetzt erkannte er den Eiligen wieder. Er hatte zu den drei Männern gehört, denen er mit dem Kollegen an der Weichsel begegnet war. Gleichzeitig war jener Mann auch derjenige gewesen, der aus einem der Häuser in der Piekary-Strasse gestürmt war. Irgendwie kam Immo das alles nun immer merkwürdiger vor. Kurzerhand folgte er dem davon Eilenden. Dieser bog beim Rathaus rechts ein und entschwand kurz Immos Blicken. Kaum war auch der Hauptkommissar um die Ecke gebogen, kam ihm der vermeintliche Russe zwischen den Blumenzelten und der Rathausfassade wieder entgegen. Das Folgende ereignete sich so schnell, dass Immo später Mühe hatte, trotz seiner langen Berufserfahrung alle Eindrücke korrekt zu sortieren.

Der Russe befand sich kurz vor ihm, als Immo im ersten Stock des Hauses Nr. 34 „Antyki“ neben dem Haus zum Stern etwas aufblitzen sah. Er schaute kurz hoch und meinte, einen Mann mit einem Gewehr im Anschlag zu erkennen. Gleichzeitig ertönte ein scharfer Knall und der Russe flog gleichsam mit aufgerissenen Augen auf ihn zu. Er schien sich kurz an Immo festzukrallen. Dann sackte er aufs Pflaster. Als Immo wieder aufschaute, war das Fenster leer. Bevor er noch irgendwie reagieren konnte, eilten ein paar Männer in Sportkleidung auf ihn zu und drängten ihn von dem am Boden liegenden ab. Einige Passanten blieben stehen, aber wirklich bemerkt schien keiner etwas zu haben. Die zahlreichen Blumenhändler, die vor dem Rathaus ihre Ware in Zelten darboten, gingen vollkommen unbeteiligt ihren Geschäften nach. Ein Krankenwagen fuhr heran, der Russe wurde auf eine Trage geschnallt, in den Wagen verladen und dieser brauste davon. Die Männer in den Trainingsanzügen waren mit einem Mal auch wie vom Erdbogen verschwunden. Zuerst kam es Immo so vor, als habe er sich das alles nur eingebildet. Da er aber nicht zu Tagträumen neigte, beschäftigte ihn das alles weiter. Das Fenster im ersten Stock des Hauses Nr. 34 stand noch immer offen und es war Immo, als stünde jemand im Raum und beobachte ihn. Er beschloss, es wie die Polen zu machen und erst einmal ein Eis zu essen. Geschäfte, die Eis verkauften, gab es überall. Die Polen schienen Eis zu lieben. Mit seinem Eis ging er die Strasse Szeroka hinunter und las die Namen der im Poflaster eingelassenen Städtewappen, mit denen Thorn als Hanse-Stadt Handel betrieben hatte: Münster, Osnabrück, Bremen, Lübeck, Chełmno, Hamburg, Rostock, Erfurt, Danzig, Breslau – und so weiter. Es waren insgesamt 22 Städte. Ein sichtbarer Beweis für die einst guten Beziehungen zwischen Polen und Deutschland.

Nach den Vorträgen und Diskussionen des Nachmittags nahm der Polizeidirektor von Toruñ, Dariuz Sokołowski, Immo beiseite, bevor es zum Abendessen ging. In fließendem Deutsch beglückwünschte er den Bremer zu seinem Kurzvortrag, um dann noch hinzuzufügen: „Wie ich hörte, waren Sie heute Zeuge einer unschönen Begebenheit. Aber so etwas kommt überall immer mal wieder vor – auch bei Ihnen, denke ich!"

Immo ließ sich seine Verblüffung nicht anmerken. Wie kam es, dass der Polizeidirektor nicht nur von den Ereignissen heute Mittag wusste, sondern auch, dass er, Immo Diekhoff, dabei gewesen war? Dies war schon ein wenig rätselhaft, da niemand mit ihm auf dem Platz gesprochen und er auch später mit niemandem darüber geredet hatte. Aber vielleicht konnte er ja noch etwas erfahren.

„Ja, das war hässlich. Aber sagen Sie, weiß man, wer das Opfer war?"

Der Polizeidirektor zuckte nur mit den Schultern und antwortete in beiläufigem Tonfall: „Ach, soweit ich gehört habe, handelte es sich um einen italienischen Pizzabäcker, der seit einem Jahr hier lebt und arbeitet. Offenbar ein Familienzwist. Diese Südländer sind ja für ihr heißes Blut bekannt. Ein Vetter hat ihn von hinten mit einer Pistole erschossen. Nun – jedenfalls konnte der Schütze schnell verhaftet werden und sitzt in Untersuchungshaft. Er hat auch schon gestanden. So konnte der Fall schnell aufgeklärt werden. Ich hoffe jedenfalls, lieber Kollege, dass Sie unser schönes Toruñ trotz dieses unschönen Zwischenfalls in bester Erinnerung behalten werden!" Immo nickte und bedankte sich höflich für die Information. Sokołowski klopfte ihm noch kumpelhaft auf den Rücken und gesellte sich zu den anderen Polizeioffizieren. Derweil versuchte Immo mühsam Ordnung in seine rasenden Gedanken zu bringen. Was hatte er da eben gehört? Eine Familienfehde unter Italienern? Er war sich sicher, dass der Mann Russe gewesen war – auf keinen Fall ein Südeuropäer. Und von hinten mit einer Pistole erschossen? Das hätte er sehen müssen. Der Schütze hätte dann genau hinter dem Opfer gestanden, der Immo ja gleichsam in die Arme gefallen war. Aber da war kein Pistolenschütze gewesen. Was man ihm da auftischte, war hanebüchener Unsinn. Erstaunlich nur, dass man annahm, er würde diesen Blödsinn glauben. Immerhin hatte er aller Wahrscheinlichkeit nach den Schützen gesehen.

Nun kam Petersen auf ihn zu und klopfte ihm ebenfalls auf die Schulter. „Na, Kollege – immer im Mittelpunkt, was?" Das sagte er aber so scherzhaft, dass Immo es ihm nicht übel nahm. Petersen beugte sich etwas vor und flüsterte Immo ins Ohr: „Hat Ihnen eigentlich der Polizeidirektor verraten, was der Chef der BOA wollte?"

„Der was?" Immo verstand kein Wort.

„Na Mensch, der BOA, der polnische Staatsschutz – eine Sondereinheit. Die beiden haben doch wild getuschelt, bevor dieser Sokołowsk zu Ihnen kam! Ihr aus Bremen kriegt aber auch gar nichts mit!" Auch dies kam freundlich heraus, aber Immo verspürte keine Lust, sich über diese Angelegenheit mit dem Kollegen zu besprechen. So zuckte er wieder einmal nur mit den Schultern. „Tut mir leid, Petersen, da muss ich Sie enttäuschen. Er hat mich nur auf meinen Vortrag angesprochen." Ihren unterschiedlichen Gedanken nachhängend, gingen sie zum Buffet.

Als Immo sich am Abend auszog und seine Jacke ausschüttelte, die er den ganzen Tag über angehabt hatte, fiel etwas mit einem klimpernden Geräusch aus einer Tasche. Er bückte sich überrascht und hielt einen kleinen Schlüssel in der Hand. Den hatte er noch nie zuvor gesehen. Woher kam er? Hatte er ihn irgendwo aus Versehen in die Tasche gesteckt? Nein, sehr unwahrscheinlich. Und mit einem Mal sah er sie wieder vor sich – die hässliche Szene auf dem Rathausplatz: als der tödlich verletzte Mann gleichsam in seine Arme getaumelt und dann zu Boden gesunken war. Als wolle sie Halt suchen, war die rechte Hand des Russen an seinem Arm entlang geglitten, ohne zuzufassen. Natürlich – er hatte keinen Halt gesucht, sondern ihm etwas zustecken wollen – diesen Schlüssel. Aber wofür war der? Immo betrachtete ihn eingehend. Ein Haus- oder Zimmerschlüssel war das nicht. Dafür war er zu klein. Außerdem hatte er einen Doppelbart. So sahen eher Schließfachschlüssel aus, dachte Immo. Dann entdeckte er beim Hin-und-Herwenden eine kleine Plakette mit einer Nummer drauf. Aber nirgends war der Name einer Bank oder ähnliches vermerkt. Immo konnte sich auch nicht erinnern, an einer Bank vorüber gekommen zu sein. Wer weiß, wo der Russe sich überall rumgetrieben hatte. Es würde sehr schwer werden, das herauszufinden. Vielleicht war es das Beste, diesen Schlüssel einfach abzugeben. Dann aber ärgerte er sich wieder über dieses gönnerhafte Verhalten des Polizeidirektors, der versucht hatte, ihm so einen Blödsinn wie ‚Familienzwist' als Tatmotiv zu verkaufen. Dabei wurde hier offensichtlich versucht, etwas zu vertuschen. Und mit einem Mal fiel es ihm wie Schuppen von den Augen – natürlich – jetzt wusste er, wohin dieser Schlüssel gehörte. Morgen in der Mittagspause würde er das nachprüfen.

Der nächste Tag war wieder sonnig und warm. Wie geplant, entschuldigte sich Immo mittags bei den Kollegen – interessanterweise war keine einzige Frau unter ihnen – und ging in Richtung Altstadt. Er achtete darauf, ob er verfolgt würde, konnte aber niemand ausmachen, der verdächtig wirkte. Als er zum Altstadtring kam, wo auch das Denkmal für Nikolaus Kopernikus stand, überlegte er kurz, wie er jetzt am sichersten vorgehen sollte. Er ging zu dem Lokal „Nalesnikarnia Manekin", das Tische mit Stühlen unter Sonnenschirmen auf einem Holzpodest vor der eigentlichen Crêperie aufgebaut hatte.

Immo bewegte sich auf den Eingang zu, aber achtete darauf, dass er sich im Sichtschutz der Sonnenschirme befand. Er wandte sich um und taxierte die Menschen hinter sich. Neben der Crêperie befand sich das alte Postamt und davor standen ein paar Bäume mit Bänken drumherum. Niemand schien auf ihn zu achten. Neben dem „Manekin" befand sich der Nebeneingang der Post, aus dem gestern der Ermordete gestürmt und ihn angerempelt hatte. Im Schutz der Schirme und der Bäume ging Immo rasch zu der Tür und betrat das Postamt. Und da waren sie auch schon – direkt vor ihm: eine Wand mit kleinen und großen gelben Postschließfächern. Darüber stand „Skrytki Pocztowe". Die kleinen Fächer befanden sich eher im oberen Bereich und die Nummer 43, die auf dem Schlüssel stand, fand er auch schnell. Alles ging problemlos und schnell. In dem kleinen Fach befand sich ein brauner, wattierter Briefumschlag mit dickerem Inhalt. Immo steckte ihn schnell ein, verschloss das Fach wieder und verließ die Post. Damit seine Legende aber auch stimmte, ging er zurück in die Crêperie und trank dort im Außenbereich in Ruhe einen Kaffee, damit ihn auch alle sehen konnten, wenn sie darauf aus waren.

Im Hotel öffnete er auf seinem Zimmer sofort den Umschlag, der weder Absender noch Adressaten aufwies. Darinnen befand sich nur ein Handy. Da es jedoch gesperrt war, konnte Immo nicht nachsehen, was sich auf diesem Gerät alles verbarg. Er würde sich eben in Geduld üben müssen, bis er wieder in Bremen war. Den Behörden übergeben wollte er das Handy auf keinen Fall. Der Russe, so er denn wirklich einer gewesen war, hatte ihm den Schließfachschlüssel offensichtlich in voller Absicht zugesteckt, damit er, Immo Diekhoff, dieses Handy finde und nicht etwa die Behörden. Also musste er erst an den Inhalt kommen, bevor er entscheiden konnte, wie weiter zu verfahren sei. Der Rest des Tages verlief dann ohne Vorkommnisse. Morgen war bereits Abreise.

In Bremen dauerte es ein paar Tage, bevor auf Immos Schreibtisch ein Fall landete, der ihm eine Ausrede bot, das Handy untersuchen zu lassen. Er schickte es zur KTU mit der Bitte, alles auszulesen. Bevor er jedoch die Ergebnisse in Händen hielt, erreichte ihn ein Brief eines polnischen Kollegen aus Toruñ. Der schickte ihm einen

Zeitungsausschnitt der „Gazeta Wyborcza, Toruñ“ mit handschriftlicher Übersetzung. Unter dem Bild des Mannes, der vor seinen Augen erschossen worden war, stand die Version der Geschichte, die ihm schon der Polizeidirektor aufgetischt hatte; eine Eifersuchtstat unter italienischen „Gastarbeitern“. Der Fall sei zu den Akten gelegt worden, nachdem sich der vermeintliche Täter selbst erschossen hatte und ein Bekennerschreiben als Abschiedsbrief gefunden worden war. Immo runzelte die Stirn. Hatte Sokołowski ihm nicht gesagt, der Täter sei verhaftet worden und säße in Untersuchungshaft? Und da soll er sich dann erschossen haben, dachte Immo. Was für ein Blödsinn! So ein stümperhaftes „cover-up“ brachten auch nur die heutigen Geheimdienste fertig.

Zwei Tage später kam der Bericht der KTU. Er war kurz und knapp. Von dem Handy sei nie telefoniert worden, die SIM-Karte pre-paid. Einzig mehrere Fotos eines dreiseitigen Schriftstückes auf Polnisch befanden sich darauf. Die Kollegen hatte gleich eine Übersetzung anfertigen lassen, die Immo mit großem Erstaunen las. Da entwarf der Vorsitzende der PiS-Partei einen Plan, in Verhandlungen mit Litauen und der Ukraine zur Schaffung eines Groß-Polens – in Anlehnung an das alte Jagiellonen Reich (1386–1572), das wieder „od morza do morza“ – von der Ostsee zum Schwarzen Meer – reichen sollte. Verhandlungen auf unterster Ebene hatten schon begonnen. So wollte man den Russen und vor allem dessen Präsidenten Einhalt gebieten können, da auf den Westen als Schutzmacht – insbesondere Deutschland mit seiner schwachen Kanzlerin – überhaupt kein Verlass sei. Auf Grund der Brisanz des Papiers sei es in der Provinz bei besonders vertrauenswürdigen Vertretern der Partei „versteckt“ worden, lautete ein extra Nachsatz. Trüge das Schriftstück nicht die Unterschrift des kleinen, dicken Mannes mit dem runden Gesicht, könnte man es für einen sehr schlechten Scherz halten. Aber alles sprach dafür, dass es vollkommen echt war. Und ein Mann war deswegen getötet worden – ein Russe – kein Italiener. Dazu schienen die polnischen Behörden alles daran zu setzen, den Mordfall zu vertuschen. Die Angelegenheit schien ziemlich brisant zu sein. Aber es handelte sich zweifelsohne um „hohe“ Politik, also rein gar nichts für die deutsche Polizei. Immo zuckte die Schultern. Das alles ging ihn nichts an. Er würde schon aus den Medien erfahren, ob tatsächlich eines Tages ein Groß-Polen gebildet würde. Er packte Handy und den Bericht in die unterste Schublade seines Schreibtisches – ganz nach hinten. Jetzt würde er erst einmal zu Mittag essen. Und dann den anstehenden Fall zu lösen versuchen. Damit hatte er genug zu tun.

25. Stockholm

„Den blådiga mandagen“ (Blutiger Montag)

von Holger Wittschen

Sonntag, 7. November 1520
Die Stadt war erdrückend mit ihren alten Türmen, dem Brunnen in der Mitte des viereckigen Hauptplatzes, wo der Markt abgehalten wurde, den dunklen, gewölbten Zimmern. Und die Menschen, die Esten, Juden und vor allem Deutschen und Schweden, lebten hier in einer Art behördlich zusammengedrängtem, gedämpftem Trubel. Etwas schien in dieser Stadt, in den dämmrigen, ungelüfteten Wohnungen fortwährend zu gären, ein Aufruhr durch die Not der Belagerung oder vielleicht war es bloß Verbitterung. Es war in den Häusern, auf den Plätzen, im Leben von Stockholm überall zu spüren, denn diese Stadt musste schon oft seinen Feinden trotzen.

Aber dann kam der Freitag und jemand musste dafür büßen, für das, was geschehen war. Das war so unvermeidlich, wie die Nacht, die auf den Tag folgt. Im Nachhinein hätte es Gustav Eriksson Vasa wissen müssen, als er das Tor öffnete, und ihn die Schergen des zukünftigen Königs in Empfang nahmen. Dieser König, der nie sein König sein würde, und dem er niemals ewige Treue schwören würde – bei seinem Leben. Und genau darum begann es augenblicklich ganz böse um ihn zu stehen. Da war die ausgekugelte, höllisch schmerzende Schulter, verursacht durch heftigste Gegenwehr bei seiner Festnahme gegen diese Übermacht von Grobianen, als sie ihn unter Tritten und Schlägen abführten, noch gar nicht mit eingerechnet. Es war nur der Anfang. Willkommen in der Hölle, dachte Gustav Eriksson Vasa, als sie ihn in dieses stinkende Loch stießen und das schmiedeeiserne Tor über ihm mit einem endgültigen, lauten Krachen zuschlug, das in den Gängen des Kellergewölbes scheinbar endlos widerhallte. Die Folterknechte des Dänenkönigs hatten bald alle Hände voll zu tun.

Eine Woche zuvor…
Der Sturm blies so stark aus Südsüdwest, wie er es zu dieser Jahreszeit noch nie erlebt hatte und ließ das große Segel zum Zerreißen

bauchig auftrimmen. Kapitän Carl Petersen fasste den wahnsinnigen Entschluss, auf seiner Kogge das Rah-Segel nicht zu reffen, denn es stand in einem optimalen Winkel zur Windrichtung, was bei dem mörderischen Wellengang eine halsbrecherische Fahrt zur Folge hatte. Die dicken Taue waren zum Zerreißen gespannt und knirschten, der Wind pfiff im Mast. Bei jeder großen Welle hob sich das Heck der Kogge, um in ein tiefes Tal zu gleiten, wenn die Welle unter dem Schiff durchgelaufen war. Gischt spritzte bei jedem Brecher über Deck, aber der Kapitän hatte guten Grund volles Risiko einzugehen und das Material bis an die Grenzen zu belasten. Der Frachtraum war übervoll mit Stückgut, schweren Holzkisten, die übereinander gestapelt und fest verzurrt waren. Der Inhalt war ihm unbekannt, aber der Absender hatte ihn fürstlich belohnt, dafür dass er keine Fragen stellen würde. Und bei rechtzeitiger Ankunft wartete noch ein stattliches Sümmchen Gulden auf ihn. Also musste er pünktlich in Stockholm anlanden, wo er Eisen laden und nach Lübeck bringen würde. Eine gewinnbringende Fahrt.

Aber die Galeone, ein neuer schneller Schiffstyp, machte ihn nervös. Sie war wie ein grauer, unwirklicher Schatten aus der dichten Regenwand hinter ihnen aufgetaucht. Nun kreuzte sie seit Stunden an seiner Seite und näherte sich langsam bedrohlich. Undeutlich konnte er die Geschützpforten sehen, die vermutlich nur wegen des Wellengangs geschlossen waren. Doch auch der größte Sturm tobt nicht ewig. In der Ostsee trieb allerlei Volk ihr Unwesen. Ein friedlich aussehendes Handelsschiff konnte in Kürze vor ihnen die Piratenfahne hissen, die Geschützpforten öffnen und eine Breitseite abfeuern, dabei den Mast kappen, so dass man manövrierunfähig war, und sich entern lassen musste. Oder es nahm Kurs auf das Schiff und rammte es. Oft half da nur ein Sprung über die Reling, sofern man das Schwimmen beherrschte, denn gekaperte Schiffe wurden ausgeraubt und meist mit Mann und Maus im Meer versenkt. Die einfachste Art sich zu bereichern und Indizien zu vernichten. Kapitän Petersen hatte das einmal als Schiffsjunge miterleben müssen und nur überlebt, weil er sich als einziger schwer verletzt in einem alten, leeren Heringsfass hatte retten können, in dem er dann tagelang auf dem Wasser trieb. Ein deutscher Heringsfischer hatte ihn schließlich halbtot aufgelesen und zu sich an Bord genommen. Eine Piratenmachete hatte sein Bein bis zum Knochen aufgeschlitzt. Das Humpeln und eine ewig schmerzende, hässliche, nie richtig verheilende Narbe, die sich von Zeit zu Zeit öffnete und stinkenden Eiter ergoss, blieben Zeugnis vom Gemetzel an Bord. Jetzt lag etwas in der Luft, dass die böse Vorahnung des Kapitäns körperlich werden ließ. Die Narbe stach so wild, als würde es sieben Tage und Nächte lang Sturm und Sintflut biblischen Ausmaßes geben. Zumindest war es ein Garant für ein Ereignis, dass sich unmittelbar zusammenbraute. Drei Männer hatte er schon im Krähennest verloren. Sie waren einfach über Bord gespült worden und eine Riesenwelle, wie ein brüllendes, gieriges Untier, das immer neue Opfer verlangte, hatte sie verschluckt. Dabei waren es gute Männer unter seinem Kommando. Sie gingen keiner Rauferei aus dem Wege, aber sie waren gottesfürchtig.

Die Galeone hatte unterdessen weiter aufgeholt, und fraß sich steuerbords nur noch wenige Seemeilen neben der ‚Roland von Bremen' in einer wilden Berg- und Talfahrt durch das tosende Meer. War es ein Handelsschiff oder ein Piratenschiff? Vielleicht gar ein Kriegsschiff, das verhindern wollte, dass sie ihre Ladung in der Hansestadt Stockholm löschten? Petersen war sich da nicht so sicher. Von seiner letzten Fahrt nach Stockholm wusste er von der Unruhe dort und dass die Macht der Unionisten zu bröckeln begann. Die Tavernen im Hafen waren so lebhaft wie Totenhäuser. Nicht einmal Trinklieder erschollen noch am Kai. Bürger denunzierten sich. Wer sein Mundwerk nicht im Zaum halten konnte, lebte gefährlich. Spitzel des zukünftigen dänischen Königs Christian II. mischten sich dort unter die Gäste und versuchten freigiebig mit billigem Fusel die Zungen der Gäste zu lockern, um Monarchisten zu entlarven, die sich für eine schwedische Krone einsetzten und am liebsten die Dänen zum Teufel gejagt, den Kopf Christians auf einen Pfahl gespießt und öffentlich zur Schau gestellt hätten.

Plötzlich änderte die Galeone die Richtung und nahm direkten Kurs auf die ‚Roland von Bremen'. Petersen bellte Befehle, und seine Stimme überschlug sich bei dem Gebrüll des Sturms. Die Männer machten sich auf dem Achternkastell bereit, das Schiff mit Messern, Musketen und Speeren zu verteidigen. Ein gefährliches, fast unmögliches

Unterfangen gegen eine kampferprobte Piratenmeute. Die Narbe am Bein von Kapitän Petersen brannte wie loderndes Feuer.

Dann ging alles ganz schnell. Die Geschützpforten an der Galeone öffneten sich, und im gleichen Moment sah er die Kanonenmündungen und die Feuersbrunst aus den Läufen. Pfeifend zischten die Kugeln über sie hinweg. Gewaltige Explosionen kamen nun von Backbord, denn dort kam aus der dicken Nebelsuppe ein weiteres Schiff zum Vorschein. Petersen konnte die Totenkopffahne am Heck des Schiffes erkennen. Nachdem das überraschend aufgetauchte Piratenschiff mehrere Treffer kassiert hatte, drehte es ab und verschwand gleich einem Geisterschiff wieder in einer Wand aus Rauch, Nebel und Regen. Die Galeone hatte sie vor einem Unglück bewahrt und beschützt! Zu gerne hätte der Kapitän gewusst, wer ihr Schutzengel war. Die Männer winkten der Galeone zu, johlten und waren vor Erleichterung außer sich.

Etwa fünf Glasen nach diesem Spuk flaute der Sturm ab, die Galeone drehte bei, und der Kapitän und die gesamte Mannschaft zweifelten nicht daran, dass jemand wollte, dass sie Stockholm wohlbehalten erreichten.

Sonntag, 7. November 1520

Erzbischof Trolle lief der Schweiß in Strömen über sein fettes, haarloses Gesicht. Nach Luft japsend, hämmerte sein Herz wie wild. Er hielt sie von hinten gepackt, und ihre Ekstase schlug nun um in Schmerz und Panik, so dass er seine Finger noch tiefer in ihr festes, jugendliches Fleisch grub, um sie zu halten. Er war diese jungen Dinger einfach nicht mehr gewöhnt, die sein Kammerdiener ihm immer wieder heimlich brachte. Diese dummen Hühner. Doch war es seine von Gott gegebene körperliche und geistige Übermacht, die er besonders spürte, wenn sie unter ihm winselten und um Gnade flehten und ihnen dann erst klar wurde, auf was sie sich eingelassen hatten. Dann stieß er besonders hart zu und legte seine fleischigen Finger um ihre glatten, zarten Hälse, bis sie blau anliefen und ihre Augäpfel wie bei einem verendenden Karpfen lautlos aus den Höhlen quollen. Diesen Sünderinnen konnte so oder so nicht mehr geholfen werden. Das ewige Höllenfeuer war ihnen so gewiss wie das Kyrie bei der heiligen Messe.

Als er gekommen war, rührte sie sich nicht mehr. Erschöpft stieg der Erzbischof von ihr herunter und zog mit einer schnellen Handbewegung ein schäbiges Laken über sie. Jetzt, nachdem die Lust gestillt war, brauchte er den Anblick nicht mehr, und sicher würde sein Kammerdiener später das tun, was er immer tat, und das Miststück im Fluss entsorgen. Es gab nur sehr wenige, denen er vertrauen konnte, es kam halt immer auf den Preis an.

Aber hier konnte er auch mit Geld nichts ausrichten. Dieses Pamphlet, in dem die Bürger Stockholms zum Widerstand aufgehetzt wurden, machte ihm Sorgen. Dieses Papier war gedruckt; der Inhalt hochexplosiver Zündstoff. Er hatte gleich mehrere Papiere zugespielt bekommen, die alle identisch waren. Widerstand gegen den König mit einer Druckpresse! Damit war man in der Lage, in kurzer Zeit hunderte, ja tausende Papiere mit aufwieglerischem Inhalt zu drucken! Das könnte in einem Aufstand enden. Man musste dieses Ding finden und vernichten! Glücklicherweise war, bis auf Kaufleute der Hanse oder einige Adlige, kaum jemand des Lesens mächtig. Aber genau die wollten aus der Union austreten und die Hansestadt Stockholm selbst verwalten. Laut Kalmarer Union war beschlossen worden: Ein König für Dänemark, Norwegen und Schweden. Im Grunde genommen war es dem Erzbischof egal, welcher König regierte. Das Wichtigste war doch die Ergebenheit und Loyalität zu ihm und zur katholischen Kirche, was im Grunde genommen dasselbe war, denn er verkörperte die Heiligkeit in Fleisch und Blut. Schande über diejenigen, die Anhänger der Reformation, Anhänger der Ungläubigen waren. Der Verfasser des Pamphlets war sicher ein schwedischer Königstreuer – ein Anhänger der reformatorischen Bewegung, einer Bewegung, die gegen den Katholizismus war und somit gegen Gott, gegen den Papst und gegen ihn! Das durfte nicht geschehen und musste ausradiert werden. Soviel stand fest. Er hatte Vorkehrungen getroffen.

Später verließ er sein Gemach und ging auf der Svartmangatan zum Stortorget, dem zentralen Platz. Mehr und mehr Holzhäuser verschwanden in den letzten Jahren und Steinmetze arbeiteten emsig daran, an ihrer Stelle Steinhäuser zu errichten. Auch heute waren Handwerksgesellen zu sehen, die mitten auf dem Marktplatz ein großes Holzplateau errichteten.

Die Stadt war überfüllt mit Gästen. Der Weg vom Schloss zur Kirche war mit rotem Tuch überdacht, und in dem offenen Zeltgang waren bereits die letzten Krönungsgäste vorbeigezogen. Kaufleute aus Lübeck und Bremen, einige waren aus Flandern und Antwerpen angereist. Die meisten jedoch waren Dänen, die dem zukünftigen König die ewige Treue schwören würden. Erzbischof Trolle bahnte sich rücksichtslos mit Ellenbogen und seiner hünenhaften Statur einen Weg durch die Menschenmasse bis zum Kirchenportal. Das Gefängnis würde bald übervoll sein mit den Gegnern – den Feinden des zukünftigen Königs Christian II., die auch seine Feinde waren. Die Zeiten ändern sich, dachte er. Sie haben sich immer geändert. Man musste nur ein bisschen nachhelfen – dirigieren, zur Not mit göttlichem Segen, zum Wohle des ganzen Volkes.

Die feierliche Zeremonie begann schließlich. Trompetenfanfaren erschollen. Mit drei Fingern auf einem Reliquienschrein legte Christian II. den Eid ab und schwor das Reich zu regieren und den Schweden Gesetz und Recht in allem aufrecht zu erhalten. Der Erzbischof reichte ihm die Hostie, aber dänische Edelmänner reichten die Krone, das Zepter, den Reichsapfel und das Schwert. „Vivat rex! Lang lebe der König!“ erscholl es in den Kirchenmauern. Als Trolle sich umschaute, sah er nicht die Begeisterung, die einer Krönung würdig wäre. Seine schwarze Soutane knisterte, als er sich vor dem König verbeugte. Er würde nachhelfen das Volk zu begeistern. Das schwor er bei Gott!

Als Gustav Eriksson Vasa erwachte, glaubte er noch an einen bösen Traum. Doch begriff er bald, dass er eine Hauptrolle in diesem Albtraum spielte, und an Flucht nicht zu denken war. Auch Birger Johansson war gefasst worden. Sie hatten seinen Freund bearbeitet, und weiß Gott was mit ihm angestellt – sein Schreien, die ganze verdammte lange Nacht. Hier war es immer Nacht; hier gab es keine Sonne. Hier in diesem nach ekelerregendem Blut stinkendem Gemäuer, mit herausgerissenen Gliedern und blutverschmierten Kleiderfetzen, die überall verstreut lagen. Sie hatten seinem Freund mit einer Walze die Knie zermalmt, hatten ihn Stück für Stück dort hineingeschoben, solange, bis die Knie wie reife Äpfel zerplatzt waren. Und nicht mal dann verlor sein Freund das Bewusstsein. Die Folterknechte wussten genau, wie weit sie gehen durften, denn unter Umständen erwartete sie ein ebenso unschönes Ende, sollten sie etwa die geforderten Informationen nicht beschaffen. ‚Druckpresse' hörte er. Gustav Eriksson Vasa hing seit vielen Stunden schon mit gebundenen Armen an der Decke. Er spürte seine Arme nicht mehr, seine ausgekugelte Schulter war taub. Jemand hatte sie verraten, doch die Druckpresse schienen sie noch nicht gefunden zu haben. Unrecht würde ewig Unrecht bleiben. Sie konnten seine Freunde töten, seine Familie, das ganze schwedische Volk. Sie würden ihn töten müssen, denn niemals würde er einen dänischen König als seinen König anerkennen. Niemals! Er würde kämpfen, und, da war er sich sicher, mit vielen Getreuen an seiner Seite.

Nun war alles ruhig. Auch die Folterer brauchten mal Pause vom vielen Quälen. Ein leises Stöhnen hier und da. Eine Pechfackel flakkerte an der Wand und warf gespenstische Schatten.

Aus Birger Johanssons Ecke kam kein Laut mehr. Vielleicht war er tot und endlich erlöst. Er hatte nichts verraten, der gute Freund. Nichts. Ob die Kogge angekommen war? Sie hatten dem Kapitän eine Menge Gulden gezahlt. Er hatte versprochen, die Kisten ohne zu fragen an Bord zu nehmen. Wenn es gelang den Inhalt der Fracht geheim zu halten, hatten sie – hatte Schweden eine Chance. Aber die Zeichen standen denkbar schlecht. Neben ihm auf dem Boden lag ein Mann in Ketten. Sein Gesicht war eine fleischige Masse, die keine Konturen mehr aufwies. Der Mann röchelte noch. Von den hinteren Gängen in diesem Kellergewölbe rasselten Ketten, wie von wilden Tieren, die hier ihr qualvolles Ende finden sollten. Im Grunde genommen hatten sie ihn bis jetzt noch verschont. Sie wussten nicht, wer er war. Aber früher oder später würden sie es erfahren. Nicht jeder kann diese Schmerzen ertragen, das wusste Gustav Eriksson Vasa nur zu gut. Aus einer winzigen Öffnung im Mauerwerk blinkten ein paar Sterne, und aus der Schmiede unten im Hof drang ein wetzender Ton herein, der von einer Schar Henker herrührte, die bei Fackelschein ihre Richtschwerter schliffen.

Der neue König schenkte dem Volk von Stockholm ein rauschendes Fest. Bunte Girlanden wehten im Wind, Musikanten spielten auf, es roch nach gebratenen Köstlichkeiten; Kinder tollten im königlichen Schlossgarten. Boten wurden ausgesendet, um Edelleute, Bischöfe und vornehme Bürger, zumeist Kaufleute der Hanse, ins Schloss einzuladen. Alles sah nach Versöhnung aus. Der Rheinwein floss in Strömen. Erzbischof Trolle stand unbeobachtet in einer dunklen Ecke des Schlosses, schaute auf das bunte Treiben und leckte seine fettigen Finger nach der ausgiebigen Fleischmahlzeit. Er wusste nur zu gut, dass die Feinde des Königs nicht ruhen würden. Nur jetzt, da der Wein floss, gab man sich milde. Aber das Katerfrühstück würde kommen. Soeben machte ihm sein Kammerdiener ein Zeichen. Vielleicht hatte er wieder etwas junges für ihn. Er könnte es brauchen; könnte noch einmal seine Stärke spüren, denn morgen musste er stark sein. Es sollte sein Tag werden, der in die Geschichte eingeht. Sein Plan war genial und eigentlich sollte er sich auch großartig fühlen. Aber das Brennen beim Pissen neuerdings beunruhigte ihn. Nicht ausgeschlossen, dass er sich irgendwo was weggeholt hatte. Er sollte die Hühner, die sein Kammerdiener ihm brachte, vorher erstmal genau in Augenschein nehmen, bevor er in irgendwas steckte, das er später bereute.

Montag, 8. November 1520

Die Kälte spürte er schon nicht mehr, als an ihm herumgezerrt wurde. Die Augen nur einen spaltweit offen, konnte er nur schemenhaft erkennen, dass sich jemand an dem Seil zu schaffen machte. Ein Ruck, das Seil gab nach, und er fiel der Länge nach auf den harten Boden. Höllische Schmerzen. Sein Körper gehorchte ihm nicht mehr, alarmierte nur noch. Sie knebelten ihn und packten ihn an seinen Schultern und Füßen. Vielleicht wollten sie ihn rädern, vierteilen. Er wusste es nicht, doch hoffte er inständig, dass es schnell gehen möge, dass der Tod ihn schnell zu sich nehmen würde. Sie schleppten ihn nicht durch die Tür, durch die sie ihn geworfen hatten. Sie folgten dem Abwassergraben und verschwanden mit ihm durch ein Loch im Boden. Draußen verharrten sie einen Augenblick. Noch immer war es dunkel. Nur ein leichter Schimmer im Osten verriet den nahenden Morgen. Nach kurzer Zeit kam ein Karren vorbei. Sie legten ihn hinein und sofort wurde eine gute Fuhre Mist auf ihn gestreut. Gustav Eriksson glaubte zu ersticken, hatte alle Hoffnungen begraben, doch die Wärme des Mists entspannte ihn. Kurz bevor sein Bewusstsein ihn wieder verließ, glaubte er ganz in der Nähe Trompetenfanfaren zu vernehmen, die Fanfaren, die nur bei nationalen Festlichkeiten aufgespielt werden, wie bei einer Krönung. Der letzte Gedanke galt seinem Freund Birger Johansson. Dann wurde es dunkel und still.

Montag, 8. November 1520 gegen Mittag

„Eure Majestät, ich fordere in dieser Anklageschrift die hier namentlich genannten Personen als Ketzer zu verurteilen. Die Kirche verfügt über glaubhafte und beweisbare Indizien, die es unumgänglich machen, ein geistliches Gericht in diesem Fall anzurufen." Erzbischof Trolle stand auf dem neu errichteten Plateau auf dem Marktplatz, blickte hinab in die Runde und genoss die angsterfüllten Blicke der Umstehenden. Jeder hier wusste, dass er auf dieser Liste stehen konnte. Willkürlich. Im Prinzip war er der mächtigste Mann Stockholms. König hin oder her.

König Christian II. saß in der ersten Reihe neben seiner Frau und zog leicht einen Mundwinkel nach oben. Es war kaum zu sehen, und doch hatte der Erzbischof es wahrgenommen. Es war also zu seiner Zufriedenheit, und was sollte ein König gegen diese göttliche Ungerechtigkeit unternehmen? Sie stand über allem. Die Feinde des Dänenkönigs würden sich erheben, früher oder später. Es sei denn...

Am nächsten Tag ...

Ein kalter Nordwind blies dicke Schneewolken heran, als wolle er einen dichten Schleier auf die Geschehnisse des vorherigen Tages legen, um diese schnell vergessen zu machen. Aber war das möglich?

Auf dem Markt balgten sich die Hunde um die halbnackten Leichname. Die Köpfe waren zur Abschreckung auf Spieße gesteckt worden. Sogar ein Bischof war enthauptet worden, vielleicht ein vom katholischen Glauben Abtrünniger. Sein Kopf lag mit gebrochenem Blick und offenem Mund zwischen seinen Beinen. Eine blasse Zunge hing heraus. Man hatte sich wohl nicht getraut seinen Schädel aufzuspießen. Schon kurz nach der Krönungszeremonie waren die Gefangenen zusammengetrieben und auf dem großen Plateau dem Volk präsentiert worden. König Christian II. hatte sich als guter Katholik der kirchlichen Macht gebeugt – zum Wohle aller. Doch ließen von 81 Gefangenen nur 80 in dem gigantischen Blutbad ihr Leben. Wo war der eine, der sich der göttlichen Macht und dem Richtschwert entzogen hatte?

Der plötzlich auffrischende Nordwind sorgte dafür, dass sie die schwedische Küste schnell hinter sich lassen konnten und Lübeck pünktlich erreichen würden. Kapitän Petersen blickte zufrieden auf den Kompass. Sie hielten Kurs. Vielleicht war dies seine letzte Fahrt. Er spürte seine Knochen in letzter Zeit immer öfter. Die Gicht machte ihm zu schaffen. Diese Fahrt war für ihn so gewinnbringend, dass ihm und seiner Frau, zusammen mit dem Gesparten, ein sorgenfreies Leben in Lübeck sicher war. Als sie die Lübecker Bucht erreichten, gab er einem seiner Männer den Befehl eine Kiste im Laderaum zu öffnen. Der Mann staunte nicht schlecht, als er sah, was in der Kiste steckte.

Gustav Eriksson Vasa schmerzte das Tageslicht, als er auf die Brükke zum Kapitän kam. Er atmete so tief die klare Seeluft ein und aus, dass ihm ganz schwindelig wurde. Hinter ihnen lag Schweden. Dorthin würde er eines Tages zurückkehren. Aber nicht alleine, sondern mit vielen Getreuen an seiner Seite. Die Waffen hatte Petersen ihnen ja schon geliefert. Für seinen Freund Birger Johansson und für das schwedische Volk!

Die Druckpresse wurde von den Dänen nie gefunden. 1521 entbrannte endlich der bewaffnete Aufstand gegen sie.
Zwei Jahre danach, genau am 6. Juni 1523, wurde Gustav Eriksson Vasa, als König Gustav Vasa, zum König aller Schweden.

26. Riga

Riga Sport

von Detlef Michelers

Ihr Blick ging noch einmal zurück in die Dzirnavu Iela bevor sie ihre Reisetasche fester unterfasste und begleitet vom leisen Wellenschlag des Flusses den Uferweg entlang der Daugava zum Busbahnhof nahm. Trotz des fauligen Wassergeruchs atmete sie tief ein und aus, erkannte in der milden und hellen Juninacht vor sich die Umrisse der von zwei Galerien durchbrochenen Spitze der Petrikirche. Am Pilsetas kanals bog sie zum Busbahnhof ab, fand noch Zeit bis zur Abfahrt des Busses nach Tallinn in der Wartehalle einen Becher Tee zu trinken. Auf und ab gehend benetzte sie mit dem heißen Getränk eher ihre vollen Lippen, denn es zu trinken.

Als der Bus vorfuhr, drängte sich Gisela Hurtig vor, will unbedingt in der hintersten Reihe sitzen, in der Hoffnung dort zwei oder drei Plätze für sich zu nutzen. Sie legte ihre Reisetasche demonstrativ neben sich, starrte aus dem Fenster. Vor Jahren, es kam ihr vor wie eine Ewigkeit, war sie einmal mit Gregori nach Tallinn gefahren. Nicht mit dem Bus, mit dem Auto eines befreundeten Kollegen. Obwohl Gregori bereits zweiter stellvertretender Direktor des ‚3. Rigaer Stadtkrankenhauses Juri Gagarin' war, stand ihm kein Auto zu – und acht, neun Jahre auf ein eigenes Fahrzeug warten? Das war keine Lösung für den impulsiven, untersetzten Enddreißiger, dessen russische Eltern Ende der 40er Jahre von Moskau nach Riga gekommen waren.

Tallinn. Sie erinnerte sich an die vom Hafen her steil ansteigende Altstadt. Auf dem Toompea, dem Domberg thronend das Riigikogu-Parlamentsgebäude, Seite an Seite mit dem alten Kastell und seinem Wehrturm, dem Herman. Zu Füßen des mächtigen Herman mit Blick auf die schimmernde See hatte Gregori sie von hinten umfasst, ihre vollen Brüste gewogen und ihr ins Ohr geflüstert: „Unserrä Libbe isse starker wie das Wurm." Was bei ihr einen Lachreiz ausgelöst hatte und ihn fragend blicken ließ. „Was bittschön isse bei Libbe falsch?" „Das W", hatte sie geantwortet und ihm die Wange gestreichelt.

„Floskeln, nichts als Floskeln." Sie schüttelte sich, als sei sie unangenehm berührt worden. Der Diesel des Busses sprang an, in maximal viereinhalb Stunden würde sie in Tallinn sein.

An der Station Lastekodu, im Herzen der Stadt, stieg sie aus. Der Busfahrer erklärte ihr den Weg zur Haltestelle und zum Fährhafen nach Helsinki: Fünf Minuten zu Fuß „Bussijaam, Bussijaam“ und dort den Bus nach Sadam, „Sadama twäntipfeif, Sadama twäntipfeif“ wiederholte er wieder und wieder, wies ihr mit ausgestrecktem Arm den Weg, pfiff ihr hinterher.

Sie ging schnell, um die Müdigkeit aus ihren Gliedern zu schütteln. „Ja, es ist richtig, dass ich Gregori verlassen habe. Ja, es ist richtig...“ und die schon hochstehende, ihren Rücken wärmende Sonne war der fünfunddreißigjährigen, vollschlanken Frau für Momente Bestätigung genug, dass sie den richtigen Weg eingeschlagen, die richtige Entscheidung getroffen hatte.

Im Zweistundentakt laufen die Fähren nach Helsinki aus. Sie stand am Heck des Schiffes und so wie Tallinn und die Küste Estlands langsam im Dunst verschwanden, so hoffte sie, dass von ihren Erinnerungen an Riga bald nur noch ein braunstichiges Foto bliebe von einem damals, dass es so nie gegeben hatte. Trotz der Kühle des Windes stieg Hitze in ihr auf und mit ihr Unruhe, Nervosität. Eine Nervosität, die sie früher – gleichgültig in welcher Situation – nie gespürt hatte, und die sie sich als Krankenschwester nie hätte leisten dürfen. Keinesfalls als OP-Schwester. „Ich nenne es entblechen und entdrahten“, war ihr saloppper Standardspruch, wenn man sich nach ihrer Tätigkeit erkundigte. Unerträglich wurden ihr im Laufe der Jahre diese Anzüglichkeiten. Scheinbar zufällige Berührungen, Reibungen, Hände versehentlich an falschen Körperteilen. Ihre üppigen, dabei festen Körperformen schienen vor allem auf Assistenzärzte – aber nicht nur bei ihnen – eine magische Anziehungskraft auszuüben. Gisela Hurtig beschloss die berufliche Ebene zu wechseln. Sie tauschte den Operationsaal mit dem Büro im Bremer Krankenhaus ‚Links der Ochtum‘.

Vor ihr tauchte Helsinki auf. Der Wind hatte gedreht, zerzauste ihre brünette Haarfülle, spielte mit den Locken. Sie schüttelte den Kopf. „Nein, die Büromänner waren auch nicht die Erfüllung.“ Die einzige Ausnahme, die sie gelten ließ, war Dr. Fleming von der Revision. „Freundlich, unaufdringlich, hilfsbereit, doch mit seinen schätze mal fünfzig Jahren für mich ein alter Knochen. Der Rest häufig Flachmänner, Glatznasen, die bei Betriebsfesten eruptive, unzulängliche Geständnisse von sich geben und sich am nächsten Tag wieder unter ihren Schreibtischen verkriechen." Und dann der berufliche Stillstand. Keine Perspektive als Frau. „Ach ja, den Filialleiter von Edeka hätte ich beinahe vergessen!"

Sie lachte auf. „Eine Episode. Florian!" Er hätte sie gerne gehabt, „im Betrieb, im Bett... aber die Ehefrau, die Kinder, der Ruf." Unter den Partnern ihrer Freundinnen war auch nur selten eine Verlockung und sie mochte – was noch wesentlicher war – nicht in fremden Revieren räubern. Sie war vorsichtig, ordentlich, korrekt, „nicht die Puppe für eine Nacht".

Ihr einziger männlicher Freund war Werner Junghans, den sie im vierten Jahr ihrer Bürotätigkeit bei einem betriebswirtschaftlichen Fortbildungsseminar der Kassenärztlichen Vereinigung kennen und schätzen gelernt hatte. Werner war ein schon in jungen Jahren zur Fülle neigender Apotheker auf dem Sprung in die Selbständigkeit. Seine ironischen, manchmal bissigen Anmerkungen liebte sie. Vielleicht weil ihr diese Form undisziplinierter Lustigkeit – so nannte sie es – fremd war. Sie fühlte sich ihm nahe, weil er keine Nähe suchte.

Für die Fähre nach Stockholm am späten Nachmittag hatte sie eine Innenkabine gebucht. Sie fischte wahllos ein paar Dinge für die Nacht aus ihrer Reisetasche, legte sich hin, wollte etwas ruhen, doch als das Vibrieren des Schiffes sein Auslaufen ankündigte, sprang sie, von innerer Unruhe getrieben, auf und ging an Deck, um nach wenigen Minuten die Treppe zum ‚Baltic Sea Restaurant' zu nehmen.

Ende der 80er war Dr. Fleming an sie herangetreten und hatte sie gebeten, sich für den neu geschaffenen Bereich ‚Medikamententransfer' , kurz MT, als Abteilungsleiterin zu bewerben: „Wir wollen den baltischen Staaten, die aus der sich auflösenden Sowjetunion ausscheren, mit Medikamenten helfen, die überlagert sind. Unsere Partnerschaft mit dem ‚3. Rigaer Stadtkrankenhauses Juri Gagarin' besteht schon seit einiger Zeit. Und wir glauben, dass Sie, Frau Hurtig, die richtige Person am richtigen Platz sind, um hilfreich wirken zu können."

Gisela Hurtig, mit dem noch leeren Teller in der Schlange am Buffet, schmunzelte leicht gezwungen. „Doch, doch, war schon eine tolle Stellenbeschreibung." Fleming hatte darauf hingewiesen, dass die Abteilung nur aus einer Person bestehen würde, sie aber – die er als gründlich arbeitende, verlässliche Frau schätzen gelernt hatte – alle Freiheiten einer selbständigen Tätigkeit hätte. Sie vermutete zwar, dass die Leitung des Hauses in der aufkommenden Debatte um mangelnde Führungspositionen für Frauen lediglich ein Zeichen setzen wollte, bewarb sich aber an der hausinternen Ausschreibung und erhielt den Job.

Sie nahm sich eine Portion Lachs, zwei Scheiben Weiß-, eine Graubrot und gemischten Salat. In der Nähe des Ausgangs setzte sie sich an einen kleinen Tisch, breitete die Papierserviette auf ihrem Schoß aus und begann langsam kauend zu essen.

„Mein Gott, die Kolleginnen! Neidhammel, eine geifernde Ziegenherde." Sie stieß kraftvoll die Gabel in die Lachsscheiben. Wenn sie anfangs mit einem Rollwagen aus der Kantine durch die Abteilungen gezogen war, um abgelaufene Medikamente einzusammeln, schien bei manchen Mitarbeitern die Frage auf der Stirn tätowiert zu sein: Warum die? Warum nicht ich? Gisela hatte die Ablehnung gespürt und Dr. Fleming hinterbrachte ihr die umlaufenden Sprüche: ‚Die Heilige von der Ochtum', ‚Unsere Flitzpille', ‚Zu Risiken und Nebenwirkungen fragen sie Gisela'.

Alle zwei Monate ging ein Sammeltransport mit Hilfsgütern per LKW nach Riga. Die brünette Frau mit ihrem kleinen Grübchen am Kinn, eine Erinnerung an einen Sturz als neunjährige, das sie in jüngeren Jahren mit Creme zu retuschieren suchte, entwickelte sich zu einer Kennerin der gängigen Medikamente, ihrer Anwendungen, Fachgebiete, Rezepturen, ihrer Beimengungen, Nebenwirkungen und Produzenten. Trotz des nicht unbedingt Aufopferung verlangenden Jobs fühlte sie sich verantwortlich, wollte wissen, welche Präparate sie den Transporten nach Riga mitgab. Um die Kolleginnen nicht allzu häufig mit Fragen zu nerven, erkundigte sie sich gelegentlich bei Werner, ‚Apowerner', wie sie ihn nannte, seitdem er eine eigene Apotheke besaß.

Sie schob die Salatschüssel abrupt zur Seite: „Reiß dich zusammen, Kolateralschäden sind nichts ungewöhnliches. Und weiter so, das ging ja nun gar nicht." Auf dem Niedergang zum D-Deck wurde ihr übel. In ihrer Kabine musste sie sich übergeben.

Anfang der 90er Jahre hatte Dr. Fleming sie angesprochen. Er habe sie als Teilnehmerin für die nächste Reise nach Riga vorgeschlagen: „Sie haben es einfach verdient, Frau Hurtig, dank ihres Einsatzes haben sie zwar nicht gleich die leergefegten Medizinschränke gefüllt, aber sie konnten vielen Menschen helfen."

Der Empfang durch die Rigaer Kollegen war – laut Dr. Fleming – „wie immer".

Im Verwaltungstrakt des Krankenhauses hatte man ein Zimmer zum Restaurant umgerüstet. Woher die diversen Speisen und noch diverseren Alkoholika kamen, erschloss sich für Gisela Hurtig nicht. Sie wunderte sich nur und staunte über das Improvisations- und Organisationstalent.

Man hatte sie am ersten Tag nachmittags bei Tee, Schnaps, Kuchen neben Gregori Kripnikow platziert, der sie formvollendet mit einem Handkuss begrüßte und ihr den Stuhl hinschob. Das hatte sie bisher nur im Fernsehen erlebt. „Handkuss! Das war schon'ne Nummer." Sie war hingerissen und wenn er seine, wie sie sie nannte, „sturmerprobten Augenbrauen" hob, sie bittend ansah und fragte: „Zeige dir altes Stadt von Riga, isse gutt?" konnte sie nicht nein sagen.

„Nein sagen, ja, ich hätte nein sagen sollen!" Gisela stand auf dem leicht vibrierenden Boden des Bades vor dem kleinen Spiegel, wusch sich zum wiederholten Mal den Mund aus, spuckte die Worte mit dem Wasser aus. „Verdammt noch mal! Dieser Russe!" Sie stieg aus der nach Chlor und Erbrochenem riechenden Nasszelle aus, setzte sich auf die Bettkante. Beruhigte sich, griff zu ihrer Anti Aging Nightenergetic, cremte sich nachlässig das Gesicht ein.

Gregori Kripnikow war ein amüsanter Unterhalter und Begleiter. Wusste von allem etwas, dass z.B. das Schwarzhäupterhaus mit deutscher Hilfe wiedererstehen soll, ebenfalls das Hotel de Rome und der Konventhof. Einer Stadt in der Stadt. Und was Gregori nicht wusste, erfand er, erzählte von den Goldschätzen des Deutschritterordens im alten Pulverturm, die auf ihre Entdeckung warteten und den Verliesen und Folterkammern unter dem Schloss.

Er strahlte sie an: „Deutsch Arbeit, gutte Arbeit. Immer. Denk mal Sowjetunion! In Grosse Vaterländische Krieg alles kaput, heute alles wieder heil. Gutte rabota!"

Sie hatte sich bei dem Gedanken erwischt, Gregori unbedingt ordentliches Deutsch beibringen zu wollen. Verwarf die Idee als „gefühlsduselig", argumentierte „unmöglich, dann müsste ich ja in Abständen hier sein" und dachte „so eine Schnapsidee".

Am folgenden Vormittag hatte Gregori vor dem Eingang des Krankenhauses bereits auf Gisela gewartet und war nicht von ihrer Seite gewichen. Nach Rundgang, Vortrag und gemeinsamen Mittagessen der Delegation lud er sie auf einen Spaziergang ein. Zeigte ihr das ehemalige Schriftstellerhaus, in dem sich nun ein Spielcasino mit angeschlossenem vier Sterne Hotel befand, gegenüberliegend den Wöhrmannschen Park, schlenderte mit ihr die Elisabethen Iela entlang mit seinen Gründerzeitbauten, vorbei am ehemaligen Herder-Gymnasium und einmal rechts, einmal links in die Alberta Iela, deren Wohnhäuser Gisela die Sprache verschlug. Ein Ensemble von prächtigen Jugendstilgebäuden mit figuralen Skulpturen, von Säulen gerahmten Balkonen und schmiedeeisernen Brüstungen. Und Gregori verstand es die fünf Häuser des Architekten Michail Eisenstein, Vater des Filmregisseurs Sergei Michailowitsch Eisenstein, ins rechte Licht zu setzen.

Anschließend zog er sie in das Café ‚Der blaue Vogel'. Er bestellte Café Cognac, „armenischer, den müssen Sie probieren!" Nach dem Dritten duzten sie sich und als Gregori sich am Hoteleingang verabschiedete, küsste er sie auf die Wangen, „Bisse Morgen, schöne Frau!"

Sie lag wach in ihrer Koje, drehte sich wütend auf die rechte Seite, schlug mit der Faust gegen die Wand. „Angefüttert. Das ist das richtige Wort. Angefüttert hat er mich, dieser Lockendreher. Mit seiner Stimme, seinem Charme, seinen beweglichen, erzählenden Händen, dem Lachen. Mit all den bezaubernden Fassaden, den Jugendstilgemälden und Ornamenten in den Fluren und Treppenhäusern. Die Eleganz, die Pracht. Und immer wieder wir, die Deutschen. Was sie während ihrer Zeit alles geschaffen haben." Ja, das hatte sie angesprochen, und ihr gefiel die Vorstellung, dass unter den Deutschen „einfach alles besser gewesen ist."

Am letzten Tag waren sie mit der Elektrischen nach Jurmala gefahren. Einer Halbinsel zehn Kilometer außerhalb Rigas zwischen der Rigaer Bucht und dem Lielupe mit weitläufigen Badestränden, Kiefernwäldern und versteckt liegenden Datschen. Gregori hatte sich von einem Freund den Schlüssel von dessen Datsche geliehen. Sie spazierten bei Bulduri den Strand entlang, kletterten auf die Dünen, blickten auf die sonnentrunkene, funkelnde See. Gregori stand schräg hinter ihr, drängte sich an ihre Hüfte. Sie spürte sein erigiertes Glied, und als er seinen Kopf vorbeugte, um mit seiner Zunge ihre Lippen zu suchen, erwiderte sie seinen Kuss. Zwei Stunden blieben ihnen noch, um rechtzeitig die Elektrische ab Majori zu erreichen.

Sie saß mit angezogenen Knien, die Arme um die Knie geschlungen, in der Koje, fühlte eine leicht aufsteigende Erregung, ein Vibrieren. „Doch, doch, ja, das war..., diese zwei Stunden in der Datsche. So viel Zärtlichkeit und Kraft. Der strahlend weiße Ritter. Alles eine Mogelpackung?“ Hatte er nur mit ihren Gefühlen gespielt, sie benutzt wie eine Schachfigur? Sie fiel in einen Halbschlaf, hatte um 08.00 Uhr bereits gefrühstückt – eine Tasse Pfefferminztee, fettfreien Joghurt mit Aktiv-Knusper-Müsli – und gepackt.

Die Fähre hatte die Geschwindigkeit gedrosselt, durchfuhr langsam die Schärenlandschaft vor Stockholm. Möven umkreisten das Schiff und Robben rutschten träge von den Felsen ins Wasser. Sie konnte dieses frühmorgendliche Naturspiel nicht wirklich genießen, wartete ungeduldig, dass die Fähre am Stadsgarden festmachte.

Im Herbst war sie für eine Woche nach Riga gefahren. Gregori hatte sich ebenfalls eine Woche Urlaub genommen, und sie verbrachten sich liebend, turtelnd, lachend,aufgeregt und neugierig aufeinander diese Tage in der mit Herbstblumen geschmückten Stadt. In den belebten Straßen der Altstadt, am Freiheitsdenkmal und um den alten Wallgraben herum saßen oder hockten alte Frauen boten aus rostigen Garteneimern, Plastikschüsseln und leeren Mayonnaise Gefäßen ihre Blumen an. Eine überbordende Pracht von Gladiolen, Sonnenblumen, Herbstastern, Anemonen, Zinnien, Hortensien – und Dahlien in allen Farben des Regenbogens: außer Himmelblau – aber im Himmel schwebten sie.

Gisela Hurtig hatte sich nach ihrem ersten Besuch bei der Krankenhausleitung ausbedungen, in Zukunft die Medikamententransporte nach Riga zu begleiten. Damit könne man sicher sein, dass die Tabletten dorthin kommen, wo sie benötigt werden. Ihr Krankenhaus hatte zugestimmt und so hatte sie nun das, wie sie sagte „riesengroße Glück“ in recht kurzen Abständen ihren Liebhaber zu treffen. Sie wohnte jeweils im Hotel und traf sich mit Gregori entweder dort, in der Datsche oder auch in der Wohnung eines entfernten Verwandten, der als Bob-Fahrer normalerweise im nahen Wintersportort Sigulda, der ‚lettischen Schweiz', lebte. Sie hatte Gregori einige Male gefragt, warum sie nicht in seine Wohnung gehen könnten. Er hatte abgewunken, das sei kein Standard für einen Westler, das wolle er ihr nicht antun. Zu primitiv. Vielleicht später einmal.

Im Winter, bei ihrem dritten Besuch Lettlands, hatte Gregori eine Zeitlang herumgedruckst und zunächst gefragt: „Tust du mir Gefallen?" „Gerne. Wenn ich es kann." Er erzählte ihr, sein entfernter Cousin, der Bob-Fahrer würde jetzt für die lettische Mannschaft trainieren – aber die Mittel, die er früher für Leistungsaufbau und -steigerung in der russischen Zeit erhalten habe, gebe es nicht mehr. Die Russen hätten die Nabelschnur durchschnitten. Ob sie nicht für ihn „so Anabolika und sowas" besorgen könne? Deutsche Qualität eben. Gisela hatte zunächst abgewunken, dann aber bei Gelegenheit Werner angesprochen, welche Mittel er bestellen könnte, sie würde sie bezahlen und Gregori schenken.

Im Wartesaal des Stockholmer Bahnhofs schoss es ihr durch den Kopf: „Ja, genau. So begann es. Mit dieser Gefälligkeit."

Im folgenden Jahr hatten sich die innenpolitischen Spannungen in Lettland verschärft. Der Ruf, die Russen, die 60 % der Bevölkerung stellten, aus dem Land zu werfen, wurde lauter. Im Sommer verlor Gregori Kripnikow seine Arbeit. Er empfing Gisela mit den Worten: „Anstalt hat mich weggeschmisse. Weiß nix was wohin. Du musse helfen deine Libbe."

Sie war hin und her gerissen zwischen ihrer heftigen Zuneigung, ihren sexuellen Wünschen, ihrer Hilfsbereitschaft und ihrer Korrektheit, Zuverlässigkeit in weltlichen Dingen. „Einmal noch, einmal noch", versuchte sie sich zu beruhigen. Es wurde mehr als das eine weitere Mal, und die Forderungen Gregoris wuchsen. „Viel Freund, ville helfen isse gutt."

Sie wollte Gregori nicht verlieren und begann von den eingesammelten Medikamenten Partien abzuzweigen, die sie ihm überließ. Sie hatte sogar Werner animiert abgelaufene Medikamente zu spenden, weil die Versorgungslage so katastrophal sei.

Eines Tages sprach Dr. Fleming sie an, man höre von Ungereimtheiten bei der Medikamentenvergabe. Anscheinend würde mit den Mitteln gehandelt werden. Genaueres wisse man noch nicht. Aber er wolle sie doch informieren und ob sie einen Verdacht hege?

„Nein. Keinerlei Verdacht", hatte Gisela überhastet geantwortet. Später Dr. Fleming unterstellt, dass er eventuell eifersüchtig sei, weil er auf Grund der ersten Riga Reise eine sich anbahnende Beziehung zwischen ihr und Gregori vermutete.

Einige Monate nach der letzten Lieferung meinte Gregori, ihm würden die leeren Verpackungen reichen. Und ob sie sich nicht umhören könnte, es müsse eine Maschine in Deutschland geben, mit der man Tabletten verpacken könnte. Gebraucht oder neu. Das sei nur eine Frage des Geldes, für das er sorgen würde.

Sie traf Werner, er wusste Rat: „Es gibt handliche Pack- und Versiegelungsmaschinen zum verblistern, also zum Verpacken der Tabletten, die in jede EDEKA-Tüte passen und nicht einmal zehn Kilo wiegen. Kosten schätzungsweise um die 2.500 Mark. Du musst allerdings die passenden, leeren Blisterpackungen dazukaufen. Fast reine Handarbeit. Mehr als zehn Packungen pro Minute schaffst du nicht." Er stutzte kurz. „Na ja, das macht immerhin sechshundert in der Stunde und um die fünftausend pro Tag." „Würdest du...?" „Was?" Würdest du für mich eine Maschine bestellen? Für dich als Apotheker wird das doch kein Problem sein." Werner zögerte eine Zeitlang. Mit einem leichten Seufzer und hochgezogenen Schultern gab er nach: „Na gut, um unserer Freundschaft Willen, aber ich möchte bitteschön nicht wissen, was du oder ihr mit dem Gerät vorhabt."

Gisela blickte auf die vorbeifliegende Landschaft Gegen halb Vier würde sie in Kopenhagen sein. Sie bestellte sich ein Smörrebröd mit Leberwurst, Gurken, Speck und Rote Bete. Dazu ein Bier, um ihre unterschwellige Angst zu unterdrücken. „Natürlich, der Kauf der Maschine, das war der entscheidende Schritt." Sie hatte Gregori von Werners Hilfe erzählt, und er hatte ihr das Geld für den Kauf bar auf die Hand gezahlt. Jetzt steckte sie mittendrin in einer Geschichte, die ihr zunehmend entglitt. „Das war der Quantensprung." Sie wischte sich die Lippen ab, musste von dem zu hastig getrunkenen Bier leicht aufstoßen.

Die Medikamententransporte nach Riga wurden eingestellt. Kein Bedarf mehr. Das lettische Gesundheitswesen habe sich reorganisiert, direkte Hilfe sei nicht mehr notwendig, hieß es im Krankenhaus. Die Abteilung wurde aufgelöst und Gisela bei gleichbleibenden Bezügen als stellvertretende Abteilungsleiterin in die Buchhaltung versetzt. Von ihrem „Zarewitsch", wie sie ihn liebevoll titulierte, konnte sie nicht lassen. Er war die Sonne in ihrem kleinen Firmament.

Als sie ein halbes Jahr, nachdem sie die Maschine für die Sichtverpackungen mit dem letzten Tablettentransport problemlos nach Riga gebracht hatte, Gregori besuchte, trat ihr ein Mann entgegen, der sich äußerlich verändert hatte. Gut gekleidet, ausrasierter Nacken, fescher Haarschnitt, manikürte Fingernägel. Und ihr fiel ein kürzliches Gespräch mit Dr. Fleming ein: Sie könne sich doch sicher noch an den Stellvertretenden in Riga erinnern, der wegen der Russenphobie der Letten entlassen worden sei? „Ja, so vage." „Der Mann fährt jetzt mit einem Mercedes durch Riga, gibt sich als Generalvertreter für die deutsche Pharmaindustrie aus und kutschiert mit aufgeplusterten, blondierten Russinnen durch die Gegend." Sie hatte nur besserwisserisch gelächelt.

Gregori hielt sie an den Schultern fest, lachte sie an: „Habbe Überraschung." Er fuhr einen Lada und brachte sie in die Dzirnavu Iela. Hielt vor einem etwas heruntergekommenen zweigeschossigen Bau aus der Gründerzeit. „Fürre uns!" Das Haus hatte straßenseits einen direkten Zugang zum Keller und eine Hofeinfahrt. Gregori kurvte hinein, stieg aus, zeigte auf die zweite Etage. „Da obben. Unsär Parradiss!" An der Seitenmauer standen zwei schwere russische Ural-Motorräder. Die Tanks mit einem Tigermotiv geschmückt. Sie tippte Gregori an: „Sind die Besitzer deine Untermieter?" „Bikeri", antwortete er knapp. „Und?" „Helfen bei rabota, Arbeit." Ein vielleicht dreißigjähriger, kräftiger Mann kam aus dem Haus. Springerstiefel, schwarze Lederhose, Kutte. Er nickte Gregori zu, stieg auf seine Maschine, musste drei Mal durchtreten bevor sie ansprang. Als er in einer Benzinwolke den Hof verließ sah Gisela das Tigermotiv eingefasst von kyrillischen Buchstaben auf dem Rücken der Kutte: Сибирские тигры. „Was heißt das?" „Sibirische Tiger. Bikeri. Motorradclub. Du weißt." „Sind das alles Russen?" „Ja, was machen? Wo bleiben? Problema mit Arbeit. Gutte Manner. занима́ться спо́ртом. Machen мно́го спорт, vill Sport!»

Er stieg mit ihr über die knarzenden Holzstufen in die zweite Etage, öffnete die fleckige Wohnungstür – und Gisela traute ihren Augen nicht. Im Zimmer stand ein Himmelbett. Zwei Mal zwei Meterfünfzig.

Ein Eisenbett mit dekorativem Herz am Kopfende und Amors Pfeilen am Fußende. „Unsär Parradiss! Kanne halten für ganzes Lebben." Aus einer Plastiktüte zog er einen Diffuser, versprühte Lavendelduft. „Unsär Parradiss!" wiederholte Gregori und hoffte auf ihre Begeisterung. Doch sie schwieg, staunte das fast den Raum füllende Bett mit seinen rot, weiß gepunkteten Zierkissen an und wusste nicht, ob sie lachen oder sich still abwenden sollte. War das Bett wirklich nur für sie gedacht? Dr. Fleming war ein verlässlicher Mann. Gut, das mit dem Mercedes stimmte nicht, aber die anderen Puzzle der Geschichte? Ihr wurde langsam klar, dass hier jemand auf ihrem Klavier spielte, sie benutzte, um eine Karriere zu starten, die nur im Schmutz enden konnte. Das Bett ekelte sie plötzlich an.

Gregori erklärte ihr, das sei nur der Anfang und im Augenblick das Wichtigste. Ein Nest für sie. „Kom. Zeig dir" und zog sie die Treppe hinab. Im Parterre waren die alten, zugigen Fenster mit undurchsichtigem Stoff verhängt. Auf einem Tisch stapelten sich leere Tablettenschachteln, eine jüngere, hagere Frau füllte Pillen in Blisterpackungen und an der Maschine, die Gisela besorgt hatte, verschweißte ein dickbauchiger Glatzenträger die Tabletten. Gregoris Augen leuchteten: „Du bist grosse Hilfe! Ohne du nix da. Isse deine rabota."

Er erklärte ihr, dass in Lettland seit der Wende Fitnesscenter, Bordelle, Videoläden und Sport- und Freizeitclubs aus dem Boden gestampft worden seien. Seine Freunde, die ‚sibirischen Tiger' hätten hier und da ihre Finger drin. Der Verwandte in Sigulda hätte Kontakt zu einem Chemiker, der alte Beziehungen auffrischen konnte und für sein Labor an die Basisstoffe käme. Was die Russen zusammenmixten, sähe man doch an den olympischen Wettkämpfern. „Kriegst du was du willst du." Die Einfuhr wäre kein Problem. „Hafen jetzt личный, private. Viel Freund. Geht gutt." Er bräuchte allerdings in absehbarer Zeit eine zweite Blistermaschine. „Habben grosses Palette." Er zählte auf: Antibiotika, Schlankmacher, Haarwuchsförderung. Zunächst aber die Packungen. Sie müsse mit Werner sprechen. „Musse snell geh'n. Bistro, bistro!" Er fuchtelte mit den Händen windmühlengleich vor ihrem Gesicht herum: „Bistro, bistro. Snell, snell!" „Quatsch snell, snell!" Sie schubste ihn von sich, er holte aus, konnte sich noch beherrschen und schlug nicht zu.

Am Abend war Gregori mit ihr durch die Hotelbars und neu entstandenen Clubs gezogen. Ihr Unbehagen wuchs. Schon den Mann im Hof hatte sie als körperlich spürbare Bedrohung empfunden und erst recht die Szene mit ihrem Zarewitsch in seinem ‚Paradies'. War das noch ihr Charmeur, ihr zärtlicher Begleiter? Oder nur ein Windbeutel, der ihre Zuneigung ausnutzte? Doch Gregori spürte Giselas Zweifel nicht, drehte weiter an seinem Rad, warf mit dem Geld um sich, versuchte sich im Spielcasino an der Kr. Barona Iela und der Smilsu Iela im Roulette und Kartenspiel.

„Ich war auf der falschen Wolke." Sie strich mit den Fingern über die Fensterscheibe des IC, entfernte imaginäre Flecken. Ließ die Hand sinken, knibbelte an den Fingern, lächelte verloren vor sich hin. „Ich habe eben immer gebrauchte Männer gehabt."

Als sie Werner einen Tag nach ihrer Ankunft von der Forderung berichtet hatte, weigerte er sich weiter mitzumachen. „Genug ist genug. Hackklötzchen kriegen schon mal gar nichts."

Giela beschloss für zwei, drei Tage Urlaub zu nehmen, um Gregori rasch zu unterrichten, und um sich selbst zu prüfen, ob ihre Liebe weiterhin Bestand hat. Gregori hatte sie nicht vom Busbahnhof abgeholt. Sie war zu Fuß in die Dzirnavu Iela gelaufen und hatte zwei Stunden gewartet, bis ein leicht derangierter Gregori ankam. Auf ihre Frage, wo er herkomme, antwortete er spartanisch: „In Sauna. War Kundschaft." Hatte Fleming sich nicht mal über Schwitzbadpartys mit Prostituierten ausgelassen? Gregori ergriff ihre Schultern, zog sie mit zusammen gekniffenen Augen nahe an sich heran: „Was isse mit Makina?" Während sie ein ums andere Mal Gregori zu erklären versuchte, weshalb Apowerner nicht mehr bereit ist, den Zulieferer zu spielen, hörten sie Motorräder auf den Hof fahren. Gregori ging zum Fenster, öffnete. Unten stiegen Sergej, der Chef des Motorradclubs, und zwei seiner Kumpane von ihren Krädern ab. Sergej winkte herrisch, Gregori solle herunterkommen.

Gisela war seitlich an das Fenster getreten, sie verstand nicht, was Sergej sagte, aber seine Körpersprache war eindeutig. Er zupfte an Georgis Jackett, machte eine wegwerfende Bewegung, fuhr ihm mit der flachen Hand durch die gegelten Haare, zeigte auf seine Budapester Schuhe. Klatschte in die Hände, legte sie schwer auf seine Schultern, rieb vor seiner Nase Daumen und Zeigefinger gegeneinander ohne dabei laut zu werden.Gereizt und nervös kam Gregori zurück. „Alles du bisse schuld!“ schrie er sie an. Er ging in die Küche, Gisela hörte ihn rumoren, irgendetwas öffnen, Papier rascheln. Er kam zurück, fuchtelte mit einer Pistole vor ihrem Gesicht herum. „Du musse funktioniere, subbotnika, okay?“ Und er drohte ihr, seine Freunde wüssten, wo sie Werner finden und wie sie ihn wieder in die Spur brächten.

Wenige Tage nach ihrer Rückkehr rief Werner sie an: “Da tauchte gestern Nachmittag ein Russe in der Apotheke auf, der recht gut deutsch sprach. Guckte so rum und zielte mit dem Zeigefinger auf meine Nase: „Du bisse Werner? Du musst denken an die russischen Freunde in Riga, du verstehst?’ Und hat sich aus dem Bonbonglas für die Kleinen drei Stück genommen. Drei Stück auf einmal!“

„Ein letztes Gespräch, ein letztes Gespräch und dann Schluss, Schluss, Schluss!“ hatte es in Giselas Kopf rotiert, als sie an einem verlängerten Wochenende mit dem Bus nach Riga fuhr. Spätabends stand sie in der Dzirnavu Iela. Das Haus schien verwaist. Sie ging in den Keller. Niemand. In der ersten Etage waren die Türen verschlossen, in der zweiten die Tür zu Gregoris „Parradiss“ halb angelehnt. Er lag volltrunken im Himmelbett. Neben sich seine Pistole. Sie versuchte ihn zu wecken. Er brummte und stöhnte. Sie zog einen Stuhl heran, setzte sich an das Fußende des Bettes, wartete, bewarf ihn in Abständen mit Haribo-Bären, bis einer in seinen halb geöffneten Mund fiel. Gregori verschluckte sich, würgte, kam hoch, griff zur Pistole, sprang benebelt aus dem Bett, torkelte freundlich grimassierend auf sie zu: „Hasse du Makina?“ „Lass uns in Ruhe reden, Gregori. So kann es nicht weitergehen.“ „Wasse du glaubs, wasse ich kann, du Dummkuh!“ „Was glaubst du, wieweit du gehen kannst?“ Versuch doch bitte...“ Er schüttelte heftig den Kopf: „Wo isse Maschine?“ Er stierte sie an, versuchte auf sie zuzugehen, sie stieß ihn weg, er schwankte, verlor das Gleichgewicht und stürzte rückwärts auf einen der Pfeile, der sich in seinen Nacken bohrte. Er rutschte langsam am Bettgestell herab, Amors Pfeil drang immer tiefer in die Nackenwirbel ein, dann ein hässlich knirschendes Geräusch, seine Augen brachen, und er saß mit heraushängender Zunge vor ihr.

Diese Zunge wird nie wieder eine Frau verführen, kam ihr plötzlich in den Sinn. Sie stand auf, holte aus der kleinen Küche die hautfreundlichen und allergenreduzierten gelben Handschuhe, fischte aus ihrem Kulturbeutel das Schweizer Messer, Modell Chasseur, streifte die Handschuhe über, schnitt Gregori mit der Waidklinge die Zunge heraus und legte sie in seinen Schoß.

Ihre Beine zitterten. Um sich zu beruhigen setzte sie sich vor das Fenster, blickte auf die gegenüber stehenden Baracken und den Park mit seinen heruntergetrampelten Wegen. Sie hatte noch zwei Stunden Zeit bis zur Abfahrt des Busses. Überprüfte mit konzentrierten Bewegungen ihre Reisetasche, Bad und Schlafzimmer, verließ das Haus, ging festen Schritts nach rechts die Dzirnavu Iela hinunter zur Daugava. Mit Schwung warf sie Gummihandschuhe und Messer in den träge fließenden Strom, der ihr in der Dunkelheit unendlich und wie der Zugang zum Hades erschien. Ihr Blick ging noch einmal zurück in die Dzirnavu Iela, bevor sie sich auf den Weg zum Busbahnhof machte.

Ungefähr eine Woche nachdem sie zu Hause angekommen war rief Dr. Fleming von der Revision an. Ob sie schon was läuten gehört habe? „Der Russe, Sie wissen schon, wen ich meine, ist ermordet worden. Stellen Sie sich vor, ihm ist die Zunge herausgeschnitten worden. Für die Polizei ist der Fall erledigt, sie geht davon aus, dass es sich um das Ritual einer kriminellen Gruppe, den ‚sibirischen Tigern' handelt, weil er scheinbar irgendetwas oder irgendjemanden verpfiffen hat."

Am Abend sitzt sie mit Werner zusammen. Er hat eine Flasche Apothekersekt, „Puffbrause", wie er sie nennt, spendiert. „Auf unsere Freundschaft!" „Druschba!"

Kurzbiographien

Marita Alberts und Jürgen Alberts, beide Jahrgang 1946, leben seit Beginn der 70 Jahre in der Hansestadt Bremen. Zusammen schreiben sie Kriminalgeschichten, die in vielen Anthologien veröffentlicht sind, und Reiseromane. Im Herbst 2011 erschien: „Die verliebten Zypressen. Ein Roman aus der unbekannten Toskana". Jürgen Alberts schreibt Kriminalromane (eine Serie von 10 Büchern über die Hansestadt Bremen, 1985–1995) sowie historische Romane. Wie alle diese Romane ist auch seine hanseatische Familientrilogie als Ebook erhältlich. 2017 erschien der zweite Kurzgeschichtenband von Marita und Jürgen Alberts – „Es muss nicht immer Mord sein – Neue Krimiduette" Mehr unter: www.juergen-alberts.de
Rätselauflösung:
Welche Stadt führt den Beinamen „Königin der Hanse? – Lübeck
Der Name der Stadt Lübeck leitet sich von dem slawischen Wort „liubice" ab. Was bedeutet das? – lieblich
Seit wann besteht die Schiffergesellschaft in Lübeck? – 1535
Wo haben ehemalige Hansestädte 1980 die „Neue Hanse" gegründet? – Zwolle
Wann erhielt die Hansestadt Lübeck das Stadtrecht? – 1160
Wie nannte man die Unruhen der Handwerker und kleinen Kaufleute gegen die Ratsherren der Hansestadt Lübeck – Knochenhauer-Aufstand
Welches war eines der wichtigsten Exportgüter Lübecks in Richtung Norden und Osten? – Salz
Wann wurde in Lübeck der erste Hanse-Tag abgehalten? – 1356
Von wem stammt der Roman vom Niedergang einer hanseatischen Kaufmannsfamilie? – Thomas Mann

Andreas Behm, geboren 1957, wuchs in Ahrensburg und Hamburg auf und beendete seine schulische Karriere mit dem Abitur 1977.

Danach studierte er einige Semester Germanistik und Philosophie. Nach diversen beruflichen Irrwegen arbeitete er von 1988 bis 2008 im Fachhandel für Modelleisenbahnen. So verbanden sich Hobby und Beruf auf vortreffliche Weise. Der erste Teil seiner Krimireihe „Hamburg – Deine Morde“ mit dem Titel „Die Moral eines Killers“ erschien 2011. Drei weitere Romane mit Kommissar Harald Hansen folgten. Außerdem wurden diverse Kurzgeschichten in Magazinen und Anthologien veröffentlicht. Andreas Behm ist Mitglied im Syndikat.

Katarzyna Bonda ist eine Kriminalroman-Bestsellerautorin aus Polen. Sie ist die Autorin der populären Trilogie über einen Polizeipsychologen Hubert Meyer (Der Fall Nina Frank, Nur die Toten, lüge nicht, Der Florist), wo sie den Charakter eines kriminellen Profilers in die polnische Fiktion einführte. Ihre neue Serie mit der weiblichen Profilerin Sasza Zaluska wurde in Polen zu einem Bestseller und schlug Stephen King und Jo Nesbo in den Charts. Es wurde allein in Polen über zwei Millionen Mal verkauft und wird in sieben Sprachen übersetzt.

Dr. Jens-Ulrich Davids, geb.1942 in Hamburg. Studium in Tübingen, promoviert in Kulturwissenschaft 1968. Verheiratet, 1 Kind. Mit Familie dreieinhalb Jahre in Indien als Professor of German (Deutschlektor) am IIT Madras (heute Chennai). 1974 bis 2005 Hochschullehrer (Anglistik) in Oldenburg. Veröffentlichungen: Gedichte, Kurzgeschichten, zwei Romane. Wohnt in Bremen. Im Vorstand des „ Bremer Literaturkontor e.V.“ und im „Krimistammtisch Bremen“.

Jürgen Ehlers, geboren 1948, schreibt seit 1992 Kurzkrimis auf Deutsch und Englisch. Im Oktober 2015 erschien “The fifth Browning“ in Maxim Jakubowski’s Anthologie “The Mammoth Book of the Adventures of Moriarty: The Secret Life of Sherlock Holmes’s Nemesis.“ Für den Kurzkrimi „Weltspartag in Hamminkeln“ erhielt Ehlers 2006 den Friedrich-Glauser-Preis. Darüber hinaus schreibt er historische Krimis und Thriller. Zuletzt erschien „Abmurksen und Gin trinken“ (KBV, 2015). Webseite: www.juergen-ehlers-krimi.de

Kai Engelke, geboren 1946 in Göttingen, aufgewachsen in Hildesheim, Berlin und Wyk auf Föhr, Redaktionsvolontariat bei dpa in Frankfurt/Main, Pädagogikstudium in Hildesheim, Grundschullehrer im Emsland (1975–2011), zahlreiche Einzelveröffentlichungen und Herausgaben (Lyrik, Kurzprosa, Roman, Sachbuch, Dokumentation, Rezension, Reportage), drei CDs, Beiträge in mehr als 150 Anthologien, mehrere Literaturpreise, künstlerischer Leiter der Landesliteraturtage Niedersachsen/Bremen 2001 und 2007, künstlerischer Leiter der Meppener Krimitage seit 2009, Moderator der internationalen Liederfeste auf Burg Waldeck/Hunsrück, Jurymitglied Preis der deutschen Schallplattenkritik und Troubadorum Kulturinsel Einsiedel, tingelt mit seiner kriminellen Konzertlesung Musik liegt in der Gruft über Deutschlands Kleinkunstbühnen, lebt als Schriftsteller und Musikjournalist in Surwold/Emsland. www.kaiengelke.de

Doris Gercke wurde in Greifswald geboren und lebt seit 1949 in Hamburg. Sie war Beamtin, studierte später Jura und begann noch während des Studiums zu schreiben. Sie erfand die Serienfigur Bella Block. Ihre Romane führen nach Russland, in die Ukraine und in viele andere Länder.

Gunter Gerlach wohnt in Hamburg am Rande der Party-Meile St. Paulis. Trotzdem ist es ihm schon gelungen, eine Reihe Bücher zu schreiben. Er hat auch einige Literaturpreise erhalten, unter anderem den Deutscher Krimipreis, mehrere Friedrich-Glauser-Preise. Letzter lieferbare Titel „Frauen von Brücken werfen", Conte-Verlag. www.gunter-gerlach.de

Marlies Kalbhenn wurde 1945 in Bad Salzuflen-Schötmar geboren. Nach Abschluss einer Buchhandelslehre in Hamburg arbeitete sie von 1965 bis 1974 in Münster/Westfalen in verschiedenen Buchhandlungen und einer Hochschulbibliothek. 1974 zog sie mit ihrem Mann nach Espelkamp im Kreis Minden-Lübbecke. Sie studierte Erwachsenenbildung und war danach vierzig Jahre freiberuflich tätig, unter anderem als VHS-Dozentin im Fachbereich Literatur. Seit 1999 publiziert sie Gedichte und Geschichten in eigenen Büchern und in Anthologien verschiedener Verlage. 2010 gründete sie den Marlies Kalbhenn Verlag.

Nähere Infos unter: www.marlies-kalbhenn.de

Jürgen Kehrer, geboren 1956, lebt in Berlin. Mit neunzehn Kriminalromanen und mehr als zwölf Drehbüchern ist er der geistige Vater des Buch- und Fernsehdetektivs Georg Wilsberg aus Münster. Neben Kriminalromanen veröffentlichte Jürgen Kehrer auch historische Romane und Sachbücher. Seine Gesamtauflage beträgt über 800.000 Exemplare. Zuletzt erschien von ihm Wilsberg – Ein bisschen Mord muss sein. Mehr über den Autor unter www.juergen-kehrer.de

Regine Kölpin, geb. 1964 in Oberhausen (NRW), lebt seit ihrer Kindheit in Friesland an der Nordsee. Sie hat zahlreiche Romanen und Kurztexte publiziert und ist auch als Herausgeberin tätig. Regine Kölpin wurde mehrfach ausgezeichnet, (u.a. Stipendium Tatort Töwerland/ Titel: Starke Frau Frieslands). Mit ihrem Mann Frank Kölpin lebt sie in einem kleinen idyllischen Dorf. Dort konzipieren sie gemeinsam Musik-und Bühnenprojekte und genießen ihr Großfamiliendasein mit fünf erwachsenen Kindern und mehreren Enkeln. Mehr unter www.regine-koelpin.de

Tatjana Kruse. Jahrgangsgewächs aus süddeutscher Hanglage, lebt und arbeitet als überzeugte Krimiautorin in Schwäbisch Hall, der Stadt zur Bausparkasse. Ihre Vorfahren waren zwar keine Hansen, aber mütterlicherseits fließt norddeutsches Blut in ihren Adern, und ganz bestimmt ist einst ein Kruse auf einer Kogge mitgefahren – vermutlich als Schiffsjunge oder Smutje. Mehr Informationen unter: www.tatjanakruse.de

Eva Lirot, seit ihrer Kindheit liest Eva Lirot am liebsten Kriminal- oder Geistergeschichten. Sie studierte Literatur und Soziale Verhaltenswissenschaften, lebt mit Mann und Hund in Limburg an der Lahn, ist süchtig nach Schokolade und eine Vielleserin. Sie schreibt humorvolle Kurzkrimis, die Thriller-Serie mit Kultkommissar Jim Devcon und lässt Sadie Thompson, den Engel der Toten, zu Wort kommen.
Für die dunkle Seite der Psyche interessierte sich Eva Lirot schon während des Studiums. In Eva Lirots Romanen erleben die Leser mit, wie sich die Spirale der Gewalt und der Grausamkeit in Gang setzt –

und wie schnell ein einst guter Mensch sehr gefährlich werden kann. Evas Motto beim Schreiben: Die Phantasie ist die schönste Tochter der Wahrheit, nur etwas lebhafter als die Mama. (Carl Spitteler) Weitere Informationen: www.evalirot.com

Toby Martins arbeitet als Journalist und hat sich durch zahlreiche Fach-Publikationen einen Namen gemacht. Unter dem Pseudonym Brian Abercrombie veröffentlichte er Anfang der neunziger Jahre im Neuen Malik Verlag eine Thriller-Trilogie. Der erste Band „HOFFMANN" erschien 1991 auch in russischer Übersetzung beim Quadrat-Verlag in Moskau. Toby Martins lebt in Bremen und ist Mitglied der Krimi-Autorenvereinigung DAS SYNDIKAT. Im Buchfink-Verlag erschienen zwei Krimis: „Die Trachtenpuppe" und „Tod einer Wahrsagerin". Toby Martins ist auch auf facebook zu finden.

Detlef Michelers, geboren 1942 in Berlin. Lehre als Reedereikaufmann und Schiffsmakler. Anschließend in verschiedenen Berufen tätig. Lebt als freier Autor in Berlin. Verfasser von Radio-Features, Hörbüchern, Erzählungen, Kurzkrimis, dokumentarischer Literatur und Hörspielen.

Heinrich-Stefan Noelke wurde 1955 im westfälischen Versmold geboren. Er ist gelernter Metzger, studierter Betriebswirt, hat in Frankreich, England und Spanien gearbeitet und später in Deutschland die Geschäfte eines bedeutenden Wurst- und Fleischverarbeiters geleitet. Seit 2008 lebt er mit seiner Familie in Osnabrück und widmet sich zunehmend dem Schreiben. Von besonderem Interesse ist ihm dabei immer wieder die Frage, wie weit man selbst davon entfernt ist, jemanden zu töten. 2006 wurde sein erster Roman veröffentlicht, dem mehrere gefolgt sind, zudem schreibt er sehr gerne Kurzgeschichten. Mit wachsender Begeisterung widmet er sich der Musik. Er spielt den Bass bei Streng Geheim, der weltweit einzigen Rockband, die nur aus Krimiautoren besteht. Mehr Information zum Autor unter www.hsnoelke.de.

Mirjam Phillips wurde in Bremen geboren und zog nach dem Abitur nach Großbritannien, wo sie Hispanistik und Amerikanistik studierte. Nach einjähriger Lehrtätigkeit in Madrid setzte sie ihr Studium in Großbritannien fort und arbeitete neun Jahre lang als Dozentin an einer Hochschule in Cambridge. Seit ihrer Rückkehr nach Bremen unterrichtet sie Englisch und Spanisch am Gymnasium. Mirjam Phillips hat zwei erwachsene Kinder, schreibt Kurzgeschichten und Lyrik und wurde 2013 mit ihrer Geschichte „Zahn der Zeit" für den NordMord Award nominiert. Sie ist Mitglied des Vereins deutschsprachiger Krimiautorinnen „Die mörderischen Schwestern" und leitet die Gruppe NordWest. Von 2016 bis 2017 war sie Lehrbeauftragte für kreatives Schreiben an der Universität Bremen.

Andreas Reichstein, 1953 in Freiburg i. Br, geboren, arbeitete 30 Jahre als Fernsehredakteur beim NDR in Hamburg. Er promovierte über amerikanische Geschichte und lebte längere Zeit in Texas. Er ist Mitglied des Syndikats.

Gesine Reichstein, in der Grafschaft Bentheim nahe der Niederländischen Grenze geboren, studierte Plattdeutsch in Göttingen. Sie arbeitet als Redakteurin und leitet seit vielen Jahren unter anderem die plattdeutschen Nachrichten bei Radio Bremen. 2007 erschien ihre erste Kurzgeschichten-Sammlung auf niederdeutsch „Dag för Dag mit de Taxe föhren". 2008 wurde ein multimedialer Plattdeutsch-Kurs veröffentlicht, den sie mit zwei anderen Autoren erstellte. Seit 2014 veröffentlicht sie auch Krimi-Kurzgeschichten auf Platt und ist Mitglied des Bremer Krimistammtisches.

Nina Schindler hängte den Lehrerinnenberuf an den Nagel, um Kinder- und Jugendbücher zu schreiben. Herausgeberin u.a. vom „Mordsbuch" und der „Flimmerkiste", Verfasserin von mehr als 20 Krimikurzgeschichten. Lebt mit Mann und fünf Kindern und (bislang) neun Enkelkindern in Bremen.

Carmen Schmidt, geb. in Verden/Aller, lebt in Bremen. Nach einer Lehre zur Industriekauffrau kam sie über den Zweiten Bildungsweg zu einem Studium in Deutsch und Sport an der Uni Bremen. Sie hat zwei erwachsene Kinder. Durch ihre Nebentätigkeit als Komparsin in Film- und Fernsehproduktionen entdeckte sie ihre Liebe zum Krimi. Ihr erster Kurzkrimi entstand 2011 in einem Workshop der Bremer

Krimiwerkstatt. Seitdem veröffentlichte sie diverse Krimis in Anthologien des Bremer Krimistammtisches.

Manfred C. Schmidt ist gebürtiger Emder und wuchs dort in den Arbeitervierteln Transvaal und Neue Heimat/Barenburg auf. Er studierte als Stipendiat der Hans-Böckler-Stiftung in Köln bzw. Oldenburg Sonderpädagogik und Germanistik. Seit 1986 lebt er in Esens/Ostfriesland. Schmidt ist Mitglied im VS (Verband Deutscher Schriftsteller – verdi) und SYNDIKAT. Sein Krimidebüt gab er 2010 mit dem Roman „Gut Schuss", 2013 folgte der Titel „Kaltblut". Literarische Schwerpunkte sind Kurzgeschichten, Krimis, Satiren sowie surrealistische Texte; Veröffentlichungen in Tageszeitungen, Zeitschriften und in zahlreichen Anthologien. Schmidt organisierte viele Literatur-, insbesondere Krimiveranstaltungen und initiierte mit dem Esenser Poetry Slams um die Jahrtausendwende die erste Serie dieser Dichterwettstreite in Ostfriesland. www.esens-krimis.de

Alexa Stein wurde in Nürnberg geboren und kam 1990 der Liebe wegen nach Bremen, wo sie ihre Leidenschaft für den Norden, das Schreiben und mörderisch gute Geschichten entdeckte. Sie ist Mitglied bei den Mörderischen Schwestern und im Syndikat. Neben den eigenen Romanen und Kurzgeschichten unterrichtet sie kreatives Schreiben an der Universität und an Schulen. Von 2011 bis 2015 leitete sie das Krimifestival „Prime Time – Crime Time".
„Eine Autorin, die erzählen kann." (Klaus-Peter Wolf)

Regula Venske, Dr. phil., lebt als freie Autorin in Hamburg. Seit April 2017 ist sie Präsidentin des PEN-Zentrums Deutschland, dessen Generalsekretärin sie zuvor von 2013–2017 war. Zu ihren wichtigsten Veröffentlichungen zählen u.a. „Das Verschwinden des Mannes in der weiblichen Schreibmaschine. Männerbilder in der Literatur von Frauen", „Pursuit of Happiness oder Die Verfolgung des Glücks", „Die alphabetische Autorin", der weibliche Faust-Roman „Marthes Vision" sowie Kriminalromane, Erzählungen, Kurzgeschichten und Essays. Weitere Informationen unter www.regulavenske.de

Holger Wittschen, geboren 1964 in Bremen, schreibt und veröffentlicht Kurzgeschichten. Im Frühjahr 2008 Gründung der Autorengruppe „Weyher Schreiberlinge". Seit 2012 ist er Mitglied beim Bremer Krimistammtisch und hat dort an verschiedenen Projekten mitgewirkt. Neben Krimis schreibt und veröffentlicht er Weihnachtsgeschichten sowie Plattdeutsche Geschichten.

Weitere Kriminalgeschichten

in der **Edition Temmen**...

M. Phillips/M. Alberts/J. Alberts (Hg.) – Der Tod feiert mit.
256 Seiten, Paperback
ISBN 978-3-8378-7046-6
9,90Euro

René Paul Niemann – Geschichten aus dem Bremer Westen.
Findorff — Gröpelingen — Walle
Halbseidenes — Kriminelles — Sentimentales
200 Seiten, Paperback
ISBN 978-3-8378-7052-7
9,90 Euro

Gabriele Wiesenhavern – Codewort Goldvlies.
Ein Bremen Krimi für junge Leser
188 Seiten, 17 Abbildungen, Hardcover
ISBN 978-3-8378-7050-3
9,90 Euro

Werner Heickmann – Treffpunkt Bleikeller.
Ein Bremen-Krimi für Kinder
184 Seiten, 57 Abbildungen, Hardcover
ISBN 978-3-8378-7025-1
9,90 Euro

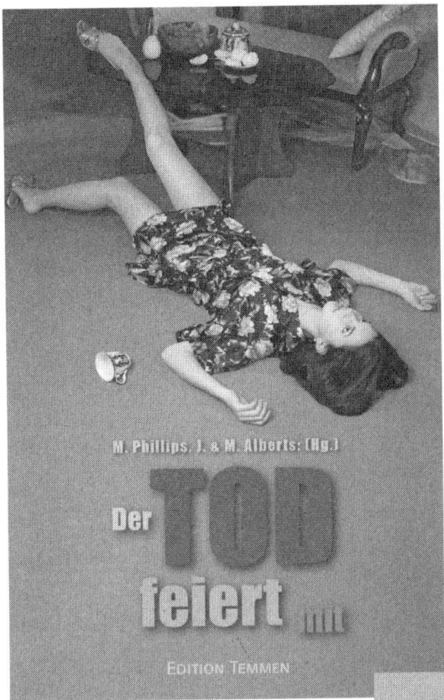
M. Phillips, J. & M. Alberts: (Hg.)
Der TOD feiert mit
Edition Temmen

René Paul Niemann
Geschichten aus dem Bremer Westen
Findorff — Gröpelingen — Walle
Halbseidenes — Kriminelles — Sentimentales
Edition Temmen

Gabriele Wiesenhavern
Codewort Goldvlies
Ein Bremen-Krimi für junge Leser
EDITION TEMMEN

Werner Heickmann
Treffpunkt Bleikeller
Ein Bremen-Krimi für Kinder
EDITION TEMMEN

55 IDÉES REÇUES
SUR LES CHATS

Direction éditoriale : Stéphane Chabenat
Édition : Louise Bellot
Conception graphique et mise en page : Soft Office
Conception graphique de la couverture : olo.éditions

Les Éditions de l'**Opportun**
16, rue Dupetit Thouars
75003 Paris
www.editionsopportun.com

Katia Guillet

55 IDÉES REÇUES SUR LES CHATS

Opportunéditions

SOMMAIRE

Je dédie ce livre à ma Goutte d'eau...
Toi qui m'as accompagnée pendant vingt
longues années, toi qui m'as inspirée et qui m'as
tant appris. Comme tu vas me manquer !
Ce livre est pour toi, ma féline. Toi, présence
indéfectible, pendant l'écriture de ce premier livre.

L'empreinte de ta patte à jamais gravée sur mon cœur.

INTRODUCTION

Écrire. J'ai toujours aimé ça. Petite fille, j'avais toujours le nez plongé dans un bon bouquin. Adolescente, j'imaginais des histoires que je jetais sur papier. Étudiante, j'engrangeais des connaissances et j'apprenais à structurer ma pensée. Adulte, j'écris un livre.

Un joli parcours, toujours accompagnée de mes chats. Mes muses du quotidien. Lorsque j'observais ma petite Goutte d'eau, alors âgée de six mois, blottie dans les vêtements sur mon étagère, pouvais-je imaginer qu'un jour j'écrirais sur ces êtres qui m'ont toujours fascinée ? Pouvais-je aussi imaginer que, vingt ans plus tard, Goutte d'eau m'observerait écrire les lignes de ce fameux livre : *55 Idées reçues sur les chats* ? Khaleesi en profite pour sauter sur mes genoux et semble fascinée par mes doigts qui filent à toute vitesse sur le clavier. Mes deux spectatrices m'observent, je n'ai pas le droit à l'erreur !

Comme elles vont m'accompagner dans ce récit, je vais les présenter.

GOUTTE D'EAU, âge vénérable de vingt ans et toutes ses dents !

KHALEESI, sept ans et une dent en moins !

Pour faire court, elles sont les muses félines de mon quotidien. Elles m'inspirent, me font sourire et me permettent de poser des mots sur mes pensées.

Si Goutte d'eau, du haut de ses deux décennies, m'a donné la patience de la comprendre et la tendresse d'en apprendre toujours plus sur le comportement félin, Khaleesi serait plutôt mon ombre personnelle et ma motivation du matin. Travailler avec ses chats au quotidien est un sacré défi, et je ne pense pas être la seule à naviguer entre le boulot et les séances de câlins et jeux avec mes chats, un savant équilibre au quotidien !

Ici, mes deux chattes joueront un rôle central, car je vais souvent parler d'elles pour illustrer mes propos. J'en profite aussi pour nommer les autres chattes qui ont traversé ma vie et leur rendre hommage, comme ma Belette, Mamour, ou encore Nenette, la chatte de mes grands-parents. Sachez que dans mon cœur, vous brillez toujours autant.

Mon petit frère a eu, enfant, une leucémie (cancer du sang) et nous avions une petite chatte appelée Mamour. Les deux avaient un lien très fort, mais avec la maladie de mon frère, elle n'avait pas le droit de s'approcher de lui (question de santé). En bref, ma mère a tout fait pour restreindre le contact entre eux, même si cela lui fendait le cœur. Malgré toutes nos précautions, Mamour a réussi un soir à entrer dans la chambre de mon frère afin de s'installer sur la table en face de son lit. Elle ne tentait pas de venir sur son lit, non. Elle se contentait, soir après soir, de se mettre au même endroit dans sa chambre.

Mon petit frère s'en est sorti. Il est aujourd'hui un adulte en pleine santé, mais Mamour est décédée de la leucémie du chat peu de temps après la rémission de mon frère. Un vrai mystère, de ceux que vous retournez dans tous les sens à la recherche d'une explication. Cette expérience m'a marquée, je ne vais pas le nier. Je continue d'y penser aujourd'hui. Et c'est certainement un élément qui m'a poussée dans le métier que j'exerce désormais.

Les expériences personnelles sont celles qui, je pense, nous guident sur le plan professionnel. Alors forcément, les idées reçues dont je vais parler seront marquées par mes souvenirs et mes connaissances scientifiques découlant de mes études sur le comportement félin.

D'ailleurs… et si nous rentrions dans le vif du sujet ? Les idées reçues sur les chats sont multiples. J'en évoque ici cinquante-cinq, mais il en existe plein d'autres ! Attendez, je vais un peu trop vite… Déjà, c'est quoi, une idée reçue ?

Une idée reçue c'est une « idée faite d'avance, généralement fausse[1] ». Cette croyance est donc perçue comme un fait qui est vrai, alors que non. Un peu comme : « Laisse tomber, elle est blonde » ou « Comme le poisson rouge, il a fait le tour du bocal ». On entend des idées reçues tous les jours ! Mais il y a une différence entre employer une idée reçue en la sachant fausse et l'employer en la croyant vraie.

Vous me suivez toujours ? Je sais qu'il est difficile de sortir de nos têtes certaines idées reçues. Tout

1. L'internaute, << Idée reçue >> [en ligne].

simplement parce que cela nous demande un effort cognitif, et qu'il y a très certainement quelque chose de rassurant dans le fait d'utiliser une phrase qui nous paraît vraie pour expliquer quelque chose comme... un comportement « gênant » de notre chat !

Ici, pour déconstruire ces fameuses idées reçues en lien avec nos amis à quatre pattes, je m'appuie sur mes connaissances scientifiques. Je suis comportementaliste félin, aussi appelée intervenante en comportement félin.

Alors, par où commencer ? Les idées reçues sur les chats partent souvent de quiproquos, et inévitablement de problèmes de communication entre les chats et nous autres, humains. Mais pourquoi ?

Connaissez-vous le terme d'anthropomorphisme ? Pour faire simple, c'est le fait d'attribuer des comportements humains à d'autres espèces. Quand nous sommes face à notre chat, nous avons besoin d'expliquer ses agissements, mais nous avons tendance à le faire avec notre regard !

Ainsi, lorsque notre chat urine sur le coussin de notre nouveau conjoint, nous imaginons souvent que ce comportement est dû à de la jalousie, qui est un sentiment très... humain. Nous nous laissons donc porter par notre propre perception pour analyser le comportement de nos petits compagnons. Le souci, c'est que le chat ne fonctionne pas comme nous. Il n'est pas de la même espèce et sa communication ainsi que son comportement ne sont donc pas les mêmes que les nôtres.

La notion d'anthropomorphisme m'amène donc à vous parler d'un autre terme tout aussi fascinant : celui d'*Umwelt*. En 1915, Jakob von Uexküll, biologiste et philosophe allemand, parle d'*Umwelt* pour décrire le monde de perceptions propre à chaque espèce. Un monde de perceptions propre ? Vous êtes-vous déjà demandé ce que cela vous ferait si vous étiez un chat ? Voir et percevoir comme lui... Leurs différentes modalités perceptives (visuelle, auditive, olfactive, tactile et gustative) font qu'ils sont différents de nous. Eh oui, notre petit félin a un monde de perceptions propre, et c'est à nous de le prendre en compte et... d'aller au-delà de nos idées reçues !

Je vous rassure, nous faisons tous un peu d'anthropomorphisme dans notre quotidien. À faible dose, ce n'est pas embêtant, mais à forte dose, on alimente ces fameux quiproquos. Par exemple, je sais qu'en disant que Khaleesi fait du fétichisme sur les affaires de mon frère – un jour, elle a sorti un de ses T-shirts du panier à linge –, je lui impose un comportement humain. Je dis ça pour rire et imaginer ce qu'elle pouvait réellement penser à ce moment-là m'amuse. Grâce à mes connaissances, je sais qu'elle a eu un comportement exploratoire (sacrée aventure que de sortir un T-shirt de la grosse boîte !) et qu'elle a visiblement apprécié l'odeur qui s'en dégageait (elle s'était longuement roulée dedans).

Beaucoup d'entre vous anthropomorphisent au quotidien, et ce sera un défi de vous démontrer que vos pensées sont des idées reçues ! Abandonnez votre mode de pensée humain sur votre table de nuit et laissez-moi vous faire entrer dans le monde extraordinaire du comportement de nos petites boules de poils !

Mon site web !

KATS & CO
COMPORTEMENTALISTE FÉLIN
& CANIN - ÉDUCATRICE

Idée reçue n° 1

Au moment où je caresse mon chat, ce dernier me lèche en retour. C'est un geste d'amour !

Votre chat, Socrate, s'est posé près de vous et vous ne pouvez résister plus longtemps à son poil tout doux. Vous lui prodiguez de longues caresses remplies d'amour et, soudain, votre petit félin vous lèche, d'abord doucement, puis avec une certaine insistance. Votre cœur manque un battement : votre Socrate vous retourne votre amour ! C'est un tendre, votre matou !

Mais avez-vous remarqué que sa queue bat la mesure ? Que ses oreilles sont légèrement en arrière et que son corps est un peu tendu ?

En règle générale, lorsqu'il commence à vous lécher avec insistance pendant un câlin, c'est pour vous dire stop. Votre chat souhaite que vous arrêtiez de le câliner. C'est une pensée tout à fait humaine de se dire qu'une léchouille est un geste d'affection, mais pour votre petit félin, c'est un signal pour dire que ça suffit, juste avant la morsure ! C'est un quiproquo assez récurrent.

Le chat lèche pour différentes raisons (toujours à mettre en lien avec le contexte) : il lèche un aliment avant de le manger, il lèche un congénère pour un moment toilettage entre félins, et bien sûr, il se lèche pour se toiletter lui-même. Si ce léchage intervient lorsque vous n'avez pas initié le contact, alors c'est possiblement un geste d'affection. C'est par exemple le cas lorsque vous faites tranquillement votre sieste et que votre chat, roulé en boule contre vous, vous lèche soudain l'épaule, puis se recouche.

Nous ne devons pas oublier que nous pensons et que nous agissons différemment ! Il faut toujours regarder cet acte félin selon le contexte et observer le langage corporel de notre chat. En effet, même si les signaux qu'il envoie peuvent vous paraître subtils, il convient de prendre un temps pour les observer. Ainsi, des oreilles un peu en arrière, une queue qui tressaute, des pupilles dilatées ou encore une tension corporelle indiquent un agacement certain. Pour éviter que ce moment câlin ne dégénère en morsure-griffure, on tient compte de tous ses signaux corporels.

Idée reçue n° 2

Mon chat part en courant de sa litière, c'est qu'il est excité et heureux.

Myrtille, votre chatte, va dans sa litière. Vous savez, celle super design et mignonne que vous avez pris soin de ranger dans un placard du couloir de votre maison. Vous trouvez cela pratique, car cela vous permet un bon rangement, d'éviter d'avoir la litière dans votre champ de vision et cela donne, selon vous, un sentiment d'intimité à votre chat. Quelques grattements et badaboum ! Myrtille sort de la litière en courant comme si elle avait le diable à ses trousses. Vous éclatez de rire, car Myrtille est certainement un peu excitée par son passage dans sa litière.

Inversons les rôles. Vous avez une envie pressante et les seules toilettes disponibles dans les environs sont celles gratuites et publiques (vous savez, celles où personne ne souhaite aller). Elles sont petites (il ne faut pas être claustrophobe) et elles ne sentent pas forcément la rose (vous n'y poseriez pour rien au monde vos fesses). Cela ne vous plaît pas des masses, mais il faut bien y aller, surtout que vous avez vraiment, mais alors vraiment, envie de faire pipi ! Alors vous prenez votre courage à deux mains. Vous inspirez longuement et vous ouvrez la porte du bout des doigts. Vous vous dépêchez de faire votre petite commission et... de partir le plus vite possible ! Plus vite parti, plus vite oublié (avec cinq ou six lavages de mains pour faire bonne mesure).

Vous avez maintenant une petite idée de ce que ressent votre chat. Si Myrtille est partie aussi vite, ce n'est pas qu'elle est excitée ou heureuse. C'est que sa litière ne lui plaît pas beaucoup. Sa litière est petite, mais le chat a besoin d'une taille de bac assez grande (du museau à la queue tendue) pour se mouvoir et trouver la bonne position pour faire ses besoins.

Un placard est pratique pour vous, mais pour votre chat, c'est l'horreur ! Dans la nature, faire ses besoins le rend vulnérable : il doit pouvoir voir arriver tous « les dangers ». Si Myrtille ressort aussi vite, c'est qu'elle ne s'y sent pas vraiment en sécurité. Je pointe du doigt la taille du bac, son emplacement, mais aussi le substrat utilisé et sa quantité ! En bref, votre chat a besoin d'une litière qui lui plaise et où il se sente à l'aise.

Idée reçue n° 3

Mon chat a fait pipi sur l'oreiller de mon conjoint par jalousie.

Vous aimez profondément votre chat Socrate, mais vous venez une fois de plus de le surprendre sur le coussin de votre conjoint, en position accroupie et urinant généreusement dessus. Cette fois, c'est la goutte d'eau qui fait déborder le vase (littéralement) !

Vous ne saisissez pas pourquoi il agit de cette manière, mais... attendez ! Ne serait-il pas un peu jaloux de votre conjoint ? Il urine pile-poil sur l'oreiller de votre partenaire et vous avez une relation plutôt fusionnelle avec votre chat… Les preuves s'accumulent ! Il vous paraît évident que si votre chat fait pipi sur l'oreiller de votre partenaire, c'est que d'un point de vue relationnel, Socrate se sent délaissé !

Mais non, votre chat ne fait pas pipi par jalousie. L'oreiller, c'est un objet confortable, mou, agréable, chargé de vos odeurs rassurantes (à vous et votre compagnon) : idéal pour y faire pipi quand sa litière ne lui convient pas ou pour se décharger d'un stress ou d'une frustration. Ce n'est pas ce qu'il préfère, mais c'est ce qu'il a trouvé de mieux.

La première chose à faire quand vous vous trouvez face à ce type de comportement « gênant » est de vous tourner vers votre vétérinaire afin d'écarter la piste médicale. Si la santé de votre animal n'est pas en cause, il faut se tourner vers la litière de votre chat. En effet, lorsqu'il fait en dehors de sa caisse, c'est que cette dernière ne lui convient pas. Il choisit alors un autre lieu. Il se décharge ailleurs d'un stress ou d'une frustration.

Un pipi hors de sa litière doit vous amener à vous demander : est-il en bonne santé ? Pourquoi sa litière ne lui convient pas ? Éprouve-t-il du stress concernant un changement dans le foyer ? Il faut donc chercher de ce côté-là et non du côté d'une jalousie mal placée, car cela reste en fin de compte une hypothèse très humaine sur une émotion... plus qu'humaine !

Idée reçue n° 4

Mon chat gratte mon fauteuil préféré exprès !

Le design de votre maison, pour vous, c'est sacré. Il est normal de vouloir un chez-soi qui nous convienne et où l'on se sente bien. Mais depuis que Myrtille, votre jolie minette, est arrivée chez vous, elle a détruit le fauteuil que grand-maman vous avait offert. Celui qu'elle avait confectionné à la main. En fait, c'était la dernière chose qui vous reliait à elle. Le fauteuil maintenant usé, Myrtille a commencé à porter son attention sur votre canapé en cuir… Votre cœur est en miettes et votre sang commence à bouillir !

Vous en êtes à vous demander si Myrtille ne le fait pas un peu exprès, d'autant plus qu'elle ne s'en cache pas !

Non, elle ne le fait pas exprès, c'est un besoin qui contribue à son bien-être. Et plus précisément à un besoin éthologique. Mais qu'est-ce que ça signifie ? Nous allons déjà décortiquer ces deux mots. Le « besoin » est défini comme une « exigence pour l'être humain ou l'animal, provenant de la nature ou de la vie sociale[2] ». L'« éthologie », c'est l'« étude du comportement des espèces animales[3] ». Ainsi, tout ce qui se rapporte à l'« éthologique » concerne le comportement animal (dont celui de l'Homme). Chaque espèce va avoir des besoins qu'il faudra respecter au maximum pour son bien-être. Peut-être que je n'ai pas besoin, moi, être humain, de m'installer en hauteur, mais un chat va, lui, prendre plaisir à observer son domaine vital depuis son arbre à chat. Les humains perçoivent principalement leur environnement depuis le sol, en deux dimensions. Contrairement à nous, le chat, lui, privilégie les hauteurs, adoptant une vision tridimensionnelle de son espace. Encore une question de mode de perception !

Ici, Myrtille se familiarise avec son environnement, entretient ses griffes et se décharge de possibles

2. Le Robert, DICO EN LIGNE, << Besoin >> [en ligne].
3. Larousse, << Éthologie >> [en ligne].

tensions (un peu comme nous avec notre balle antistress). Pour les chats, c'est un moyen d'être plus sereins en balisant leur domaine vital. Cela équivaut au principe simple de «je suis déjà passé par là», «il est rassurant de se laisser des repères»; c'est un peu comme nous qui laissons nos affaires un peu partout dans notre foyer: c'est chez nous et c'est normal.

Le fauteuil légué par grand-maman est tentant: sa matière est agréable à gratter, il est stable (grand-maman avait vraiment fait un super travail!) et est en plein milieu du salon (première chose que l'on voit, en règle générale, quand on rentre dans un foyer). Si l'on s'appuie sur nos définitions humaines, le chat griffe de manière tout à fait marketing!

Vous l'aurez compris, votre chat a besoin de faire des griffades et l'en empêcher restera impossible, car c'est un besoin éthologique et non un besoin de destruction intentionnelle. Mais, car il y a toujours un mais, vous pouvez le rediriger vers quelque chose que vous aurez choisi, quelque chose qui sera plus attrayant que votre fauteuil ou votre canapé.

Si vous avez bien tout retenu (et comme vous venez tout juste de changer votre canapé), vous devez opter pour des griffoirs: robustes, d'une texture que votre chat appréciera (toile de jute, sisal, carton...), stables (si le griffoir lui tombe dessus, Myrtille n'y retournera jamais) et hauts (pour qu'elle puisse étirer efficacement sa colonne vertébrale). Il vaut mieux investir dans des griffoirs que de continuer à changer de mobilier de salon tous les mois (question de budget).

Idée reçue n° 5

Je caresse le ventre de mon chat lorsqu'il me le montre, il me mord, il ne sait pas ce qu'il veut !

Votre matou Socrate se prélasse au soleil. Il s'étire et expose son doux ventre. Ce dernier est craquant, et devant cette position qui vous semble si vulnérable, difficile de ne pas craquer. Vous ne pouvez résister plus longtemps ! Alors vous lui caressez le ventre et bam ! Socrate vous griffe et vous mord avant de partir en feulant ! Vous êtes choqué... Socrate est un peu gonflé, tout de même, c'est lui qui montrait son ventre il n'y a pas deux minutes, non ?

Eh bien non, le fait de montrer son ventre n'est pas un appel à la caresse. Son ventre est une zone sensible et vulnérable pour lui. Dans la nature, les prédateurs visent cette partie du tendre corps pour dévorer leur proie. Ainsi, en mettant votre main sur cette zone, où dans la nature il fait tout pour la protéger, vous commettez une erreur. Car votre chat va tout faire pour la protéger, instinct de survie oblige.

S'il montrait son ventre, c'était qu'il était bien dans cette position et qu'il vivait un instant de bien-être au soleil. Si certains chats acceptent des caresses sur leurs bidons, ce n'est pas le cas de tous et ça se comprend ! Certaines choses ne doivent être touchées qu'avec les yeux (le chat est une œuvre d'art, ne l'oublions pas). Aussi, il vaut mieux garder une relation de confiance avec votre félin plutôt que de toucher son ventre à chaque fois et de se plaindre ensuite d'une griffure ou d'une morsure. Laissez-le plutôt profiter de cette position de yoga félin !

Idée reçue n° 6

Les chats n'aiment pas les chiens, et inversement !

Tout le monde le sait, les chats n'aiment pas les chiens, et inversement ! Vous le savez, car depuis la nuit des temps, c'est une pensée qui est transmise de génération en génération. Après tout, ne dit-on pas « s'entendre comme chien et chat » pour décrire deux personnes qui sont en perpétuel conflit ?

Oui, mais... ! En réalité, nos félins et canidés de compagnie s'entendent plus qu'on ne le pense. Ce n'est pas parce votre caniche Bobby ne s'entend pas avec

Myrtille, votre chatte, que tous les chats et chiens ne peuvent s'entendre ! Cela dépend en réalité de la socialisation du chat et du chien : être familiarisé aux autres espèces durant les premiers mois de leur vie jouera en ce sens. Ces premiers contacts sont importants. Il sera plus facile pour le chaton de retenir un souvenir positif de Ted, le border collie qui lui léchait la tête avec tendresse que de Raptor, le chihuahua qui lui aboyait dessus avec acharnement. Plus tôt ils se connaissent et mieux c'est ! Le but, c'est que leur première rencontre soit positive. Dans un premier temps, faites-le de manière sécurisée, en évitant de les tenir côte à côte de manière forcée.

Cette entente dépend aussi de leur caractère. Le chien et le chat peuvent autant entretenir une belle amitié que se tolérer de manière neutre.

Et parfois, il suffit d'un peu de patience et de quelques aménagements intérieurs, comme des espaces en hauteurs pour que le chat puisse se réfugier hors de portée du chien, pour qu'une relation stable et durable voie le jour.

Bien sûr, si le courant ne passe pas dès la première rencontre et que l'un des deux se montre agressif, là, on évite de tenter sa chance.

Idée reçue n° 7

Un chat qui ronronne est forcément un chat heureux.

Votre chat, Socrate, ronronne contre vous, vous envoyant de douces vibrations apaisantes. Pour vous, votre chat est heureux, pas de doute là-dessus. Alors oui, le chat ronronne lorsqu'il est heureux, mais pas tout le temps !

À l'origine, on retrouve ce son particulier entre la chatte et ses chatons. Premiers moments de communication ! La maman peut parfois ronronner en amont, pendant la mise bas.

Ensuite, le ronronnement s'active quand le chat est apaisé, mais aussi quand il souffre, stresse et cherche à se rassurer. Il serait important ici de souligner que ce ronronnement s'active lors d'une émotion intense : plaisir ou, à l'inverse, douleur.

Un chat blessé va faire de même chez le vétérinaire ! L'organisme tente par ce ronron d'instaurer une certaine gestion de la douleur par la création d'endorphines pour diminuer cette souffrance ressentie.

Et les sciences, que disent-elles ? Selon une étude menée par une équipe de bioacousticiens de l'Université de Vienne (publiée dans la revue *Current Biology*), le ronronnement du chat est un son grave, avec une fréquence de 20 à 30 hertz. Pour que vous ayez une comparaison, la voix de l'homme a une fréquence de 100 à 150 hertz. Le ronronnement du chat est donc bien moins puissant que notre voix. Mais comment cela fonctionne-t-il ? La production du ronronnement se trouverait dans le larynx. Les cordes vocales du chat sont entourées de masses de tissus fibreux. Ces tissus fibreux sont des sortes de coussinets de 4 millimètres de diamètre qui augmentent la densité des cordes vocales du chat. C'est grâce à eux que le chat produirait ce son si spécifique ! Cette découverte a permis de mettre en lumière que les ronronnements du chat seraient aussi un moyen d'expression, comme le miaulement, et non une simple contraction musculaire. Même si on commence à avoir des explications sur ce mystère sonore, nous sommes encore bien loin d'avoir toutes les réponses.

Idée reçue n° 8

Le chat est un animal solitaire.

Vous avez adopté Socrate, votre chat, car c'est un animal plutôt solitaire et qui ne sera pas triste quand vous partirez quelques jours en vacances.

Oui, c'est vrai, le chat est considéré comme une espèce solitaire, contrairement au chien qui est une espèce dite sociable. Cela signifie que, dans la nature, le chat ne va pas se balader en groupe de félins – ce n'est pas une espèce grégaire (qui vit en groupe). Le fait d'habiter en « colocation » avec d'autres chats a été mis en place par l'humain. C'est là que le chat a « appris » à vivre « en collectivité », ce qui n'est pas simple tous les jours pour lui ! Alors on n'hésite pas à multiplier les ressources présentes dans la maison (griffoirs, zones en hauteur...) pour garantir un équilibre dans la cohabitation féline.

Mais « solitaire » ne veut pas dire que vous pouvez laisser votre chat seul pendant des jours ! En notre absence, nos félins peuvent éprouver du stress. En effet, n'oublions pas qu'un chat bien sevré (socialisé à d'autres espèces et à nous) est habitué au contact social et a créé des relations stables au sein de son foyer. Plus le chat a été sociabilisé, plus sa relation avec nous sera forte et plus le manque se fera ressentir. Attention, un chat « moins » sociable n'aimera pas se retrouver trop longtemps seul ! Moi-même n'étant pas la personne la plus sociable du monde, j'apprécie de recevoir quelques messages de mes amis dans ma journée.

Le chat est un animal routinier et vous faites partie de cette fameuse routine. Soudain, la pâtée que vous lui donnez à 8 heures et votre moment câlin en fin de journée n'existent plus... il y a de quoi dérouter votre compagnon. C'est la même chose pour certains d'entre nous. Par exemple, lorsque j'étais encore étudiante et que mon planning changeait du premier semestre au second semestre, il me fallait une bonne semaine pour intégrer le changement de routine (et encore !).

Saviez-vous que le miaulement était utilisé essentiellement envers l'humain ? Nous réagissons à ce miaulement, c'est un « langage », une communication entre eux et nous. Ils ronronnent aussi quand ils viennent nous voir, un comportement de plaisir. Le caractère joue, bien sûr, dans notre relation avec eux.

En bref, oui, il est possible de construire une relation avec eux. Le chat est dit « solitaire », mais cessons de le traiter comme une espèce asociale !

Idée reçue n° 9

Pas besoin de sécuriser le balcon, mon chat retombera toujours sur ses pattes.

Socrate, votre magnifique chat, est habitué à avoir accès au balcon depuis qu'il est petit : il connaît les risques. En plus, c'est un chat et tout le monde sait qu'un chat grimpe partout et retombe toujours sur ses pattes ! Sauf qu'un jour, Socrate est tombé du balcon et a fini chez le vétérinaire. Que s'est-il passé ? Socrate connaissait ce balcon depuis sept ans, aurait-il eu un coup de mou ?

Premier point à souligner : tomber n'est pas un acte anodin et, dans la plupart des cas, il y a des hospitalisations. Il est important de le préciser, mais le chat ne saute pas volontairement : ce sont des chutes accidentelles. Je vois d'ici vos regards perplexes, mais oui, même si votre chat connaît le balcon, il peut tomber à tout moment.

Pour quelles raisons ? Il voit un oiseau, un papillon, ou peut tout simplement glisser de la rambarde. Oui, un chat peut glisser ; cela met fin au mythe du chat adroit, qu'importent les situations. Il est vrai que, s'il tombe d'une hauteur de 1,50 m, il aura davantage de temps pour se retourner et retomber sur ses pattes que s'il tombait de 50 cm. Et même là, le chat peut avoir des séquelles, car cela reste un choc physique, ne l'oubliez pas ! Je connais mes escaliers et pourtant, cela ne m'a pas empêchée de me casser la figure à plusieurs reprises (mon coccyx s'en souvient encore).

Honnêtement, la prise de risque est énorme pour nos félins, alors ne tentez pas le diable. Ce n'est pas le mettre en prison, car sécuriser l'environnement de votre petit compagnon est primordial. Ne vaut-il pas mieux avoir l'esprit tranquille lorsque vous aérez votre foyer ? Aujourd'hui, il existe même des entreprises spécialisées dans les filets de protection pour fenêtres et balcons. Eh oui, ils font travail formidable et, pour quelqu'un qui n'est pas à l'aise avec le bricolage (comme moi), ça peut être plus que pratique.

Idée reçue n° 10

Un chat est indépendant et peut vivre seul dehors.

On décrit souvent le chat comme un être indépendant, car il ne nous suit pas partout et ne nous « montre » pas forcément son amour. Doucement, les amis, peut-être que nous le comparons inconsciemment – ou non – au chien ? Ce dernier a une grande capacité à nous montrer son affection. Je garde encore le souvenir percutant de Mavie, chienne samoyède, qui avait sauté sur moi pour me lécher affectueusement le visage. Pas de doute, elle était heureuse de me voir ! Ils montrent leur affection de manière plus... spectaculaire.

Mais nous sommes ici en présence de deux espèces bien différentes. Ainsi, si Mavie est un peu « brute » niveau affection, Goutte d'eau, ma doyenne féline, préfère poser tendrement sa tête contre la mienne. Chacun sa manière de procéder. Le chat a sa propre façon de vous montrer son affection : il vient se poser à vos côtés, se frotter avec douceur contre vos mollets lorsque vous rentrez, patouner vos genoux, ou même vous miauler dessus !

Au cours d'une expérience, on a fait écouter à un petit groupe de chats des enregistrements. Ceux-ci étaient appelés par leur propriétaire, puis par quatre autres personnes. On a ainsi pu démontrer que les chats reconnaissent bien la voix de leur propriétaire. Cela ne démontre-t-il pas une forme d'attachement ?

Des chercheurs de l'Université de l'Oregon (étude publiée dans la revue *Current Biology*) ont voulu approfondir cette notion d'attachement du chat vis-à-vis de leur propriétaire. Pour cela, ils ont utilisé l'expérience de la « situation étrange ». Pour faire simple, le chat et le propriétaire sont placés dans une pièce et on observe les réactions du chat lorsque son humain s'absente ou quand celui-ci reste. La première étude n'a pas été la plus concluante. Mais comme pour tout, il faut savoir adapter une expérience selon l'espèce. Ainsi, l'expérience de la « situation étrange » a été renouvelée avec une analyse différente. On a ainsi déterminé trois types de liens avec le chat :

- l'attachement sécure (le chat explore, retourne régulièrement vers son humain et vocalise quand ce dernier n'est pas là) ;
- l'attachement insécure évitant (évite le contact avec son humain et lorsqu'il est seul ne semble pas stressé) ;
- l'attachement insécure ambivalent (reste collé à son humain et exprime un comportement de stress quand son humain est absent de la pièce).

En bref, l'attachement du chat vis-à-vis de l'humain existe à des degrés différents.

Non, votre chat ne va pas retrouver tous ses instincts sauvages quand vous l'aurez abandonné dehors. C'est un bon moyen de déculpabiliser, mais ce dernier a été habitué à une alimentation régulière, des soins et votre affection. J'en ai pour preuve une voisine qui avait abandonné son chat (pourtant habitué à aller dehors en journée), qui a commencé à dépérir. Il s'appelait Pistache. C'était un matou plein d'amour, le genre de chat que tout le monde voudrait chez soi : câlin, doux, gourmand, des yeux pleins de tendresse, un poil long et beau... Je l'évoque avec tendresse, car il ne méritait pas son abandon (aucun animal ne le mérite). Tous les soirs, il retournait sur le palier de son ancienne maison et il attendait. Ça m'a brisé le cœur.

Une adoption, c'est une responsabilité. Ainsi, je sais que lorsque j'adopte un chat, il y aura des frais financiers et je devrai l'accompagner jusqu'à la fin. C'est un contrat que l'on doit signer après une réflexion poussée, car l'adoption n'est certainement pas un acte anodin. Je précise que ma sœur et moi avons fait le nécessaire pour trouver un foyer aimant à Pistache (un sacré combat) ! Là encore, c'est une expérience personnelle qui m'a démontré que le chat était capable de ressentir de l'amour et que j'étais capable de déplacer des montagnes (après tout, il le méritait, non ?).

Idée reçue n° 11

Le chat est un être égoïste.

Je pense que, pour prouver que cette assertion est fausse, il faut parler de l'empathie que le chat ressent. Avez-vous déjà vu une chatte qui s'occupe de ses petits ? Douceur et fermeté : elle en prend soin, et avec amour. Leur premier contact se fait par le ronronnement, comme vu précédemment. C'est un acte de contentement et de plaisir.

Pour aller plus loin, même s'il n'existe pas encore assez d'études scientifiques sur le sujet, on peut parler de leur capacité à ressentir nos émotions. Une étude sur la reconnaissance faciale humaine par nos chats a mis en évidence que nos félins préfèrent, lors d'une interaction avec un humain, quand ce dernier a des expressions positives (joyeuses). Ainsi, le chat reconnaît et analyse nos expressions faciales. Et le fait de s'intéresser à nos expressions faciales, n'est-ce pas un acte d'empathie ?

Pour prendre une expérience plus personnelle : combien de fois ma Belette est-elle venue me faire des câlins lorsque j'étais malheureuse ? Combien de fois cela m'a-t-elle permis de penser à autre chose ? Combien de fois a-t-elle posé sa tête contre la mienne malgré mes sanglots ? Combien de fois me suis-je endormie, une fois apaisée, contre elle ?

Alors, pas si égoïste que ça, le chat, si ?

Idée reçue n° 12

Mon chat ne vient que pour manger !

Myrtille, votre minette, vient contre vos jambes et miaule en vous fixant. Vous connaissez sa tactique, votre féline vient encore vous demander à manger.

Pour preuve, lorsque vous vous dirigez vers la cuisine, cette dernière vous suit avec insistance. Mais lorsque vous lui donnez à manger, Myrtille mange deux ou trois bouchées, puis repart sans demander son reste. Votre félin est intelligent, il a remarqué qu'en se frottant contre vous et en miaulant, il recevait de la nourriture. CQFD !

Mais enfin, il vous fait aussi des câlins et recherche votre présence en dehors de ces moments nourriture, non ? Allons-nous donc l'accuser de faire preuve de stratégie ?

Idée reçue n° 13

Mon chat qui s'installe près de moi veut forcément des caresses.

Lorsque Myrtille, votre adorable minette, vient s'installer contre vous, c'est inévitablement parce qu'elle a besoin de contact. Pourquoi, sinon, viendrait-elle aussi près ?

Eh bien, pas forcément ! Déjà, votre corps est chaud, et il est agréable pour eux de venir contre une source de chaleur. Bravo, vous faites une parfaite bouillotte.

Si votre chat recherche votre présence, il peut très bien apprécier un moment à côté de vous sans pour autant qu'il y ait de contacts physiques. Une ou deux caresses et hop, chacun retourne à ses occupations ! Il est tout aussi agréable de profiter d'un moment de calme entre vous et votre chat. C'est savoir apprécier la présence apaisante et réconfortante de l'autre.

Mais comment savoir si votre chat est OK pour une interaction avec vous ? Avez-vous déjà entendu parler du consentement à la caresse ? Tendez la main vers votre chat et observez sa réaction. S'il détourne la tête, c'est qu'il ne souhaite pas de câlins dans l'immédiat. S'il s'avance en ronronnant et en venant se frotter contre votre main, il est partant pour quelques caresses ! C'est un bon moyen de connaître son état d'esprit pour un moment d'interaction avec vous.

Son langage corporel est un autre indice de son état émotionnel à prendre en compte. Des oreilles un peu en arrière, une queue qui bat la mesure, une tension corporelle... là, c'est bon, il faut s'arrêter !

Idée reçue n° 14

Les chats noirs portent la poisse.

Honnêtement, il faut regarder l'histoire du chat pour comprendre l'origine de cette croyance. L'Égypte antique fut une époque divine pour le chat ; on peut se rappeler le culte à la déesse à tête de chat, Bastet. Quand le félin décédait, il pouvait y avoir des dizaines de jours de deuil. Les Égyptiens se rasaient même les sourcils ! C'est dire l'importance que ce deuil avait pour eux.

Mais que s'est-il passé depuis ? Le Moyen Âge, les amis ! Une période ô combien sombre pour nos amis félins...

Eh oui, nos chats n'aiment pas en entendre parler (si, si, Khaleesi tourne la tête quand j'en parle et Goutte d'eau préfère me montrer son popotin en signe de protestation muette) !

Plus sérieusement, le christianisme n'a pas aidé. En effet, les chrétiens s'attaquèrent en premier lieu aux rites païens. Puis, il fut acté, un jour, que le chat noir assistait au banquet au nom de Lucifer. Lui a-t-on seulement posé la question ? Il fut déclaré coupable sans avoir eu l'occasion de se défendre !

Relié à Lucifer, puis aux sorcières, ça a fini par lui porter la poisse. Il a subi beaucoup de haine et depuis, cette croyance est restée dans la mémoire collective (je vous recommande de lire le livre de Jessica Serra qui retrace l'histoire du chat). Ma chatte, Khaleesi, est à 99,8 % noire et... elle me porte chance et me donne un amour infini depuis qu'elle est entrée dans ma vie !

Idée reçue n° 15

Je vérifie la température de mon chat en touchant sa truffe.

Socrate, votre matou, semble patraque aujourd'hui. Il n'a pas touché à ses croquettes et s'est caché sous votre lit. Cela ne lui ressemble pas du tout. Inquiet, vous vous faufilez jusqu'à lui afin de lui toucher le museau pour vérifier s'il a de la fièvre. La sentence tombe : son museau est chaud, il est donc fiévreux.

Oubliez tout de suite cette idée. J'en ris aujourd'hui, mais ma famille et moi-même avions ce même réflexe avant que j'apprenne en cours que non, on ne prend pas la température du chat de cette manière.

Nous nous appuyons un peu trop sur notre propre mode de fonctionnement : si, effectivement, notre front est un indicateur pour la fièvre, cela ne veut pas dire que le museau de notre chat répond aux mêmes critères !

Si vous avez un thermomètre (et un peu de vaseline à mettre sur l'embout), du courage et... un chat docile, vous pourrez utiliser cette méthode qui a prouvé son efficacité. Mais si votre chat est dans le style de ma Goutte d'eau (douce de prime abord, mais une véritable Wolverine quand il s'agit de l'emmener chez le vétérinaire), tentez plutôt de toucher l'intérieur de ses oreilles. Eh oui, vous pouvez vérifier leur température de cette manière (bien sûr, si votre chat se trouvait sur le radiateur avant, attendez qu'il « refroidisse »).

Si son comportement habituel change, le mieux reste, tout de même, d'emmener votre chat directement chez le vétérinaire.

Saviez-vous que la dernière génération de puce électronique, appelée *Thermoship*, permettait de lire la température de votre chat ? En effet, cette nouvelle puce électronique a un biocapteur intégré qui permet de lire aussi bien son numéro d'identification que sa température !

Idée reçue n° 16

Mon chat vomit souvent, c'est normal, il se purge.

Myrtille, votre chatte, a encore vomi sur la moquette. Cela lui arrive souvent, mais vous n'êtes pas inquiet. Elle se purge, c'est normal !

Tout le monde reconnaît (ou presque) le bruit caractéristique du chat qui rend son repas ! Mais un chat qui vomit tout le temps, est-ce normal ? Ne fait-il pas une purge, tout simplement ? Je ne vous jetterai pas la pierre, moi aussi je le pensais. Mais non, un chat qui vomit trop souvent, ce n'est pas normal. Alors, rendez-vous chez le vétérinaire.

Bien sûr, diverses raisons poussent votre chat à vomir. Tout d'abord, il y a les fameuses boules de poils. Je vous enjoins donc à brosser régulièrement votre chat pour éviter ce désagrément. Mais cela peut être parfois plus grave que ça. Par exemple, Goutte d'eau vomissait trois à quatre fois par semaine. Nous pensions que c'étaient des poils et qu'elle se purgeait, alors qu'elle souffrait en fait d'une inflammation de l'estomac. Autre exemple : Khaleesi mangeait ses croquettes en deux secondes et les vomissait illico presto. Après une vérification chez le vétérinaire, nous avons appris qu'elle souhaitait juste se la jouer Lucky Luke et manger plus vite que son ombre. Dans ce cas-là, le principal est de s'adapter. On change donc de stratégie et on opte pour un aménagement de son quotidien : ici, une gamelle ludique, aussi appelée anti-glouton (je vais en reparler, rassurez-vous), a permis de ralentir sa consommation.

Idée reçue n° 17

Mon chat est vieux, c'est normal qu'il dorme tout le temps.

Socrate, votre matou de quinze ans, dort toute la journée. Il bouge assez peu et cela ne vous inquiète pas trop. Il est vieux et qui dit âge avancé dit dormir plus !

Si votre vieux chat se met à dormir toute la journée, en ne bougeant pas d'un pouce, c'est qu'il a peut-être un problème de santé et aller voir un vétérinaire aidera à le résoudre. Ce n'est pas parce qu'il est vieux qu'il n'y a plus rien à faire pour améliorer son quotidien. Ici, je pointe du doigt une notion qui me tient à cœur : le confort de vie. Attention, je ne parle pas d'acharnement médical, mais de faire en sorte que votre Socrate vieillisse le mieux possible.

En effet, votre chat, même à un certain âge, va continuer à avoir une routine bien définie : aller manger, s'étirer, jouer un peu, venir vous voir pour recevoir quelques câlins… Il aura simplement un rythme moins soutenu qu'un jeune chat, mais cela ne veut pas dire qu'il n'aura plus envie de rien !

Exemple notable : celui de ma Goutte d'eau, vingt ans, qui est une chatte plus qu'active. Elle m'étonne chaque jour ! Elle a un suivi régulier chez le vétérinaire, car elle souffre d'hyperthyroïdie (maladie courante du vieux chat) et d'un petit souci cardiaque. Son traitement est ajusté régulièrement, ce qui lui permet d'avoir toujours un bon équilibre et, surtout, d'être bien dans ses patounes. Oui, elle prend des médicaments, mais en douceur grâce à une routine bien rodée (pâtée appétente, bonjour).

Ainsi, même si votre chat vieillit, il faut continuer à enrichir son quotidien et cela peut se faire par des enrichissements simples comme des cartons de fouille, des nouvelles odeurs, des accès en hauteur facilités, du jeu interactif…

Idée reçue n° 18

Donner tout le temps à manger à mon chat le rend heureux.

Socrate adore manger et vous ne pouvez résister à ses sollicitations. Il est tellement heureux lorsque vous lui donnez un peu plus de croquettes ou quelques friandises ! Combien de fois vient-il vous miauler dessus dans la journée ? En plus, c'est un miaulement adorable, comment résister ?

Manger est un plaisir, certes, mais le chat, comme nous, va avoir d'autres besoins dans sa journée :

- pour son bien-être (et donc son bonheur quotidien), il aura besoin de multiples stimulations. De jouer, avec vous ou tout seul ;
- d'être câliné ou d'être à vos côtés, ou encore de profiter des gazouillements des moineaux dans votre jardin ;
- de faire des découvertes, une nouvelle activité (comme un carton de fouille) ou de renifler votre pantalon, car vous venez de rencontrer le nouvel animal de votre sœur ;
- d'observer son environnement et de grimper sur le nouveau parcours mural situé dans le couloir ;
- de faire des petites siestes, car n'est-il pas épuisant d'avoir étrenné sa nouvelle gamelle ludique ?

Pour ma part, j'aime manger, mais je ne passerais pas toute ma journée à consommer des burgers. Au contraire, après une bonne séance de sport, quel plaisir de manger une part de gâteau au chocolat (zéro culpabilité) !

Idée reçue n° 19

Tout l'amour que je donne à mon chat lui suffit pour s'épanouir.

Myrtille, votre minette d'un an, vous attaque les mollets tous les jours. Lorsque j'interviens, je parle des aménagements à mettre en place pour un retour à la normale. Pour l'humain, c'est le drame. Il y a peu d'aménagement, certes, mais son amour pour son félin ne devrait-il pas compter beaucoup plus ?

On ne remet certainement pas en cause votre amour pour votre animal, mais le chat a des besoins éthologiques qu'il doit pouvoir assouvir. Il est nécessaire pour lui de faire ses griffes sur plusieurs supports adaptés, d'avoir accès à des hauteurs ou encore d'avoir des séances de jeu interactives.

Votre amour doit être un carburant pour créer l'espace de vie parfait pour votre chat. Cela le rendra encore plus heureux. À vous de continuer à lui donner tout votre amour au quotidien.

Idée reçue n° 20

Mon chat a besoin d'aller dehors pour être heureux.

Depuis peu, vous avez adopté Myrtille, votre chatte, et vous n'êtes pas très enthousiaste à l'idée de la laisser aller dehors. Votre meilleur ami vient de perdre son chat, renversé par une voiture, et vous n'avez aucune envie qu'il arrive la même chose à Myrtille. Mais vos proches vous critiquent et vous rappellent qu'un chat a besoin d'aller dehors pour être heureux !

L'extérieur, c'est comme une série Netflix (ou Prime Video, ou Disney+) pour votre chat, comme nous l'expliquait l'une de mes super professeurs à la fac, mais rien n'empêche d'amener cette aventure (option Netflix et toutes les autres plateformes) dans votre intérieur ! Aujourd'hui, de multiples possibilités s'offrent à vous pour enrichir le quotidien de votre chat à la maison : installer des parcours muraux, des arbres à chat design, des griffoirs, des gamelles ludiques, sécuriser votre jardin avec un enclos, et j'en passe !

Mes chattes vivent en intérieur avec ces adaptations et, pour ce que j'en vois, je ne pense pas qu'elles soient malheureuses. C'est un choix à faire et je respecte aussi bien les personnes qui gardent leur chat à la maison que ceux qui laissent leur félin aller dehors. Je n'ai pas à juger, car l'essentiel, pour moi, est de garantir à votre petit félin un milieu stimulant et qu'il soit bien dans ses patounes.

Idée reçue n° 21

« Ce n'est qu'un chat. »

Vous venez de perdre Socrate, votre chat, celui qui a toujours été là pour vous. C'est une page qui se tourne. Sa perte douloureuse vous fait pleurer toutes les larmes de votre corps et vous arrivez au travail démoralisé, le cœur brisé. Vous rencontrez Jean-Eugène, votre collègue de la comptabilité, lors de la pause café et ce dernier tente de vous « remonter » le moral avec la fameuse phrase « Ce n'est qu'un chat ».

C'est malheureusement une phrase beaucoup trop récurrente. Nous, les amoureux des animaux, nous ne la comprenons pas. Le chat (ou le chien, le furet, le lapin... je n'exclus personne !) acquiert une grande importance au sein de notre foyer : il est présent dans nos moments de joie, de rire, mais aussi de tristesse.

J'aime prendre des exemples, alors je vais vous reparler de Goutte d'eau. Vingt ans de vie commune, ce n'est pas rien ! Elle connaît et partage mes habitudes, mes rituels, mes câlins, mes inquiétudes. Elle m'accompagne depuis l'école primaire.

L'animal acquiert une telle importance dans notre foyer. Nenette, la chatte de mes grands-parents, garantissait un équilibre entre eux. Ils tombaient toujours d'accord quand il s'agissait d'en prendre soin et ils l'ont accompagnée ensemble jusqu'à la fin. Elle était un véritable catalyseur motivationnel : ma grand-mère pensait à lui prendre ses croquettes préférées et mon grand-père s'occupait de sa litière. Elle donnait un mouvement, un élan dans leur maison. Et puis elle est partie... Mes grands-parents ont vécu cette terrible perte qui résonne encore aujourd'hui dans leur foyer. Alors non, ce n'était pas qu'un chat, elle était bien plus que ça.

Moi-même, je n'ai pas peur de dire que je crains le jour où Goutte d'eau partira, car elle fait partie de notre famille et qu'on ne peut pas résumer des années de souvenirs par « ce n'était qu'un animal ». Il y a un deuil à partir du moment où il y avait un lien d'attachement, alors ne banalisons pas cette perte animale…

Idée reçue n° 22

Un chat, ce n'est pas propre !

Socrate, votre chat, perd ses poils un peu partout dans la maison et disperse des grains de litière sur la moquette du salon. Un vrai Petit Poucet ce félin ! Vous pensiez qu'un chat serait plus propre qu'un chien, mais vous commencez à en douter sérieusement...

Mais peut-on vraiment parler de propreté ? Nous-mêmes, au sein de notre maison, nous mettons un peu le bazar. Eh oui, nous aussi (il n'y a qu'à voir la pile de linge qui s'accumule sur votre chaise de bureau) ! Alors, sommes-nous propres ? Comme le chat qui va dans sa litière pour recouvrir soigneusement ses déjections et qui effectue une toilette poussée de son corps, nous faisons le ménage et nous prenons une douche.

Ce que j'essaie finalement de dire, c'est que personne n'est parfait et que, par extension, la parfaite propreté n'existe pas !

Idée reçue n° 23

« Ton chat est mort, prends-en un autre ! »

Vous venez de perdre votre animal chéri et vous tombez sur votre collègue qui ne comprend pas votre débordement émotionnel (encore Jean-Eugène du service comptabilité). Soit il n'a jamais eu d'animaux, soit il a peu de considération pour eux, soit c'est une personne qui, comme Ron Weasley, « a la capacité émotionnelle d'une petite cuillère[4] ».

4. *Harry Potter et l'Ordre du Phénix*, réalisé par David Yates, 2007.

Pour mieux appréhender ce que je vais vous expliquer, parlons de la notion de personnalité. La personnalité est définie par des traits de caractère. Parler de personnalité, c'est donner une « profondeur émotionnelle » à l'animal, ce qui, encore aujourd'hui, est compliqué à admettre pour beaucoup de personnes ! La construction de la personnalité dépend de nombreux facteurs aussi bien génétiques qu'environnementaux (contact avec l'humain, sociabilisation, familiarisation à d'autres espèces, sevrage...). On parle de plus en plus de clonage des animaux. Mais si on peut cloner un animal, son double lui ressemblera physiquement, mais n'aura pas les mêmes traits de caractère, car chaque animal, comme chaque humain, est unique.

Au-delà du caractère, le vécu joue un rôle : les souvenirs, les petits rituels, les câlins... impossible de cloner ça. Je sais ce que représente le manque pour l'avoir expérimenté à la mort de ma Belette, mais personne ne la remplacera, car justement, elle était unique. Ce n'est pas une machine à café que l'on doit changer une fois cassée, c'est un être vivant.

Peut-être que cela part d'une bonne intention, mais je dois avouer que ce type de phrase me fait grincer des dents. Lorsque vous venez de perdre un membre de votre famille, est-ce que quelqu'un va vous recommander d'en prendre un autre le jour de l'enterrement ?

Ce chapitre fait écho à une autre idée reçue : « Ce n'est qu'un animal » (précédemment citée). Il serait peut-être temps de reconsidérer le deuil vis-à-vis des animaux, non ?

Idée reçue n° 24

Un chat, c'est plein de bactéries et ça refile plein de maladies !

Ce sont les fêtes de fin d'année et vous savez que votre tante va encore rouspéter à cause de votre chat qui est, selon elle, un vrai nid à microbes ! Vous lui avez expliqué qu'il n'y a aucun risque, car votre chat est vacciné et régulièrement vermifugé, mais elle ne veut rien entendre.

Partons sur un concept simple : celui de zoonose. « Les zoonoses sont des maladies ou infections qui se transmettent des animaux vertébrés à l'homme, et vice versa. Les pathogènes en cause peuvent être des bactéries, des virus ou des parasites. La transmission de ces maladies se fait soit directement, lors d'un contact entre un animal et un être humain, soit indirectement, par voie alimentaire ou par l'intermédiaire d'un vecteur (insecte, arachnides...)[5] » La zoonose la plus connue est la rage (la France est considérée comme exempte de rage), mais il existe aussi la teigne, la gale, la leptospirose...

La pasteurellose, par exemple, est une bactérie installée dans la flore buccale du chat. Elle peut se transmettre par le biais d'une griffure ou d'une morsure, mais tout le monde ne la développe pas. On désinfecte soigneusement les plaies. Il faut passer par un traitement antibiotique si nécessaire (à voir avec votre médecin) et seulement si des symptômes (comme une rougeur, un œdème...) apparaissent. Donc oui, la transmission, ça existe.

Il faut donc faire le nécessaire du côté prévention : vaccin, vermifuge, visite au moins une fois par an pour un check-up chez le vétérinaire. On fait aussi attention aux griffures et si on a un doute, on va voir le médecin.

5. Ministère de l'agriculture et de la souveraineté alimentaire, << Les zoonoses, ces maladies transmissibles entre l'homme et l'animal >> [en ligne].

En résumé, les soins au quotidien sont aussi nécessaires que l'observation de l'état émotionnel de votre chat !

Je n'ai encore jamais attrapé de zoonose et pourtant, je vis avec des animaux depuis ma naissance, les maîtres-mots étant ici prévention et observation.

Idée reçue n° 25

Un chat, ça mord, c'est dangereux !

Socrate, votre chat, vous a mordu et griffé alors que vous tentiez de le mettre dans sa caisse de transport. Lui qui est d'habitude doux comme un agneau est devenu en quelques secondes une panthère impitoyable !

Un chat va mordre et griffer en fonction des situations. Ces situations arrivent souvent quand il ressent de la peur, du stress ou qu'il a mal. Goutte d'eau est une véritable Wolverine quand il s'agit de la mettre dans sa caisse de transport… Nous avons pourtant tout essayé pour que cela se passe au mieux, mais en règle générale, nous en sortons avec des griffures. Goutte d'eau a peur et réagit d'abord par une tentative de fuite, puis par le « combat ». En temps normal, c'est une chatte d'une grande douceur, mais cette situation la pousse à tout tenter pour ne pas rentrer dans sa caisse de transport.

Belette mordait notre nez dès que l'on approchait notre visage trop près du sien. Autant le dire, ça faisait un mal de chien ! Même si nous savions qu'elle n'avait pas eu un début de vie facile (elle a été retrouvée à l'intérieur d'un sac plastique dans une poubelle), cela expliquait-il ce comportement ? Nous n'avons jamais eu de réponse, mais sans le savoir, nous nous sommes adaptés à cette situation : nous avons arrêté de trop approcher notre visage du sien et elle a arrêté de nous mordre. Ce mouvement trop proche devait la mettre « mal à l'aise », alors que nous, nous souhaitions du contact, et l'avons mise dans une situation stressante. Instaurer de la distance était certainement la meilleure des réactions. Nous avons pris en compte son seuil de tolérance, même si notre but premier était d'éviter de finir avec un bout de nez (ou d'oreille) en moins !

Je pense que les personnes en font une généralité alors qu'il faudrait se rendre compte, avant tout, de la situation qui met votre chat dans cet état. Non, en général, ce chat n'est pas bagarreur du tout et oui, quand il est face à une situation particulière, son comportement peut changer. Cependant, si votre chat a une conduite agressive (dans notre profession de comportementaliste, nous utilisons le terme « conduite agressive » plutôt que « comportement agressif ») tout le temps, prenez rendez-vous chez un vétérinaire et faites appel à un comportementaliste !

Idée reçue n° 26

Un chat, ce n'est pas intelligent.

Au détour d'une conversation avec une amie, vous parlez avec enthousiasme de votre féline qui arrive à ouvrir toutes les portes de la maison. Votre amie vous regarde, perplexe, et vous dit qu'un chat, ce n'est pas intelligent.

Aïe, aïe, aïe, je me rappelle mes longues discussions avec une camarade de classe de mon collège… Cette dernière avait énormément de préjugés sur les animaux. Moi, les aimant profondément, je défendais, tel un tribun, la cause animale. Quand quelque chose me tient à cœur, je le défends comme une lionne.

Commençons par le commencement, et définissions ce qu'est l'« intelligence ». Il s'agit d'une « qualité de quelqu'un qui manifeste dans un domaine donné un souci de comprendre, de réfléchir, de connaître et qui adapte facilement son comportement à ces finalités[6] ». Il existe beaucoup de définitions, mais j'ai choisi celle qui avait le plus de justesse selon moi : la définition de l'intelligence comprend la notion d'adaptation. Être capable de trouver, selon une situation, une stratégie qui fonctionne, voire d'en changer si nécessaire. Soyons honnêtes, le chat fait preuve de beaucoup de stratégie pour chasser (une proie dans la nature ou une croquette dans sa gamelle ludique).

Nous surnommions notre Belette « Numbers et ses sauts » ou encore « Mario et ses sauts ». Numbers, car on regardait une série TV avec pour personnage principal un prodige des maths. Et Mario, tout simplement pour les jeux vidéo *Mario*. Mais pourquoi la surnommer ainsi ? Lorsqu'elle sautait, elle semblait « calculer », mesurer les distances pour faire le saut parfait. Il fallait la voir faire ! Ma mère lui avait interdit l'accès à une des étagères du salon, l'un des étages étant bloqué par un carton. Belette souhaitait atteindre cet étage en particulier. Ainsi elle

6. Larousse, << Intelligence >> [en ligne].

reculait, avançait à nouveau, se baissait et fixait longuement sa cible. Elle poussait quelques brefs miaulements. Son manège était toujours le même… et elle réussissait. Ainsi, le carton ne l'a pas bloquée bien longtemps et ma mère a fini par capituler. Cette manière qu'elle avait de « calculer » son espace, n'était-ce pas un signe d'intelligence ? Ce n'était pas juste un saut, c'était un ensemble de sauts successifs et précis.

Nenette, la chatte de mes grands-parents, a découvert la gamelle ludique à ses quinze ans. La gamelle ludique oblige le chat à trouver des stratégies pour faire sortir des croquettes. Ici, Nenette avait vite compris qu'en tirant vers elle la gamelle, des croquettes tombaient. Lorsque la gamelle ludique a été fixée au sol, elle a compris que sa précédente stratégie ne fonctionnait plus. Elle en a donc changé et utilisait sa patte d'une autre manière. N'est-ce pas une preuve d'intelligence ?

Goutte d'eau a parfaitement compris qu'en tapotant la table avec sa patte, elle pouvait recevoir des friandises. Elle a fait tout simplement une association : « en tapotant avec ma patte, je reçois un morceau de brioche ». *Cette stratégie fonctionne, alors je la réutilise.*

Ne comparons pas non plus notre intelligence humaine à celle d'un animal. Pourquoi ? Tout simplement parce que nous évoluons dans un monde de perception différent.

Idée reçue n° 27

Le chat est méchant, car il chasse les oiseaux, les petites souris...

Myrtille, votre chatte, est redoutable quand il s'agit de chasser. Ainsi, vous retrouvez souvent sur le pas de votre porte des rongeurs et des oiseaux. Myrtille, qui est si câline et si douce, n'a aucune pitié envers la faune locale ! Vous commencez à vous dire que sa manière de décapiter ces petits animaux sans défense est une preuve de méchanceté, voire de cruauté...

Le chat est un chasseur, c'est indéniable, cela fait partie de sa nature. En tant que prédateur, il ne fait qu'exprimer son comportement naturel. On ne peut pas le définir comme un être méchant, car il ne fait que répondre à ses besoins éthologiques. Pour lui, chasser des proies est normal. D'où le principe d'enrichir son environnement à la maison pour convenir à ce côté chasseur et réduire ses chasses en extérieur.

Si le chat chasse, c'est par un besoin éthologique ; le chasseur humain chasse, lui, par loisir. Tout est finalement une question de perception.

Idée reçue n° 28

Le chat adore l'odeur de l'eau de javel.

Socrate, votre matou, a tendance à faire ses besoins en dehors de sa litière. On vous conseille alors de verser un peu d'eau de javel dans sa caisse, car les chats adorent cette odeur et que cela le fera retourner direct dans son bac.

Je ne vais jeter la pierre à personne, j'y croyais aussi, mais en fait, pas du tout. Ce n'est pas que le chat n'aime pas cette odeur (en fait nous ne sommes pas totalement fixés) et qu'il n'est pas attiré par elle, mais c'est une chose de le sentir sur le sol de la maison et c'en est une autre de la retrouver dans son espace toilette !

Dans sa tête, il se dira sans doute : « Oh, mais, c'est quoi cette odeur hyper forte ? Je ne retrouve pas mes propres odeurs ! » Il cherchera à la recouvrir, mais pas pour les raisons que vous croyez, car il tentera plutôt de chasser cette odeur forte. Cela ne résoudra pas l'origine de son problème vis-à-vis de sa caisse. Il vaut mieux nettoyer la litière avec du bicarbonate et de l'eau gazeuse (odeurs neutres) plutôt qu'avec une odeur forte qui va le gêner.

D'abord, on vérifie avec le vétérinaire que Socrate va bien, et ensuite, on fait appel à un comportementaliste pour comprendre ce qui ne lui convient pas dans sa litière.

Idée reçue n° 29

La couleur de poils détermine le caractère du chat.

Vous avez une chatte écaille de tortue. Elle est si belle, mais... honnêtement du côté caractère, ce n'est pas le top !

Lorsque j'étais à la fac, une de mes amies avait une chatte écaille de tortue et elle m'avait expliqué qu'elle n'aurait peut-être pas dû la choisir en fonction de son physique au vu de son caractère. J'avais logiquement hoché de la tête, car oui, j'en avais déjà entendu parler. Et qui étais-je pour remettre en question quelque chose que tout le monde disait ? Si plusieurs personnes véhiculent cette idée, cela a inévitablement une plus grande portée et c'est une idée qui devient logique… alors qu'elle ne l'est pas !

J'en profite pour revenir sur l'idée reçue suivante : « Laisse tomber, c'est une blonde. » On est bien d'accord que la couleur de nos cheveux ne détermine pas notre intelligence ? Alors pourquoi cela s'appliquerait-il à la couleur du pelage de nos chats ? La couleur détermine-t-elle le caractère de votre chat ? Eh bien non, il n'y a aucune étude scientifique pour attester cette idée.

En revanche, nous sommes influencés par la perception de notre société et des individus qui nous entourent. Ainsi, l'idée selon laquelle une chatte écaille de tortue a un sale caractère est relayée entre individus et, à force d'être répétée, obtient une certaine forme de légitimité. Par exemple : deux personnes discutent et découvrent que leurs deux chattes, toutes deux écailles de tortue, ont un sale caractère. CQFD ! Cette idée devient logique dans l'esprit des deux propriétaires, alors que c'est une simple coïncidence.

Pour aller plus loin, les chats roux sont perçus comme fortement sympathiques. Pourquoi ? Encore une fois, ce n'est pas une question de pelage, mais plutôt de perception ! Garfield, ou encore le Chat Potté, sont roux et tout le monde les connaît (Garfield, je le connaissais, mais le Chat Potté dans *Shrek* est iconique selon moi). Nous sommes donc influencés par cette image du chat roux sympathique (voire charmeur).

Je pourrais aussi vous parler de ma Khaleesi qui est noire. Malheureusement, beaucoup de chats noirs ne sont pas adoptés à cause de leur couleur : question de superstition (comme évoqué précédemment) ou estimés comme pas très « photogéniques » (oui oui, il y a l'idée que prendre la photo d'un chat noir, c'est compliqué). Nous ne sommes pas superstitieux et nous avons adopté Khaleesi, car elle nous a séduits par sa mignonnerie (elle couinait déjà comme une Twingo) et sa première prise d'initiative (elle avait sauté sur le dos de mon père). Encore une fois, c'est une question de perception. Khaleesi ne m'a jamais porté malheur, au contraire, elle est arrivée telle une source de lumière dans notre vie.

En fin de compte, quand vous adoptez un chat, ne vous appuyez pas que sur son physique, laissez votre cœur parler pour vous et la magie fera le reste !

Idée reçue n° 30

Le chat est malheureux en appartement.

Myrtille, votre chatte, est plutôt dynamique et navigue sereinement dans son appartement de taille moyenne. Vous avez fait installer des parcours muraux et des griffoirs un peu partout, et avez ajouté dernièrement deux gamelles ludiques. Mais Myrtille est-elle vraiment heureuse en appartement ? Après tout, elle n'a pas autant d'espace que dans une maison et, surtout, pas la possibilité d'aller dehors.

Cette idée reçue rejoint celle selon laquelle un chat est malheureux s'il n'a pas accès à l'extérieur (voir idée reçue n° 20). Encore une fois, tout est une question d'aménagement et d'enrichissement au quotidien. Le principal, c'est que votre chat ait accès à des espaces en hauteur (contrairement à nous, rappelez-vous : tout est question de perception !), des zones pour faire ses griffes, des jouets, des moments de jeu avec vous et des enrichissements quotidiens (comme des cartons de fouille, par exemple). Vous pouvez même lui laisser accès à une fenêtre ou à votre balcon s'ils sont sécurisés.

Souvent, lors de consultations, j'explique que même un chat qui va dehors a besoin d'un environnement stimulant entre les murs de la maison. Rappelez-vous, il faut que le chat puisse retrouver aussi bien Netflix à l'extérieur qu'à l'intérieur !

Idée reçue n° 31

Le chat voit parfaitement dans le noir.

Socrate, votre vieux matou de seize ans, miaule toutes les nuits de désespoir ! Il semble angoissé et vous le retrouvez toujours seul, au milieu de votre salon, lorsqu'il fait ça. Le vétérinaire n'a diagnostiqué aucun problème de santé, mais votre chat vieillit et semble plus « déstabilisé » dans son quotidien. La nuit, toutes les lumières sont éteintes et les stores bien fermés. Un ami vous dit que Socrate a peut-être peur dans le noir. Vous levez les yeux au ciel, impossible... Les chats voient parfaitement dans le noir !

Les chats sont nyctalopes, c'est-à-dire qu'ils peuvent voir dans la pénombre. Ici, je tiens à souligner le terme « pénombre » (lumière faible, atténuée) qui n'est pas synonyme d'obscurité. Les yeux de nos félins sont extraordinaires, c'est vrai. Ils ont une vision pastel de jour, et de nuit, ils ont une meilleure vue grâce à leur membrane réfléchissante (dans l'œil), appelée le *tapetum lucidum*. C'est grâce à elle que l'on peut voir leurs jolis yeux briller dans la nuit. Donc si votre chat est dans un endroit sans aucune lumière, il n'y voit rien… comme vous !

Goutte d'eau, qui est arrivée à l'âge vénérable de vingt ans, a commencé à miauler la nuit, comme Socrate ! Dans notre petit village, à partir d'une certaine heure, tous les lampadaires s'éteignent, ce qui fait que l'on se retrouve dans le noir complet. Ayant cela en tête, nous avons installé une veilleuse et depuis, plus de miaulements la nuit. Goutte d'eau est plus sereine, car elle peut naviguer dans un espace où elle y voit plus clair !

Pour rassurer votre boule de poils, permettez-lui d'avoir une source lumineuse la nuit (volets ouverts, veilleuse, etc.).

Idée reçue n° 32

Balader son chat en harnais, ça le rend malheureux car il a besoin d'être libre.

Vous avez acheté à Socrate, votre petit félin, un harnais muni d'une longe. Le but est de vous promener avec lui tout en gardant une certaine sécurité. Cela vous permet aussi de lui faire découvrir ce qui se trouve à l'extérieur et qu'il puisse gambader. Mais pour votre entourage, c'est surtout synonyme de mal-être, car le tenir en laisse va rendre votre chat malheureux. Il a avant tout besoin d'être libre !

Mais tout est une question de façon de faire (et aussi du chat lui-même). Si on voit de plus en plus souvent des chiens baladés avec un système de harnais, on observe que cette pratique se démocratise aussi du côté des chats !

J'ai la possibilité de suivre plusieurs personnes sur les réseaux sociaux qui promènent leurs chats en harnais et j'observe des félins à l'aise et en pleine exploration. Si certains estiment que c'est une restriction de la liberté du chat, pour d'autres, cela sera une solution pour permettre à leur petit félin de voir l'extérieur en toute sécurité. C'est une question de choix.

Je le vois plutôt comme une alternative. Le monde bouge et change. Pour des individus vivant en appartement, par exemple, cela leur permet d'enrichir le quotidien de leur félin. C'est aussi un moyen d'accompagner les premiers pas de votre chat dehors, comme une forme « d'apprentissage », ou encore de se balader avec lui dans la nature, une activité de détente pour tous.

Nenette, la chatte de mes grands-parents, allait dehors en harnais. Nenette pouvait ainsi aller et venir dans un espace sécurisé. Elle a toujours été habituée à ce système et je garde le souvenir d'une féline qui prenait plaisir à faire des sprints dans le jardin ou encore de s'étendre dans l'herbe haute (comme une vraie tigresse, les antilopes étant les petits insectes bien sûr).

Le principe est de créer une association positive avec le harnais. Allez-y doucement, progressivement. Pour le chat, le harnais sera au début l'équivalent d'un bustier trop serré (en tout cas, c'est ce que moi j'imagine). Vous devez faire en sorte que le harnais ne soit pas une punition, afin qu'il comprenne qu'il peut bouger. Par exemple, faites un lancer de croquettes, ou même, jouez avec lui ! Comme pour le bustier, plus vous avancez dans la soirée (qui est plutôt agréable, ils ont choisi de bonnes musiques), plus vous « oubliez » ce bustier un peu trop serré. Pour le chat, c'est pareil : le but est de détourner son attention et de lui faire penser à quelque chose de positif. Débutez par des petites sorties, puis habituez-le progressivement à toutes ces stimulations extérieures qui peuvent être stressantes pour lui. Ne le trainez pas derrière vous et faites-lui renifler votre main, par exemple, pour le pousser à faire un pas et ainsi de suite. N'hésitez pas à le féliciter.

En bref, pour que tout se passe bien, on ne brûle pas les étapes et on pense avant tout au bien-être de son chat !

Idée reçue n° 33

Prendre un second chat peut résoudre le problème du premier.

Votre matou, Socrate, urine hors de sa litière depuis maintenant quelques mois. Après y avoir longuement réfléchi, vous pensez avoir trouvé la raison : Socrate ne supporte pas votre absence et il fait pipi sur votre lit pour vous faire comprendre qu'il ne supporte pas d'être seul. Ce sont donc des pipis de stress ! Afin qu'il ne soit plus seul, vous vous dites qu'adopter un second compagnon félin est la solution.

Pour avoir rencontré ce type de réflexion vis-à-vis de chats aux comportements gênants, je préfère mettre tout de suite le holà. Pourquoi ? Il faut se poser les bonnes questions. Déjà, Socrate a-t-il vu un vétérinaire pour déterminer que tout allait bien du côté santé ? Comment est son espace litière ? A-t-il un environnement stimulant ?

Notre perception humaine est, encore une fois, en cause. On pense avoir trouvé le nœud du problème en se disant que si notre chat fait des pipis hors de son bac, c'est que c'est une anxiété vis-à-vis de notre absence. Alors qu'en premier lieu, il faut réfléchir santé et environnement du petit félin. D'ailleurs, je vous rappelle que le chat reste une espèce solitaire, qui n'a pas pour habitude de vivre et cohabiter avec un autre congénère.

Adopter un second chat ne va pas résoudre la problématique du premier en un claquement de doigts. L'arrivée du second chat peut être vécue différemment selon votre premier chat : ce sera une source de stress supplémentaire, ou il sera indifférent, ou ils deviendront « amis » (mais le comportement gênant du premier ne s'effacera pas d'un coup de baguette magique). Il faut prendre la situation, le nœud du comportement dit gênant par le bon bout !

Idée reçue n° 34

Le chat synthétise la vitamine D en se posant au soleil.

Vous retrouvez Socrate, votre petit filou de chat, en train de prendre un bain de soleil. Vous pouvez voir son immense contentement tandis qu'il s'étire, roule sur lui-même et parfois lève les patounes en l'air. D'ailleurs, qui n'a jamais rêvé, en voyant son chat aussi heureux, de s'étendre à ses côtés et de faire une petite cure de vitamine D aussi ?

Oui, mais en fait, non. Il est vrai que lorsque vous voyez votre chat étendu dans le seul rayon de soleil de la pièce, vous avez sans doute l'impression de voir le niveau de chargement de sa batterie augmenter de seconde en seconde. Mais le chat ne synthétise pas dans son pelage la vitamine D au soleil. En revanche, il trouvera la vitamine D dans son alimentation au quotidien.

Pour les chats, profiter du soleil équivaut à un moment de bien-être, de confort et de détente (voire de yoga félin, il n'y a qu'à voir leur souplesse). D'ailleurs, lorsqu'ils viennent nous faire des câlins juste après, on a le sentiment qu'ils sortent tout juste du four, option cuisson instantanée. Un pelage tout chaud au toucher ! Avez-vous remarqué que lorsqu'ils passaient un certain temps au soleil, ils faisaient des toilettes régulières ? C'est normal, c'est pour se rafraîchir le poil.

Idée reçue n° 35

Mon chat tente de tuer mon second chat.

Socrate, votre matou, attaque violemment votre second chat, Myrtille. Et plus vous observez ça... plus vous vient l'idée que Socrate a envie d'en finir avec Myrtille. Vous en êtes sûr, il tente de l'égorger.

Les bagarres entre chats peuvent être particulièrement violentes et impressionnantes. Leurs positions lorsqu'ils s'allongent (en forme de crabe), leur pelage qui double de volume, leurs grognements... Tout ça permet de montrer à l'autre félin qu'ils sont prêts à combattre, mais l'objectif sera aussi, et avant tout, de dissuader l'autre de s'approcher.

Il faut aussi déterminer le fait suivant : est-ce une bagarre ou un jeu ? Vos deux chats inversent-ils leurs rôles ? Un peu comme le jeu du chat et de la souris dans la cour de récréation, où chacun, à tour de rôle, peut être le chat ou la souris. Pour nos chats, c'est un peu la même chose : ce n'est pas tout le temps le même qui poursuit l'autre. Bien sûr qu'il peut y avoir des bagarres dans leur quotidien. Un peu comme nous qui ne sommes pas tous le temps d'accord, nos félins peuvent aussi avoir leurs petits conflits. Mais cela veut-il dire qu'ils vont s'entretuer ? Ils peuvent ne pas s'entendre, d'accord, mais de là à imaginer que le premier chat va tuer l'autre félin de la maison, c'est un peu extrême !

Oui, cela peut être violent et oui, il sera important d'en parler avec un comportementaliste, car il existe des solutions pour un retour à un climat plus apaisé. Mais planifier le meurtre de l'autre est une idée... bien humaine !

Idée reçue n° 36

Mon chat est difficile, il n'aime pas jouer !

Myrtille, votre minette, n'aime pas jouer. Pour vous, c'est un constat clair… vous avez essayé la canne à pêche et elle n'a même tenté de poursuivre le fil. Elle est tellement difficile !

Ici, je ne peux que vous rappeler que chacun a ses préférences. Vous avez tenté la canne à pêche avec Myrtille, mais avez-vous testé le plumeau ? Jouez-vous de la bonne manière avec elle ? Avez-vous remarqué qu'elle observait le jouet lorsque vous le bougiez ? Qu'elle semblait malgré tout captivée ?

Allez hop, je vous explique tout par ici. Le chat suit une séquence bien précise lors de ces moments jeu. Cette séquence, c'est celle qu'il produit lors de ses chasses dans la nature. Ainsi, cette séquence se divise en quatre parties : embuscade – poursuite – capture – consommation. Votre félin voit la proie s'agiter et il se cache pour mieux l'observer. Soudain, il bondit et s'élance sur sa proie. Il donne des coups de patte et arrive à la saisir ! Victoire ! Puis il la mâchouille consciencieusement.

Ma Khaleesi peut rester très longtemps en embuscade, mais votre félin va peut-être préférer la partie poursuite. Même si la séquence embuscade dure longtemps pour Khaleesi, cela ne veut pas dire que le jeu est inintéressant pour elle. Au contraire, elle observe et guette, et même si elle est moins dans la poursuite, son esprit travaille à l'observation de la proie.

Je ne vous cache pas que faire la proie avec mon plumeau pendant cinq à dix bonnes minutes et ne pas voir Khaleesi bondir tout de suite dessus est frustrant. Mais elle observe, pupilles dilatées, le popotin légèrement relevé et les oreilles un peu en avant. Certains chats vont avoir moins de patience et bondiront dans tous les sens pour saisir leur proie. Chaque chat est différent, et je ne le répéterai jamais assez, mais cela fait toute la richesse d'un individu. En ayant ces éléments en tête, essayez de déterminer ce que votre chat préfère dans les quatre séquences de chasse.

Vous remarquerez que Socrate préfère la canne à pêche alors que Myrtille adore le plumeau. Socrate va aussi apprécier courser une balle, alors que Myrtille adorera terroriser vos stylos de bureau. Là aussi, le jouet va avoir son importance. Et si votre félin n'aime pas spécialement le plumeau, cela ne veut pas dire qu'il n'aime pas jouer, c'est qu'il faut plutôt trouver le bon jouet.

Il y a aussi votre manière de jouer : soyez une proie convaincante ! Si vous bougez le plumeau dans tous les sens à la vitesse de l'éclair, Myrtille va se demander ce que cette proie bizarre a consommé ! Dans la nature, la proie (par exemple, l'insecte) virevolte, se pose, repart, et ainsi de suite. Comme pour une proie, il faut que le jouet ait un comportement convaincant. Et surtout, ne touchez pas votre félin avec le jouet. Avez-vous déjà vu une souris se précipitant volontairement dans les pattes d'un chat ? Non, car la proie va tout faire pour prendre la fuite et se cacher !

Je résume donc : observez la séquence de jeu de votre chat, trouvez le bon jouet, et soyez une proie à la hauteur.

Idée reçue n° 37

Aujourd'hui, il est possible d'éduquer son chat pour qu'il fasse ses besoins dans les toilettes : le mien y va naturellement et il adore ça !

Socrate, votre félin, ne va plus dans sa litière et fait ses besoins dans vos toilettes. C'est dingue, il est terriblement intelligent, cela ne fait aucun doute ! Et en plus, vous évitez la corvée nettoyage de sa litière. Du 2 en 1 !

Je vous le dis tout de suite : si votre chat préfère vos toilettes, je n'ose imaginer l'état de sa litière. Parce que non, ce n'est pas merveilleux qu'il utilise vos toilettes. Je sais, je suis un peu dure en disant ça, mais en fait, cela n'arrange que vous. Et je ne vous parle pas des kits que l'on propose « pour éduquer son chat à utiliser les toilettes humaines »...

Vous vous souvenez des besoins éthologiques dont je vous parlais plus haut ? Le chat a besoin de gratter et de recouvrir ses besoins. Dans vos toilettes, il ne peut pas le faire ! Comme nous, qui avons besoin de nous essuyer après notre commission, le chat a besoin de gratter un substrat. C'est comme si je vous disais que nous n'aviez plus droit au papier toilette ! Vous vous sentiriez embêté et mal à l'aise, non ? Eh bien, imaginez ce que Socrate subit.

Oui, mais si Socrate va dans les toilettes plutôt que dans sa litière, c'est qu'il doit aimer ça, non ? Je vous réponds : à quoi ressemble sa litière ? Car s'il cherche un autre endroit pour faire ses besoins, c'est que sa litière lui déplaît profondément. Ce n'est pas qu'il aime ça, mais a-t-il un meilleur choix ?

Et s'il a été éduqué à aller aux toilettes et qu'il y « consent pleinement », vous vous demandez certainement où est le problème. Vous avez certainement la « chance » d'avoir un chat avec un seuil de tolérance élevé... et quand je dis « chance », c'est ironique ! Ce dernier n'a pas la possibilité d'exercer ses besoins éthologiques et même si cela vous arrange, il faut que vous compreniez que pour lui, ce n'est pas la joie : ce n'est pas parce qu'il y va qu'il vit bien cette situation.

Je rajoute un dernier argument : ce n'est pas très bon pour lui d'un point de vue santé. En effet, la position qu'il est obligé d'adopter n'est pas bonne pour sa colonne vertébrale.

Donc on privilégie une litière adaptée à son chat !

Idée reçue n° 38

Pour faire maigrir mon chat, des croquettes régime suffisent.

Socrate est en surpoids ! Vous le trouvez particulièrement mignon avec son côté rondouillard, mais votre vétérinaire vous a expliqué qu'il était obèse et que cela risquait de drastiquement raccourcir sa vie. C'est décidé, vous mettez Socrate aux croquettes régime !

Votre vétérinaire a raison, la santé de votre chat est en jeu et il faut agir. Mais si vous comptez seulement sur les croquettes régime, cela sera particulièrement long et peut rapidement frustrer votre chat.

Le problème pour Socrate, c'est qu'il ne bouge pas des masses, qu'il est assez sédentaire. Le but serait de le faire jouer (jeu interactif, bonjour !). Allez-y progressivement. L'objectif n'est pas qu'il finisse à bout de souffle, mais qu'il s'habitue doucement à être plus actif dans son quotidien.

Pourquoi ne pas organiser une chasse aux croquettes en mettant des croquettes régime dans des gamelles ludiques ? Votre félin devra faire preuve de stratégie et tout le temps qu'il mettra à les faire sortir ne lui fera que du bien ! Du cognitif en positif ! Cela lui permettra aussi une digestion plus lente. Pour la pâtée, vous pouvez lui en proposer sur un tapis de léchage (idéal pour ralentir et favoriser une bonne digestion).

Donc oui aux croquettes régime, mais on n'oublie pas de le faire bouger (par le biais du jeu) et de lui donner l'occasion de faire de la chasse à la croquette : du cognitif et du physique, en somme !

Idée reçue n° 39

Mon chat a le syndrome du tigre !

Socrate, votre matou, vous agresse et ses miaulements vous effraient… mais où est passé l'adorable chaton qui vous faisait des câlins ? Plus vous en parlez autour de vous et plus on vous parle du syndrome du tigre. Des mots qui font peur : le cas de Socrate est-il soignable ?

Oui, on utilise beaucoup ces termes qui sont pourtant inexacts ! Un « syndrome », par définition, est un ensemble de signes ou de symptômes propres à une maladie. Alors que votre chat ne souffre pas d'une maladie !

Si votre chat a des conduites agressives (après avoir écarté la piste médicale, car en effet, une douleur ou un inconfort peuvent déclencher un comportement gênant), il faut regarder du côté de l'environnement : est-il assez stimulant ? Ou du côté relationnel, avez-vous compris que Socrate n'était pas fan des longs câlins collants ?

S'il a une conduite agressive, ce n'est pas un problème venant de lui, mais un souci lié à son environnement. Il ne fait que tenter de se trouver une occupation, car il s'ennuie dans son environnement, ou alors, il attaque et vous dit stop, car vous ne respectez pas ses signaux corporels lors d'une interaction.

Alors oui, cela peut amener à des conduites agressives relativement intenses, mais malgré tout, on évite d'utiliser l'expression « syndrome du tigre ». D'abord, on prend rendez-vous chez un vétérinaire pour écarter la piste médicale, puis on fait appel à un comportementaliste félin pour être accompagné et rétablir un équilibre harmonieux, car oui, c'est possible !

Idée reçue n° 40

Le chat dépose des phéromones.

Socrate se frotte la gueule contre votre fauteuil, puis va furieusement faire ses griffes sur son arbre à chat. Vous avez lu que le chat dépose des phéromones, comme c'est fascinant !

Oui… mais non ! Aujourd'hui, nous ne sommes plus totalement sûrs de ce fait.

La définition de « phéromone » est la suivante : « Substance émise dans l'environnement par un organisme, qui joue le rôle de signal chimique entre individus d'une même espèce ou entre individus d'espèces différentes. Les allomones, les kairomones, les synomones et les phéromones sont des composés sémiochimiques[7]. » Pour faire simple, les phéromones sont des « messages » que se laissent des individus d'une même espèce. Ainsi, quand ils « lisent » le message, cela va déclencher en eux une réponse comportementale ou hormonale. Mais si nous sommes relativement sûrs qu'ils déposent quelque chose en se frottant ou en grattant, nous ne savons pas si cela fait partie de la famille des phéromones. Il n'y a pas de preuves scientifiques vérifiées pour le moment.

À la rigueur, on peut dire qu'ils déposent des molécules chimiques odorantes, mais restons prudent avec l'utilisation du terme « phéromone ». Laissons la science déterminer si, oui ou non, le chat en dépose et d'ici quelques années, nous serons peut-être fixés !

7. Dictionnaire médical de l'Académie de Médecine – version 2024 [en ligne].

Idée reçue n° 41

Je punis mon chat en le prenant, comme sa maman, par la peau du cou.

Alors que Socrate a encore déterré votre bégonia préféré, vous le saisissez fermement par la peau du cou pour lui faire comprendre que non, c'est non ! Votre bégonia est une terre interdite ! Pour avoir lu que la maman chatte procède ainsi avec ses chatons, le message envoyé ne devrait être que plus clair pour votre chat.

Alors non, vous ne pouvez pas remplacer la maman de votre chat. Vous n'êtes pas de la même espèce : vous n'en avez ni le physique ni les codes de communication ! Même si la maman chatte saisit ses petits par la peau du cou pour les transporter, ce n'est que temporaire. Lorsque ces derniers deviennent adultes, cette zone, empoignée de cette manière, sera plus douloureuse qu'autre chose.

Alors ce n'est pas parce que la maman chatte l'a fait que vous devez le faire. Le message ne sera pas reçu comme vous le souhaitez. Tout simplement parce que vous êtes un humain et que le chat ne fera pas d'association particulière (si ce n'est négative) par rapport à cette prise.

Accessoirement, si Socrate a déterré votre bégonia, ce n'était certainement pas dans le but de tuer votre plante (peut-on dire que c'est un *serial killer* de bégonia ?), mais simplement un comportement exploratoire pour lui. Mais, promis, on en discute dans les prochains chapitres.

Idée reçue n° 42

Mettre le museau de mon chat dans son pipi est une bonne punition pour qu'il arrête d'uriner partout.

Myrtille vient d'uriner une nouvelle fois sur votre carrelage. Excédé (car sa litière est pourtant propre), vous lui mettez fermement le museau dans son pipi pour lui faire comprendre qu'elle doit arrêter ce comportement gênant.

Punir son chat est contre-productif. Pourquoi ? En premier lieu, nous sommes deux espèces différentes, et donc nous ne fonctionnons et ne communiquons pas de la même manière (je sais, je me répète, mais c'est pour la bonne cause). Lui envoyer des jets d'eau, lui donner une fessée ou encore lui crier dessus sera incompréhensible pour votre chat.

La punition aura plutôt tendance à intensifier un comportement chez un chat. Alors, on cherche plutôt à détourner que punir. Ici, il faut chercher ce qui cause ce comportement chez Myrtille afin qu'elle retourne paisiblement à sa litière.

Idée reçue n° 43

Mon chat n'a pas besoin de litière dans la maison, car il va dehors.

Socrate, votre chat, a toujours eu un accès extérieur. Il y fait ses besoins et c'est tant mieux, car en ayant la possibilité d'aller dehors, il n'a aucunement besoin d'avoir une litière chez vous. Pourtant, cela fait deux jours que vous trouvez des crottes et des pipis éparpillés à l'intérieur. En huit ans, votre chat a toujours fait ses besoins en extérieur et soudainement, il ne comprend plus où il doit faire ses pipis et ses cacas ? Pour vous, c'est incompréhensible.

Avant de vous expliquer le pourquoi du comment, il me vient une anecdote que ma grand-mère me racontait souvent. Lorsqu'elle était petite, ses toilettes n'étaient pas dans la maison, mais à l'autre bout du jardin. Elle me disait souvent qu'elle était terrifiée à l'idée de devoir traverser, en pleine nuit, ce jardin. Elle préférait se retenir, même si cela était inconfortable et douloureux. Quel confort d'avoir nos toilettes dans la maison me disais-je alors ! Moi-même, je ne me vois pas partir en pyjama dans mon jardin en pleine nuit (il faut avouer que la nuit, certains bruits deviennent plus effrayants...).

C'est la même chose pour nos petits félins : ils ont besoin d'une litière d'intérieur. Je rappelle que faire leurs besoins les met en position de vulnérabilité dans la nature, alors comment peut-on leur refuser cette option ? Il suffit qu'il ait eu un conflit avec le chat du voisin ou qu'il y ait un orage dehors pour leur faire reconsidérer l'idée d'aller dans le jardin !

La litière a aussi une fonction de communication pour eux. En avoir une dans leur foyer, c'est rassurant, il y a des odeurs familières. Cette litière est donc importante, que ce soit d'un point de vue de proximité, de confort, mais aussi de communication féline !

Idée reçue n° 44

Mon chat ne souhaite boire qu'au robinet, c'est un petit prince, il est délicat.

Socrate, votre matou, vient se poster devant le robinet, comme à son habitude. Il ne va jamais à sa gamelle d'eau pourtant prévue à cet effet. C'est un petit prince, votre félin ! Mais quel plaisir de le voir boire délicatement l'eau du robinet !

Combien de fois ai-je ouvert le robinet pour Nenette, la chatte de mon papy et de ma mamie ? Lorsque mes grands-parents n'étaient pas là, nous la gardions et ça ne loupait pas ! Elle se précipitait sur le rebord de l'évier et nous regardait avec insistance. Si elle ne le faisait pas avec mes grands-parents, elle savait qu'avec nous, ça passerait crème !

C'était, en fait, une chatte fascinée par l'eau en mouvement. Après lui avoir acheté une fontaine à eau, elle a arrêté de réclamer qu'on lui ouvre le robinet. Un objet si simple a fait son bonheur !

Une fontaine à eau stimule leur envie de boire (filtrée constamment, c'est comme un robinet ouvert en permanence). C'est aussi un enrichissement au quotidien. N'est-il pas intéressant de regarder les reflets de la lumière dans l'eau ?

Pour aller un peu plus loin : pourquoi mon chat boit dans mon verre d'eau ? C'est le soir, nous sommes tous tranquillement devant la télé et ma sœur a un verre d'eau près d'elle. Goutte d'eau, installée sur le haut de son canapé, se lève, s'étire et... va naturellement plonger sa gueule dans le verre de ma sœur ! Ne cherchons pas à tout compliquer... Non, Goutte d'eau n'avait pas pour projet démoniaque de saboter le verre d'eau de ma sœur ! Ce verre constitue simplement une source d'eau fraîche à disposition, alors pourquoi se priver ? Résultat, nous évitons de laisser nos verres d’eau pleins sur la table la nuit, le but étant d’éviter de boire comme un chat le lendemain !

Et pour aller encore plus loin : est-il normal que mon chat boive un peu partout ? Il est vrai que de surprendre son chat buvant tranquillement l’eau de l’évier de la cuisine (voire l’eau des WC) peut vous rendre perplexe. Cette eau (saveur liquide vaisselle) n’était pas vraiment destinée à votre félin ! Vous devez avant tout vous questionner sur la fraîcheur de l’eau dans sa gamelle (de quand date-t-elle ?) ou même son emplacement (près de la litière, ce n’est pas top). Chez moi, nous avons plusieurs points d’eau renouvelés dans la journée, le but étant de ne pas retrouver Goutte d’eau buvant goulument dans le saladier où nous avons fait le pain !

Idée reçue n° 45

Un comportementaliste chat, il « psychanalyse » nos félins.

Ah ! Une phrase qui revient souvent, mais non ! Ça serait plus simple, j'imagine, de demander à Socrate, votre matou, de s'allonger sur le canapé et de décrire ce qui ne va pas pour lui. Avez-vous vu mon logo ? Le chat blanc allongé sur le canapé ? Étant pleine d'humour, j'ai trouvé amusant de faire un dessin sur ce sujet en particulier. Je ne suis pas « Katia Guillet, celle qui murmure à l'oreille des animaux », mais bien « Katia Guillet, comportementaliste » ! Je m'appuie sur des connaissances éthologiques et scientifiques pour vous aider : c'est une réflexion et une analyse autour de votre chat et de son environnement, donc pas besoin de canapé pour psychanalyser (même si ça rendrait la déco sympa).

Tout d'abord, comportementaliste, c'est un métier assez « récent » en France – il existe depuis une vingtaine d'années, mais ce n'est que récemment que les médias l'ont démocratisé. Ainsi, dans l'imaginaire collectif, c'est encore un métier assez méconnu. Moi-même, je ne le connaissais pas il y a encore quatre ans ! Mes études m'ont permis d'en entendre parler, de me former, et de devenir comportementaliste (aussi appelé « intervenant en comportement félin »).

Nous ne remplaçons pas les vétérinaires. Je crois que c'est un point important à souligner ici, car personne ne peut diagnostiquer des maladies en dehors des vétérinaires. Si le vétérinaire gère l'aspect organique, nous, comportementalistes, nous pensons et aménageons l'aspect environnemental de votre animal. Deux notions bien différentes. Si le vétérinaire va ausculter votre félin pour déterminer si ce dernier souffre d'une douleur ou d'un inconfort, moi, je vais observer l'intérieur de votre foyer pour une réflexion de réaménagement et d'enrichissement (en prenant en compte l'humain, le but étant de trouver un juste équilibre entre votre chat et vous).

Idée reçue n° 46

Une gamelle ludique ne peut être utilisée que par les jeunes chats.

On vous a conseillé d'enrichir le quotidien de Myrtille, votre chatte séniore, avec une gamelle ludique (aussi appelée anti-glouton) afin qu'elle prenne plus de temps pour sortir ses croquettes et que cela apporte une occupation bénéfique dans son quotidien. Mais Myrtille est vieille et cela ne va-t-il pas lui couper l'envie de manger ? Va-t-elle comprendre l'utilisation de cette gamelle particulière ?

Un grand oui pour les gamelles ludiques (s'il n'y a pas de contre-indications médicales, bien sûr). Et oui, le vieux chat s'y adapte aussi. Nenette, la chatte de mes grands-parents, a connu sa première gamelle ludique à ses quinze ans et a développé des stratégies pour sortir ses croquettes.

Alors, pourquoi ne pas fournir à votre chat un moyen de faire une « chasse artificielle » de ses croquettes ? Ce que l'on souhaite, c'est qu'il déploie des efforts cognitifs et physiques pour pouvoir manger, comme il le fait dans la nature : la gamelle ludique est née ! À trois étages, plate… il en existe de multiples formes qui permettent, dans tous les cas, de proposer à votre chat plusieurs possibilités. Bien sûr, on ne laisse pas la gamelle standard sortie, sinon, votre chatte Myrtille va choisir la facilité.

Non, votre chat ne se laissera pas mourir de faim, même s'il tourne autour de vous en vous jetant des regards éplorés, vous ne devrez pas céder. Car s'il est capable de débusquer des oiseaux dans la nature, il est tout à fait capable de comprendre qu'avec deux ou trois coups de patte bien placés, il peut faire tomber ses précieuses croquettes !

Mon vétérinaire est ravi de savoir que je fais des enrichissements pour ma Goutte d'eau, bientôt vingt ans, car c'est une stimulation cognitive et physique au quotidien qui nous permet de voir que tout va bien niveau santé. Goutte d'eau doit alors utiliser sa patte pour sortir une friandise. C'est une action qui nous paraît simple, mais qui lui demande de faire preuve de stratégie. On sait ainsi que son état cognitif est toujours bon !

Idée reçue n° 47

Un chat qui mord est un chat caractériel.

Tout le monde le sait, un chat qui mord est un chat caractériel. Myrtille, votre chatte, le fait tout le temps ! Depuis que vous l'avez récupérée, elle a toujours mordu pour communiquer. C'est triste, mais c'est un fait.

Bien sûr que votre chat peut être parfois de « mauvaise humeur » : quand le bébé de la maison lui tire la queue pour la cinquième fois en moins de dix minutes ou quand vous l'enfermez dans la salle de bains car les ouvriers refont votre cuisine, par exemple. Dans ce genre de cas, son langage corporel envoie un message clair sur ses humeurs : queue qui tressaute nerveusement, frissons sur le dos, oreilles en arrière...

Mais un chat qui mord tout le temps, ce n'est pas normal. Cela veut dire que quelque chose ne va pas et qu'il faut en trouver la cause. Son seuil de tolérance a été atteint. En abordant la notion de seuil de tolérance, cela me permet de vous parler du « vase de tolérance » du chat.

Le « vase de tolérance » est, je trouve, une bonne métaphore pour décrire la tolérance de votre chat à votre foyer. Imaginez un vase vide, qui, à chaque frustration, se remplit un peu plus d'eau. Un jour, il finit par déborder. D'où votre incompréhension quand soudain Socrate, votre matou de sept ans, se met à avoir des comportements dits « gênants ».

Tout individu (humain comme animal) va avoir un seuil de tolérance vis-à-vis des situations vécues. Marie-Madeleine, votre voisine du rez-de-chaussée, a enchaîné deux mois de galères entre fuites d'eau et voiture qui tombe en panne. Ce jour-là, vous la croisez dans le couloir et soudain, son sac de courses craque. Là, c'est le drame ! Elle crie et répète qu'elle en a marre de tous ses problèmes ! Son seuil de tolérance a été atteint. Jean-Herbert, du 4e étage, ne réagira peut-être pas de la même manière (son seuil de tolérance ne sera pas le même). Si vous râlez car il y a du retard dans les transports, que vous vous prenez les pieds dans le tapis quand vous arrivez enfin et que votre collègue renverse par inadvertance son café sur votre pull tout neuf, cela fait-il de vous une personne caractérielle car vous pétez les plombs ? Non, c'est juste que tous ces éléments de frustration mis bout à bout ont fait déborder votre vase de tolérance.

Revenons-en au chat. Ce n'est donc pas que celui-ci est caractériel, mais que quelque chose le met dans un profond inconfort. Tout le monde a un seuil de tolérance et chacun a ses limites.

Pour le chat, le fait de mordre tout le temps peut résulter d'un environnement pas assez stimulant ou d'un non-respect de sa zone de confort (le caresser tout le temps sans prendre en compte son langage corporel qui vous dit stop). La morsure sera donc un moyen pour lui de vous mettre à distance. En bref, il faut en déterminer la cause pour la résoudre et retourner à un climat plus apaisé dans la maison !

Idée reçue n° 48

Mon chat fait des bêtises.

Socrate, votre chaton extra dynamique, est véritablement né pour ne faire que des bêtises ! Toutes vos plantes sont mortes, vous ne pouvez rien laisser sur la table, il adore faire tomber les verres et les vases de la maison, il fouille dans la poubelle et déplace vos chaussettes... En bref, vous devez avoir les yeux partout et c'est particulièrement prenant !

Reprenons la définition du terme « bêtise » dans le Larousse : « Action irréfléchie, imprudente ou répréhensible[8]. » Un jour, ma chatte, Khaleesi, a soigneusement retourné la terre de tous les pots de fleurs de la maison, mais était-ce un acte irréfléchi ? Je m'explique. Les chats adorent retourner leur litière et recouvrir – c'est un besoin éthologique, pour leur bien-être. On peut donc émettre l'hypothèse que gratter un substrat, comme de la terre, leur procure du plaisir. Ainsi, en voyant cette terre en pot, elle n'a pu résister à son envie naturelle de gratter. Dans son principe à elle, ce n'est pas une bêtise, c'était plutôt un joli terrain de jeu. C'est répréhensible de notre point de vue humain. Elle ne l'a pas fait dans le but de nous embêter non plus !

Fouiller dans notre sac, faire tomber des objets, monter sur la table... Tout cela correspond, dans notre perception d'humain, à des « bêtises ». Mais en réalité, il s'agit d'une grande curiosité, d'une envie d'explorer, de jouer ou encore de s'adapter à notre intérieur. Nous, êtres humains, nous utilisons le terme « bêtise » avec l'idée que l'animal l'a, d'une certaine manière, fait exprès. Mais ce sont le plus souvent des comportements exploratoires qui ne nous plaisent tout simplement pas. Cela ne sert pas à grand-chose de les gronder, mais nous pouvons nous adapter. Exemple notable de mon côté : les pots de fleurs sont maintenant grillagés. CQFD.

8. Larousse, << Bêtise >> [en ligne].

Idée reçue n° 49

Mon chat fixe le plafond, il voit des fantômes !

Il arrive souvent que votre matou, Socrate, fixe le plafond avec insistance. Accessoirement, combien de fois s'est-il retourné brusquement car il avait entendu quelque chose, alors que c'était le silence complet dans la pièce ? Le pire étant que la semaine dernière, vous avez appris qu'une personne avait été assassinée dans votre domicile il y a une dizaine d'années ! Cela fait beaucoup de coïncidences, non ? Y aurait-il un fantôme qui hanterait votre maison ?

Rassurez-vous, votre chat ne voit pas les fantômes. Mais oui, il perçoit son environnement bien mieux que vous. Ses sens sont, tout simplement, bien plus développés que les nôtres. Ils ont une bien meilleure ouïe que nous et perçoivent les ultrasons et infrasons. S'il se fige, c'est qu'il essaie de déterminer avec ses super oreilles l'origine du bruit. Le chat a aussi une très bonne vue de loin. Ainsi, si son regard se fixe vers vos poutres, par exemple, c'est qu'il voit un minuscule insecte que l'on ne peut pas voir.

En bref, inutile d'investir dans une boule de cristal pour lui.

Idée reçue n° 50

Parler *baby talk* à mon chat, c'est le prendre pour un débile.

Lorsque vous parlez avec tendresse à votre Myrtille, votre voix devient un peu « gaga ». Certaines personnes de votre entourage le remarquent et ne manquent pas de se moquer de vous. D'un, vous passez pour une personne étrange, et de deux, on vous laisse entendre que lorsque vous prenez cette voix, vous prenez un peu votre chat pour un débile.

Lorsque l'on s'adresse à notre chat, notre voix prend automatiquement des intonations différentes. Et d'ailleurs, n'avez-vous pas remarqué que votre chat semble plus captivé ?

Cette fameuse voix aiguë est appelée *baby talk*, mais aussi *cat directed speech*. Quand nous sommes face à un nourrisson, nous utilisons une voix plus mélodieuse, plus lente : c'est de la prosodie. Et encore plus incroyable, le bébé y est plus sensible, plus réceptif !

Vous voulez entendre quelque chose de plus dingue ? Des études ont été menées et on s'est rendu compte que le chat était, lui aussi, beaucoup plus réceptif à cette fameuse voix. D'où son nom scientifique : *cat directed speech*. Pour aller plus loin, même si nous parlons essentiellement chat ici, le *baby talk* fonctionne aussi avec les chiens (*dog directed speech*).

Pas besoin de prendre une voix « ferme » pour avoir l'attention de son animal-compagnon, une voix douce fonctionne parfaitement.

Idée reçue n° 51

Mon chat adore la brioche et les trucs sucrés !

Myrtille adore recevoir sa brioche du matin ! Pour tout dire, c'est une chatte qui préfère le sucré.

Mais même si son nom a des consonances sucrées, Myrtille n'aime pas instinctivement le sucré. Pourquoi ça ? Tout simplement car le chat ne ressent pas le sucré. Parlons d'une expérience effectuée avec une préparation de croquettes avec des goûts différents : salé, sucré, umami, amer. Les chats ont été capables de distinguer le salé de l'amer ou encore de l'umami, mais pas le sucré !

Myrtille aime certainement l'odeur et la texture moelleuse de la brioche, mais n'en ressent pas, pour autant, le goût sucré.

Idée reçue n° 52

Mon chat me nargue en faisant tomber des objets.

Socrate, votre petit félin, prend un malin plaisir à faire tomber vos affaires ! Pire, il le fait même devant vous ! Ce dernier ne vous narguerait-il pas un peu ?

Combien de fois Khaleesi, mon adorable chatte, a-t-elle fait tomber mes stylos alors je travaillais à mon bureau ? Elle semblait alors fascinée par cet objet long qu'elle faisait un peu bouger avec sa patte avant de le faire chuter ! Je lui rouspétais dessus pour la forme et Khaleesi couinait en retour avec enthousiasme (Khaleesi n'a pas un miaulement standard, son miaulement ressemble beaucoup au bruit que fait une voiture qu'on verrouille) et venait même me donner quelques coups de tête.

Déjà, Khaleesi explore l'objet inconnu en le reniflant et le bougeant un peu avec sa patte. Ici, c'est de la curiosité et une exploration simple de son environnement. Pour nous, le stylo, c'est pour écrire, mais pour eux, cela peut constituer un jeu amusant. Quand elle le fait tomber, je réagis et, par extension, je lui donne mon attention. C'est finalement une stratégie gagnante, non ? *L'humain réagit lorsque je fais tomber quelque chose, voilà qui est follement ludique* ! Bien sûr, j'exagère le trait, mais vous aurez compris l'idée.

Il ne vous nargue pas : il explore un nouvel objet et obtient par la même occasion un peu d'attention, que demander de plus ?

Idée reçue n° 53

Lors d'une bagarre entre deux chats, il y a toujours un dominant et un dominé.

Lorsque Socrate poursuit et plaque au sol Myrtille et que cette dernière se laisse faire, il est relativement acté pour vous que Socrate est le dominant et Myrtille la dominée. L'un domine toujours l'autre, et si l'autre se laisse faire, c'est qu'il accepte la dominance.

La notion de dominant-dominé est assez ancrée dans la mémoire collective quand on parle de rapports entre animaux (les chiens étant l'exemple le plus notable).

Alors que, soyons honnêtes, c'est complètement obsolète. Cette notion n'est plus d'actualité, mais on s'accroche de toutes nos forces à ce type d'explication. J'imagine que l'on apprécierait moyennement que l'on compare nos rapports humains à des rapports dominant-dominé. Lorsque j'étais harcelée au collège, étais-je soumise au plus dominant de ma classe ? Non, il y avait ici un contexte qui dépendait de ma personnalité, de mon tempérament, etc.

Lorsque votre chatte Myrtille ne bouge plus, avez-vous regardé son langage corporel ? Est-ce toujours Socrate qui poursuit Myrtille ? Ici, ne partons pas d'une idée reçue de dominance mais plutôt d'un contexte : est-ce du jeu ou un conflit plus important entre eux ? Myrtille a peut-être une personnalité « plus défaitiste » que Socrate, qui serait donc celui qui ne s'arrête jamais ? Certains chats auraient donc un caractère « plus facile » que d'autres.

En revanche, on peut se poser la question suivante : Socrate ne harcèle-t-il pas trop Myrtille ? Et par extension, comment Myrtille vit-elle ce harcèlement incessant de Socrate ? Y a-t-il assez de ressources dans leur espace vital ? Là, il faudrait faire appel à un intervenant du comportement félin pour permettre le retour à un climat apaisé entre les deux chats !

Pour aller plus loin, on peut se demander si le fait de laisser son chat décider de quelque chose, c'est le laisser vous dominer ? Vous connaissez maintenant mon point de vue sur le principe de dominance. Vous comprendrez donc rapidement que non, si votre chat fait une bêtise et que vous ne réagissez pas, ce n'est pas parce que vous êtes « dominé ». Votre chat n'a pas fait de bêtise, il a eu un comportement exploratoire sans envie particulière d'avoir avec vous un rapport de force. Cela ne remettra pas en cause votre relation, je vous rassure. Pour moi, vous êtes l'humain de votre chat et non le maître. Je cherche à ce que vous ayez une relation harmonieuse, ensemble, plutôt qu'une relation de « dominance ». Non, ce n'est pas grave de ne pas punir son chat quand il vous a mordu « sans raison ». Oui, il faut en trouver la cause, sans pour autant chercher à avoir « le dessus » sur lui.

Idée reçue n° 54

Un chat ne se perd jamais !

Socrate, votre chat, va dehors et ne s'est jamais perdu. Il retrouve toujours son chemin, qu'il fasse nuit ou jour. Un chat, c'est un mini GPS !

Pour avoir vu des cas où des chats s'étaient perdus à deux cents mètres de chez eux, je remettrai donc cette affirmation en question. La plupart des chats qui vont dehors sont habitués à sortir et connaissent donc plutôt bien leur chemin. Mais parfois, il suffit d'un élément pour leur faire peur (un feu d'artifice, un pétard, une voiture manquant de les renverser, etc.) et ils peuvent perdre leurs repères. Je parle du feu d'artifice qui est, je pense, l'élément le plus parlant. En effet, on conseille souvent de garder nos chats à l'intérieur de nos foyers durant ce type d'événement, car c'est particulièrement intense et effrayant pour nos petits félins (ainsi que nos amis canins !).

En bref, si votre chat sort pour la première fois, commencez doucement en lui montrant progressivement l'extérieur afin qu'il se crée des repères. Un chat qui n'est jamais sorti a plus de risque de se perdre, car il n'a jamais connu l'extérieur (bruits, odeurs...) et n'a donc aucun repère. Il n'a pas appris à le faire non plus. Donc on fait attention.

Vous déménagez ? Gardez votre chat dans son nouveau foyer au moins un bon mois afin qu'il s'habitue durablement à son chez-lui avant une première sortie.

Idée reçue n° 55

« Forcer » le contact avec un chat craintif va le sociabiliser plus vite au contact humain.

Myrtille est une petite chatte trouvée dehors, de nature très craintive, voire sauvage. Elle a, semble-t-il, peur de l'humain depuis qu'elle a été adoptée dans sa famille. On vous a expliqué qu'il fallait l'habituer à votre présence et quelques caresses par jour la sociabiliseraient à votre contact. Ainsi, même si elle n'est pas d'accord, vous la prenez dans vos bras pour un câlin en douceur afin de lui démontrer que les caresses, c'est super top !

De votre point de vue humain, vous souhaitez juste lui montrer que votre contact sera positif, mais avez-vous pensé à sa perception ? Elle est saisie, soulevée, posée, et ensuite, elle reçoit des caresses qu'elle n'a pas demandées. Cela part d'une bonne intention, mais ce n'est pas une bonne idée. Le chat attendra que « ça s'arrête », mais sera-t-il heureux pour autant ? Et si ce chat n'aimait pas les câlins et préférait le jeu par exemple ? Ce ne sont pas des caresses forcées qui lui inculqueront une certaine « sociabilité ». Mettez-vous à sa place ! Pour eux, vous êtes des géants, et ils arrivent dans un foyer avec de nouvelles odeurs, de nouveaux bruits... tout cela est terriblement effrayant.

Alors pourquoi ne pas faire preuve de patience ? Peut-être allez-vous me dire que sans ça, cela n'avancera pas ? Comment pouvez-vous le savoir ?

Ma Goutte d'eau était une chatte particulièrement craintive au moment d'arriver chez nous. Je me souviens de mon grand-père me donnant une leçon élémentaire : « Tu vois, elle a peur, ça ne sert à rien de la caresser, il faut la laisser tranquille pour qu'elle s'habitue à vous. » J'avais hoché la tête, prenant à cœur cette leçon. Il a fallu quelques années pour que Goutte d'eau prenne ses premières initiatives vis-à-vis de nous. Mais quel cadeau de sa part ! Un cadeau offert car elle en avait envie. Nous avons tout simplement tissé une relation de confiance qui, aujourd'hui, est solide, car nous lui avons laissé du temps, et je n'ai aucun regret.

Durant un repas de famille, lorsque j'étais enfant, une de mes tantes m'a, pendant une longue heure, caressé les cheveux... est-ce que j'ai apprécié pour autant ? Non, j'aurais voulu qu'elle arrête ! Je lui envoyais tous les signaux pour dire stop (regard agacé, tension corporelle...), mais elle n'en tenait pas compte. Peut-être qu'elle passait un bon moment, mais moi non. J'aurais préféré qu'elle prenne le temps de discuter avec moi, qu'elle me raconte des anecdotes croustillantes sur un des membres de ma famille... En bref, j'aurais préféré une approche moins envahissante ! Je sais, je compare une expérience humaine à une expérience animale mais si moi, humaine, je n'ai pas apprécié un tel contact, je n'ose penser à ce qu'il se passe dans la tête de nos petits félins pendant des interactions forcées... Tout cela pour dire qu'il vaut mieux un chat dans l'initiative pour bâtir une future relation.

Vous venez d'adopter un chat craintif ? Réservez-lui une pièce refuge (avec des cachettes, des zones en hauteur, sa litière, sa zone alimentation + eau), et laissez-le prendre ses marques avant de le laisser explorer le reste de la maison. Il pourra aller et venir sans problème dans cette pièce refuge si quelque chose l'effraie. Et vous ? Vous venez, mais ne vous imposez pas. Vous pouvez lui donner quelques friandises pour que le chat fasse une association positive à votre simple présence. C'est un travail de patience, mais qui vaut le coup. Vous pouvez aussi tenter le fameux consentement à la caresse dont je vous ai parlé plus haut. C'est un moyen efficace pour savoir si votre chat sera OK ou non pour interagir avec vous. Tendez la main vers lui et observez sa réaction. S'il détourne la tête, c'est qu'il ne souhaite pas de câlin dans l'immédiat. S'il s'avance en ronronnant et en venant se frotter contre votre main, il accepte d'être câliné !

On dit que la patience est une vertu, et cela se vérifie parfaitement avec un chat craintif.

CONCLUSION

Ce livre a pour vocation de montrer que si les idées reçues existent, nous ne sommes pas obligés de les suivre aveuglément. J'espère vous avoir transmis ma passion, vous avoir fait sourire, et vous avoir donné l'envie de casser certaines croyances.

Il y a une explication logique pour chaque chose, et comprendre que notre chat a une perception différente de la nôtre est un premier pas pour une meilleure compréhension. Ne choisissez pas la facilité, allez plus loin, creusez, c'est tellement plus passionnant !

En acceptant que notre chat a un monde de perception bien à lui, on part vers une relation plus harmonieuse. Comprendre qu'en observant son langage corporel, on peut mettre fin à une interaction avant le drame (morsure, griffure...), saisir que ses pipis n'ont aucun lien avec de la jalousie et que sa litière ne lui convient tout simplement pas, apprendre que ses besoins ne sont pas les mêmes que les nôtres… Il n'est pas facile de changer son mode de pensée, mais j'espère que, armé de mon livre, vous pourrez y parvenir !

GLOSSAIRE

Anthropomorphisme : attribuer des comportements humains à d'autres espèces. Quand nous sommes face à notre chat, nous avons besoin d'expliquer ses agissements, mais nous avons tendance à le faire avec notre regard.

Baby talk ou cat directed speech : fameuse voix gaga appelée *baby talk*, mais aussi *cat directed speech*. Quand nous sommes face à un bébé humain, nous utilisons une voix plus mélodieuse, plus lente, c'est de la prosodie ! C'est donner une musicalité dans notre voix. Si le bébé humain y est réceptif, le chat aussi !

Besoin éthologique : *besoin* défini comme « l'ensemble de tout ce qui apparaît nécessaire à un être vivant ». *Éthologique* concerne le comportement animal (dont celui de l'Homme). Chaque espèce va avoir des besoins qu'il faudra respecter au maximum pour son bien-être.

Consentement à la caresse : outil pour savoir si votre chat acceptera ou non une interaction avec vous. Tendez la main vers lui et observez sa réaction. S'il détourne la tête, c'est qu'il ne souhaite pas de câlin dans l'immédiat. S'il s'avance en ronronnant et en venant se frotter contre votre main : banco !

Espèce grégaire : qui vit en groupe, en collectivité.

Gamelle ludique : aussi appelée gamelle anti-glouton, elle pousse le chat à développer des stratégies pour faire sortir ses croquettes. Plate, à trois étages... il en existe de multiples modèles ! Elles servent à lancer une « chasse artificielle » de croquettes.

Griffade : action pour les chats de griffer leurs griffoirs. C'est un besoin éthologique pour leur bien-être félin.

La personnalité : définie par des traits de caractère. Attribuer la notion de personnalité, c'est donner une « profondeur émotionnelle » à l'animal qui, encore aujourd'hui, est dure à admettre pour beaucoup ! Il n'y a pas encore assez d'étude au sujet de la personnalité chez le chat, c'est dommage, mais il est à rappeler que le chat n'est pas l'être le plus facile à mettre en situation ! Il est plus simple, je trouve, de les observer dans leur environnement. La construction de la personnalité dépend de nombreux facteurs aussi bien génétiques qu'environnementaux (contact avec l'humain, sociabilisation, familiarisation à d'autres espèces, sevrage…). La maman chatte est un modèle d'apprentissage pour le chaton, d'où l'importance d'attendre les 3 à 4 mois de ce dernier avant son adoption.

Socialisation (familiarisation) : cela se déroule pendant les trois premiers mois de la vie du chat (et du chien). C'est le fait d'avoir été habitué à des contacts sociaux positifs (avec l'homme, le chien…) et des stimulations sociales diverses. La familiarisation, c'est le fait d'avoir été socialisé à d'autres espèces comme le chien par exemple.

Umwelt : en 1915, Jakob von Uexküll, biologiste et philosophe allemand, parle d'*Umwelt* pour décrire le monde de perception propre à chaque espèce. Un monde de perception propre ? Vous êtes-vous déjà demandé ce que cela vous ferait si vous étiez un chat ? Si vous pouviez voir et percevoir comme lui ? Leurs différentes modalités perceptives (visuelle, auditive, olfactive, tactile et gustative) font que leur perception est distincte de la nôtre.

Vase de tolérance : métaphore pour décrire le seuil de tolérance de votre chat à votre foyer. Imaginez un vase vide, soudain une frustration de l'individu et hop ! un peu d'eau remplit ce vase. À chaque frustration, il y a un peu plus d'eau qui monte et un jour il déborde. D'où votre incompréhension quand soudain Hamlet, votre matou de sept ans, se met à avoir des comportements dits « gênants ».

Zoonose : infestation ou infection transmissibles (bactérie, virus ou parasite) de l'homme à l'animal, et vice versa. La transmission se produit soit par contact direct (entre l'animal et l'homme), soit indirectement (par l'intermédiaire de l'alimentaire ou par un autre vecteur comme un insecte). La zoonose la plus connue étant la rage (la France est considérée comme exempte de rage).

BIBLIOGRAPHIE

BARLERIN Laetitia, *Chats, tout ce qu'ils essaient de nous dire*, Albin Michel, 2020.

BEKOFF Marc, *Les Émotions des animaux*, Payot, 2009.

DRAMARD Valérie, *Le Comportement du chat de A à Z*, éditions Ulmer, 2012.

DRAMARD Valérie, *Décodez le langage de votre chat*, Rustica éditions, 2018.

RACT-MADOUX Brunilde et GASTALDI Agathe, *Pourquoi mon chat n'aime pas les portes fermées*, Rustica éditions, 2024.

SERRA Jessica, *Dans la tête d'un chat*, Humensciences, 2020.

REMERCIEMENTS

Miaou, j'ai réussi ! C'était une première pour moi d'écrire un livre et d'aller jusqu'au bout, jusqu'à la dernière ligne et jusqu'au dernier mot ! Khaleesi bâille et s'étire à mes côtés, attestant du côté fastidieux du travail d'écriture !

Je remercie mes muses félines, Goutte d'eau et Khaleesi, pour l'inspiration et leur grande capacité à squatter sans vergogne mes genoux. Goutte d'eau, merci pour ta tendresse, tes ronrons, tes miaulements, tu me manques à chaque instant. À Belette, pour les sourires que je continue d'avoir en repensant à tes sauts façon Mario. À Nenette, à ta bouille pleine de tendresse qui me manque. À Mamour qui m'a démontré dès mes premières années de vie que l'amour félin était sincère et pur.

Je remercie ma famille qui a su me motiver et me pousser à faire ce projet d'écriture. Vous m'avez aidée à réaliser mon rêve d'écrire, et ce n'est pas rien !

À mon papa qui sourit lorsque je parle de comportement du chat (pendant des heures), j'admire ta volonté à mettre en place le consentement à la caresse avec Khaleesi !

À ma maman, soutien indéfectible depuis le début, merci de croire en moi.

À ma grande sœur, Lulu, et à nos discussions pendant nos pauses télétravail, tu m'inspires toujours autant !

À ma seconde grande sœur (oui, j'ai une grande famille), Llana, je suis heureuse de partager avec toi mes connaissances sur les animaux et de te donner envie de rentrer dans ce monde.

À toi, Galaad, mon frère, tu m'apportes toujours une grande sérénité et me fais me sentir en sécurité.

À mon papy et ma mamie, mes voisins de toujours. Que j'aime nos *tea time* du lundi où je peux vous raconter avec humour mes anecdotes. Je vous aime, tout simplement.

À mon amie Christina, oui, toi, qui lis ses lignes ! Quelle aventure d'arpenter ensemble le chemin de ce métier si merveilleux qui nous permet de créer ce lien si important entre l'humain et le chat !